楠枫九

檐下风

楠烟九

✦

著

贵州出版集团
贵州人民出版社

图书在版编目（C I P）数据

檐下风 / 楠烟九著. -- 贵阳 : 贵州人民出版社,
2022.12
ISBN 978-7-221-17326-3

Ⅰ. ①檐… Ⅱ. ①楠… Ⅲ. ①长篇小说－中国－当代
Ⅳ. ①I247.5

中国版本图书馆CIP数据核字(2022)第182053号

檐下风
YANXIAFENG
楠烟九 / 著

出版统筹：陈继光
选题策划：大鱼文化
责任编辑：潘　媛
特约编辑：廖　妍　文佳慧
装帧设计：刘　艳　唐卉婷
封面绘制：恰克飞鸟
出版发行：贵州人民出版社（贵阳市观山湖区会展东路SOHO办公区A座
邮编：550081）
印　　刷：长沙鸿发印务实业有限公司
开　　本：880毫米×1230毫米　1/32
字　　数：372千字
印　　张：11
版　　次：2022年12月第1版
印　　次：2022年12月第1次印刷
书　　号：ISBN 978-7-221-17326-3
定　　价：45.80元

贵州人民出版社微信

目录

目录

第一章 重逢

「他们终究还是成了连对方名字
都不愿说出口的陌路人。」

飞机从九千米的高空降落，缓缓滑翔停下。

舱门打开，A 市十二月的冷空气扑面灌入。

时姜随着人流下机，张开双臂，正想跟阔别十一年的祖国来个充满仪式感的拥抱，就结结实实打了个喷嚏。

“只穿这么点儿，你当这里是你那温暖的太平洋西海岸？”

未见其人，先闻其声，一件庞大的羽绒服从背后毫无征兆地兜头裹下，把她从头到尾罩了个严实。

声音的主人明显带着邀功般的得意，还有几丝不易察觉的小心翼翼：“看吧，要不是我提前给你预备了一件，你这一下飞机可不得被冻坏了？”

时姜有些蒙，万万没想到会有人来接机。

她费劲地从那大件衣服里钻出脑袋，万般诧异地转过身。

大概是她凝视的时间略长，这位上一秒还碎碎念着的女士，突然间傻了眼地开始慌乱，语无伦次道：“我，我不会又认错闺女了吧……”

又？闺女？

时姜略微艰难，才将经过电磁波换频处理过的那个声音，同眼前这张脸对上。

她心里无奈叹了长长一口气，认命地拥着羽绒服拉上拉链。

“如果您凑巧姓‘许’名‘明艳’，又凑巧有个中文名叫‘时姜’的女儿在 M 国待了十一年之久，久到你自己都认不出人，那大概率是没错。”

对方肉眼可见地松了口气。

为避免交通拥堵，时姜率先缓慢朝出口走。

她已不想和这位神奇的母亲探讨对方为什么能直接跑到飞机底下堵人这种问题了。但她忍了半天，还是没忍住，侧过头狐疑地瞅去。

“所以，你在这机场……堵我堵了一整天？”

一听这话，许明艳可就精神了，立刻反驳道：“一整天？开什么玩笑？”

时姜放下心来，点点头：“那就好。”

只见妆容精致老当益壮的许明艳女士甚是愤慨：“我蹲你蹲了整整两个星期！”

时姜：“……”

许明艳略得意地哼哼两声：“愧疚了吧？”

时姜摇摇头：“倒也不是。我只是诧异，你在认错这么多人的情况下，刚才见到我时，竟还能保持如此激昂的姿态。”她边走边作回忆状，颇为惋惜地说，“情绪饱满，说来就来，不去当演员屈才了。”

“……”

许明艳狠狠地瞪她：“不气我你心里就不舒服是吧！枉我隔着十几个小时时差每天关心你。”

时姜：“咱俩十一年间通话统共九次，信息发了五十四条，其中三十八条是语音，信件无，邮寄无，见面更是无。距离您说的‘每天’这个频次，横看竖看都差得远。”

对方满脸错愕看着她冷静分析，半晌憋不出话来。

干冷阳光透过偌大玻璃墙照到地面瓷砖上，各班飞机的人流汇总，逐渐熙攘起来。

“你小时候明明不是这个样子，以前你见人就笑，小甜豆一个，村头村尾，没人不喜欢你。”许明艳声音放低，微微垂下头来，似是十分费解，“怎么现在，长成了这个性格。”

停顿片刻，时姜将目光放到远处通道尽头，说：“你集中见到我的时间段，除了我刚出生那阵子，就是十一年前我高考后那几天。”她试图朝对方温和地笑了下，“我都经历了什么、过着什么样的生活，你都没参与。所以结果我变成什么性格，你不知道也是正常的。”

许女士试图作最后的挣扎：“我其实也参与了。比如，你当年出国学费还是我给的。”

时姜：“你少来。按照基金年均 20% 的收益率，我早还给你了。”

许明艳小声道：“还基金？你咋不按股票涨幅？”

时姜挑起眉梢：“股市如今低迷成这样，照你的说法，你应该反过来再给我一笔钱。”

于是许女士立刻闭嘴，并装作没听见叫她赔钱这事儿。

二人走到托运行李取件处。

这里离出口不远，接机的人明显多了起来，在外密密麻麻围了好几圈，喊话叫人的声音也此起彼伏。

许明艳突然紧张，神经质般凑她跟前：“你在M国也是上过新闻的人，现在在机场我们会不会被认出来，被人偷拍啊。”

时姜拿一根手指缓缓推开这位女士，很是无语：“人家要拍，也应该拍长那样的。”她顺手朝一个方向一指，“哪能轮到我这里……”

却倏地顿住，觉得不大对。

人这种生物，对于落在自己身上的视线总是比较敏感的。

她刚刚顺手指的那个帅哥，好像……在看她。

时姜立刻转头望去。

而不知是故意还是无意，就在她愣住那半瞬，对方就在这个当口儿恰好转回身。等她再看去时，就只有一个背影。

但哪怕仅仅是个背影，也能见其身材极好。

一米八五往上的大高个子，健硕挺直，宽肩窄腰，天生的衣架子。一身颇为低调的黑色休闲服，全身无标，但用料裁剪十分得体。

墨黑发丝，双手插兜，周身气质低调内敛，却难掩锋芒。

除了对方比人生规划还清晰的下颌线，时姜连人家正脸都没看到，但不知为什么，她就是觉得，那肯定是很帅一男人。

甚至还莫名带着几丝她也说不上来的……熟悉。

正出神，这时不远处，一个花一般漂亮、装扮时尚靓丽的年轻姑娘朝那男人一路小跑过去，连行李箱也不要了，亲昵揽住对方的胳膊，大大的杏眼笑成了月牙，正兴致勃勃地说着什么。

二人郎才女貌，关系明显非同一般。

许明艳顺着她的视线望去：“你看见熟人了？不对啊，你不刚回国吗？”

时姜徐徐收回目光，笑了笑，说：“看错了。”

许明艳没多纠结，因为司机已经到出口了。

他们上车后，许明艳说让她回去休整休整，至少先好好吃几顿饭，适应适应啥的。时姜却坚持，要先去学校交接工作。

清大把她引进回国，还破格升为副教授，她当然要敬业，态度首先得放在这里。

况且她本身就是个工作狂。以前无论同学还是同事，皆评价她每天精力异常充足，持续工作不会累，干得多还睡得少，这几乎违背科学。

最后只能解释为天赋异禀。

许明艳拗不过时姜，准确地说，时姜也基本不会采纳她这位无能狂怒母亲的建议，只好叫司机把人往学校送。

自郊区机场到城市中心，周围街景越发繁华。

时姜窝在后排座椅里，头微微朝外侧着。

车窗玻璃反射出一个乌发雪肤的女人，臃肿外套衬得她巴掌脸越发小，秀发如藻，睫毛黑密又长，不施粉黛，但足见是个美人坯子。

车内安静流淌，高楼大厦在她漆黑剔透瞳仁里依次闪过，气质优雅沉静。

许明艳主动挑起话题的本事非常厉害，有她在，绝对不会冷场。

“说真的，我非常不赞成你回国。你在国外积累那么多年，现在回来，又得从零开始。”

当年时姜做出回国决定时，也是惊倒了周围一大片人。

无数人来问，理由她都说倦了，直后悔应该整理成中英双语两份文档，以后谁再问，就直接拍他脸上，让他自己看去。

时姜秉着对亲妈应有的最后耐心，眼睑垂落，细软的嗓子有些发闷：“国内挺好的，清大是世界顶级学府，哪里辱没我了，国内企业生态环境也不错。再一个，我技术人才都带着，又不是像你这种办厂的，不存在说什么积累全扔了的问题。”她挪动了下，让自己坐得更舒服，“况且，我手续都办完了，人也落地了，你现在说这个，也没什么意思。”

显然，这通理由并没有说服许明艳女士。

对方在副驾驶略显扭曲地转过身来，直直看着她，认真道：“不行，你给我说实话，你究竟为什么回来？”

时姜也转回头，惊讶道：“这还不够真诚吗？”

许明艳保持幽幽盯着她的姿势。

时姜无奈垂下头：“好吧，那我就和你说最真的实话。”

她不由得坐直身体，以示严肃和庄重，一字一顿：“其实，我是为了我国民族伟大复兴的梦想回来的！”

“我好赖也算千人计划引进的所谓人才，哪能留在外国人地盘给他们建设，当然要学成之后，回来报效祖国。”

“……”

许女士将化妆镜“啪”地合上，翻了个白眼，连口红也不补了。

时姜“啧啧”摇头，重新靠坐回去：“你这思想觉悟不行啊。我说真话你又不信，你到底要我怎样。”

许明艳回身自个儿闷了会儿，却又不甘心地再次转来，肩头微微塌落地沉默着看了她半分钟，语气突然沉痛。

“姜囡儿，你心里还是怨我。”

时姜冷汗都快落下来了。

而这个过于亲昵的儿时称呼，哪怕时姜拼命想从脑海记忆里找到，却一丝一毫都没有抠出来，只好放弃挣扎。

“没有。你想多了。”她说。

此时刚好到清大东南门，时姜开门下车，后面还堵了一长溜要进学校的车，得抓紧速度去拖行李箱。

她头也不回地就往校门走：“况且，我现在手头事情很多，根本没工夫去怨你。”

撂完这句话，她本想潇洒离去，谁知道，门卫非常不给面子地把她挡住了。

门卫说最近清大办活动，管控比较严，非要她提供校内有效证件。

时姜初来乍到，不，这还没正式报到呢，哪里来的证件？

她想了想，给系里打电话，看要如何解决。但这时正值午饭点，值班老师们估计去吃饭了，座机电话一直没人接。

时姜傻眼了，正想着是在寒风瑟瑟中等人家归来，还是硬着头皮回去蹭许女士的车，先去解决一下刚才被自己义正词严拒绝了的午饭问题。

而这时，门卫手里的电话“嘀嘀嘀”地响了。

“信息楼的新入职老师啊。”门卫下意识地抬头望去，“好嘞，计算机系，成，我这里登记一下就行。行嘞，老师，我们保卫处这就放人进去。”

挂了电话，门卫再次朝时姜看来，顿时笑成了一朵花：“原来是时教授啊！我刚才看您这么年轻，还以为您是学生来着。可真是青年才俊啊！”

对方程序走得十分利索：“好了，时教授，请您出示身份证或护照，再登记下信息，就可以进校了。”

就这样，在她意料之外出现的问题，又在意料之外被迅速地解决了。

按道理，她自本科起一路都在国外就读，在清大并无相熟的同学朋友什么的。

究竟是谁帮了她？

时姜一头雾水，连忙朝刚才门卫望的方向看去。

对方口中的信息楼，就位于校东南门隔壁，几乎是紧挨着校门落成。

“吱哇”乱叫的群鸦白日飞过，荡起萧条肃冷的空气。

冬季梧桐叶已掉光，隔着稀疏挂霜的树枝，遥遥可见所有紧闭的玻璃中，独独四楼一扇窗户打开。一个高瘦挺直的黑色身影半藏在阴影里，幽深双眸掩藏在发丝下，薄唇紧抿，面容氤氲依稀看不清。

时姜莫名直觉，他和机场遇见的那个男人有些像。

眼看着对方又要关上窗，时姜心里一动，在登记表上“唰唰”签了字，把行李箱一把塞给许女士，然后不顾对方在她身后直喊，飞快向那栋楼冲去。

时姜的立体空间思维一贯非常不错。

从信息楼的一楼入口冲到四楼东面，一路过来，她基本就把整栋楼在脑子里建模完毕了。

对照刚才看见的四楼自南数第二个窗户，时姜定位到一间办公室门前，停步站住。

这栋信息楼是计算机系地盘，据此推测，屋内大概是系里哪位导师，和她算是同事。

初来学校，拜访一下同僚也不算唐突吧。

她抬起手，犹豫了一会儿，还是敲了门。

很快，里面传来动静——

“请进。”

是一个听起来比较年轻的男声。

时姜微吸半口气，调整好状态，转动门把手推开进去。

“您好，”她记起在门卫登记册上匆匆瞥见的信息，“请问是谭老师吗？”

进门才见，这是一间独立办公室，棕褐色桌上立了足足三块偌大显示屏，十分具有计算机系的风格。

一个男人从屏幕后站起，他穿了件 T 恤，虽说屋内暖气给得足，但大冬天直接短袖上身，还是瞧上去颇为个性。

刚一望见她，谭裕凡眼里忽地一亮，连忙迎过来。

“是我。请问您是……”

时姜的视线不动声色地在屋内迅速绕了圈，却并未看到之前在楼下望见的那个男人。或许是趁她上楼的当口儿离开了？

她这般想着，口中回道：“时姜。”

托在国外企业养成习惯的福，她自口袋中掏出名片，微笑着递给谭裕凡：“我今天刚来学校就职，也是我们计算机系的老师，办公室还没分，但应该就在这层。今后还请您多多关照。”

谭裕凡接过名片，思索半瞬，忽地抬头瞧着她，十分夸张地又惊又诧：“原来那个从M国引进的天才青年就是你啊！”朝她连连上下打量，“了不得。真了不得！”

哪怕这种场景经历过无数次，时姜还是略尴尬：“不敢当。”

能进清大任职的都是学霸中的学霸，智商一个比一个高，按道理这人也没必要这么激动，但时姜见他盯着自己双眼都快放光了。

谭裕凡：“今天你刚来，那我带你去校园绕一圈？就当接风洗尘了，正好我下午没课也没会议。都这个点儿了，时教授还没吃午饭吧……”

这人也忒热情，机关枪般突突突一大堆，吓得时姜忙干笑着推辞：“下次吧，我今天来主要是想找个人。”

谭裕凡“啊”了声：“你难道不是专门来找我的吗？”

时姜：“……”

“刚才您办公室还有别人吗？”时姜干脆不兜圈子，“十分钟前我进校门遇到了点麻烦，他帮我报备了下，我透过窗户看见他了，打算当面道个谢。”

谁知谭裕凡一脸诧异：“没有啊，上午这间办公室一直只有我一个人来着。你确定是这个窗户吗？”

时姜又循着看登记册时那惊鸿一瞥的记忆，报出了个座机号，问：“谭老师您办公室的电话是这个吗？”

谭裕凡条件反射般正要应下，又硬生生顿住似的赶忙摇头：“最后一位数错了，我这里是‘86’，不是‘85’。”

时姜狐疑地看着他。

要不是寻思着不礼貌，她简直都想当着他的面直接拨通了。

谭裕凡明显被看局促了，默默躲回自己墙一般宽的显示屏后面，说：

“要不，你去隔壁问问？”

时姜顺着他手指的方向看去：“那边是厕所。”

谭裕凡连忙换成相反方向，干笑两声：“这边这边。不好意思，我方向感不太好。”

看来这是不准备说的意思了。

时姜也没勉强，沉思两秒，道谢后，就出门离开了。

“咯噔”一声，门锁合上，房间内重归于静。

谭裕凡盯着门板，盯了好一会儿，确定门外绝对没有动静了之后，才小心地站起。

保险起见，他又踮着步子去把门反锁了，才重新走回，来到房间最里面的窗边。

办公室摆放的那架书柜后面，当初没设计好，留出个一人宽的空间。而此刻，一个人高马大的成年男人正静悄悄窝在里面。

谭裕凡站那儿看着他，眨眨眼，又眨了眨，突然爆笑出声。

“啊哈哈哈……炽哥，想不到您老人家竟然也有今天啊！”谭裕凡笑得直打鸣，一屁股坐回椅子里边转边狂拍大腿，“被一女同志逼得躲在书柜后的犄角旮旯里，不行不行，我待会儿得在我们发小群里好好唠唠这事儿，保证笑死他们一群兔崽子……”

自动无视谭裕凡猖狂的笑声，男人狭长淡漠的眼睫掀起，轻飘飘地看他一眼，再轻飘飘瞥过，手搭着书柜边，就要从角落里走出。

谭裕凡：“哎哎哎，炽哥，您先别走啊，还摆刚才那个姿势让我拍张照留个念先？”

对方自然不理他，长腿迈出，抬手拍去休闲服上沾染的灰尘印迹。

“记得给你柜子擦擦，太脏了。”

嗓音又低又沉，透着冷气，宛如夜空里拉动的大提琴。

他这一站直，就比谭裕凡足足高半个头。

侧脸轮廓流畅，眼眸深邃。

身形挺立，肩背笔直，周身透着疏冷如松的刚毅气质。

“你和人家到底有啥纠葛，躲成这样？”谭裕凡好奇得不行，“你要是不想跟我说，反正我和那位大美女是同事，以后低头不见抬头见的，早晚有撬你八卦的时候！”

可蒋炽连个眼神都没分给他，自顾自掏出兜里的手机，倚着桌边站那儿开始处理什么信息，不置可否。

谭裕凡和他自幼相熟，知道他这反应即是不想多说的意思，擦擦眼角笑出来的泪：“行行行，不逗你了。”

谭裕凡坐回办公椅里，“嗖嗖”转着指尖的笔：“你从B市回来一趟也不容易，我们说正事儿——我无所不能的炽哥啊，你可想好了，真的要在我这儿读在职博士？”

“要不你再换个导师带你吧。你这尊大佛蹲我头上，我压力大啊，怕一不留神把你给坑了，耽误你前途，成功祸害你家这棵独苗苗，来日我家老爷子提刀追我八条街……”

谭裕凡喋喋不休地说着，而蒋炽半低着头，神情一直都没什么变化。片刻后，突然来了句：“冬季入学，导师范围小，除了你，我也没得选。”

谭裕凡“啪”地捂住心口，做痛心疾首状：“炽哥，你果然是没别的选择了才到我这儿的！”

消息处理完，蒋炽终于掀起眼皮，看他两眼：“你今年都能带博士了，混得又不比我差，吃饱了撑的吗，整天哭自己不行？”

谭裕凡简直要拍案而起了：“我比你大整整四岁你咋不说呢！你这年纪轻轻的都快赶上我奋斗十几年的成就了。”

“B市多好的地儿啊，刚被划成环经济发展带，你这直接前途无量！而我估计一辈子都卡死在现在这个职称上了。咱俩这能一样嘛！啊？”

而他这一通输出又一次被蒋炽无视了。

蒋炽似乎陷入沉思，而沉思着沉思着，突然看似漫不经心地来了句：“评到副教授职称，就都有带博士生的资格？”

谭裕凡下意识地接：“在我们学校来说当然……”观察其表情不对，立刻打住，“哎哎哎，您老想到什么了？”

谁知道蒋炽得到答案后，转身就要走了，只丢下一句——

“你说得对，我再想想。”

这下轮到谭裕凡慌了：“我说得对什么了？你这是又再想什么啊？不对，你这是又不打算在我这儿读了？那我今年空这名额我招谁去……”

蒋炽没打算同他多扯，利索地开始穿外套。

谭裕凡见没挽回的希望了，只好妥协：“行吧，时间还有，你决定好了我们再聊。”他准备送人出门，刚站起来就在屋子里瞄见什么，“对了，我这有点儿好茶叶，你给老爷子带回去。”

蒋炽头也不回：“不用。家里茶叶快堆成山了，自己留着吧。”

谭裕凡才没这么容易打发：“哪能啊，这是我身为小辈的一点心意，我跟你讲你别这么敏感啊！”

蒋炽对他也没客气的，直接办公室门打开，马上就走。

谭裕凡急了，连忙追去：“炽哥你听我说啊。炽哥，蒋炽……”

背后的人正一声声扯脖子喊，蒋炽推开门，刚迈出两步，余光就见到一个人影。

他下意识地侧头，于是下一瞬，他和对方的视线猝不及防地相撞对接上。

蒋炽脚步猛然顿住。

谭裕凡没刹住车，拎着茶叶盒子直接扑到蒋炽的背上：“不行，炽哥，你今天必须把我这点儿心意带到了，我……”

而接着看到的眼前场景让他立刻噤声。

门口那女的，怎么越看越像刚才明明已经离开的时教授？

好家伙，这咋还守株待兔上了呢？高智商的人都是这么玩的吗？

想想刚才大言不惭骗人家的话，极有可能被人家随后在门口听得一清二楚，谭裕凡尴尬得都快脚趾抠地了。

他默默收回视线，默默向后退，再默默“啪”地关上门，果断选择抛弃蒋炽这个队友。

门锁“咯噔”一合，走廊重归安静。

仅仅两三步远之处，女子裹着与其不匹配的羽绒服，亭亭玉立，身形纤瘦但不孱弱，皮肤白得仿佛会发光。

她整个人模样姿态极显年轻，要是不知道她真正的身份，说她是在校学生也会有很多人相信。

如云乌发被侧着拢到一边，露出的脸颊带着点天生婴儿肥，眼眸澄澈干净，仿佛不染世俗一般。

而眼下这气氛，但凡是个人，都能看出来不对劲。

对峙半晌，时姜圆溜溜的眼睛眨了下，率先出声：“这位……”她在“同学”和“先生”这两种称谓之间斟酌一圈，还是选择了后者，“这位先生，你挡住我的路了。”

对面的男人眼底似是有什么情绪快速闪过，垂下眸，一声不吭地让开，随后补了句：“抱歉。”

时姜抿住唇角，一步一步地朝前走。

阳光透射过淡蓝玻璃，一尘不染的封闭过道在暖气片的熏烤下，干燥又明亮。楼外北方凛冽的寒风“哗啦啦”地摇动树枝，鸦雀片片惊飞，却半分动静都传不进他们这里。

她同他之间，如抛物线般，慢慢靠近，又慢慢离远。

这时，背后的人突然出声。

“请等下。”

男人的嗓音平稳无波，过于礼貌而突然，以至于辨别不出什么情绪。

时姜的眼皮轻轻跳了一下。

她停顿住，回过头，问：“还有什么事吗？”

只见男人缓缓弯腰，他皮鞋前方，一张卡片躺在地上。

“你的身份证掉了。”

男人捡起身份证，双手将它递来。

骨节修长有力，指甲修剪得干净，系列动作显得非常绅士有教养。

时姜眼角一僵。

苍天做证，她真的不是故意掉东西，再制造个交集什么的。

主要是自小性格就丢三落四，临出门前钥匙永远找不到，小时候就立志给每一件小物件安上定位器或者自动应答器，长大后又反过来把这茬儿志向给丢到脑后了。

但这话要是现在解释出来，反倒显得刻意加莫名其妙。

她略僵硬地原路走回，略僵硬地接过，憋了半天，憋出一句官方十足的“谢谢”。

男人眼眸微垂，站在那里，轻轻“嗯”了一声。

时姜捏着身份证重新转身，伴随着鞋跟落地的轻微闷声，背后那道不可忽视的气息，渐渐消失于过道转弯。

这才终于分开。

她离开信息楼，看着外面高远清朗的天空，长长吐了口气。

随后一切事情都很顺利。

时姜重回东南门，安抚好暴跳如雷的许明艳同志，以保证回她消息为条件，从她手中成功取回了自己的行李，然后和匆匆吃饭归来的系里教务老师交接登记，暂时入住校内人才公寓。

归置行李，购置用品，洗了个澡，小憩半钟头，缓解过十几个小时飞机的疲惫后，时姜就立刻麻溜儿爬起来回到信息楼。

从大洋彼岸到祖国新的学校，适应过渡时间只需要半天。

晚饭过后，时姜就在隔壁硕博英才们好奇又诧异的眼光中，稳稳当当坐到办公室开始制订接下来的工作计划了。

只是，华灯初上，霓虹满城，时姜抱着咖啡杯倚在窗边，望着楼下对面凉亭自夜雾里斜斜伸出的檐角，心中才后知后觉地翻涌了些情绪出来。

真的，不认识了。

十一年过去，当年的青涩少年蜕变为如今的成熟男人，但眉眼间相似的痕迹还是在的。

她长这么大，从国内到国外，也没见过几个人能比蒋炽长得还要好看。

她分明听见谭裕凡一声声喊着“炽哥”，再加上蒋炽生于A市长于A市，大学本科又正好就读于清大。她是概率统计满分的人，不信世界上有这么多巧合，能硬生生给她凑出第二个人出来。

但十一年很久，久到足以磨灭掉许多东西。

她认出了蒋炽却没说出口，正如，她不信蒋炽看不到她身份证上那个名字。

再次相见不相识。

他们终究还是成了连对方名字都不愿说出口的陌路人。

如果十四年前有人告诉时姜，她将来能去全国顶级学府当老师，她铁定不信。

毕竟她当时，只是重重大山中一个国家级贫困县的一个普通高中生，人生前十几年去过最远的地方就是城南边那座苹果山，连坐井观天的觉悟都没有。

县城的教育资源不怎么样。

时姜隐约察觉到，从小学起一路上过来，自己似乎一直可以不怎么艰难地每次考第一。

其实“不艰难”这个形容词还谦虚了，准确地说应该是轻轻松松。

到了高中，依旧如此。

她猜测，大概是竞争对手太少的缘故。用现在的话说，就是没人跟她“卷”。

因为她一大半的初中同学都直接输送到了隔壁职业技术高中。

最初她听见“职高”这个名词的时候，觉得这地方真不错，直接教技术，对口职业需求。

她家条件不好，自己未成年又不能打工，要是能解决工作问题，她也想读这个去赶紧赚钱。

直到她瞒着家里人偷偷将自己学籍转到职高，上了一个星期的课之后，才发现好像根本不是这回事儿。

她初中班级学风已经很不像话了，结果这里逃课情况比他们初中班里还要厉害。

职业技术倒是讲了，但课件漏洞大到她一个学生都看出逻辑明显不对。

老师无精打采，学生昏昏欲睡。这群学子白天困得要命，而到了晚上一个比一个精神，打架、上网、喝酒、约会，反正愣是没一个留在宿舍睡觉的。

时姜突然就理解她奶奶得知她擅自去职高报到后高举拐棍满院子追着她打时的那种心情了。

最后还是校领导给她破了例，学籍重新转回，她老老实实回来读高中。

听说那个年级排名千年老二的小胖子为此还郁闷了好久。

其实时姜也郁闷啊，不能工作赚钱了。

她家里经济条件是真的不好。

她就是电视上说的那种留守儿童，出生没多久父母就去外地打工了，奶奶带着她长大，自小记忆里就没有爸和妈这两个形象。

而她在留守儿童这一群体中，也是最底层的那个水平。

别家外出打工的父母好歹还会寄回点儿钱，她家倒好，爹娘也不知道寄了几次之后，就彻底失踪，至今杳无音信。

有几个同乡回来捎口信说是她爸做生意被人坑了，赔了一大笔钱，到处躲债不敢回来。她妈果断和她爸离婚，利索再嫁人，不要她这个小拖油瓶了。

时姜小时候听不懂他们在说什么，但从语气上感觉对方是在幸灾乐祸，她还爱憎分明地冲这帮人丢小石子。

而到后来，连嘲笑他们家的人都没有了。

这帮人陆续发了财，纷纷将自己的妻儿接走，去外面的大城市生活了。

于是只剩下时姜缩在能看见木梁的老房子里，和奶奶相依为命。

所以就是说，但凡她家情况能达到班上平均经济水平，她也愿意把这高中读下去，毕竟常年稳坐第一、被老师们捧在手心里当宝贝的滋味儿，还是挺爽的。

而家里困难还在苦苦坚持让她读书，其中非常重要的原因之一就是她奶奶。

她奶奶是个很有思想的老太太，根深蒂固地认为妇女能顶半边天。

由此连带着对自己孙女有种天然的莫名自信，觉得全天下的小伙子都比不过她家姜囡儿。

这就说到她在高等中学和职业高中之间徘徊那阵子，隔壁邻居老孙头家的二孙子上门打算来定个亲事。

这个小伙子前几年辍学，跑去隔壁县矿地工作了一阵子，赶上正好挖出金矿，赚了点儿本钱，然后回来开零售铺子。谁知一个不小心，开出名堂了。

他自己都不知道怎么回事儿，就一家铺子接着一家铺子地开，到最后莫名其妙形成连锁，彻底垄断了县里小学门口的小卖铺生意，成为小学生们眼中最羡慕的人物。

当然了，他们的爸妈也羡慕。

而时姜自小样貌水灵，用隔壁大嗓门婶子的话说，是十里八街整个县城里长得最像大城市里的姑娘。

从小桌兜里塞的情书小纸条，那就没断过。

虽说每次拿回来，就被她奶奶利索地扔炉灶里烧成灰了，但不妨碍她仍是全县这巴掌大的地方中适龄男性眼里的“抢手货”。

隔壁这小伙子大概也是怕别人捷足先登，一见时姜初中毕业，就赶紧上门找她奶奶。

说什么时姜虽然还没到法定结婚年龄，但可以先和他定下来。

两人先处处，过几年到时候结了婚，保证这五六七八个小卖铺的老板娘都是她。

说实话，这个条件对时姜来讲颇有诱惑力。

其实很早之前时姜就偷偷蹲他铺子门口研究过了，根据客流量，计算了他这铺子营业额之后，还对其净利润小小惊讶了一把。

既然这次对方找来，她正想说先处处当然可以，正好趁机学习他怎么运营，到时候也可以照着盘一个自己赚钱，然后就看见这傻乎乎主动送上门的小伙子，被她奶奶高举着拐棍打跑了。

老太太叉着腰站巷子口叫嚣，说什么她孙女是要考“987”“233”的人，以后要去伟人生活的首都，哪里能便宜这龟孙子留在这乡沟沟里给他当媳妇儿。

时姜见状知道没戏，很是惋惜，并戳戳奶奶的胳膊善意提醒：“奶奶，是‘985’‘211’。”

老太太当街瞪她一眼，挤眉弄眼地表示怎么不等回去了再提醒她，然后板着老背转过去，满脸褶子抖成了一朵盛放的菊花，跟宣布似的音调故意拔高：“管你‘9’什么‘2’什么，你能只满足这个？你以后啊，可是要给我们老时家，考个清大京大回来！”

这话一出，顿时满街哄闹声炸开了锅。

街坊邻居都笑这老太太，人老志不短，瞧这牛皮吹的。

时姜羞得如鸵鸟埋头，连忙搀着她奶奶就往回走。

老太太还硬梗着脖子：“怎么，你难道考不上？”

她的语气过于理直气壮，一时间，时姜差点儿不知道要怎么跟她解释这事儿了：“我的奶奶啊，你知不知道自高考恢复起，我们县高中就没出过考上这两个大学的人？”

老太太瞪大眼：“那又怎么了？”

“怎么了？”

时姜反问一句，赶紧加快脚步，省得老太太又语出惊人。

“说明站在历史发展角度上看，三年之后，到我这届，也照样没人能考得上。”

谁知老太太还不服输：“那是他们，又不是你！你和他们能一样吗？”

时姜快为奶奶对自己这不知从哪儿来的爆棚信心给跪下了。

“你觉得我能考上清大京大，这跟后街刘三叔觉得他能中彩票，是一个道理。奶奶你说他买了这么些年，能中五百万吗？”

时姜一嘴问过去，将老太太扶到凳子前，按下坐好：“伟人不是说了嘛，做人做事要实事求是，尊重客观事实。您老刚才说那话啊，就是不管客观事实了。”

把自己偶像搬出来，老太太这才闭了嘴。她不服气般地望着屋外天空，一个人闷了半天，突然嘟囔着起身：“这句话在哪页来着？我咋不记得了……”说着“咚咚”敲着拐杖回屋找伟人语录了。

小时姜便在她身后捂嘴偷偷地笑。

……

想到往事，时姜忍不住嘴角弯起，却在下一瞬心里泛出无边酸楚。

到达故土的第一天晚上，她想奶奶了。

目光从天边寒星收回，时姜自窗边直起身，努力让自己从这种情绪中脱离出去。

离开信息楼的时候，已经凌晨了，偌大楼宇只剩零零星星光亮的房间，应该是通宵做实验的硕博生。

人才公寓就建在学校隔壁，时姜选择先住近些，不折腾，之后稳定下来后，再去解决长期住房的问题。

她回去很快洗漱完就上床休息了。只是，晚上做了个梦，梦见和那人初次见面的场景——

她与蒋炽第一次见面，那时，高一已经开学一个多月了。

去学校那日，恰逢月考出成绩。

班级教室里乱哄哄的，大家都在讨论。

但时姜其实并不是很期待。到教室前头成绩榜一瞧，果然，毫无悬念，她又是第一。

她甩着脑后马尾辫儿叹了口气，正准备回自己座位，稍一侧头，就看见背后小胖子望向成绩榜无比哀怨的眼神。

时姜默默地朝旁边挪了两步。

再挪两步。

在她即将溜走之前，小胖子突然喊道：“你……”

时姜连忙回他：“没问题没问题，试卷给你看。老师一发下来，我就第一时间给你送去哈……”

“不是这个。”小胖子常以翔打断道。

“我是要给你提个醒，你这第一坐不久了。”他一副得知内幕的表情，神神道道的，“我们学校转来了一个新同学，他特别强，他来了之后，第一就没你什么事了。”

常以翔又斜眼瞅着她，颇为桀骜不驯，恨不得鼻孔朝上，一脸“你得意不了两天了”的样子。

常以翔的爸爸是学校教导主任，时姜断定他的消息应该是一手可信的。

她正想说，这究竟关她什么事，而常以翔突然望见什么，喊了句：“来了！他正好也到校了！”

常以翔如此激动，时姜也不好不给他面子，只能跟着常以翔出教室，顺着他指的方向，一块儿趴在栏杆上从二楼往下看。

透过茂密的梧桐树树冠，最开始只隐约瞧见底下缓缓穿行而过的一个高瘦身影，白衬衣，黑长裤，衣着简单却十分干净。

“那儿！看见了没？”

不知常以翔是不是因为终于有人能压她一头，替自己一雪前耻，所谓敌人的敌人就是朋友，此刻亢奋得不行，“哐哐”直拍栏杆。

“是他！就是他！”

时姜被钢化管震得脑袋“嗡嗡”直响，阻止道：“看到了，我看到了。你别激动。”

这时，那个男生从树丛遮挡中现身，终于露出尊容。

他个头很高，气质清冷，模样俊朗却让人感到疏离。

长眸挺鼻，下颌利落，五官端正大气，很符合东方传统审美，不管哪个年龄阶段的女性都应该很喜欢。

如果硬要形容的话，就是长得很贵气。

刚一瞧见，时姜还不可避免地愣了一下。

常以翔略得意道：“怎么，你这就怕了？”

“不是。”时姜否认，并指着那人，表示不太能理解，“脸长成像他那样的，一般来说，不是成绩都不怎么好的吗？”

常以翔一脸讶异地盯着她：“你从哪里听的歪理？”

时姜从书包里掏出一本花花绿绿的杂志，诚实道：“这书上说的。”

常以翔瞅着封皮凝固石化两秒，顿时愤怒了：“你还有时间看这玩意儿？”

时姜突然不忍心告诉他，她考试前一晚，给她奶奶煎药时无聊，还看完了两整本这个事实。

犹豫一会儿，正琢磨如何委婉回答，就在这时，常以翔目光越到她身后，神色忽地变了。

他登时一个立正站好，目视前方，手贴裤缝，被他老爸训话时他都没站得这么端正。

时姜看他不对，正要转头。

而此时身后脚步声停住，一道浅淡又低沉的嗓音清晰地传入耳中：

“同学你好，请问，高一（1）班在哪个方向？”

……

梦境被一阵手机闹铃打破。

时姜艰难地睁眼，探手按了闹钟，仰面躺床上，目光在天花板上停滞了一会儿，才续着刚才的梦，记起了隔着十几年岁月的她那次蓦然回身，毫不提防间，误入对方的一片淡漠黑眸中。

男生身形挺直又高，时姜得半仰起头才能和他对视。

平心而论，蒋炽态度并不算差，甚至可以称得上礼貌加温和，但时姜平生第一次，竟有种话堵在嗓子眼里，愣是倒不出来的感觉。

总之，她就这样莫名其妙破天荒地，硬是怔在原地。

愣了足足五六秒钟之后，她才能恢复正常说话功能。

十一年后的时姜觉得自己有进步，起码这次重逢见面，她没有表现得像第一次那么呆。相反，呆的是对方，她反而能率先挑起话头。

嗯，起码说明这么多年学是没白上。

时姜起床从公寓去学校。

刚坐到办公室没多久，她正想着，要不要给公司那边合伙人打个电话，这时，内网座机突然来了电。

时姜接起，是昨天见过的系主任。

寒暄了两三句，系主任就直奔主题地问她："小时老师啊，你愿不愿意带个博士生？"

时姜愣了下，直接脱口而出："还有这种好事？"

按道理，她初来乍到，工作还未开展，她的学术能力怎样、带学生风格如何、平时是否喜欢压榨人等方面都没有体现出来。

谁会这么心大，对一个没法调查的导师，就轻易将自己几年博士生涯交待在这儿？

另外，这个时间问她，大概是得春季入学。相对于秋季招生，春季入学的生源大大减少，这又是谁能这么凑巧，刚好还叫系主任问到她这儿。

时姜笑了笑："李主任，我这才刚来，自己都还没熟悉，会不会对人家学生不负责？"

电话那头的声音非常和蔼，劝她："压力不用太大，这个是非全日制博士生名额，相对于我们在学校全日制培养的博士生，要求要低许多。"

"在职的啊。"时姜点点头，心里有计较了，"那确实是容易些。"

李主任："好，那我给你邮箱发个压缩文件，你看下他的申请资料。然后附件有两张表，你填一下，在学校系统提交了就成。"

这么迅速的吗？时姜连忙问了句："不用面试看一下什么的吗？"

李主任笑了下："其实前头已经有一轮老师面试过了，你想再亲自面试一次的话，当然也可以。要不这样吧，你先看看学生资料，这个学生非常优秀。"

闻言，时姜眉梢微微挑起，能让系主任这种见过大风大浪的老教授说优秀，那绝对是很不容易。

电话那头的人压低了些声音，又抛出个重磅信息：“你猜他的推荐信是谁写的？”顿了下，自顾自回答了，“——是校长亲笔。”

“校长日理万机，他有多少工夫能亲自推荐学生，这一封信下来，既为担保，更是重视。总之就是说啊，小时老师，你接这个学生绝对不亏。”

这一趟下来，时姜兴趣一下子被拔高了。

这个“回炉重造”的学生，面子这么大吗？能让系主任极力推崇、校长亲自推荐？

她倒还真挺想认识认识，究竟是何方神圣。

她火速开了电脑，下载压缩包，解压后在一大堆荣誉奖励证书中，首先打开个人简历。

一张证件照入目，五官硬挺俊朗，挺眉星目，薄唇微抿，长得跟明星似的。时姜还没反应过来这张脸怎么如此熟悉，继而就看见了旁边的姓名，偌大两个加粗汉字，非常醒目。

——蒋炽。

时姜握鼠标的手一抖。

呵，世界真是够小的。

时姜当场就打算回绝。

为显诚意，她拎着从M国人肉背回来的伴手礼，跑到这位好心系主任的办公室，说了一通正是因为对方太优秀了，自己阅历还浅，不足以支撑当其导师。

更何况，这人比她还大三个月零十一天，她去给人家挂名当导师，横看竖看都有些搞笑。

李主任架着眼镜在蒋炽的简历上瞅了半天：“这上面他的年龄没有精确到天吧。”

时姜觉得自己疏忽了，吓得连忙换话题：“总之就是，我真的不行。我知道您是为我着想，但我真怕把人家给耽误了。大名鼎鼎的企业家，极具影响力的商会主席，不到三十岁就上过福布斯榜呢。”她忙装可怜，“主任，我们系这么多老师呢，总不会博士名额都占满了？”

李主任眉头蹙了起来，犯难道：“可是人家指明了要……”

时姜眨了下眼：“指明要什么？”

李主任连忙改口：“没有。”

李主任思索几瞬，又抬起头来，试图继续劝：“小时老师，其实你压力真不用这么大。如果对方都认为你能够胜任，你又何必不自信呢？”

时姜被噎了一下：“我也不是不自信……”

她缓缓低头，心里续道，只是，不想惹麻烦。

也不知道，怎么面对这个人。

李主任缓缓站起：“况且，你还从没见过这个人呢，你要是面对面见着了，一定非常喜欢他。他本科时在我的课堂上表现极好。看到好的苗子呢，我们这种做老师的，那都是恨不得揽到自己跟前的……”

时姜一时间想说自己早见过这人，不光见过，还熟得很。

李主任喋喋劝着，她却神思飘忽，越飘越远。

也不知道说了多久，李主任问：“小时老师，你再考虑考虑？”

办公室的座机电话响了，应该是有人要找李主任参加什么会议。

“我这里还有点急事，先走了啊，来日我们再交流。”

于是，等她反应过来，李主任已经拿着材料急匆匆出门了。

总不好在人家空了的办公室多待，时姜关上门退了出来，慢慢往回走。

走着走着，她突然意识到一个问题。

按照惯例，学生投简历来申请她做导师的情况下，她是要审核这些学生的资质和能力的。那么，蒋炽在投到她这个导师之前，有没有对导师进行仔细挑选呢？

但无论实际情况如何，她目前是无从可知，也不好再问了。

眼下要紧的是，系里有位老教授准备退休了，正好需要她顶上去教那门课，计划年后就要她正式上阵教课。所以，她得赶紧准备教案，尽早提交给教研组审核。

另一方面，她的公司申请了软件园的企业入驻，最近不知道手续走得怎么样了。

在最近几年的经济形势下，企业不是那么好办的，有时候必须得借着高校名头，有了源源不断的资金和人才，才能把企业盘活。

而时姜入职清大，就是一个非常好的连接点。

正好国内大环境就支持校企结合，能将学术成果转化落地，是受国家宏观政策层面鼓励的。

合伙人们都调侃时姜，公司的第一批科技骨干大概率要从她手下学生里培养，可就全得仰仗她了。

于是，时姜度过了一段相当忙碌的适应期。

把答应许明艳同志要跟她常联系聊天的约定早早抛到脑后。

直到她接到了一个电话。

看到手机屏幕上来电显示是一个陌生的外地号码时，她还以为是亲妈又故技重施，拿别人电话给她打。

犹豫几秒钟，她还是接了。

入耳却是一个欢快又兴奋的男声，还有些耳熟。

刚接通就是一句："时姜！听说你回国了？"

时姜反应了很久，也没有从她最近接触的关系网中找出一个人和这道声音对上号，只好硬着头皮，赔笑道："不好意思啊，请问您是……"

"我就知道！"对方立刻接道，却很爽朗，哈哈笑了两下，"我是常以翔啊！我就知道，你这个没心没肺的早把我忘干净了！"

时姜举着手机，愣愣地感觉到记忆中仿若长开了朵花般，有什么东西复苏了。

呆了足足好几秒钟，她倏地笑了："是你啊。"

隔着手机，她努力控制着自己的声音保持平稳，却在对方看不见之处，唇角越弯越大，惊奇道："你怎么有我联系方式的？"

常以翔："你妈妈发朋友圈了。当年她回老家嘛，就顺带加了一下微信。我看见你回国，就问阿姨要了你的电话号码。哎，别说，她发的你在机场的那张照片，拍得真好看，跟大明星似的！我都快不认识你了。听阿姨说，你这次是去清大任职当教授，太厉害了，真的是我等凡人仰望都不及的。这么多年过去，说你原来是从咱们这个穷山沟沟里出去的，谁信呢……"

这家伙还是跟以前一样话痨。

时姜弯起了眉眼："改日有机会我们聚聚。"

常以翔："别改日了，现在就有机会。"

时姜："嗯？"

常以翔："我这周正好来 A 市出差，现在就在你学校附近。"

当真是择日不如撞日，最后他们约在了清大附近一家很出名的网红新疆菜饭店。

时姜其实今晚还有蛮多事情要处理，但她根本不想推掉对方的饭局。

因为常以翔是她非常好的同学和朋友。

从小学到高中，两人一直都是前后桌，她考第一，常以翔考第二。最开始，每考一次，这千年老二小胖子总要哼哼唧唧哭一场，吓得时姜下次考试时空了好几道题，不敢再考第一。可谁知道她让他，这家伙依旧哭，说什么看不起他。

时姜真是左右为难，这也不行，那也不对。最后时姜也不敢不尊重人家，只好重新考回第一。

不过这小胖子虽然拧巴，人还是挺不错的，嘴上和她天天吵，但时不时会给她带个零食什么的。这家伙高中时候每天早上要吃三根玉米香肠外加一包红油金针菇，但自从他爸勒令他减肥后，他就把这些都塞给了时姜。

时姜家里条件不好，有时连班级聚会都掏不出钱，常以翔就暗中给她凑。当然，时姜通常不会接受，但他的心意总归是让她铭记了。

常以翔爸爸是学校教导主任，上学期间对她多有照顾。或许老师大多都喜欢勤奋好学的学生，像时姜这种穷且益坚的，就让园丁们更加疼惜。

安排常以翔坐时姜后桌向她学习，也是老常刻意允许的，但老常从不惯孩子，小常稍微惹一下时姜，常主任只要撞见，就要大义灭亲，把小常修理一顿。

最后，高考前她奶奶病重，看病的钱也是老常帮她付的。

若说时姜有最应该感谢的人，那一定是常以翔一家。

多年后再次见面，当年的小胖子，如今简直大变样，不仅瘦了很多，还长高了一大截。

于是时姜从包间出去迎接，此刻站在她眼前的，就是一个硬朗结实的青年。

她面上全是掩不住的诧异：“都说大学是家整容院，社会是座大熔炉，你这一路修炼出来的结果真不错啊！”

常以翔将自己黑色大衣翻着面挂起来，放在包间门口的衣架上，回头笑得贼得意：“我再不错，也远比不得你呀！当年你出国前，顶多就是一漂亮的小姑娘，现在要钱有钱，要样貌有样貌，社会地位、才华都有了，直接就是一女神！”

时姜笑着坐下：“以前你不停地损我，现在听你可劲儿夸我，还真挺不习惯的。”

常以翔：“以前我那是死鸭子嘴硬。我要是真烦你，能前后追着你非要坐你后排？”

时姜讶异脸：“你难道不是为了要超过我，每时每刻监视我学习，看我都在做什么吗？”

两人相视一眼，哈哈大笑。

“好好好，我给你赔罪。啊，不对，是感谢。”常以翔说着就站起来，给时姜杯子添了水，“你女同志就不喝酒了，那我就以茶代酒，感谢时大教授当年对我宽容。”

时姜笑着和他碰杯：“是我得感谢你爸爸，常主任对我这么多年的照顾我一直铭记于心，我过段时间一定回去看他。”

“好啊，老常知道你去看他，肯定贼高兴！”

忆及当年，常以翔还很是感慨：“记得小学那时有阵子，我特别喜欢你。”

时姜正喝着茶，差点儿没一口大红袍喷出来。

常以翔还在回忆：“那个时候我跑回去跟我爸说，以后要和你一块儿考公务员……”

时姜忙连连摆手，她被呛得拼命咳嗽，艰难道：“这……这什么时候的事，我怎么不知道？”

常以翔坐回身，摊手耸肩：“当年我说完后，我爸把我揍了一顿，让我不要去打扰你。”

他幽幽地看着她：“当然，在我发现每一次都考不过你之后，我身为男子汉的自尊心受到了打击，我就决定不喜欢你了。”

时姜瞧着他的眼神，当年那种感觉又回来了，尤其是每次考试成绩出来的时候，她就要被这种目光在背后扫射个好几次。

她眨了眨眼：“所以，你就对我开启了仇敌模式？”

“你不也有好处嘛。”稍微活跃些气氛之后，常以翔当年的那个臭屁劲儿又回来了，“没有我在后面死死咬着你的分数，哪能激励你不断前进？”

时姜捧腹笑得不行。

“你有女朋友的吧！”时姜单指敲敲桌面，故意恐吓他，“你刚才跟我告白，不怕你对象在你身上安装个窃听器？”

常以翔无语，瞧着她：“我孩子都两岁了。”然后摆摆手，“我媳妇明事理得很，不是胡搅蛮缠那号人。再说了，我现在又不喜欢你，我们就是很好的同学和朋友而已，她才不会吃醋的。”

时姜点头：“那就好，我也就开个玩笑。”

她忽然间意识到，原来时间已经过去这么久了，常以翔这个当年满嘴损她的不靠谱小胖子，都当了父亲。

“唉，你还记得蒋炽吧。”常以翔一边嚼着菜，一边含糊着问她。

时姜动作一顿，毫无防备地从别人口中听到这个名字，让她控制不住地有种恍惚感。

她想起那份堪称完美的简历，想起那张几乎无死角的英俊的脸，想起刚回国第一天，和对方阴错阳差的两次偶遇……

她抿了下唇，强装镇定地浅笑道：“你拿我当傻子？小学同学我都记得。”

常以翔：“唉，也对。和你的脑子一比，我这脑子就是一坨废铁。都别说小学了，我有好多压根儿不联系的本科同学，连名字都叫不出了……”

他“呸”了声：“扯远了。我是想说，你当年还真的挺狠的，说走就走，一去十一年不回来。”

时姜沉默了几秒：“对不起啊，我……”

她这么多年间杳无音信，没和常以翔联系，是挺不厚道的，对不起他们当年的革命友谊。

常以翔却忙打断：“不不不，我没怨你啊。”

“你当年小小年纪经历那些，真的很不容易，况且奶奶一去世，你在老家没牵没挂，不回来我们全家都能理解。只是……”他纠结了会儿，似乎不知道该怎么说，“只是，蒋炽那时跟疯了一样，到处找你。”

时姜心头猛地一跳。

她拿起杯子，抿了口水，故作轻松道：“他找我干什么？我出国也不算秘密吧，告诉他我去哪儿不就成了？”

常以翔：“告诉了啊，可他不信啊！满县城翻了个遍，非要见你。”

见她？

时姜这就想不明白了，当初放弃她的是他，事后要找她的还是他，倒搞得她像个罪人似的。

常以翔：“你们当年是在一起过的吧？”

时姜指尖一颤，没有说话。

常以翔笑了：“明眼人都看得出来。”他装模作样地叹了口气，“时大班长啊，你最叫我佩服的一点就是，不仅对别人狠，对自己也狠。你这叫逆天改命，我是没这个本事了。”

突然想到什么，时姜问：“你们毕业后，是还有联系吗？”

常以翔“嗐”了声，摇手：“人家那种大人物，哪还能跟我有联系啊。”

闻言，时姜下意识轻声回：“他不是那种人。”说完却连自己都惊了下。

她竟然对蒋炽的人格品性这么信任吗？

好在常以翔没注意到她这句，更没揪着不放。

“对，是我失言。”他挠挠头，颇为不好意思地笑，“蒋炽他人还是蛮好的。”

“没联系吧，可能是因为我们县对他来说是个伤心地，他不愿意也没必要再回来看了。毕业时兵荒马乱的，忘记和他要联系方式了，后来，我也不好意思去主动联系人家。所以，等再次看见蒋炽消息，就是电视新闻上了。”

“他现在可真是大名人，尤其他主持的那些公益慈善项目，也真算是造福多方了，给大家办了很多实事，我爸每次看见每次夸，说不知道攒了多大的运气，才能让这个好苗子高中在他那里学习。”

常以翔沉吟片刻，想了想：“要我说，高中那段经历对他没影响，我都不信。那么多繁华大都市他不选，偏偏往偏远山区里钻，跑去建设落后山区。”

“但也赶巧，那几年政策导向就是去基层建设，他也算顺了大趋势。连我叔叔家上大学的小妮子，都成天喊着考选调生下基层……”

时姜却没话说了，突然脑中有些乱。

在狮河县待的那三年，对他影响这么大吗？

常以翔不知道，但时姜却是十分清楚，蒋炽一开始的理想根本不是这个。他父亲让他留国内，他却一心想出国深造，当一名科学家。

蒋炽刚到他们狮河一高那阵儿，天天耳朵边挂着个耳机。时姜开始以为他不务正业，不好好听课只知道听歌。然而实际上，人家是在听托福听力，高一就开始准备出国考试。

这事还闹了场乌龙。

如今十一年过去了。

反过来回过头看，当年根本没经济实力的时姜，竟然放弃了清大录取通知书，飞国外一去十几年。

而立志要出国搞科研的蒋炽，却在国内投身了商界。

谁看了不叹一句造化弄人。

常以翔那边还在继续：“所以我说，你对他太残忍了。”

面对常以翔的谴责，时姜忽地心乱了一拍。

她抬起眼，说：“我对他残忍？”

往事在她脑海中封闭太久了，如今稍微放出几丝回忆，都能让她向来平稳的内心开始被剧烈拨乱。

“你经历过被人指着鼻子骂吗？在你只有十几岁本该被父母保护着的年纪。”

她轻轻扯了下嘴角，目光盯在桌面斑驳反光处。

“常以翔，谁都不知道，你不应该不知道。当年，我奶奶走了，我的心态彻底崩碎了，那时还在高考前。而这个时候，我最想寻求帮助、最想寻求温暖的人，偏偏放弃了我。”

“他同他爸爸妥协了。”

“我奶奶曾教过我一句话，‘三十年前看父敬子’。我自小就没有父母，所以，我从小看过的冷眼，世间凉薄，你这辈子可能都无法想象。”

她意识到自己有些失态了，稍微呼吸半口，试图平复。

“我承认，我当年一句话没留走了这么久，是不对。”她抬起剔透幽黑的泠泠眼瞳，“可是，明明是他先放弃我的。”

“换位思考一下就是，你掉到河里了，你爸妈站在岸边袖手旁观，甚至还拉两人搓了局麻将，你是什么感觉？”

常以翔眼神复杂地看向她。

时姜咳了声：“当然，我不是说蒋炽是我爸妈的意思。”

谈话陷入僵局，时间过去很久很久，菜都快凉了。

常以翔长叹一声：“或许有误会呢？你连一个解释的机会都不给他。”

时姜敲敲桌面：“喂，这么久我都白说了，你到底是站在谁那边的？我也难受你怎么看不到？”

常以翔很没良心地回她：“你在国外难受我当然见不着。我只知道，如果真的有误会，那你们岂不是后悔一辈子？”

他建议：“正好你也回来了，不如你们见个面，好好聊聊？”

时姜没有说话。

常以翔异常坚持：“反正你现在也单身，听说蒋炽他也没结婚……”

时姜额角突地一跳，猛地站起，探身给常以翔夹了一大筷子肉：“您可快闭嘴吧！”

误会。

再天大的误会，搁在十一年的岁月长河中，也早都碾碎成渣了。

还有，痛苦。

他真的会痛苦吗？

蒋炽那么冷静自矜的一个人，她甚至无法想象，这人崩溃痛苦会是什么样子。

可既然如此，他当年又为什么毫不犹豫听从了他父亲的安排？还有那个什么从小就给他商定好的亲事。

于是，和常以翔吃完一顿饭之后，接下来连着整整一星期，时姜脑子中都莫名其妙浮现着小胖子说的——

蒋炽疯了一般在找你。

蒋炽的痛苦绝不作假。

你们见个面吧……

在时姜第七次将咖啡倒进了已经泡有茶包的杯子中，然后端去瓜果池在旁人诡异的目光中洗刷时，她清楚地意识到，这个问题有些大了。

她不允许任何影响到自己工作效率的因子出现。

等她反应过来后，给李主任的电话已经打通了。

对方仍旧乐呵呵的："小时老师，你想明白了？同意收这个学生啦？"

时姜默默深吸一口气，问："申请我们学校这个在职博士，大概需要导师指导多少个学时呢？"

"怎么，你是怕自己腾不出那么多时间啊？"

李主任继续笑着安慰她说："别担心，他们还是需要上大课的，和全日制学生差不多。你身为导师，主要负责他学习的宏观方向，帮助他顺利拿到学位。你确实需要对学生上心，但也不用耗费特别多精力。"

时姜沉默了一会儿，终于下了决心："好，我收。"

按照简历上的联系方式，时姜拨通电话。

刚一接通，她抢夺先机说："您好，我是清大计算机系的时姜。请问……"顿了下，"是蒋炽吗？"

电话那头突然安静，似乎是屏住了呼吸。紧接着，环境安静了许多，大概是换了个场地。

"时教授您好，是我。"

陌生又熟悉的男人嗓音低低震动着耳膜。

时姜眼睛盯着电脑屏幕，手中不自觉捏紧："我需要先向您核实一遍，您申请在职博士，是申请到我名下了，对吗？”

对方语气依旧冷静得没过多情绪，一如多年前那般。

“是的。”

时姜：“出于对您培养的负责考虑，我们需要进行双向选择，我建议，我们最好尽快能见个面。我们实验室这边周六还属于工作日，所以……”顿了下，“本周日下午您有时间吗？”

蒋炽：“请稍等。”

接着是走路声，他大概是去喊秘书翻了行程表，又回来说道：“上午可以吗？我第二天有会议需要赶回来，下午的话时间上会有些晚。”

时姜紧抿了下唇，冷冰冰地说：“抱歉，上午我也有事情，只能下午。”

片刻后，见蒋炽没应声，她出声：“不如就……”

“好。周日下午。”电话那头的人结束沉默，立刻答道。

时姜利落地关掉他的简历，准备结束对话：“那我们就这样定了。”

蒋炽：“等……”

时姜立刻接住话头：“还有别的事情吗？”

或许是她的语气过于冷静冰凉，蒋炽静默片刻，声音低了些：“没有了。时教授，我们周日见。”

时姜“嗯”了声：“好，周日见。”说完立刻挂断。

一个人在办公室静坐了足足半分钟，她摊开掌，才发现捏手机的手心里满是冷汗。

“就这点出息！”她骂自己。

忙碌起来，日子过得飞快。

仿佛就几个眨眼，周日这天就如期而至。

时姜莫名还有些紧张。

明明是她面试别人，她这个面试官却在办公室坐立不安了整整一个上午。

下午上班时间刚到，就有人来敲门了。

隔着厚实门板，低沉又缓慢地叩了两下。

时姜条件反射般“唰”地站起，立刻看向门口，声音却如一下子堵在嗓子眼。

来者还没说出自己身份，或许极有可能是别的什么人，但不知为何，时姜就是笃定，肯定是蒋炽。

直到第二次敲门声响起——

“请进。”她深深地吸了一口气，让自己镇定下来，出声说道。

第二章 误解

「时姜啊时姜，如果还在这里纠缠，
那这整整十一年，岂不是奋斗到狗肚子里去了？」

门把手转动，一个身影出现在门口。

来人身形高大英挺，逆着玻璃过道的日光，刚毅棱角被模糊掉，整个人沐浴在泛着暖意的金灿灿之中。

直到门重新合上，时姜终于看清了那张脸。

来人转过身，眸光清冷，通身气质沉稳又淡漠。

还是和多年前一样。

北方冬季室内暖气给得非常足，又干又燥，加湿器轮番开都无济于事。这人大概是在屋外就提前把外衣脱了，很多前来面试的学生都这样做。

他身穿裁剪利落的西服，英俊至极，神色镇定，姿态从容不迫地走来。

明明时姜是主场，可她一时间又有些说不出话来。

当年的往事控制不住地从她脑海中翻涌而出。

蒋炽在高中时就常常穿白衬衣，准确地说，他似乎很喜欢一切极简的风格，一年四季整身穿搭除了黑白灰就根本找不到第四种颜色。

当年，蒋炽刚转校过来，时姜见他总穿同一件白衬衣，以为他穷，还总想着多照顾他。

但谁知道，这种同样的衣服，他有整整一个衣柜。

而闹过这个乌龙之后，他们的关系反而更加亲密了……

“时教授，您好。”英俊挺拔的男人朝她点头示意。

时教授。

虽然在电话里已然领教过，但当面听得后，时姜还是被这个称呼搞得愣了下。

还好，她得庆幸，蒋炽没有直接过来要跟她握个手，再唠唠天气交通啊什么的。

时姜从办公桌后头走出，指着待客区的椅子，招待道："蒋……先生。"

却听对方打断："我既然报名在您名下，请您当我的导师，希望时教授不用这么客气。"

说是打断，但没让人有任何不舒服，反而显得这人更加礼貌。

"叫我蒋炽就好。"

看来听说政治素养越高的人，越能做到平易近人没有架子，这话确实没半点问题。

但时姜此刻只觉得五味杂陈。

她真想把常以翔那缺根筋的家伙拉过来，按头让他好好看看，这就是他口中的"有误会"？人家连过去认识她都不想承认！

两个人以前更亲密的事都做过，现在却在这儿互相礼貌地自我介绍，当真叫人笑掉大牙。

不过所谓套路她还是懂的，人家谦逊是一回事儿，她遵不遵守是另一回事儿。

她去办公桌上取来提前打印好的资料，搬了把椅子过来，同蒋炽一道坐下，然后和简历上那个大头照干巴巴对视了一会儿，再次犹豫道："您现在想换导师还来得及。"

蒋炽抬起眼皮："时教授为什么这样问？"

时姜还没接话，蒋炽继续："是您不愿意收我吗？"

时姜没想到这人如此直接，她哪怕再没情商，也不能直接承认。

"倒也不是。"她纠结半天，还是应了，"好吧，我是觉得，你挂在我名下，以后可能会有些不方便……"

"有什么不方便？"蒋炽步步紧逼。

时姜有些局促，这个当口儿，她被蒋炽看得连对视都不敢。

蒋炽："时教授还是不愿意。"

顿了下，他解释道："当时报这个项目时，我是请李主任帮我挑选适合导师的。李主任是我本科时在清大的授业恩师，毕业后一直也有联系。既然李主任把我介绍到了您这里，我也不好回绝了人家好意。"

话都说到这个地步，时姜还能说什么。

她沉默了会儿，开始低头翻他的资料："好，那我需要考核一下你的能力，比如，如果我们研究方向不太一样，可能也不对频。"

但具体要考人家时，时姜反而尴尬了。蒋炽的履历实在是太光鲜了，她甚至觉得，若不是蒋炽转了赛道，他若继续留在科研领域的话，现在哪里还能轮到她来考他？

能问什么呢？

她象征性地问了几个专业问题。

她本以为，现在技术发展日新月异，迭代极快，这人又久别科研圈，不一定能弄清楚。但谁知道，蒋炽回答得天衣无缝，彰显了巨大的知识储备量和对前沿科技了解程度之深入。

时姜掩饰不住地惊讶了。

蒋炽大概察觉到她的情绪："B 市最近非常重视科技公司的引进和发展，侧重实体产业发展，我们公司承接了针对社会残障人群的福利招工工作，最近正忙这事，所以，这方面查阅多了些。"

既然问到了这个程度，完全足够了。

一个在职博士而已，一个月回学校上一次课，又不指望他能发出什么震惊学术圈的科研成果。蒋炽的水平，来申请这个学位，简直绰绰有余。

时姜最后问他毕业大论文有什么想法，蒋炽都条理清晰地回答了。

李主任说得不错，面对这样一个苗子，但凡是个有教书育人理想的老师，都会忍不住起培养之心。

只可惜……

时姜将资料放在一旁，正要站起身来："您还有别的问题吗？如果没有，那我们今天……"

却听对方嗓音低沉："你为什么回来？"

这话出现得可谓突兀。

"这么多年，你在 M 国……过得还好吗？"

时姜心里一凛，心想不容易啊，你终于舍得认识我了。

而她心里这么想着，嘴上却平静地回："挺好的。"为不显太敷衍，又补充说，"吃好睡好，万事顺心。"

"是吗？"

蒋炽轻轻笑了下，他双手放在膝头，身体向前微倾，垂落眼睫，轻声说："我过得不太好。"顿了下，说了句让时姜震惊万分的话，"我快恨死你了。”

时姜脑袋里缓缓打出个问号。

而蒋炽泄露出的这种或悲伤或怨愤的情绪，却如蜻蜓点水般，稍纵即逝。

再抬眼，他又是衣冠楚楚的精英形象。

他直起身，朝她温和笑了笑：“抱歉。”继而缓缓站起，“看到老同学现在发展这么好，我当然是为你高兴。”

而这次轮到时姜沉默了。

就只是，老同学吗？

蒋炽看了下手表，摆出要离去的姿态：“以后有机会再聊，现在我得去赶飞机了。”

临走前，他又似顺口说道：“时教授，可以加您微信吗？方便以后联系。”

时姜愣了一下，僵硬地打开手机，给他扫了。

等到蒋炽悄然离去，她才反应过来，怔怔看着自己的手机，通过蒋炽微信好友的界面。

他的头像是一幅山水摄影作品，光线角度都十分高级，应该是他自己拍的。

时姜指尖停顿在他的头像上，停了好一阵子，才点开了他的朋友圈。

她感觉自己像个偷窥狂一样，暗戳戳企图发现什么。只是入目清一色都是 B 市的政经新闻转发，连一张偏向生活烟火气的照片都没有。

当然，也可能是他发生活照的那些把她给屏蔽了。

时姜窝在办公椅里，慢慢转着，回想了半天，后知后觉地感觉这次面试的场景，和她去面试一个素未谋面的人，没有任何区别。

除了那句，恨死她了。

恨她做什么？

要说恨，难道不应该是她来恨吗？

时姜静静看着桌面上的那份简历，想了许久，直起身打开电脑浏览器，搜了“蒋炽”这个名字。

然后便见，铺天盖地的报道。

她点进稍微客观一些的百科介绍，大略翻看一下，都感觉蒋炽简历里把他自己介绍得过于谦虚了。

不可否认，蒋炽的确是一个优秀至极的人。

从小就是。

蒋炽高一转到狮河县，完全是一个意外。

当年他父亲工作调动，调去了那个偏远地区贫困县工作，他父亲由此非常暴躁，调任之后，连日消沉。

而蒋炽母亲在A市也有自己的工作，离不开。

为了防止他父亲冲动之下做出什么出格的事，蒋炽在高中这样一个要紧的节骨眼儿，跟着父亲来到了狮河县，作为亲生儿子多少还能劝着点儿。

他们住在家属大院，与时姜家离得不远。

时姜亲眼见过好几次，蒋炽脸上挂彩，都是他父亲喝酒耍酒疯时误伤的。但蒋炽对外展现出的是自始至终的沉稳镇静，遇人遇事，情绪连一丝波动都没有。

最开始不太熟的时候，蒋炽简直就在时姜心里描绘成了一个家境贫困住破旧老城区又被家暴的小可怜形象了。

她母爱泛滥了许久，又是嘘寒问暖，又是辅导功课带早餐。可谁知，时姜住的是摇摇欲坠的土坯房，而人家住的是家属大院。

得知真相的时候，时姜羞得几乎想找个地缝钻进去。

她跑去问蒋炽："你是不是看我，就跟看个笑话似的，跳梁小丑一样？"

而他站在高耸繁茂的梧桐树下，阳光透过树叶洒在他的白衬衣下，浑身带着干净味道。他低下头，朝她弯起嘴角："没有啊。"他抬起手，修长白净指节，轻微碰了碰她额前刘海儿，"挺可爱的。"

那一日，少女的脸羞红得像天边霞彩。

可那时候的时姜不知道，或许是她和蒋炽住在同一个县城的同一个老城区，就给了她一种错觉，叫她忽略了，原来一街之隔，就能把人彻底分成两个世界。

夜幕缓缓拉开。

时姜靠在窗前，打开玻璃窗户，冰凉气流淌入，叫她发热烦躁的大脑冷静了许多。对着A市夜色，她缓缓吸了一口气，意识到这大部分是雾霾后，又赶紧吐出。

咳了半天，她突然感到迷茫了，再转头，看窗外A市的灯火斑斓，流光四溢。

这么好的夜晚，或许她应该出去走一走。

A 市冬季夜晚，严寒难耐，路上行人匆匆，帽子围巾裹紧，口中带出团团白色哈气。

这个时候，来上一顿热气腾腾的涮羊肉，绝对是烟火生活中最幸福的时刻。

谭裕凡到达店里时，蒋炽已经对着铜锅拿筷子吃上了。

“好小子，都不等我！”

谭裕凡脱下手套，快步走过去，毫不客气照着蒋炽宽阔肩背上来了一拳。

蒋炽面前调料碗差点儿洒出来。

他抬起眸，凉凉地瞥谭裕凡一眼：“我明早开会，要是给我衬衣弄脏了，你得连夜给我回去取一套。”

谭裕凡一屁股坐他对面，招呼老板要了扎啤酒：“哟，大领导，明早开会，您现在还在这儿蹲着呢？”

蒋炽头也不抬：“航班延迟了，我吃完就走。”

这家铜锅涮肉位于清大和隔壁京大中间的一个小巷子里，非常偏僻，但味道很好，没上网红推荐榜，只有熟悉附近的人才会摸到这个店来。

蒋炽本科时和要好的几个同学经常冬日来这家聚会，跟老板都混熟了。

谭裕凡上下仔细打量他几眼，突然说：“我炽哥今儿心情不错啊！”

蒋炽手中筷子一顿，停了好几秒：“怎么说？”

谭裕凡：“嗐，毕竟发小这么多年，我多了解你啊！”

他得意地跷着腿，要给蒋炽倒酒，被拒了，就给自己满上一杯，“嘿嘿”笑着地举了举杯：“咋啦，碰上什么高兴事儿了，让我也乐和乐和。”

蒋炽给“咕嘟咕嘟”沸腾的木炭铜锅里添着菜，没理他。

谭裕凡：“不对，我都没问你，这次回来什么事情？以前大半年都不见你飞回来一趟，最近怎么频频往 A 市跑？”他摸着下巴自我思索了会儿，“你上次回来是因为那个博士申请，这次……唉，这次不会还是这茬事儿吧？你去找时教授了？结果怎么样？”

对面沉默冷静的男人夹了一大筷子鲜切羊肉，筷子尖一松，热腾腾肉片“啪”地砸到碗里，他吐出二字：“吃饭。”

“哟吼！心虚了！还想堵我嘴？”谭裕凡这人向来是个看热闹不嫌事儿大的，贼兮兮地凑近，“唉，听说人家还单身着，你们这不正好凑一凑。”

蒋炽仍旧不说话。

谭裕凡旁敲侧击了半天，蒋炽嘴严实得跟只蚌似的。

这时，他突然望见蒋炽背后的密密麻麻挂满照片的艺术墙，瞅着瞅着，突然记起什么，猛地一拍桌：“我想起来了！我们大一刚入学那阵儿，我去你家玩，你卧室里那个相框摆台，里面女生不就是……”不就是时教授嘛！难怪最近他一直觉得时姜看着眼熟。

而话都没说完，蒋炽“嗖”地抬起狭长眼睫，眸底幽黑如古井。

只是盯着他，一言不发。

而这一眼的气势和威力，竟叫谭裕凡脖子凉飕飕，有种自己狗头不保的感觉。

幸而这时，有人解救了他。

门口的厚门帘被掀起，冷风穿堂灌入，进来了一个身披皮草的美艳女人，妆容精致，浑身珠光宝气，与周围显得格格不入。

若是时姜此时在这儿，定会认出来，这正是她刚回国时在机场见到的蒋炽来接机的那个女人。

女人刚踏入没几步，就不满地皱起秀眉：“你们请女生吃饭，就挑这种淳朴的地方？”

周围邻桌不少食客闻声看来，她却丝毫不惧，在小店内踩着高跟靴子，竟走出了一种 T 台的气势。她径直来到蒋炽他们这桌前，手“唰唰”扯了数张纸，垫着将包放在桌面，然后才坐下，毫不客气奚落道：“怪不得一个个都单身。”

“大美女来啦！”谭裕凡捏着杯子率先招呼道，笑嘻嘻地反过去揶揄她，“不过，你这年纪哪里还能叫女生？快成阿姨了吧……哎哟！”

北依手速快得很，抽去一根筷子就“嗖”地砸去。她红唇一撇，高高挑起了眉：“不会说话就少说两句。美女的事你少管。”

“行行行！我不管。我怎么那么爱管……”

谭裕凡正抱头认输，却发现手机屏幕突然亮了，他低头一瞅，神色变了，立刻站起：“哎，不好意思了，你们继续吃，我得回学校一趟。”

蒋炽问：“怎么了？”

谭裕凡刚才还玩闹，现在表情竟有些严肃：“有个学生出了点儿事，我得赶紧回去看看，处理好后再给你们说。你们吃，我先走了啊。”说着拎着大衣匆匆离去。

而谭裕凡提前走后，桌前就留下蒋炽和北依两个人，中间那座铜锅咕嘟咕嘟冒着热泡。

北依挪到蒋炽身边，单手托腮，看着他，笑得甜蜜蜜：“你说说，你这人够无情的。上次好不容易让你来机场接我，谁知道前脚刚碰面，后脚你就跑了。赶那么快干吗，会小情人儿啊？”

她容貌是那种夺目的好看，身材傲人，稍微一笑，像一朵盛放的玫瑰。

旁边桌就有许多客人纷纷侧头看来，还有好几个学生拿手机偷拍的。

而蒋炽连正眼都没看她一下，此刻她凑得有些近了，他缓缓直起身，放下筷子，问：“M 国待不下去了？”

“对啊。”北依大剌剌承认得很干脆，“还不是因为我家宝贝……啊不，现在不是了。”

蒋炽其实对她这点破事儿并不是很感兴趣，只是离去机场还有段时间，他干坐着无聊，就有一搭没一搭地问：“分这么快？”

北依不知从哪儿摸出一支电子烟，滤嘴是雅致的粉红桃心。她玉白指尖夹着电子烟，妩媚地扬了扬唇：“别人不知道，但你不会不清楚。我这种不婚主义，注定要独自潇洒一辈子的。要不是我对象那么黏人，我还愿意再玩玩。只是那家伙前后监视一般的做派，让我实在受不了了，只好回国避避。”

蒋炽脊背微靠坐在那儿，稍侧头呵笑了声。

北依媚眼睨向他：“得，我知道你看不惯我，我们井水不犯河水，两不相干。”

烟雾缭绕间，她“啧”了下，摇摇头：“不过你这么大年纪了，连对象也没有一个。”她含笑压低声音，“这么说的话，那咱俩还真的挺合适，不如假戏真做得了，都省得去祸害别人……”

蒋炽冷冷地抬眼。

“行嘞行嘞，我不说了。”北依被他这么一看，连忙举手投降。

但都老实坐回去了，她还是忍不住看他，意犹未尽道：“唉，你别说，你刚才瞅来那一眼，还真挺勾人的。你可能不知道，最近我口味变了，更喜欢冷一点的……”

蒋炽聊不下去了。

他站起来就收拾东西，准备直接去机场。

“哎？这就走了？”北依连忙就要跟上，“你开车了没，没喝酒吧，我要去赶下一场了，你顺便载我过去呗。”

蒋炽正要说没有，让她找谭裕凡去，而这时，却看见窗外闪过一个匆匆离去的身影。

辨认之后，意识到那是谁后，蒋炽脸色微变。

他加紧步伐，立刻追了出去。可那个身影离开很快，蒋炽出门后没有看见。他在原地僵了片刻，想到什么，立刻转身朝清大方向而去。

只剩北依在他身后连声“哎哎”叫唤。

她穿高跟鞋哪里能追上，走了几步就放弃了，气道：“这人什么玩意儿啊，活该一辈子都找不到对象。”心里算计着以后要拿个什么话去蒋炽他爸那里告上一状。

而刚出门，她迎面就被一个不知从哪个角落冒出来的女人堵住了。

对方帽子口罩武装得严严实实：“美女，刚才出去那个男的，请问你认识吗？”

北依根本不认识这人，本来懒得搭理。这种莫名其妙凑上来的人，多半都会演变成让她加微信卖产品的。

抬脚就要走，却在转头间，瞥见对方单单露出的那一双眼睛。又大又亮，黑湛湛的，灵气四溢。明明是弯着卧蚕笑看着她，里面却透着几分疏凉。

于是，北依抬起的脚这一下子就迈不开了。

她刚才和蒋炽说的没错，她最近确实喜欢清冷这一挂的。尤其是这种表面有求于她亲亲热热、实际上骨子凉薄满心算计她这一挂的。

隔着口罩这一眼看来，就直接让她心里痒痒、开始蠢蠢欲动起来了。

“认识呀。”

北依摆出了个自以为最性感的笑容，这个动作她试验过无数次，最吸引目标。

时姜愣了一愣。

刚开始以为要碰钉子，谁知道对方还挺和善，笑得跟朵花似的，只是智商瞅上去不怎么高。

她干脆直来直往，继续说：“你和那个人……是什么关系呢？”

北依见她气质姿态皆是上乘，感觉有些眼熟，在哪里见过。猜测可能是一个圈子里的人。试探着回问：“怎么了呀？”

时姜随便伸手指向不远处站着的一个女生，张口就来，叹气道：“喏，我有个表妹，是蒋老师的粉丝。刚才在店里认出来他，但妹妹胆子小不好意思过来，就让我来问问。”

北依顺着望去一眼，高高挑起了眉：“这家伙都有粉丝？”

时姜叹气：“可不是嘛。我那表妹是只‘颜狗’。”

北依转回头，神色惊异瞅她瞅了半天，点头：“也对，我承认他脸长得是不错，身材还好，心也算细，会照顾人……”

时姜沉默听她夸人，没有说话。

终于，北依想起了最开始的那个问题：“啊对，你是来打听，我俩究竟什么关系来着。”想到什么，她倏地笑了，“就是不知道，你家表妹嗑不嗑 CP 粉。”

时姜：“什么意思？”

只见女人抚着头发，气质妩媚又雍容道：“我是他未婚妻。”

时姜浑身一下子僵住。

“只是呢，这是表面，实际上……唉，你等等，别走，别走啊！”

北依还在身后喊，可时姜再也听不下去，她知道转身就走不太礼貌，可她再也无法忍受下去。

她刚刚围着清大外围夜跑，穿的是运动鞋，速度远甩北依八条街，尤其此刻心绪跌宕，步子越走越快，最后，几乎是逃离般小跑了起来。

眼瞅着身影渐远，消失在昏黄路灯底下。

“别走啊……”

大美女未能挽留住人，颓靡了下来，委屈道：“我、我还没加你微信呢。”

直到力气耗尽气喘吁吁地停下来，时姜看着智能手表计数，才发现自己竟然一口气跑了五分钟。

她上大学以前身体素质并不是很好，之后去了 M 国西海岸，户外运动参加多了，多少结实了些，但没晒黑也称得上是一个奇迹。

身体万分疲惫，而脑子竟然异常清晰。

时姜当然已经发现，刚才那个和蒋炽一起吃饭的美艳尤物，就是她刚回国那日，在机场碰见的和蒋炽行为亲密的女人。

不得不说，对方真的很美。

人家都有未婚妻了，不出意外，就是十一年前蒋炽爸爸口中从小和战友定下的那桩亲事。

她扯着嘴角，冷笑了一下。

时姜啊时姜，如果还在这里纠缠，那这整整十一年，岂不是奋斗到狗肚子里去了？

她闭着眼睛，在寒风中吹了片刻。

现在时间已晚，清大校园里陆续有学生下晚课后，骑着自行车往寝室赶了。而时姜想清楚后，当即方向一转，大晚上朝信息楼走去。

当场给系主任发了微信。

等蒋炽得到这个消息，已经是几天后的事情了。

他和时姜的空空荡荡对话框，终于添上了内容，甚至急匆匆到，蒋炽连文字都不愿等了，直接一个语音电话打过来。

那时候时姜正在和投资人谈项目，手机响后，她瞥了眼，见是蒋炽，立刻挂断。

可没过多久，手机就又振动了起来。

她再挂。

对面投资人好奇地看她，表示能理解：“时教授有急事的话，您先忙，我了解公司业务也不急这几分钟。”

时姜摇摇头，直接关了机，示意继续。

她拖了整整一个上午，又带投资方去学校吃了个午饭，告别后，沿着操场遛了个弯，才优哉游哉拐回办公室，给蒋炽拨回电话。

很快就通了，对方气息有些急促。

时姜率先笑着说：“蒋先生，真不好意思，我们上次说的导师选择这事可能不作数了。”她顿了下，“又有竞争者进来了。”

蒋炽：“为什么？”

他磁性的嗓音通过话筒编码解码过来，依旧格外迷人。

时姜：“在上传学校官网最后学生名单之前，我遇到了更优秀的学生，我有权利更换和选择他人。您是在清大读过书的人，你高年级进研究室时，应该听你的师兄师姐说过这个现象。”

虽然连打好几个电话这种行为有些不符合他性格，但蒋炽目前语气听上去还是很沉静：“我是问你，为什么反悔？”

时姜望着窗外，楼下有一对携手行走的小情侣，穿着同款校庆服，正边走边说笑着。

她轻飘飘地出声：“我说过了，有竞争者加入，我需要在你们中间择优。”

蒋炽：“可是那天分明已经定好了，我们双方都没有异议。时教授若真是言而无信之人，想必也不会走到今天这一步。”

时姜利索打断：“少给我戴高帽子。”

两个人一时间对话进行不下去，静默在午间楼外的喧闹衬托下，更显尴尬。

最终是蒋炽打破寂静："是中间发生什么事情了吗？"

时姜没有说话。

又过去很长时间，她才垂下眼睑，眼光在她眼下投了阴影，哑声道："没有。"

"时姜。"

他这次连时教授这种称呼都不愿意装了。

男人似是已经不想掩饰，开始逐渐咄咄逼人："你遇到事情就只会逃避吗？"

时姜眼眸微微长大，脱口而出反驳道："我逃避？"

蒋炽沉声："你知道我指的是什么。"

时姜倏地冷笑："我是去国外发展我的学业和事业，我有什么不对？我若真的只会逃避，我现在也不会坐在这里，以这种姿态和你对话！"

"还有，你原来明明已经和谭裕凡双向选择过了。"

她冷冷扯着嘴角，把手中文件拍到桌上："需不需要我把你原来选择谭裕凡做导师的原件扫描一份发给你？还说什么找系主任选择导师，蒋炽，这么逗我好玩吗？"

对方终于不说话了。

幸好不是当面翻脸，不然又是一场不欢而散。

挂断电话，时姜捂了捂额头，她知道这样做可能有些不道德，但她实在无法面对蒋炽了。在二人这种状态下，要是再加上一层师生的关系，以后会带来无穷无尽的麻烦。不如早早了断了。

她呆呆地坐在窗前，脑子控制不住地翻涌往事。

那是高考前一个月，她奶奶被检查出肺癌晚期，她拿出家里全部积蓄，又四处借钱，亲戚街坊，学校发动力量帮她募集善款，但杯水车薪。

甚至有人当面劝她，老人一大把年纪，已经没有必要再救了，保守治疗就够了。

保守治疗，就是带回家等死，连奶奶喊疼时，她都无法做到帮其缓解。

时姜就这一个亲人，她不愿意。

她从来不敢回忆那样一个灰暗的日子。

可这个时候，她找不到蒋炽了。

一直会默默看着她、鼓励她，和她约定好一起考清大的少年，宛若人间蒸发般，未留一字半句，彻底消失。

再次遇见，是她寻到蒋炽家所在的家属大院里。

然后便是，她被对方父亲指着鼻子呵斥，离他儿子远一点。

而她施尽全部力气抬头，看见不远处的白衬衣少年，微垂着眸，一言不发。

也不知是不是巧合，当天晚上，她奶奶在医院趁护士不注意，偷偷拔了自己氧气罩。

医生说，奶奶肺部功能退化，她是活生生窒息而死的。

只为了不拖累摇摇欲坠的家，不拖累时姜。

这时候距离高考仅剩两周了。

在常主任的提倡下，狮河高中的全部老师轮流倒班住在她家，二十四小时守着她。

时姜也争气，浑浑噩噩的，最后依旧拿到了清大录取通知书。

另一个被清大录取的是蒋炽。

但他是回 A 市高考的，名额不算在他们学校这里。

于是，狮河县自高考恢复后几十年，时姜是第一个考上清大的。

全县都在敲锣打鼓，热闹欢庆，大红光荣榜贴了一张又一张。

连时姜远在外面赚钱、多年从未回过家乡的母亲许明艳，也回来了。

而时姜默默跪在奶奶坟墓前，就连修墓的钱，都是借的。她余光看着光鲜靓丽、早已是大都市居民气质的许明艳，双目无神说了句："如果我是个不成器的，没考上好学校，你也舍不得回来？"

许明艳愣了下，笑着试图去抱她："怎么会，你永远是妈妈的好囡囡。"

时姜毫不给面子地侧身，躲开她的拥抱，哑着声音："那奶奶生病时，你为什么不回来？"

闻言，许明艳眨眨眼，说："她是那个人的妈，又不是我的妈。"语气是那么理所应当。

理所应当得叫时姜直接笑出了声。

许明艳以为气氛终于活跃，也僵硬勾着嘴角，随她笑了下。

而女孩抬起头，那是一张憔悴但依旧美丽娇嫩的少女面庞，双眼空洞看着她，说："听说，你现在有自己的工厂，赚了很多钱，对吗？"

许明艳一时不知道她想说什么。

但既然是回来认女儿，总要拿出些诚意来，便点了点头："对，妈妈接你走，妈妈供你上大学，以后不会再让你过苦日子。"

"那好。"

时姜转回头，不再看她，而是一扬手，把捏在掌心许久的清大录取通知书扬进了纸钱纷飞的火堆里，然后在对方震惊的目光中，静静地说：“我不去清大了。我想出国念书。”

……

时姜缩在椅子里，慢慢抱紧了双膝。屋内暖气开得足，可她依旧感到发自心底的凉意。

过去这么多年了，能温暖她的，依旧只有自己。

但她现在应该庆幸，如今的她，拥有了可以和命运抗争的筹码。

这一坐竟坐到了深夜。

她缓缓侧过头。

夜幕上月明星稀，北斗高挂，明天应该是个大晴天。

时姜没有说谎，真的又新来了个竞争者，并且竞争条件非常过硬。

——是那日前来考察的投资人听闻时姜有在读博士名额，回去立刻给自己儿子在官网报了个名。

投资方是近年风头正盛的盛氏集团，盛董事长白手起家，雷厉风行，可他儿子却是个不成事的。要是单纯没有经商投资的本事，当个闲散人也就罢了，但这位盛大公子是个反向操作的，整天不干正事，寻欢作乐，听说常常一晚上赌博就能输个好几千万。

他老爹管束不住，实在受不了了，寻思给他找个地儿消停消停。

不知董事会里谁出的馊主意，说不如塞回高校再深造深造吧。

这位大公子教育背景不算差，再费劲把过往的科研成果整理起来包装包装，申请到清大博士也不是没可能。

决定好后，他老爹便来打通导师层面的关系了。

在系主任的协调下，系里组织了其他几位导师，安排这位大公子和蒋炽两个人一起参加面试。

面试当天，谭裕凡在教室外安慰蒋炽：“另一个人就是个草包纨绔，你完全不用怕，时教授哪怕瞎了都不会选他，放心放心啊。”

蒋炽眼角一抽，继而看向他。

谭裕凡：“唉，你常年在外面打拼事业，A 市好多事都不关注了。”想了想，又问他，“你知道宴迟不？”

蒋炽思索片刻：“你是说，宴家那个把他家老爷子气半死的孙子？不经营家里事业，非整天要去开演唱会混乐坛的那人？”

谭裕凡一拍大腿：“就是他！”

蒋炽：“不是听说后来收心了吗？况且，跟他什么关系？”

谭裕凡：“收心是最近的事儿。前几年他那个女朋友把他抛弃、远走高飞跑去研究导弹之后，这家伙颓废了好久，整天花天酒地。这人够浑吧，而盛家这个大少爷盛行渊，跟他是狐朋狗友，比他还浑。”说着拍拍自己好兄弟的肩膀，鼓气道，“放心，你斗这种人，那必然是轻轻松松！”

蒋炽眸光静静落在一旁，若有所思，没有说话。

与此同时，时姜正在和等候区一个坐没正形的男人大眼瞪小眼。

说他是男人，其实还抬举他了。

实际上，这人应该只是个二十几岁的大男孩。来参加面试也不知道换身像样的衣服，一身潮牌，染发文身，腕戴百万级的名表金光闪闪，全身挂满看起来就很贵的装饰品，连头发梢都写着放荡不羁。

门口严密候着的一大片保安，这人明显是被强行抓来的，满脸不耐烦地写着“快把我刷了吧！我还急着出去玩呢！谢谢”。

面试时间到了。

谭裕凡连忙进来，反关上门，坐入导师席。

他毕竟比时姜资质要老些，便拿起简章，仔细宣读了一下流程和要求，面试正式开始。

面试一共才两个人，在等候区那个盛行渊表现出明显的不配合之后，只好蒋炽先来。

谭裕凡余光瞧着旁边时姜的反应，在自己兄弟自我介绍完毕后，咳了下，斟酌着，象征性地问了几个比较基础的问题。

可谁知蒋炽根本不需要他这么偷偷放水保驾护航，把这些问题回答完，还自行展开，升华了一下，观点卓绝，高屋建瓴，就是外行也能看出来不一般。

听得赖在等候区不走的盛行渊耳朵都支棱起来了。

“不错啊……”他感慨道。

这竞争对手真给力，对手表现得越优秀，那么他被踢出局的概率就更大啊！然后就可以顺理成章地继续逍遥了。还有了官方理由，不是他不想来，而是人家导师根本不想要他嘛！

可哪怕这般，面试席上时姜全程视线都没往对方身上落半秒，她宛如丝毫没有被吸引一般，只是紧盯着自己笔记本屏幕，看得那叫一个全神贯注。

而接下来，轮到盛行渊时，沉浸自己世界的时姜头“唰”地抬起来了。

她摆出个标准微笑，还怕对方紧张般，柔声安慰道：“不用害怕啊，先简单介绍一下你自己吧。”

盛行渊：“……”

怎么感觉不太对？

于是接下来，盛行渊一副懒懒散散的样子，有一搭没一搭地回答了半小时的问题。

最后，导师们商量面试结果时，学生是要避嫌不能在场的。

盛行渊憋得不行，赶紧麻溜儿离开面试办公室，他不耐烦地挥退保安，立刻迫不及待给他的好哥们儿宴迟汇报情况。

他坐在椅子里拍着大腿，仰天狂笑：“你是没见着，面试我的那个男老师都快被我气死了！脸都气绿了，哈哈哈……”

他揩揩眼角笑出来的眼泪：“那老师后来已经完全不想搭理我了，一直都是他的一个女助理提问我，嗯，也可能是他的学生。唉，你别说，他那个女学生长得真好看，跟仙女似的，还是一看就特别聪明的仙女，我有点儿后悔没有去要她微信。”

电话对头的宴迟本是要嘲笑他脑子被门挤了吧，要回去读博。而听到这里，却起了疑问：“女学生？面试不应该都是导师吗？”

盛行渊正乐得嘴咧多大，一听这个，也没在意地说：“不会吧。那个女的那么年轻，还特别好地一直对我笑，咋瞅咋不像那种老古板教授啊！我记得我看他们系官网，师资阵容里也没这号人啊，怎么可能是老师？肯定是学生！”

“慢慢慢！我之前干过他们系的学生助理，我怎么记得，学生是没有资格进去的？”宴迟在那头迟疑了一会儿，又说，“这样，我帮你问问我媳妇儿，双方取证，更保险。”

然后他应该是站起身，扯着嗓子喊着去寻人了：“秋秋，秋秋啊——”

声音稍微走远些，隐约传来腻腻歪歪的声音，腻歪了很久一段时间，久得盛行渊都想踢翻这盆狗粮直接给他挂了。

这时宴迟的声音终于再次拉近：“没错，我媳妇儿说了，最近清大的校友圈子里都在传，计算机系引进了一个天才青年，是个女教授，挺年轻的，从M国走千人计划回来的。你在官网上没找她，那应该是她刚入职，官网资料还没来得及更新。好家伙，她那脑子简直不是人长的，不止学术做得厉害，论文一篇接着一篇发，听说在M国办企业也办得风生水起，她家科技公司经常被媒体采访。”

话筒噼里啪啦传来敲键盘声。

“你家就搞投资的，应该清楚，我国目前经济扩张，靠模式创新吧，现阶段还能取胜。但在M国那种地方，你若是技术不硬，是根本不可能做出好结果的。”

他长长“嗯”了声：“所以说，这个女教授，真的不简单。”然后哈哈笑了笑，“当然，我家秋秋最厉害！”

盛行渊扯着嘴角：“……呵。”到底有完没完。

宴迟那边还在继续：“我怎么听说，你老爹最近和她公司有业务往来呢？你老爹一句话，麻烦人家把你收了也不是没可能。要真是这样……”他明显一副幸灾乐祸的样子，“哈哈哈，那你就跟在人家手下好好干吧！按道理，这种科学狂人都严于律己，更严于律人。兄弟加油！一定要活着出来，我还等你喝酒呢，哈哈哈……”

盛行渊被气得要砸手机了。愤愤挂断电话后，他估摸着自己也没戏，索性他老爹的任务已完成，便半分钟没耽误，下楼坐进跑车一脚油门踩去了寻乐场。

而谁知当天晚上，他爸秘书一个电话打来，说是官网名单出来了，连声恭喜他被录取了。

盛行渊：“……”

盛行渊简直快要被气死了！

他万万没想到，竟然是这么个结果！这美女教授人长得多好啊，怎么是个眼瞎的？！

盛行渊下一个酒吧场子也不赶了，连夜拐回了学校，死皮赖脸地前后追着时姜，好说歹说想让她反悔，把自己从录取名单上踢出去。

时姜正忙着整理面试材料，准备上传学校系统，面对小伙子的诉求，表示很是为难：“这是委员会一起做出的决定，官网都公布出来了，我也没办法啊。”

盛行渊口中“嘁”了声：“得了吧，别以为我不知道你是想要我家投资。”他十分豪气地手一挥，“你把我从名单里删了，这钱我投给你。不，我翻倍投给你。”

闻言，时姜手中动作停下，讶异地回瞧他：“你爸不是给你资金断了吗？还是说，目前没断干净呢。”

对方神色凝固，面上一黑。

时姜反应过来后，恍然道：“你搁我这儿空手套白狼呢。”

她笑了笑，转回头不再看他，继续整理自己材料：“再说了，若按照你的思路，拿你的投资只是一阵子，可和你爸合作的话，就有源源不断的好处。我又不傻，当然要可持续发展。”

见根本没有放他走的希望，盛行渊磨着后槽牙，气急败坏道：“你年纪轻轻一女的，心眼儿咋这么多呢？！”

而时姜情绪一直很平稳，自顾自上传文件，低眸笑着：“我没你这大公子富二代的命，可不得多个心眼儿。”

盛行渊无语死了。

这人不只心眼儿多，还伶牙俐齿，嘴毒得很！

直到盛行渊终于怒气冲冲离开后，时姜办公室这里才终于安静。

她走去关上门，再转身间，唇边弧度慢慢落下。

想起今日面试场景，首先对自己教师操守进行了默哀。

不过她和蒋炽这关系的确特殊，要是前男女友突然变成了师生，这事岂不是更复杂？她岂不是更加没有育人园丁的节操？

自我安慰完毕后，她拿出手机，手在她同蒋炽的聊天界面上停留很久，想了半天，最后还是没有把这人删了，而是继续投入工作。

最后蒋炽当然还是被录取了，当然，导师换回了谭裕凡。

时姜视线在官网正式文件的这个名字上停留了很久，然后突然反应过来，她是来找自己学生的。

扒着名单找到“盛行渊”三个字，她才心满意足关上页面。

时姜接下来这段时间非常忙碌。

清大传统在春节假期之前有小学期，本来时姜以为自己到了春节后才上阵教课，谁知道老教授说为了提前锻炼她，让她适应，小学期就把她拎来课堂了。时姜提出要先试讲，对方大手一挥，说不用，相信她的能力。

时姜哭笑不得，只好硬着头皮上阵。

数据结构是门基础但非常重要的专业课，历来新老师教这么硬核的课程还是少数，当然，也就非常考验时姜的功力。

起初，她也蛮忐忑，毕竟学得好和讲得好，从某种维度上讲是完完全全两码事，她见过许多厉害大佬，知识储备一流，但就是茶壶煮饺子，有货倒不出。

将自己的观点用最通俗易懂的方式表达出来，绝对不是一件简单的事情，甚至可以上升为一门艺术。

但谁知，她第一节课讲下来，助教把问卷收集回来后，发现反馈竟然还很不错。

第一次上台哪怕演练了很多遍，时姜依旧蛮紧张，只注意到课堂上不少学生频频拿手机拍照。

她以为大家是在拍板书和PPT，这种操作在大学课堂没什么稀奇的。可等她下课回去，越来越多学生在她办公室附近探头探脑，甚至去餐厅吃饭的路上走着，也有越来越多人朝她行注目礼后，她终于感觉不大对劲了。

手机“叮咚叮咚”响个不停。

同组教师群有人发了条带了足足三个感叹号的消息——

“小时老师，你上热搜了！！！”

时姜蒙了半天，本想再问，但还是本着自己动手丰衣足食的原则，去自行搜索了，然后发现首页第一个竟然就是关于自己的内容。

那是几张从学生角度拍下的课堂照片。里面的女人站在清大讲台上，身穿米白针织衫，沉静优雅，十分具有知性美。

乌发如云，在胸前斜斜拢着，精致锁骨上吊着一水滴状坠子，细细的白金链子没在颈后。

巴掌大的脸，明眸皓齿，唇如花瓣一样。

单单几张静态照片，里面透出的气质已经引起热议。

而没过多久，应该是数据结构课堂的清大学生，录了一段视频发布在网上，更是引起轩然大波。

视频里，讲台上的女人谈吐不俗，逻辑清晰，声音听上去非常熨帖，娓娓道来。

尤其是她沉浸在讲授中的认真状态，仿若周身形成独特气场，很是迷人。

上传者的评论区半天不到就涨了几万条——

“本高三生成功被激励到了！我一定要考清大！考上了就来还愿！清大等我！”

“急！现在去蹭课还来得及不？！”

“果然还是要好好学习，平台越往上，国家都帮你把优秀的人筛选出来了。”

“可恶，为什么我在学校的时候是老头子上这门课，而我一毕业就换成了大美女？！我不理解！气抖冷！”

“只有我注意到，她是计算机系的教授，可头发竟然这么茂密吗？美女老师用的什么洗发水，考虑带货吗？我第一个冲直播间！”

“……”

瞅着屏幕，时姜直接傻眼了，她完全没想到会是这个效果。

看着教研群里刷屏她一时还犯了愁，想着好赖得回大家消息，思忖半天，敲了个：“借我们清大这个大平台的光了。惭愧。”

刚回完，这时有个人连门都没敲，就直接闯了进来。

她一抬头，见是盛行渊。这家伙抓着手机，逮住她就万分急切地突突地问：“你看手机了没？你上热搜了知道不？”

时姜指了指门口：“下次进来记得敲门。”

而这家伙跟自来熟似的，拉了把椅子转屁股就坐在她旁边，嬉皮笑脸地说：“敲啥门啊？我可是你第一个也是目前唯一的学生啊，亲传弟子啊，敲门多见外！”

时姜跟见鬼一样瞅着他，默默往旁边挪了挪。

而盛行渊显然脸皮够厚，饶有兴致地大剌剌盯着她，摇晃着头啧啧道：“我当时面试的时候，还真没看出来，我这导师除了教课写文章，干这些无聊的事情，还有上热搜的本事！”

说实话，到现在为止，时姜都不知道他在兴奋激动个什么，但她被这人这种目光看得有些烦：“上就上呗，过两天就下来了……”

“喂！”没等她说完，盛行渊就立刻打断，“我说你究竟有没有商业流量思维啊，你知道热榜第一那个广告位一分钟得多少万吗？你现在啊，这就叫手握流量，得赶紧逮住机会搞事情。”

这人一脸有图谋般笑嘻嘻的，要不是顾忌着她还是他导师，直接就勾肩搭背上去了，然后不能再明显地怂恿道：“说真的，我家控股的有好几家传媒公司呢，要不要给你包装包装？咱还苦哈哈地搞什么研究啊，直接走流量路线，出去开开讲座，演讲演讲，大把钱就到手了……”

时姜面无表情地站起身：“国家要是到了你这批娱乐至死的人手里，迟早得亡了。”

恰好这时，办公室座机突兀地响了。

时姜正要去拿起话筒，却被盛行渊抢先一步“嗖”地蹿去，接起就是一声：“喂？”

他瞄了眼旁边时姜：“啊对，我是时教授的学生，她现在不在，您有事儿告诉我就行。”

时姜抱臂站在旁边，看着这家伙当着她的面都敢鬼话连篇，那神采飞扬的，看得她甚是无语。

盛行渊挂断后，笑眯眯地转头，说：“是校新闻中心的电话。问你最近什么时候有时间可以接受一下采访？会推送到官方媒体栏目的。”

时姜沉默看着座机，眉梢轻微蹙了一下：“其实，我不是很喜欢在镜头前……”

“你蠢啊！”果然，又被盛行渊劈头盖脸地教育，“你真傻还是假傻，这是多好的机会，多少人求都求不来。你现在成了公众焦点，就得赶紧趁着热度，好好运作运作。”

自盛行渊一进门，时姜就觉得脑袋嗡嗡的，想将他扫地出门的欲望越来越强烈。

“况且，还能帮你宣传宣传你们公司呢！”

时姜：“……”

而对方这句一出口，时姜前去拿扫把的手停在半空，经他提醒，仔细一想，似乎是这个道理。

盛行渊还在喋喋不休：“你这一上镜，还是官方采访，明天你们公司市值就往上飙升你信不信？”简直恨铁不成钢，恨不得一指头戳她脑门上，“蠢死你得了！”

时姜终于忍无可忍，举起扫帚把对方赶了出去：“究竟我是你导师，还是你是我导师？”

时姜承认，虽然盛行渊很聒噪，但他最后说的这一点确实心动。

她作为公司创始人，整个团队从 M 国遥遥搬到国内来，实属不容易。这是她的心血，公司也就像是她的孩子。

如果能让公司变得更好，她当然愿意全力配合。

最后时姜跟校新闻中心那边答应下来。

而媒体速度快得惊人，校新闻中心大概也是要跟上热点，急着写推送，第二天校报小记者们就上办公室把她围攻了。

时姜只好先放下手头的活，简单整理一下衣裳，本来她以为在办公室里采访就成，而摄影师们说不行，最好挪外面大厅去，那里有清大的校徽logo（标志）。

在开始前，系主任还带着两个老师来凑热闹，临前给她鼓劲儿：“指不定你借此还能评个市杰出青年什么的，毕竟许多名头要给到人，都得考虑知名度的。”

时姜尴尬笑了笑。

反光板架起，明亮光线自玻璃长廊投落，在过往驻足学生的频频围观下，采访正式开始。

主持人问了些提早就和她对过稿子的问题，都是常规问题，答案也照着伟光正的角度去讲。

一路流程走下来，到最后，主持人微笑着看向自己手机屏幕，说：“我们最后一个环节，就挑几个直播间网友的问题，请时教授回答一下吧。”

马上就结束了，时姜微微出了口气，说：“好。”

主持人就开始读：“有网友提问，听说时教授的公司回国之后改名字了，英文变中文，新名字有没有兴趣借此机会，给大家介绍一下。”

而本来时姜神色还算放松，一听这话，突然几不可察地僵了下。她本能转头看向镜头，似乎意识到什么，也像是在透过镜头，在顾忌一个人。

可采访正在直播，她犹豫了两秒，就迅速恢复神情。

她缓缓点了下头，轻轻弯唇，说：“当然可以。中文名已经注册了，叫‘赤江科技有限公司’。欢迎大家关注。”

与此同时，远隔千里之外的B市，正在看媒体直播采访的男人，听到这句，猛地站起，手中杯子“啪”地碎了满地。

他死死盯向屏幕中那个女人，黑眸中光华颤动，神色不定。

“领导？”秘书听到动静，推开门，微惊喊道。

秘书正要过去，就看到男人站在办公桌前，手还空张着，一副心神不定的样子。可是，向来镇定从容的领导，“心神不定”这个形容，当真会出现在他身上吗？

“帮我订张去 A 市的机票吧，要最近的航班。”蒋炽已开始吩咐道。

秘书赶紧从自己的惊讶疑惑中出来，拿出随身携带的记录本，却觉得好突然：“去 A 市，现在吗？”

男人刚说完就开始拿起自己外套往外走，明显思绪繁乱。可在秘书的笔盖都没拔开，他似是突然想到什么，脚步又缓了下来。

“算了……”片刻后，他低声道。

秘书：“不去了？”

蒋炽“嗯”了声：“不去了。”

他重新坐回去，靠着椅背捏眉心，似乎十分疲惫。

秘书看着办公桌后的男人，全年份的诧异似乎都集中在今天了。

领导从来都不是优柔寡断的人，凡事做到令出必行，他不会轻易下指令，但一旦说出口，就会坚决执行。

他生活极简，满眼只有工作，用他那个惊人大脑规划出来的最优策略，快速执行着，甚至连多余的情绪都没有。他雷厉风行，精力充沛，仿佛永动机般，永远不会累，流露出眼下这样的困扰和疲倦更是从未有过。

现在这副模样，简直是太阳打西边出来了。

可眼前这样，反而让他更像是一个人。

一个活生生的、有血肉的人。

秘书看了片刻，才反应过来，自己还眼看着领导坐在一堆碎玻璃片当中，连忙收起自己表情，放下笔记本：“我这就叫保洁来，帮您把碎杯子清扫了。”

保洁人员很快到场，他们抬起桌椅，用手电筒照沙发底下清扫，很快走完整套程序，不让任何一个碎片留下。

秘书趁这个时间，给蒋炽汇报：“对了领导，信息中心报上来一件事情，说是有个科研学术界的国际会议，要在 B 市借用我们的场地举办，请您过目看看是否同意。”

蒋炽接过文件，翻了翻，说：“这个会议我在上学时就听过，非常有名。”

秘书附和着笑道：“本来我是隔行如隔山了，但听信息中心同事科普，我又自己私下去查了查，确实是高手云集！”

蒋炽点头：“本来这种级别的会议，都是被 M 国学者把控，他们一个个眼高于顶，不太带国人玩的。今年能开到国内，倒叫我没想到。”

秘书恍然道：“原来是这样啊！那看来是我国国力增强，叫他们也愿意合作交流了。”

蒋炽垂下眸翻看着，嗓音低沉：“国力强盛这个大环境是不错，但若说具体原因，怕是没有这么简单。”

然后他话音一顿，因为，他突然看见，常委名单里，有一个熟悉的名字。

不是他太敏锐或是巧合怎么的，主要是在一大堆英文名字里，出现了一个为数不多的中文名，实属显眼。

秘书见他神色有异，问道：“怎么了？”

而蒋炽目光定住，盯了会儿，指着上面一行字问：“会议委员会在中国的分会不是在 A 市吗？为什么舍近求远，来我们 B 市举办？”

秘书回道：“A 市毕竟是政治中心，太多外国人进去不合适，听说他们申请受阻了。然后我们这儿承接科技金融，限制没那么多。”

蒋炽的视线就没从那页挪开过，神色略微严肃，若有所思。

见他这个表情，秘书不由得紧张起来。尽管对方是位非常体谅人、也没架子的好领导，但每次站他旁边，秘书还是觉得压力非常大。

然后便见，他静默片刻后，倏地弯了下唇角：“好。”

虽然很浅一抹笑，但这足以让秘书感到惊恐了。

那丝笑意稍纵即逝，他合上材料，放置在桌面：“既然好处你都帮我归纳完了，这种双方共赢的事情，我当然同意。”

秘书松了口气，快速调整好状态，让他签好名后，笑道：“那我就去和信息中心那里说这件事了。”

蒋炽点头，椅子转过，继续开始别的工作。

几日后，这天上午，时姜瞪着学术会议官网上宣布的这个参会地点，已经瞪了足足十几分钟了。

她不能理解。

怎么就这么巧？就算组委会那帮家伙开玩笑说要来她所在的国家看看，公费深度旅游，但国内有活力的城市这么多，为什么就偏偏定在了 B 市呢？

要是刚确定地点那阵儿，她还能说上话，可以要求去别的城市举办。但她最近忙得连轴转，早把这件事情给抛到脑后了。

此刻公告已经发布快一个月，全球范围内的学者早收到邮件通知，估计许多人机票都提前抢完了，现在改地点过于兴师动众，还影响组委会声誉，肯定不可能。

时姜托着腮，愁得不行。

但愁了会儿，她忽然反应过来，她为什么要害怕去B市呢？难道就因为B市是蒋……是那个人的地盘？这也太尿了吧。况且能不能遇到还两说。

现在根本没有解决办法，只会空消耗自己的情绪，浪费时间。

时姜决定不管了。这B市，去就去呗，又不是什么刀山火海。既然改变不了，就只能学会享受。

时姜和公司团队的同事们沟通过之后，一个简短的行程计划迅速被制订出来。行程表都快完成了，时姜感觉好像少了个什么东西，仔细一想，反应过来，原来是把盛行渊这家伙给忘了。

好歹也算她学生，时姜便给他发消息，问他要不要一起去参会。

此时盛行渊正在和他的狐朋狗友一起吃饭。

见他瞅着手机，陷入了思考般，宴迟好奇凑过来："看什么呢，这么认真？"

盛大公子瞪着屏幕，皱眉念出了一句英文，问："我导师喊我去参加这个什么学术会议。这什么玩意儿啊！怎么每个单词我单独都认识，但拼一块儿就不知道什么意思了？"

宴迟听完，略一回忆，说："如果我没记错的话，是计算机领域特别牛的一个学术会议，图灵奖得主坐镇的那种，会议级别妥妥算顶级了。"

盛行渊手机一撂，靠后一躺："她喊我干吗？谁爱浪费生命去参加这无聊玩意儿。"

宴迟无语地翻了个白眼，手指划着屏幕稍微搜查了一下，眉梢都挑起来了："喂。"他头都不转地去拍旁边人，"今年这个顶会，你知道你导师的公司团队中了多少篇论文吗？"

盛行渊："慢，什么叫顶会？"

宴迟停顿两秒钟，喝了口水，镇定地鄙夷道："我以为我够废了，谁知道你比我还废。"

他解释道："顶会，就是顶级会议。不是单纯开会的意思，你就把它理解为一种收集论文的组织，嗯，类似期刊啊杂志啊那种。收论文，然后再组织开个会议，优秀论文的作者上来做演讲，大家一起讨论最新学术技术。"

"这个会议含金量很高的。我记得上半年学校就业情况统计说，投中一篇顶会论文，月薪给你加这个数。"宴迟徐徐竖起一根食指。

盛行渊皱起眉，试探地说：“……一百万？”

“蠢死你得了！”宴迟踹他一脚，松开手势，直接揭示答案，“一万。”

眨眨眼，盛行渊从鼻子中喷出气：“嘁……”

“得嘞！”宴迟打断，“我知道这个钱，大少爷您看不上，都比不上您一晚花销。可您这贵眼，也别老长在脑袋顶上，麻烦向下看看普罗大众吧！年薪在原来基础上给加十万已经很多了，你真以为满世界都是年薪百万？”

听他这话，盛行渊忍不住露出惊讶神色。

他高跷着腿，摇头啧道：“稀奇，真稀奇，我倒不知道你宴公子，啥时候变得这么知道人间疾苦？”

宴迟拨了拨自己刘海儿，颇为不好意思地说：“还不都是我……”

“好了好了，我知道了！你媳妇儿！又是你媳妇儿告诉你的对吧！”盛行渊立刻打断，站起来愤怒道，“秀！全天下就你有对象！”

而宴迟懒洋洋靠在沙发里：“全天下其他人有没有对象我不知道，但我知道，”举着酒杯冲他摇了摇，“——你没有。”

盛行渊：“……”

他拎起衣服转身就走，这天实在聊不下去了。

盛行渊离开饭店，上车后给手机解锁，发现页面还停在正要和时姜说自己不去了的消息。但听刚才宴迟那小子吹得那么牛，他犹豫了一会儿，将未发送的文字删除干净，让司机掉转方向，直接往清大开去。

时姜果然还在办公室里。

在门口探了会儿头之后，盛行渊大摇大摆地进屋，把手中外卖盒子放到桌上，然后自顾自转到候客区，一屁股往那儿一坐，动作流畅得跟到了自己家似的。

而这个过程中，时姜就在他进门时瞥他一眼，之后压根儿理都没理他。

盛行渊坐那儿干咳了半天都得不到一个眼神儿，大少爷的尊严受到了创伤，正要开始作，却突然想起来，宴迟跟他说的，这个牛烘烘的会议，之前压根儿就不在国内开，就因为时姜这个组委会重要成员，她回国了，那群学术圈大佬才愿意把会议地点定在国内。

时姜团队还在M国的时候，就以极高的论文录取率，得到了学术圈的普遍认可。而她恰好回国，团队论文归属国家发生改变后，直接在数量上拿了个亚洲第一。

盛行渊眼神复杂看她半天，最终还是别别扭扭道：“那什么，你，你原来还挺厉害的哈……”

闻言，时姜莫名其妙瞥他两眼：“吃错药了？”说完就继续忙活自己的事。

“你！”盛行渊正要反击，却想到什么，又硬生生拐着熄火了，过了会儿，“那个什么，时，时姐啊。”

时姜正忙检查会议流程和演示幻灯片，眼睛都快长在电脑屏幕上了，听见这声，却立刻说：“时什么姐，叫老师，教授也行。”

而盛行渊这个小伙子非常有想法，他立刻表示不服，反驳道：“你也没比我大几岁，我为什么要叫你老师，感觉跟差了个辈分儿似的。”

时姜：“你语文学没学过韩愈的《师说》……哦，对不起，你从小都是在国外读的，确实没学过。”

她全神贯注看文件时，再跟人说话，语速就会不可避免地缓了些，“那我今天就教教你，什么叫‘闻道有先后，术业有专攻’，既然你入了我门下，我就算你比小，你也得喊我老师。”

“你看看人家蒋……”却突然顿住。

盛行渊本是奔着示好的目标来的，谁知一上来被训了通。

他自然没好气，抱臂窝在椅子里，瓮声瓮气地回她：“讲什么？”

时姜反应过来，簌簌眨了两下睫毛，身体坐直了些：“没什么。”顿了顿，“口误，说错了。”

而盛行渊这浑球，半点不给面子地嗤她：“我看你这模样可不像口误说错了，倒像想起老情人了似的。”

时姜心头“咚”地一跳，完全无意识地，手中 A4 纸猛地捏紧，皱着延伸出几道褶子。

这茬事最后以盛行渊被时姜乱棍打出办公室而结束。

不过，时姜还是强制性地给盛行渊报上了名，让他跟着去学术会议长见识，这小子觉悟太低了，得好好给他熏陶熏陶。

时间很快，转眼就到了要去 B 市参会的日子。

临去赶飞机前，时姜看着盛行渊大包小包的行李，面部表情都快要抽搐了。她深吸了口气，努力让自己保持平静：“我们只是去出个差，五天而已，你为什么搞出了一种搬家的效果？”

她对比着指了指自己手边仅仅的一个小行李箱：“还有，你这样会衬托得我非常不像个女的。”

一听这话，盛行渊也很生气：“你以为我想拿这么多？我拿的都是必需的！”他“嗖嗖”四处指着，“这箱是我的洗漱护肤用品，这箱是我的换洗衣物，这箱是你的礼服……”

时姜：“慢。请等下。请问什么叫我的？还礼服？我记得我没有说过让你帮我收拾东西吧。”

盛行渊瞪大了眼，理直气壮道：“你当然要穿礼服！你是我的导师，到时候全球直播，要是看见我导师寒酸成这样，那我岂不是很没面子！”

被嫌弃的时姜：“……”

她放弃和这人斗争了，拖着自己箱子转身就走：“行，你爱带就带吧，且看你能不能成功托运，你这一大堆上去，飞机的半个储物舱都要叫你一个人东西占满。”

盛行渊站在她身后，还很惊讶：“谁说我要托运了？”停了两秒，“咱们难道不是坐我家私人飞机去 B 市吗？”

时姜脚步猛地一顿，然后倒退着原路返回，看向盛行渊，严肃道：“下次记得提前讲，我们一个团队这么多号人，机票能省好几万块钱呢。”

盛行渊：“……”

于是一通折腾后，他们一行人终于坐上盛家的专机。

飞在高空时，时姜靠在窗边，边观赏外面漂亮的云层，边感慨有钱真好。

到达 B 市后，他们去学术会议举办的酒店报到，然后办理入住手续。

因为盛行渊的缘故，盛氏集团成了本次会议的国内最大赞助商，这家五星级酒店也是他们家的产业。

刚一落地，盛行渊就打电话呼朋引伴地出去浪了，时姜蹲在房间里准备明天演讲的幻灯片。

按照惯例，这种学术会议第一天都是留给委员会主席、学术大佬、龙头企业技术高管等各种重量级人物的。

随后几天才是优秀论文获得者的展示时间，会按照不同细分领域、不同研究主题，同步开设多个分会场。参会人员可以根据自己研究方向和兴趣点，选择性地去听各个小会议。

因此，时姜需要第一天上台演讲，她团队的研究人员，会分散到之后几天。

第一天提前到的时候，时姜遇见了许多老朋友，国内国外的都有。毕竟圈子就那么大，研究来研究去，最后也绕不过那几个人。

可出场的一个人，确实是她所料想不到的。

会议手册流程上，清晰地写着承办方致辞这个环节，以及下面加粗的两个汉字——蒋炽。

这人竟然真的来了。

时姜坐在观众席，看着台上西装革履的英俊男人，心绪不可避免地被拨动了一下。

媒体记者密密匝匝地围在下面，闪光灯“咔嚓咔嚓”就没停过。

不远处有两个志愿者女学生，两人凑一起在咬耳朵，望着台上激动得边掐人中边嘤嘤嘤：“呜呜，好帅啊，好有男人味啊，我快要被迷晕过去了！”

时姜：“……”

时姜其实不太懂，蒋炽为什么会出现在他们这种学术会议的开幕式。

旁边公司合伙人魏子源说：“是吧，你是不是也不能理解，人家可是大领导哎！日理万机，哪能参加这么多会？这种学术会议，撑死了就是远程开个视频，说几句话预祝开办顺利，就已经是给足你面子了！根本不可能到现场来的。”

她这合作伙伴激动得不行：“你就看着吧，他今天来这一趟，明天決对一大堆公司前仆后继就到 B 市要扎根了，百分之百的！”

时姜转眸，静静看向对方。

“你不信？”魏子源压着嗓子夸张叫道，“他来这一趟，就说明什么？说明政策导向到这儿了，之后绝对受重视，政策一到，啥事儿干不成？”连连感慨，“Jocelyn（乔斯琳），我们赶上好时候了！”

Jocelyn 是时姜的英文名，魏子源是赤江公司的联合创始人，和她一起从 M 国奋斗过来的，一时间叫习惯了。

而时姜陷入沉默，不知想到什么，一时间没有说话。

很快就轮到时姜上台了。

由于上午场做演讲都是男性，只她一个女性，入眼都是黑蓝西服，她还没反应过来自己这一身造型有多夸张。

直到她踩着盛行渊非让她换上的高跟鞋上场后，台下的反应，隐隐又让她觉得有些不对了。怎么说，和她前个月第一次去上课时，学生们的反应有点儿像。

明显寂静几瞬后，就开始无限躁动，伴随着拍照频率明显增高。

时姜身着高定礼服，一袭酒红色鱼尾裙，裁剪精致，掐出极细的腰，用料高级，衬得越发肤白，黑发如海藻般淌落肩头。尤其被盛行渊不知从哪儿搞来的造型团队一顿化妆之后，一眼望过，竟丝毫不输那些明星。

她的双语发言缓缓传遍全场，开始自己对本领域前沿技术的解读和总结。

盛行渊远远望着台上之人，心里十分满意。

盛氏集团是这次会议主要赞助方，因此会议全球直播的时候，时姜演讲的空隙间，还穿插着特意给了盛行渊一个相当长的镜头。

时姜正在演讲，在大屏幕上瞥见转接过去的盛行渊时，还心想，没想到这平日里吊儿郎当的盛大公子，一旦到了镜头下，西装皮一上身，竟然还挺正经，英俊倜傥的，非常具有迷惑性。

很快，时姜演讲完毕，在热烈的掌声中朝台下走，盛行渊连忙就去迎人。时姜高跟鞋不方便，他就绅士地伸出小臂让她扶着，于是镜头又赶忙切过来了。

盛行渊保持着微笑，边走边压低声音说："我给你讲，你信不信，我爷爷奶奶外公外婆现在蹲在直播端就为了看这一个镜头。"

祖辈们围着电视机，戴着老花镜齐齐找自家不成器的宝贝孙子，这个场面立刻在她脑海里出来了。时姜有些好笑："我信啊，我为什么不信？"顿了顿，"没看出来啊，你还挺有孝心。"

这稍一被夸，盛大公子的尾巴立刻翘上天了："那是！我再气我爸，也不能让老人家跟着我操心啊。我刚才表现得还不错吧？"

"是不错。"时姜也笑，点点头，"人模狗样的。"

盛行渊："……"

正要反驳她，而这时，盛行渊突然感受到一股视线，不知从哪儿射来，内敛又有锋芒，叫他如芒在背非常有压力。

他面上稳住，不动声色搜寻看去，然后很快，在嘉宾候场区，看到一个高大的男人，正默默朝他这里看来。

盛行渊稍微挑眉，这人他当然认识，是刚才在时姜前面上去讲话的B市商会领导。也是那日，和他一起竞争面试的那个神级优秀选手。

他面试回去还打听过这个人，听说对方是土生土长的A市人，家里关系非常硬，盛行渊老爹有一天还特地跑来，让他注意下，不要轻易惹到人家，当然，能搞好关系是最好的。

盛行渊迅速反思了下自己和对方的交集，发现并没有得罪过这个人。唯一的冲突就是抢了他博士名额，但这个也不能怪他啊，他甚至很真诚地请时姜把他踢出去了。

但这人这种像自己要抢他老婆的眼神是为何？

莫名其妙地，盛行渊想不明白，就干脆不想了。

上午场很快结束，临吃饭时，时姜接到会议主办方的通知，说是 B 市商会领导在下午期望和本次参会的企业家们，进行一个短暂的座谈会。

时姜的公司当然在这个被邀请的名单里。

所谓座谈会，显然也没别的目的，就是要招商引资，提前了解一下各家想要入驻 B 市的一众科技公司的规划和想法。

匆匆午饭后，楼下专家演讲还在进行着，时姜同魏子源一起，以及一大群其他公司的董事会成员或者高管，前往酒店楼上会议室。

楼下还是风格开放的幻灯片演讲，而楼上已经成了棕褐桌面、暗红桌布，再加上一列带盖茶杯，这种略严肃的调调。

风格的转换对比十分强烈。

时姜和魏子源等人寻到自己的姓名牌子，陆续落座。

还好，主办方办事效率非常高，没有磨叽说场面话什么的，洽谈很快开始。

可时姜看着手旁茶杯，熟悉的声音入耳，禁不住神思恍惚了。

要入驻吗？入驻后，就不可避免和蒋炽他们打很多交道。

她本来是来 B 市参加学术会议，带着团队展示科技成果，谁知道，莫名其妙扯到公司问题上。

于是也就没听清楚蒋炽究竟说了什么。

直到魏子源突然小声提醒她，时姜才反应过来，一群企业家转圈轮着，马上就要轮到他们赤江发言了。

不知是不是看出了她的踌躇和犹豫，急得魏子源赶紧压低声音劝："Jocelyn，B 市政策形势是真的不错，科技园区的地盘叫别的公司占一块可就少一块，我们绝对要把业务扩展到 B 市去，过了这个村就没这个店。机不可失，犹豫就会败北，我们得赶紧占领高地啊！"

等魏子源像机关枪一样突突了一大堆，发言顺序已经轮到她跟前了。

时姜顿时脑中千万种思绪飘忽而过。

她想到很多事情，很多年前的，最近的。

想到她本应该是那么果决一个人，公司从学校产业基地孵化出来，一路走来，多少人要收购吞并，她都坚持下来了。

为了发展，她甚至可以出卖、丢弃自己的感情……可为什么到了现在，一旦事情遇到了蒋炽，她的处事原则就变了呢？

这时，会议室安静了下来。

位于首座的男人隔着半个房间之远，微微转头朝她望来，眸色黑又沉，在静静等候。

时姜知道，她当然不能拿公司的发展来意气用事，于是垂了下眸，再次抬眼，面上已挂起了标准的笑容。

她按开身前固定发言话筒，平静地说："领导热情邀请，又为我们争取到许多优惠政策，我谨代表赤江全体员工表态，当然愿意入驻。"

散会后，时姜匆匆离去，一刻都不想在房间里多待。

但对方偏偏不让她如愿，一道清冷男声紧跟着响起："时教授请等下。"

毕竟是在人家主场，周围一圈企业家同行呢，时姜不好不给蒋炽面子，只好停下脚步，稳了稳心神，微笑着转身："您还有别的事吗？"

"没特别的事情。"对方神色坦荡又温和，仿若和她老朋友一般闲聊，"上次和时教授在清大分开，问问近况。时教授新收的入门弟子怎么样，还满意吗？"

这矛头竟然直接朝盛行渊而去了。

时姜哪怕再没什么感觉，也下意识有些护犊子，淡笑着："年轻人嘛，自然更有活力些，有什么说什么，心事从来都是挂在脸上。我当然满意。"

旁边其他人听不出什么问题，只有他二人知道，时姜这简直就是在拐弯抹角地讽刺蒋炽了。

而对方神色一丝都没有波动，只唇间轻声捻着两个字："年轻。"

"年轻就是好啊。"他笑道。

时姜跟着笑。

而周围其他企业家一见蒋炽这样，哪怕不明所以，也都附和地笑了起来。

一时间表面气氛和谐洽然，实际不知暗中涌动着多少暗流。

而笑着笑着，蒋炽突然停住，突兀地问了句："时教授的公司，为什么叫那个名字？"

时姜心里突地一跳。

她几乎有些装不下去了，收起些笑容，故作轻松地回问：“一个代号罢了。您怎么对这个感兴趣？”

蒋炽却丝毫没有退让的意思：“每个公司诞生，都是有些非常值得一提的故事的。尤其是像您这样的独角兽企业，时教授作为创始人，我想，应该能和我们讲讲里面的渊源，一定非常有趣。”

话语咄咄，目光灼灼。

时姜唇边弧度几乎都要僵了。

果然，她就知道，这人肯定要问！

她控制不住地想起，高中那阵儿，时姜每天英语早读都能很快背完老师布置的单词，离下课还早，她无聊之际，就会经常看些乱七八糟的杂志。

蒋炽那时刚转来狮河一高，坐在她后桌，观察了她数个早自习之后，在一个早上，突然问她：“你在看什么？”

时姜特别投入，眼都舍不得挪开：“看人物采访。”然后侧过身，掰着书皮封面人物给他看，是个西装抱臂的老外，“看这些企业家怎么创立公司怎么经营公司，挺有意思的。”

蒋炽想了想，问她：“以后想创业？”

时姜讶异放下书：“你是第一个不认为我看这个是为了积累作文素材的人。”

蒋炽：“……”

然后就听见对面女生大言不惭承认：“是的。”

耳边被此起彼伏的英文单词充斥，叽里呱啦，有些就是学生在扯着嗓子胡念。

喧闹中，蒋炽又问：“为什么想创业？”

时姜丝毫不掩饰自己对铜臭的热爱，发自肺腑地说：“当然是因为钱多。”她摇头晃脑地感慨，“曾经有一份大好的创业机会摆在我面前，我却没有珍惜……不，我试图珍惜，但是被我奶奶打跑了。”

而旁边常以翔是知道内情的，立刻嗤笑：“得了吧，你那能叫创业？顶多称之为个体户。”

时姜啧道：“年轻人啊不要好高骛远。不从个体户干起，又怎能未来创造上亿的市值。不在底层摸爬滚打过，又怎能轻易达到高处的风光。所谓脚踏实地……”她说着说着，就拐到了上周背的议论文句子上。

“哎哎哎，打住打住！”

常以翔捂住耳朵，一副不听不听王八念经的模样：“这回我不求你尊重我了，但求你尊重一下现在是英语课，你却在这背语文？”

片刻后。

“唉——”

前面女生长叹一口气，顿时高深莫测起来，她背过身，重新竖起杂志，一副不愿与其论之的模样：“行吧，不和你讲了，反正我的处境和顾虑，你是不会懂的。”

常以翔当然不懂，他当下最要紧的任务是死磕那些英语单词。

他急着超越时姜进度，却越急越背不出来，在挠落一桌头皮屑之后，非常怀疑人生地朝时姜看了好几眼，跑过去，要求提前替老师检查她一遍。

结果发现时姜半个都没错之后，又万念俱灰地回来，更加怀疑人生了。

再到后来，时姜和蒋炽更加熟悉之后，有天上晚自习，时姜趁着常以翔不在，偷偷转到后桌，冲蒋炽说悄悄话：“我想到了！我以后创立公司，就叫这个名字。”

说着，她递给他一个小纸条，上面写着“赤江”二字。

蒋炽放下笔，问她：“为什么取什么名字？”

时姜脸颊有些红：“没有为什么。”她一向伶牙俐齿，此刻竟然结巴了起来，“我刚才翻文言文，突然就翻到了《诗经》《楚辞》什么的，然后里面挑了俩字，就觉得好听，还有文化。”

蒋炽目光还落在那纸上，突然就笑了。

时姜被他这笑容，笑得心里有些忐忑，略微不安地问他：“你是不是也觉得我蛮可笑，在这儿痴心妄想。”

她胳膊交叠放在后桌桌沿儿上，歪着头枕着趴下：“常以翔整天说我白日做梦。”

“不会。”

男生的嗓音还是一如既往地清冷低沉，但不知为何，时姜听出了其中淡淡笑意，让人心安，又充满鼓励和力量。

“我当然相信你。你一定会成功，我等着未来你的公司上市。”

……

十一年过去，时姜成功了。她成功创办了赤江科技有限公司，将它从零培育为一个融资过亿元美金的独角兽企业。

但是，面前的人，早已经不是当年那个人了。

“故事，是真的没有。”身着红裙的女人笑容淡淡，轻声说。

她气质从容优雅，一切都是那么得体，如果能忽略掉她眸底情绪的话。

“我只是，想不出来别的名字罢了。我是理科思维，语文学得不好，灵感匮乏，我的团队里又都是我这种德行的。名字想了一个又一个，都被占用注册了，正好这个没有，就干脆拿来用了。”

时姜似是很惋惜地歉意道：“所以，恐怕要让您失望了，赤江确实是没有故事的。”

对面男人似乎背僵硬了一下。

蒋炽微低下头，极轻地呵笑了一声：“原来是这样。”

“赤、江，”他一字一字咬着读出来，然后弯了唇，笑意却没达眼底，称赞道，“——真是个好名字。”

第三章 受伤

「我是在想，那晚若是那个时候的你，
应该是不会躲，更不会逃的。」

晚上没有学术分享，但考虑到大家待在酒店左右没事，干脆举办了晚宴。

这届会议主办方是个不拘一格的，除了常规自助餐之外，在酒店草坪那边还燃着篝火，有专供参会年轻人热闹的露天啤酒派对。

盛行渊望着草坪非常兴奋：“还不错嘛！比我想象的要好很多，我还以为你们这种人都是古板无趣的书呆子来着。”

时姜：“你看人家书呆子，人家看你类人猿。”

盛行渊：“……”

他可能已经被打击习惯了，知道自己在时姜嘴下讨不着好，哼道：“少爷我现在心情好，懒得理你。”说着就摩拳擦掌起来，“我要冲了！你去不？”

时姜看看自己一身行头，面无表情地说：“你非给我套上这个，连走路都不方便，然后喊我去蹦迪？”摆摆手，“你自己去玩吧。”

盛行渊瞅时姜无奈至极的模样，把他自己乐得不行。

他模样整清爽之后，笑起来还挺好看，白灿灿的小虎牙都露出：“那我去看看，你在这儿不要跑远，不要让我找不到你啊！”

时姜颇为无语，就这么大的场地，她是能跑丢还是怎么的。

但看着这家伙句句强调着，一步三回头地走远了，她这时候才有种为人师的感觉出来，颇叫人感慨。

目送着孩子走远，她等了几分钟，突然望见国外的几个朋友，就把盛行渊的话全忘到脑后，笑着去打招呼了。

而此时另一头。

谭裕凡他们实验室也有个硕士生发了论文，他带着学生来参会。现在学生去准备明天上台的 presentation（展示）了，谭裕凡没事儿干，索性陪着来凑热闹的北依一块儿溜达。

北依看着门口草坪上大大的展板，瞅见了时姜的文章署名，几乎每两行都要出现一次，惊叹地叫道：“哇，这个人这么厉害的吗？竟然这么多论文都是她写的！”

谭裕凡知道北依纯属是外行来看热闹，和她并肩仰头，也叹道：“不然你以为她这个千人计划是怎么引进的？”

北依看了半天，表示不太理解：“你们不都是清大的教授吗，怎么差距这么大？怎么人家发了个亚洲数量第一，你却发了一篇。”

谭裕凡几乎一口老血快喷了上来。正所谓，无知者说出的真相最为可怕。

他抹了抹头上冷汗：“那咱俩还都是人类呢。”

北依：“……”

大美女反应过来谭裕凡是在损她之后，愤怒地挥舞起她的爱马仕包包就要揍人。

却在转身间，立刻顿住，她忽然在草坪另一头看见一个女人，看了两眼，对照展览板上的照片，问：“唉，那是不是就是这个发了好多论文的时姜？”

谭裕凡转头望去：“对。”

北依扶着下巴，若有所思地说：“她怎么有些眼熟呢？好像在哪儿见过……”

谭裕凡十分鄙夷：“这都什么年代了，你这搭讪方式也太土了吧……唉等下！”

可不等他话说完，北依已经抬脚风风火火地走去了。

“喂，喂！”谭裕凡压着嗓子在她身后拼命喊。

实际上他不太敢过去。

自从上次骗了人家，又把蒋炽收为学生后，谭裕凡心里头虚啊，一直避免在非必要场合和时姜碰面。

北依远远就紧盯着时姜，嗖嗖如风地直线走到跟前，视线还不从人家身上挪开。

时姜正和老朋友讨论一个她公司硬件方面的难点问题，就见一个人直冲她而来了，转过头，神色微微一变。

真是冤家路窄，她哪里能想到，在这种地方都能撞见蒋炽的未婚妻！但她又想到上次自己帽子口罩遮得严实，对方未必能认出自己，便镇定道："你好，请问你找谁？"

北依露出疑惑表情："我是不是见过你？"

果然和猜测一致。

时姜心里稍稳下来，礼貌笑了下："你可能记错了，我长得比较大众脸……"

"啊，我想起来了！"北依脑子终于转过劲儿来，叫道，"那天晚上在那家涮肉店门口……"

"并不是，你认错了。"时姜立刻打断道。

她不想再纠缠，就顾不得礼貌了，转身就走。

而北依上次就让时姜跑了一次，这次要是还连微信都拿不到，她岂不是很没面子。

"你咋又一言不合就跑啊？"说着北依就连忙去拉人，边拉扯边急道，"你是不是不喜欢我啊？对我一股子敌意干吗，我又不会吃了你……"

时姜心叹好家伙，她以为自己够直接，谁知这人比她还直接。

可谁知，这派对是在草地上举办的，北依穿的小高跟一个用力，直接扎进了土地里了，眼瞅着身形不稳，就要往前扑倒。

时姜余光注意到，脑子几乎没有反应时间，下意识转身就要去扶人。

可她一个女生，尤其今天听盛行渊安排，也搞了双高跷在脚上，哪里能扶得住人。

于是最悲惨的场面发生了——她没能把对方架住，反而把自己搭了进去。

眼看惊叫两声，两个人就要一块儿躺地上。

而就在这千钧一发之际，背后传来一阵疾步声，紧接着腰后一硬，有个坚实手臂，稳稳揽住了她。

时姜倏地侧头抬眸，然后，就和一双熟悉的黑沉沉的眼睛视线骤然相接。

她指尖一颤，心头控制不住地怦怦跳了几下。

头顶蹦迪专用霓虹灯打落而下，男人五官更加深邃，轮廓鲜明。

他身上是好闻的草木熏香，极轻极淡。

时姜手还下意识按在对方身前，西装底下，略硬的肌肉蕴藏着腾腾能量，蓬勃有力。

她知道自己应该有些反应的，可她浑身僵硬，动都动不了，所有的话更是齐齐卡在喉咙里，半个音节也发不出来。

二人这里也不知道僵硬维持了多久，全场目光都被吸引到这里了。直到脚下“哎哟”一声，时姜顿时如梦初醒。

连忙推开蒋炽才发现，原来，刚才蒋炽是扶住了她不错，但另一头没顾上。

他自己的大美女未婚妻反而结结实实地趴地上了。

时姜脸烫得不行，连忙就去扶地上的北依。

北依按着自己腰侧，连天哀叫地挣扎就要站起来，骂道：“我就知道，男人没一个靠得住！”

这话明显冲着旁边的蒋炽。

于是听得时姜顿时异常愧疚。明明人家才是蒋炽未婚妻，她这办的算什么事啊。

她搀扶着北依，甚至都不敢看对方一眼。

而大美女本来怨声载道，见是时姜来扶她，顿时又眼泪汪汪感动得不行：“呜呜，姐姐，还是你好。”变脸速度那叫一个快。

时姜没有说话，只扶着人，先把她往不远处座椅带。

却没走两步，时姜眉头皱起来，觉得不对。

她低下头，发现自己脚踝明显肿了一圈，应该是刚才跌倒时崴了脚。

北依顺着她的视线自然也发现，夸张叫道：“肿这么厉害了！”一脸焦急地喊，“快快快，叫人拿些冰过来。”

时姜单脚着力站在那里，脚踝处刚才没发现，现在却后知后觉一样沿着神经传来痛感，一阵强过一阵，没多时，疼得她冷汗直往外冒。

可偏偏此刻是内外两相煎熬。

蒋炽的未婚妻还和她纠结在一块儿，时姜都开始怀疑这是不是老天爷对她掺和人家一对璧人之间的惩罚了。北依都结实摔趴地上了，爬起来半点事没有，而她好歹还被人照应一下，扶了一把，却搞了个脚脖子肿一大圈。简直没天理。

可偏偏她连诉苦的地方都没有。

而在她怀着隐蔽不可言说的心思，对蒋炽这位未婚妻恨不得离得越远越好时，对方却扶着她一脸关切和焦急，大呼小叫喊人来，反而衬托得她倒像个恶毒女配。

时姜其实想叫北依放开,可这人手劲儿大,一个激动,抓她胳膊挺疼的。

“老师！”

远处有人奔来，边跑边呼喊道。

时姜乱麻一般的心思被打破，听到这一声，连忙像抓住救星一样赶紧看去，是盛行渊带了工作人员来了。

这小子还算多少懂点儿礼数，这么多人面前，这次喊她的称呼起码规规矩矩的。

盛行渊刚到，一看情况，脸“唰”地就黑了：“怎么会这么严重？”

身后跟来的工作人员带着急救箱，连忙蹲在地上就要给她处理，为首的酒店经理连忙不停道歉，说是他们布置不周。

但现在说这些也没什么用。

时姜摇摇头，她现在已经疼得有些打哆嗦了，努力温声说：“先帮我拿把椅子过来吧。”

“啊，对！”酒店经理又怕又急，脑子都糊涂了，赶忙去招呼其他人搬椅子。

“我这里拿了。”突然有人沉声说道。

竟是蒋炽不知什么时候，已经迅速拎了把折叠椅过来。

时姜被扶着坐下，可疼痛丝毫没有减轻，她嘴唇都发白了。

工作人员做了紧急处理后，抬头说：“目前只是应急，时教授尽快去医院吧，我们已经联系了最近的……”

“太慢了，现在迎宾路正堵车。”蒋炽突然沉声道，“我开车送她去市中心医院，我要回办公室，正好顺路。”

时姜心里突地一跳。

眼看着对方就要走来，要把她搀扶而起，时姜突然不知什么感觉，手比脑子快地冲盛行渊抬手：“小盛。”

盛行渊连忙插在蒋炽身前过来。

“您公事繁忙，就不麻烦了。”时姜借着对方手臂上的力，单脚站起来了些，强忍着说，“我这里问题不大，学生送我去就行。”

然后她都没敢看蒋炽的反应，侧过头去。

她疼得额头冷汗直冒，但情绪一直很平稳，有条不紊地吩咐道：“你先找魏老师。接下来四天会议行程我尽量回来，如果回不来，就请他带队。剩下的专题讲解和商务合作，得麻烦他，材料都在我电脑里，密码是……”

“行了行了，你都成这样了，还交代个什么劲儿！”盛行渊实在看不下去，打断道。

时姜被火速拉到了 B 市中心医院。

最后是蒋炽和盛行渊两个人都跟来了，开的是蒋炽的车，盛行渊承担司机一职，车速飙到飞起，惊心动魄到让时姜十分担心万一路上出个什么事，到时候医院得把他们仨全给接收了。

有惊无险达到中心医院。

医生初步诊断后，说是韧带拉伤，好在没有伤到骨头。但所谓伤筋动骨一百天，她这一下子，不得不休养一段时间了。

时姜坐在 VIP 病房的单床上，愁得不行，这得耽误多少事啊！

盛行渊贴在玻璃上左扭右扭地看窗外夜色，顺带说着：“今晚就在医院这里凑合一晚，明天片子出来再让医生看看，先别挪动，来回跑也挺折腾的。我给造型团队打过电话了，等会儿他们来帮你把妆给卸了。”

时姜正要说什么，对方“嗖”地转头连忙抢到前面：“你可别想着回会场啊！我给你讲，地球没了你照样转，魏老师也是这么让我劝你的。”

时姜瞬间蔫儿了下来，生无可恋地向后躺倒而去。

只是颓了一阵，突然反应过来，房间里还有另外一个人。

她忙重新坐起来，看向门口灯光下站着的挺拔男人，咳了声：“今天麻烦您了。”

时姜努力让自己表现平常：“今天就不耽误您时间了，不如……您先回去，来日我一定登门向您道谢。”

对方目光静静看来，看得时姜心里一突，她抿了抿唇。

蒋炽突然出声：“时教授不必客气，应该的。”嗓音似乎一丝一毫的情绪都没有，“毕竟，害你跌倒的人，是我带去的。她做事冲动，扰乱公共秩序，我也有责任。”

时姜手无意识地抓住床单边缘，越抓越紧。

其实，她心里并没有责怪北依。

但此刻蒋炽代替对方来给她道歉的模样，她只觉得滑稽到了极点，也讽刺到了极点。

蒋炽还在继续：“况且，我是这次活动的负责人之一，主办活动产生安全事故，我也……”

“好了。”时姜突然打断。

说完才觉得颇为突兀，刚才情绪竟然有些控制不住，她心里暗惊，却只好硬着头皮继续，脸色苍白地笑了笑：“一场小误会而已，您真不用往自己身上揽责任。”

她侧过头：“小盛，我不方便，你帮我送送蒋先生吧。还有，刚才看病账单垫付，你先帮我还给人家，待会儿我再转你。”

关键时刻，盛行渊还是很给面子的。

这家伙“哦”了声，懒洋洋站起来，充当工具人准备去送客了。

“不用。”

蒋炽自然明显看出她的意思，敛住眸，不知什么神情：“没有多少钱，就当我的道歉补偿。”

利索说完转身。

时姜僵直的背刚松开些。

然后，就见对方一只脚都跨出去了，却停顿两秒，又硬生生收了回来。蒋炽回过头，迟疑几瞬：“你……为什么不走？”

这个“你”强调得有些重。

时姜眨了下眼。

通过排除法，这话应该是问盛行渊的。

而一见人家出门、就偷懒半道拐回来的盛大公子，此刻已经窝进窗边沙发里了，闻声扬起眉，指了指时姜方向：“我一走，她跟个瘸子似的，能干啥？”掏出手机横过屏幕，冲时姜兴致勃勃地说，“我在这儿打一通宵游戏，顺便照顾你，你没意见吧！”

“……”时姜其实想说她有意见。

而另一头，蒋炽也迅速掏出手机了，拨了通电话，隐约低声说了句：“嗯，对，你过来一下。”

时姜见他表情不太对，正想问，对方又拿着外套大步出去了。

蒋炽下了楼，在医院一楼服务台找到了正在疯狂骚扰前台护士的北依，然后拎着她就原路往回走，非常直接又冷漠地说：“你今晚在时教授这里守着。”

“她那个病房，你整个晚上都别出来，最好别让他们两个人单独在一起。”

北依刚开始被揪住还非常不乐意，一瞧见蒋炽表情这么严肃，又顿时来了兴趣。

北依哈哈哈道：“你都不知道，刚才来的路上，我看见网上生图你扶人家那一搭，就上热搜的那些照片，看得我差点儿以为你也喜欢人家，原来是我误会了哈……”

蒋炽觉得她这话不太对，他站住脚步，皱起眉：“什么热搜？”

北依拿出手机，炫丽指甲在屏幕上划拉几下，给他瞧：“喏，你看。”

社交平台上现在热度最高的，就是他和时姜的好几张照片，是在他把时姜扶住腰时的那几个瞬间抓拍的。

里面男人高大英俊，西装革履，女人长发红裙，优雅美丽，仅从外貌看，可谓是天造地设的一对。而女人倾身跌倒之际，裙摆稍稍扬起，顺着藕白手臂，荡出一道虚化的弧度。

尤其二人之间异常胶着的对视，眼神能拉丝儿，十分耐人寻味。

北依拨拉着图片，叹道：“要不是我知道你俩刚认识，只看照片的话，我都以为你俩是十几年的老情人了。啧，说的就是那个CP（配对）感，不对，你知道什么是CP感吗……”

而对面男人已经再听不进去她的话，若有所思。

此时病房内。

盛行渊看着手机，脸上肉眼可见的不高兴。

时姜目光从笔记本电脑屏幕上挪开，瞅这小伙子好几眼，还是忍不住好奇，问：“你在郁闷什么？”

盛行渊抬眼看她好几眼，神情十分复杂：“你自己看吧。”说着就把手机给时姜。

时姜狐疑接过，接过入目就是她和蒋炽的那几张合影。

下面讨论热烈——

“这就是小说男女主照进现实啊！以后看霸道总裁文有脸了！”

不知怎么回事，盛行渊越看那几张照片，一股子烦躁就越开始从心底往上冒。他“啪”地把手机撂下：“我家投那么多钱白投了啊，最后全来看这人风头！我自己半个版面没占，结果都给别人做了嫁衣。”

而时姜一眼看过去，当时现场被扶住腰的场景和感觉瞬间回笼，不由得蓦地脸颊有些发烫。

“抱歉啊。”她神思不宁地小声说。

于是盛行渊火气一下子被噎住了。

他站起来，气急败坏地说："我又没怨你！你道什么歉？"

时姜故作镇定捡起手机，递给盛行渊："但这的确是误会。"静默了会儿，抬头问他，"你这方面套路了解得多，目前我要怎么去澄清？"

盛行渊别扭接住："劝你不要发文澄清什么的。很多事都是本来没啥，结果越搅和越严重。"

时姜："那我就放任不管了吗，毕竟……"她顿了下，毕竟，蒋炽是有未婚妻的。

盛行渊哪里知道她心里在纠结什么，只耸耸肩，不置可否："那你等他来找你再说。"

正说着，虚掩着的门又打开了。

门口蒋炽压低声音强调："你进去之后，今晚别出来，等明早我过来，你再走。"

北依不耐烦道："行了行了，我知道了，你都说了一百八十遍了！"

她虽然十分愿意，可没想明白为什么，临被拎进去之前，赶紧抵住门："你为什么让我这么干？你先说清楚，你给我……哎哟！"

话都没说完，就被蒋炽利索地推进去了。

他这次没多留，只通过半开的门缝，遥遥看了一眼，转身就走。

应该是不会再拐回来了。

北依一个趔趄站在门口，简直莫名其妙，再转头，立刻挂上满脸的歉意，边说边往时姜那里凑："时教授，今天我真的对不起，我来给你道歉，我不是故意的我，我……"说着话头倏地立刻停住。

只见窝在沙发里的盛行渊手里还横举着手机屏幕，懒洋洋地抬起眼皮，冲她吹了声口哨："哟，是你呀。"

北依怎么着也没想到病房里竟然还有别人！

她僵硬地收回伸出的手，预感自己今晚没法发挥了，只能干笑两声："你怎么在这儿？都这么晚了。"

盛行渊朝时姜方向侧下头，努努嘴，言简意赅道："这是我导师。"然后不客气地反问道，"倒是你，你来干什么？"

北依立刻镇定下来："我来道歉啊。"她义正词严道，"我给时教授带来这么大的不便，在这期间，为了弥补我的过失，就让我来照顾时教授。你一个男的，在这多不方便，要不你……"

盛行渊唇边玩味更强，打断道："呵，既然你在这儿，我就更不能走。"

时姜听他俩对话听得简直一头雾水，插着问了句：“什么意思？”

盛行渊看向时姜，顺嘴回道：“意思就是……”

而他这边刚起个头，然后就见，北依那边明显慌张起来，挤眉弄眼地拼命暗示。

盛行渊当然瞥见了，他本来也不是爱八卦人嚼舌根的人，再者对方是女生，这话就没再说下去。他勾着嘴角随意笑了笑，目光重新回到手机游戏上。

这晚是极其尴尬的一晚上。

北依后悔得肠子都快青了，早知道就不能答应蒋炽。一开始还以为是好事，结果给她来这么一出。跟这种老狐狸玩心眼儿，一百个她都根本玩不过！

这明明是她小时候就明白的道理，怎么长这么大了，还是不长记性呢？

大美女在这长吁短叹，十分影响时姜办公的心情。

当然，这人就算不叹气，只出现在她眼前，时姜也觉得影响心情。

稍微想想，就知道这人肯定是蒋炽召过来的。时姜无语望向窗外，蒋炽还真是会给她找不自在。

时姜靠坐床头，思忖片刻，看向倚窗托腮、满脸愁容的北依，犹豫地说：“要不，你回去吧。”

北依闻声“嗖”地转过头。

她本来就是不会冷场的性子，现在见时姜肯搭理她，面对盛行渊的尴尬都抛到脑后了。她立刻笑眯眯地贴过来：“这怎么行？你不要客气，随便使唤我都可以。”

时姜还没来得及说什么。

谁知道盛行渊跟防狼一样“哎哎哎”地连忙挤过来，他手机里的游戏厮杀声还在回荡，大大咧咧一屁股坐在二人中间：“你说话就说话，靠那么近干什么？”

北依微笑看着他，后槽牙磨了磨。

继续尴尬地僵持一阵子。

时姜眼看着，心中默默叹口气，抬手把盛行渊拨到一边，说：“这位……小姐，我们并不熟，我也不需要你弥补什么的，你留在这里，对我们双方都没好处。”

北依抢话道：“我们这都见面第三次了，哪里不熟了？还有啊，这一趟耽误你工作，给你造成损失，蒋炽已经把我骂了一顿，我也知道错了。”

时姜眉角一僵。

而北依还在继续："我当时真的就是心急，拉扯住你，害得你受伤。你就给我个机会，让我表表心意吧。唔，这么晚了，我给咱仨点个夜宵，你想吃什么？"

一听"夜宵"，盛行渊就精神了，连忙重新凑回来："吃烧烤吧。"

"我又没问你。"北依避苍蝇一样避过，低头划拉着屏幕，"B 市今天也有些冷，点火锅外卖吧。让我看看有没有蒋炽他们经常吃的那家铜锅涮肉，啊，不对，那家好像不是连锁……"

蒋炽，蒋炽，又是蒋炽。

时姜听不下去了，拿起手机，打算给蒋炽发微信，让他火速过来把人领走。

然后她就看见，对面已经先发制人地来了条信息，给他俩万年不变空空荡荡的对话框增加了点内容："她不工作，比较闲，留下来应急照顾你。"

这解释可谓简洁。

时姜甚至都能想象出来男人站在他面前时，那种冷峻而淡漠的神情。

她发过去两个字："不用。"

可接下来很长时间，蒋炽再也没理她。

时姜一口气哽在心头。

这两个人，一个说对方把自己骂了顿，另一个叫她别跟对方客气尽管随便使唤。

看似相互很不给面子，但这种表面疏离、实则亲昵、没有几十年交情根本不可能的明显相熟之意，还是让时姜控制不住地心里开始野草疯长。

盯着那行字愣愣出神，她不知道怎么形容此刻心里这种感觉。

是嫉妒吗？

嫉妒自己只经历蒋炽短短三年高中的光阴，而对方见证贯穿了他几乎整个人生。

"你们什么时候认识的？"在她自己都没有意识到之时，话就脱口问出了。

心里暗惊。

不过还好，是状似无意、随口起聊的一句。

盛行渊坐旁边跷腿，抢答道："他俩啊，穿开裆裤那时候吧。"

北依放下寻找外卖的手机："您能不能别这么粗俗？"

她对时姜的问题果然也没啥防备，回忆着说：“蒋炽他爸跟我爸是战友，出生入死过命交情的那种，我俩家也挨着，离得很近。他比我大个三岁，我还在我妈肚子里时，就说我这胎要是个女儿，就两家结亲，门当户对，亲上加亲。”

她“嗤”了声：“我给你讲就离谱。啥年代了，还娃娃亲。”

盛行渊又饶有兴趣地插嘴道：“你们这婚还能结成吗？吊这么多年了。”

时姜不动声色看他一眼。

北依：“这个不算数的。”

说到这儿，北依还偷偷观察时姜的神情。

见时姜很平静，她稍微放下心来，赶紧义正词严表决心：“反正我不认。”

是不认。可是向别人介绍时，依旧会自称是未婚妻。时姜暗暗心道。

时姜想起当年的蒋炽，中间无论怎样，最后不还是妥协了？世间这么多不情不愿的，可有几个抗争成功了的？

她只觉得嘲讽，但面上仅淡淡一笑，没有多说。

“无论如何，一块儿长大的情谊总归是有的。”时姜拖着腿换了个坐姿，垂眸静静地说。

北依：“嗯，这怎么说呢，我们算是一块儿长大的，但他也不只和我一个人一块儿长大啊。”转头看向盛行渊。

盛行渊：“你看我干什么，我小学就去国外了，和你们又不是一块儿的。”

北依点头：“对，学霸和学霸玩，学渣跟学渣玩，你是标准学渣，所以你和宴迟他们那群玩。”

盛行渊吸着气“嘶”了声：“在我老师跟前，能不能给我留点儿面子？”

北依才不管：“我说错了吗？宴迟爱搞音乐，却被家里逼得去经营公司，你俩是不是同病相怜啊，总是爱凑一块儿抱团取暖。”

盛行渊面无表情地坐直，说：“你是不是非得让我把你那点儿破事抖搂出来，才肯罢休。”

北依：“……”

“好吧好吧，我不说了还不行。”北依摊摊手耸耸肩，表示不去招惹盛行渊了，然后转移话题，“哎？我们刚才是说蒋炽来着。”

“反正那家伙，从小都是所谓的别人家孩子。我学习不好，经常是倒数，人家是从来第一，就根本没考过第二。我爸还整天吃饱了撑的，一直拿我跟他比。你也知道，我们女孩子家家的，脸皮薄，所以我有一段时间特别讨厌蒋炽。”

“刚才说当年我们一大群孩子，大大小小都有，但也是分圈子玩。所以蒋炽跟谭裕凡这种走学术道路的，是一路人。谭裕凡你应该认识吧，和你都是清大老师。你瞧谭裕凡喊他‘炽哥’，但实际上谭裕凡比蒋炽还大了四岁。”

“你给你讲，这里面的渊源特好笑，小时候都传蒋炽是神童嘛，谭裕凡不服，有次找到蒋炽挑战，说是如果蒋炽能写出他初一的课后题，就心甘情愿喊他‘哥’。嘿，你猜怎么着，蒋炽他还真的做出来了！”

回忆到这儿，北依笑得肚子疼，抹着眼角笑出的眼泪：“你说，那时候谭裕凡他丢不丢人啊，跑去为难一个小学生，结果还被人家干翻了！所以谭裕凡这声‘炽哥’，就结结实实喊到了现在。不过没过几年，谭裕凡也算彻底佩服了。蒋炽真的就是从小一路天才到大，让他望尘莫及，不得不服。”

时姜无声看对方眉飞色舞地描述，皆是她从未参与过蒋炽生命中的往事。她忽然发现，最开始心弦被一抽一抽拨着的感觉，也变淡了。

到现在，她甚至还能笑着插话闲聊两句：“年轻有为，他确实是个天才。”

时姜安静听北依继续。

到最后，她自己都不知道到底怀着怎样一种心情，极其隐秘地意识到，她竟然想听对方多讲一点。

她对自己这种心态感到厌恶。她感到自己就像是生活在暗处的卑劣之人，只能通过这种方式，来偷窥蒋炽的生活，探知蒋炽的过去。

她知道自己该停下，却始终控制不住。

如饮鸩止渴。

这时，突然，时姜手中捏着的手机振动了。

她低头，只见界面还停留在同蒋炽的聊天界面上，然后那个光线清冷通透的头像后面跟了句——

“是以前旧伤引发的吗？”

时姜握手机的手指一僵。

蒋炽没理她之后，她一直没有查看微信消息。

这句看似没头没尾，可时姜知道蒋炽说这话什么意思。那日在会场，她明明都被蒋炽扶了一把，可还是扭到脚腕了。正常情况下不该这么严重，更不至于韧带拉伤。

这大概是因为，她在高二那年，就在同样位置拉伤过。

耳边嘈音还在，思绪却仿若轰然被拉到十几年前——

蒋炽转到他们山沟沟里的第二年，已经大体适应了，很大程度上要多亏时姜带着他满县城地疯跑。

周末班级活动，常以翔经常张罗着大家去爬山郊游。

时姜也非常喜欢这项活动。因为平时在学校，蒋炽简直无所不通，什么题和知识点都难不倒他。而一到山上，他就两眼一抹黑，反倒成他们这些人的天下了。

蒋炽仰头看见树上一个红彤彤的果子，问时姜那是什么。

时姜比画着解释完后，摩拳擦掌就要上去，要给他摘一个尝尝。

当时蒋炽简直受到了十级惊吓。他过去人生十几年经历中，似乎从来没有见过一个又瘦又弱的小姑娘，怎么说爬树，就三下五除二地“嗖”地爬上去了。

可悲惨的是，时姜在树上刚把果子摘到手，正要下去，然后一低头，看见树下少年正满脸紧张，甚至还双臂张开，似乎要随时准备着把她接住的模样。

心念一动，她自己也不知道怎么回事，踩在树杈上的脚一滑，整个人就“嗖”地从郁郁葱葱的树冠中滑下去了。

还好树不算高，也有早做准备的蒋炽帮她缓冲了一道。

男生躺在地上又惊又气：“你不是说，你十几年里爬树从没失过手吗？”

时姜还趴在他这个人形肉垫身上，赶紧爬起，忙不迭地道歉：“我也不知道，为什么你站在树下，十几年来我就第一次失手了。”

于是蒋炽下一秒就不吭声了。

他沉默地坐起来，微垂着头，只是耳廓有些发红。

然后时姜就发现自己脚踝肿了一大圈。

蒋炽本来是个沉稳镇定的性子，刚才见她从树上掉下来，吓一大跳，而情绪刚平稳些，又看见她扭了脚，也顾不上什么了，两步过来稍一查看，大变了脸色：“得立刻去医院。”

左右没找到工具，其他人又离得远：“我背你回去。”

时姜哆哆嗦嗦从对方手掌中抽出自己脚腕，把裤脚放下，又哆哆嗦嗦地说：“那什么，男女授受不亲。”

蒋炽：“……”

他把外套脱下，披在自己背上，然后蹲在她身前：“我垫着衣服背你，就没有相授了。”

时姜最后还是趴在他背上，已经走了段山路了，探手替对方拨拉开头顶半截儿树枝，思考半天，小声问：“这有区别吗？”

蒋炽专心看着脚下山路，过了会儿，才低低出声。

“没区别。”

……

时姜也不知道自己是不是命里和蒋炽八字犯冲，但凡见到这人，她都要受点儿伤。

而此刻看着微信上这行字，时姜竟然破天荒地，心底泛酸，眼眶都有些湿润了。她连忙拼命悄悄眨掉湿意，不能让对面两个人看出。

伤当然是旧伤，但人已经不是故人了。

只不过，现在给她发这种话，有什么用呢，蒋炽？

她几乎都想把心里话照搬发送出去质问对方了。可成年人的镇静和体面，让她当然没有这样做。

“不是。是另一只脚。”

时姜敲下这行字，发了过去。

手机远远放到床头，没有再理会。

时姜还坐在床头，但北依同盛行渊闲聊的话，却再也进不了她耳朵。

一抬头，和盛行渊目光相接。

很显然，这小伙子也神色不对。

时姜想了想，给他发微信过去：“要尴尬也应该是我吧，你又在愁什么。还有，你和她原本很熟吗？”

盛行渊感受到手机“叮咚”响，一见是她，还挑起了眉。

然后他低下头，在北依眼皮子底下，两个人开始互通有无：“说熟也熟，说不熟也不熟，主要是都是一个圈子的。她以前勾搭走了我好朋友的对象，撬人家墙脚，所以，我见到她心情有些复杂。但想着她女孩子家家的，我又不好直接针对她。”

盛行渊郑重提醒道：“这人是个标准海王，还是不分国界满世界养鱼的那种，时姐你最好离她远点儿。”

时姜眨眨眼，一时间没想明白，这人是女海王关她什么事？

然后她发了个悲愤表情，回了句：“我倒是也想离她远点儿啊。”

谁想看着前男友的未婚妻一直在自己眼皮子底下乱晃悠啊！可这人屁股像在沙发上长根了似的，半点要走的意思都没有。

两人同时抬起眼，悄无声息在半空中对视一眼。

决定要跑路了。

时姜提议让盛行渊劝她多喝几杯水，趁北依上卫生间时好走人。而谁知盛行渊更损，直接去楼下药房靠脸和卖笑，成功顺来几片腹泻药，回来就投在了北依的奶茶杯里，然后在隔壁借了把轮椅，架起时姜，连夜坐飞机回 A 市了。

于是等第二天清晨六点，蒋炽提着一大兜早餐准时出现在病房门口，看见空荡荡的病床和哀叫连天的北依时，他脸都快绿了。

时姜连夜飞回 A 市，盛行渊架着她去医院重新拍了片，和之前 B 市医生诊断的一样，没大事，但还是得休养。

接下来四天，时姜坐在自己人才公寓住处，进行远程参会。她的团队有魏子源带队，哪怕她缺席，倒也没什么大问题。

除了第一天那次的事故，随后一切顺利进行，会议成功收官。

转眼间又到了工作日，时姜本来是想滚着轮椅去上课来着，但被盛行渊严厉阻止。

时姜觉得这小伙子真是翅膀越来越硬，再不教育教育，她身为导师的威严就彻底喂狗了。

结果对方一句讽刺就把她给堵了回来：“打着石膏还得上课，你可真是身残志坚，清大就这么虐待青年教师啊！哈，我给你讲，你要是还想上热搜，就尽管去！”

时姜沉默几瞬，老老实实地躺回了床上，给自己“挽尊”：“那还是不要占用公共资源了。”

只能处理些公司事务。

上次去 B 市，在那次高新企业座谈会上，她只是初步签订了 B 市科技园入驻协议，后续都是由魏子源负责的。

结果魏总跟打鸡血了似的，一个激动之下，“唰唰”签了好几个合同。等这些电子扫描文件传到时姜这儿以后，她都惊了，十分合理地怀疑对方是不是在酒桌上喝高了。

接下来日子一直还算平静。

时姜刚开始还心里焦灼，急着出去处理事务，到后来发现无望，心态也就躺平了。

每天除了工作就是睡觉，自己给自己凑合做点儿吃的，时间紧的话就点外卖。除了经常来上门骚扰的盛行渊，好久没这样一个人清静过了。

直到寒假将近，清大经常有高年级本科生申请进实验室学习，有两个学生报名报到了她这里。

时姜算了下时间行程，想了想，先给盛行渊发微信，说有事情要交代他。

小伙子还算配合，很快就来她公寓了。

刚一见面，时姜忍不住皱起鼻子：“你怎么一股子酒味儿？”

于是盛行渊下一秒简直要暴起了。

“我千里迢迢从酒吧赶过来，把我那帮哥们儿都撂那儿不管了，你还敢嫌弃我？”

时姜指向窗外，眨眨眼：“我没看错的话，现在是上午吧。大白天你喝什么酒？”

盛行渊瓮着鼻腔：“昨天通了个宵。”

时姜：“……”

“行吧，耽误大少爷找乐子，可真不好意思。”

时姜对他这种行为十分服气：“下次见你爸的时候，我争取多给你美言几句，好让你早日重归财务自由。”

盛行渊大概是因为一夜没睡，脑子还不太清醒，没听出来她这是反话，只问道：“我爸要找你见面？你们什么时候约的？”

时姜：“就前两天。”

“你爸说你最近表现不错，给他惹事的频率直线下降，说是我的功劳。所以要请我吃饭，谢谢我。”

盛行渊不屑地嗤了声：“怎么全成了你的功劳？”

时姜十分无奈地叹气：“是啊，我也想不明白。按道理，我应该反过来谢谢盛董事长来着，给我这个孤家寡人输送了一个帮手，不然我得多累。”

盛行渊：“宴迟那家伙说得不错，你这种精力旺盛的小年轻导师，就是专门压榨学生的周扒皮。我这还没正式入学呢，要是正式入学，那不得被你吆五喝六当牛做马？”

时姜沉吟片刻：“按道理，你读的是在职博士，一个月来一次都没问题。但我稍微回想一下，你出现在学校还有我的办公室的场次，好像是有些多哈……”

并且里面有很多次，其实并不是时姜招呼他来的。

盛行渊当然听懂了里面潜台词，面上挂不住，正要帮她推轮椅的手一松，站那儿瞪她：“那我走？”

时姜连忙赔笑：“哪能啊。我现在没了你盛公子，连路都走不动。”

她想起什么：“今天主要是有件事要交代你，本科生寒假要进实验室了，我可能还有一周才能正式下地，这期间，得麻烦你这个大师兄多招呼招呼。”

听见这称呼，盛行渊觉得莫名有些好笑：“哟，我这就升级成大师兄了。”

时姜点头：“对，你先稳着场子，给咱实验室撑起门面，等我脚上石膏一拆，我就立刻去实验室。”

盛行渊大手一挥应承下来。

可谁知，就让盛行渊看管实验室这段时间里，出了个岔子。

时姜回A市休养也有一阵子了，这次拉伤确实不太严重，石膏一拆，能轻微借力走路后，她就立刻投入工作。

而刚到实验室，就发现里面被搞得乌烟瘴气。零食垃圾随处可见，桌游扑克散一地，甚至角落还堆着两只懒人沙发。

推门一见这场景，时姜血压“噌”地就上来了。

她进门把工位前一把椅子挪摆正，抬头就见工位墙上贴着一张字迹歪歪扭扭如蚯蚓的手写横幅——

“情侣与狗禁止入座。”

时姜：“……”

一段时间不见，盛行渊这家伙是不是皮痒了。

时姜一把扯下那张丑到家了的横幅，气势汹汹进门找人。

然后，在实验室最里头的一张行军床上，看见了正抱着手机在峡谷驰骋厮杀的盛行渊。

盛行渊察觉到有人来，一抬眼，见竟是她，正要诧异说个什么。时姜就把横幅甩他手机屏上，问：“这是怎么回事？”

盛行渊摊开看看，顿时知道她指什么了，“嗐”了声：“你是不知道，你招的那两个本科生，恰好是一对小情侣。他们一开始还好好在我的指导下做实验，然后，慢慢熟悉环境之后，就开始放肆了。”

“竟然趁着实验室没人，偷偷在打啵。我实在看不惯这种不好好学习的行径，就贴了那个条，警示约束他们。我有错吗？”

他这话说得铿锵有力，宛如自己是金光四射的正义化身。

时姜表示不太能理解：“人家私下做什么，只要没影响学习和其他人就行，究竟关你什么事？”突然想到什么，“还有，你都说了实验室没人，所以你是怎么知道的？”

盛行渊：“我闲得没事儿干，看监控记录发现的。”

时姜顿时神情略复杂，点头同意道：“您可真够变那个态的。”

事已至此，骂他也没大用，只好赶紧解决问题和救场。

时姜见工位上专业课书籍似乎都搬走了，问：“他们人呢？”

盛行渊拎起手中横幅，单手指了指：“这还挺管用，我第一天贴上，第二天他们就很自觉不来了。”

时姜再好脾气也快被气死了：“最近零花钱够花了？你是不是忘了，我今晚和你爸约了见面？”

盛行渊：“……”

于是在时姜的魔鬼死亡注视下，盛行渊不情不愿地开始打扫实验室。

而另一头，时姜赶紧把那两个报到她名下的本科生追回来。现在已经到了寒假时间，学生们也不计前嫌，十分配合，过了电话就很快到实验室了。

为首是一特漂亮的小姑娘，一见她就先打招呼：“时老师好，我是贝蔻旗，是我们系大三的学生。久闻时老师大名，特别荣幸能进您实验室参与工作。”

“他是顾凉佑，我们是一块儿的。”

她身后跟着的男生也来礼貌问好。她这个小男朋友长得又高又瘦，十分帅气。

时姜觉得自己这个导师当得非常失职，尤其这些本科生，正处于人生关键节点，想进实验室体验体验学术生活，结果被盛行渊这个极其不靠谱的大师兄撵走了。

要是直接撵走倒还好，怕就怕已经带着打了好几局游戏了。

她赶紧说：“蔻旗同学，对不起啊，老师之前休病假，没来得及关注到你们。前段时间缺了指导，没有叫你们学到东西。”

而对面小姑娘嘴边笑得甜，十分给面子："不会呀，我们还是有收获的。"

旁边盛行渊松口气。

贝蔻旗接着："我跟着大师兄，德州扑克现在打得可熟练了呢。"

盛行渊："……"

贝蔻旗仔细想了想："啊对，还有我手游的段位也……"

盛行渊恨不得过来直接捂住她的嘴，忙打断道："你乱说什么，我可没带你打过手游！"

而时姜才不管什么扑克手游，默默转头看向盛行渊，满脸写的就三个字——你完了。

"那我们抓紧接下来临春节前的时间，一块儿好好做个课题，搞项研究，如果你们有成果的话，还可以考虑发表论文，我可以帮你们审稿把关。你们看这个计划可以吗？"

对方又露出那种甜甜的笑容："好呀，谢谢老师。"

时姜被小姑娘笑得心都化了，忍不住摸摸她的头："客气什么，不用谢。"

于是这一整天，刚返回工作岗位的时姜，大概再加上愧疚心发作，她别的啥事儿没干，全都和贝蔻旗两个学生一起讨论到很晚，包括调研、定题等一系列问题，计划和任务都扎扎实实地布置了下去。

期间盛行渊在旁边听得直打瞌睡，脑袋小鸡啄米都没停过。

直到夜幕拉开，两个本科生都抱着电脑离开了，盛行渊偷偷观察时姜神色，轻轻碰碰她的胳膊："你真的要去和我爸吃饭？"

时姜揉了揉发酸的后颈，面无表情地站起来："不然呢？"

继续观察一会儿，盛行渊凑去拉她袖子："时姐……时老师，给个面子。"他朝会议室外耸耸肩，谄媚道，"你瞧，我最近都拮据到住实验室了，你还忍心，让老家伙继续扣我钱？"

时姜才不信他这套，铁面无情地抽出："想求面子，到时候饭桌上你再求呗。"

盛行渊摆手："我才不和他吃饭。"

时姜问："为什么？"

"不为什么。"盛行渊双手放在脑后，往后一靠，"我不能打破我这个坚持了十几年的习惯。"

原来盛家父子连续十几年都不共桌了。

时姜觉得神奇，但没多想。不过她也没想去盛行渊老爸那儿告状什么的，只是言语上吓唬他，这小子这次太不像话，得让他长长记性。

于是时姜收拾收拾，就去赴宴了。

饭局在 A 市很有名的一家高级酒店，盛董事长席上一直夸赞时姜多么会教书育人啊，万分感谢时姜让孩子收心了，盛公子现在变得开始知道往学校跑，不出去鬼混给他碎钱惹麻烦了啊，诸如此类。

其实时姜也莫名其妙，感觉自己有些名不副实。

她感觉自己好像没干什么，手边公司和学校的事都忙得一团乱麻，哪里有工夫管盛行渊？就算管他，都是顺手一带。

或许是孩子正好到了收心的阶段，恰好被她碰上了吧。

但这话她当然也不能说，毕竟人家声称又要给她公司投钱。

这话听得时姜直接心花怒放，连忙举起杯子，开启和对方的商业互吹。

等从酒场下来，已经是很晚了。

时姜和众人道别后，一个人走出酒店大门，迎面的冬日凉风吹得她一个哆嗦。而头脑刚清醒些，然后就看见门口一辆跑车前斜靠着个人，跟不怕冷似的，只套个夹克，衣着十分炫酷不羁。

时姜稍一瞅，就笑了。

那不是盛行渊盛大公子还能有谁？

她脚步略发软地走过去，笑着拍了拍对方肩头："怎么，你怕我真告状，特意来监工啊？"

盛行渊侧过头，死死皱起眉头："你怎么还喝酒了。盛建业他是不是有病！你一个女的，他这么灌你酒？"

见对方立刻就要发火，时姜忙说："酒桌文化嘛，都这样。你以为想赚你家那些投资，就那么容易？"

她当然不能引起人家父子矛盾，不在意笑了下："说实话，你老爸已经算很体谅的那种类型了……"

"渊哥！"这时背后传来一道尖锐女声。

时姜还没转回头，就听见一阵急促高跟鞋声音逼近。然后恰好一阵冷风，将她头发斜着纷飞刮起，全铺在面前，吹得她忍不住瑟瑟发抖。

隔着头发，时姜看见一个化着浓妆的女孩子，快速扑过来就想抱住盛行渊似的，却被对方一个侧身利索避过，神情流露着明显厌恶。

可女孩儿却不愿走开，苦苦哀求：“渊哥，我真的错了，你再给我一次机会。我们不要分手，好不好……”

哦，原来是烂桃花啊。时姜心里想道。

不过听说她这学生之前游戏人间，浪荡得很，现在黏上几个前女友，也不多稀奇。

正准备看盛行渊好戏时，她余光突然瞥见一个熟悉的身影，周身墨黑西装，高大挺拔，主要是对方看来的视线存在感太强。

而还没等她转过头正面看，她大衣帽子突然被盖下，脸遮得严严实实，就被人圈着脖子往前一揽，她直接撞到对方身前。

时姜轻微趔趄下，霎时间蒙了一瞬。

紧接着，头顶传来玩世不恭的嗓音，凉凉含笑道：“对不起啊，我已经有女朋友了。”

那个不断哀求的女生话音猛地一滞。

盛行渊显然没想多纠缠。

然后时姜就被塞进那辆炫酷跑车，发动机响起，踩着油门就走了。

时姜坐在副驾驶，满脸愕然，缓了半天都没能缓过劲儿来。

她掀下帽子。

“盛行渊你有病？”

而跟刚才拽得百八十万的样子相比，盛大公子此刻可以说是从头到脚彻底换了一副面孔：“时姐对不起！时老师时教授我错了！利用您替我挡人，我向您表达最真诚的歉意！”

若不是他手里还控制着方向盘，时姜都怀疑这人是不是要给她连连鞠躬了：“作为交换，我从今往后愿意任您差遣，当牛做马，绝无怨言！”

时姜还没展开教育，就被迎面扔来这么一连串。

她到现在还略略不自在，但人家话都卑微到这份儿上了，她还能说什么。

况且帽子一盖，也没人认出来她是谁，应该……没问题吧。

盛行渊见她没松口，还要继续道歉。

时姜忙抬手劝阻，捂住胸口，难受道：“要不你先开慢点儿，我有些想吐。”

好不容易回到了人才公寓。

时姜下车后快晕死，站马路边呼吸半天新鲜空气，才感觉人又活过来。

然后又把盛行渊劝走，她一个人慢慢上楼。

此刻时间已经有些晚了，一楼电梯口背对着她正站着一个男人，应该也是一块儿等电梯的。

果然喝了酒还是不行，时姜头晕眼花，没太注意。

揉着额头走近，共同等电梯达到一楼。

很快“叮咚”一声提示音。

时姜抬起头，跟着男人刚迈步进去，却觉得不太对，感觉对方气息有些熟悉。

刚要转头，谁知对方忽然靠近，一步就把她逼到电梯角落，俯身凑近，毫无防备就抵着她的唇迅速吻了上来。

微凉的柔软贴住，时姜还微仰着头，瞳孔倏地缩起。

可对方动作并不轻柔，似乎酝酿着压抑了很久的滔天怒火，还带着浓烈酒气。

时姜正要推开对方。

可电梯里哪怕背着的光线昏暗，也足以让她看清对方近在咫尺的深邃轮廓。

竟然是蒋炽！

时姜的手半僵在空中。

背上抵着冰凉的箱体铁面，她像是瞬间失去了一切反应能力，脑子混沌成了一盆糨糊。

如蝶翼的睫毛脆弱地微微颤着，里面透出的光是惊，是诧，是不可思议，还有一些别的情愫。

大概是唇齿间弥漫的浓重酒气，将两个人熏得都醉了。

她不合时宜地想。

将她禁锢的这副胸膛坚硬又滚烫，狭小空间里温度似乎在急速上升，四处暧昧着意乱情迷的味道。

直到手机突然响起铃声。

时姜心头猛地一跳，她才意识到自己此刻行为究竟有多荒唐，连忙侧头避过，叫道：“蒋炽！”

而话出口，发现竟含着几分气息紊乱的微喘。

男人似乎终于被唤醒，动作也停滞下来。

稍微分开距离。

可待瞥到她手机屏幕上来电显示“盛行渊”三个字时，他的呼吸又立刻变得粗重。

蒋炽上前将她逼得更近了，俯身紧紧抓住她肩头，死死地盯着她：“你这么快就和这个盛家大少爷在一起了吗？他是你名义上的学生，你别忘了！”

时姜眼睛略微睁大，一时没反应过来对方意思：“你在说什么？”

“我亲耳听见的，你还不承认吗？”男人眼底发红，嗓音喑哑，竟是被逼失态地质问道，“时姜，你究竟有没有底线？！”

蒋炽手劲大得惊人，时姜几乎有种骨头要被她捏碎的感觉。

这种压迫快让她喘不过气，尤其是他的神情，里面的羞恼和怒火，浓烈到让她感到可怖。

她抬手推人，可她很快意识到，她和一个成年男人之间鸿沟般的力气差距，只能说：“蒋炽，你放开我。”

“放开？我倒是也想放开。”

蒋炽呢喃般地说完，就捏住她下巴，然后毫不犹豫地俯身，继续在她唇上厮磨，力度大到像惩罚一样。

唇角传来刺痛，时姜再次瞳孔紧缩。

她知道不能再这样下去了，使出浑身全部力气，拼力将蒋炽推开。

然后，在她自己都没反应过来的时候，手已挥了过去。

二人间传来清脆“啪”的一声。

男人英俊脸庞微微侧过，墨黑发丝垂落下在他狭长眼眸之前，遮挡住他氤氲神色。

而时姜掌中火辣辣的触感传来，她的手指紧接着开始颤抖。

面对这场景，她也有些惊了。

但对方刚才的话，让她的羞辱感迅速地率先占据了上风。

“盛行渊今晚是为了躲他前女友，才临时拿我当挡箭牌。我们根本不是你口中的那种关系。”

说话间，她的声音都在控制不住地发抖，只能努力让自己镇定。

“况且，蒋炽，我再怎么样，也比你在电梯里强吻一个女人有底线！”

电梯“叮咚”打开，不知到了哪一层。

但时姜顾不得了，她捂着已然凌乱的领口，趁蒋炽僵硬在原地之际，从他身旁挤过匆匆奔出电梯，一口气冲到自己房间门口。

后面蒋炽没有跟上来，她扶着门把手，胸口剧烈喘着气。

回想刚才一系列情景，她只觉得异常迷幻，迷幻到简直荒谬至极。

蒋炽他是疯了吗？

就算是应酬喝多了，也不该做出这种举动。

他到底在做什么？或者说，他心里究竟想的是什么？

时姜背靠着门框，捂住额头，痛苦地顺着墙壁滑了下来，蹲坐在地上。

坐了一会儿。

不行。

她想到什么，又撑着起身，踉踉跄跄原路跑回去，可按开电梯门，里面早已没有了蒋炽的身影。

双目失神地对着空荡荡的电梯轿厢看了会儿，时姜最终还是回到自己房间，头痛欲裂地歪倒在沙发里。

她杂七杂八地想了很多。

对方偷袭亲她是非常不对，可她直接给人家来了有侮辱意义的一巴掌，是不是也有些过分。

毕竟蒋炽一路鲜花掌声顺顺当当长这么大，估计被旁人多碰一根指头的亏都没吃过，结果今天结结实实吃了她一耳光。

时姜心里一跳，又翻身抱起手机扒拉了好久，试图转移注意力。

最后折腾来折腾去，竟是一整个晚上都没合眼。

第二天刚到办公室没多久，就见盛行渊气势汹汹地推门进来了。

迈着大步，车钥匙往她办公桌上“啪”地一拍，单手撑臂居高临下地盯着她。

“你怎么回事？让你到家后给我发个信息也不发，我给你打一百多个电话，你也不接。怎么着，我大老远牵挂着您，得您一条消息就这么难啊！”

时姜一晚没睡，顶着两大黑眼圈，听他的话，有些进不了脑袋。

她手中翻着材料，只心不在焉地说：“手机静音了，没听见。”

盛行渊：“你个工作狂魔，手机二十四小时随时待命，大半夜都能处理消息。你当我傻啊，你能手机静音没听见？”噼里啪啦质问道，“你昨天回去后到底跟谁在一块儿呢，忙得连我电话都不接……”

说着说着，他忽然注意到什么，凑近就要瞅她。

他疑惑道：“……你的嘴怎么了？”

意识到对方在看什么，时姜心里忽地一慌，连忙背身端起水杯，十分刻意地掩住唇角伤口：“冬天暖气太干，上火了。”她脑中急转，立刻准备反将一军，“我还没找你算账呢，你还敢问我？”

“昨天胃里难受不想和你多扯。要不我们现在盘算盘算，你昨天那出什么意思？”

时姜一下子将注意力汇聚，矛头对准这人：“我是你导师，又大你这么多，你想什么损招不好，你让我假扮你女朋友。你自己看这事像话吗？”

一扯到昨天，盛大公子就快速蔫儿了下来，毕竟昨天那什么给时姜做牛做马的口号喊得非常响亮。

他嘟囔着：“你也没比我大多少啊，并且你长得年轻……”说着说着，眼睛连着脑袋又仰天上去了，“反正我觉得挺像的。”

“请你闭嘴好吗？”时姜只觉得头疼更厉害了，“以后做事提前给我打招呼，多少注意点儿影响。”

这时手机又响起，是联合创始人魏子源给她打电话，说他们公司要和B市商会签署什么战略合作协议，需要她出面搞。

时姜现在一见到B市这几个字，都快生理性应激障碍了。

她打算直接把这差事交给魏子源。可对方却说，这个签署协议过于重要，没有她这个创始人总负责人，怕是流程和脸面上非常不好看。

时姜愁得几乎快抓头发。

就算没有昨晚那场事，她都不太愿意直面蒋炽。更何况，昨晚电梯里刚来了场莫名其妙的接吻，她现在在媒体里看到蒋炽，都感到浑身不自在，跟长了刺一样。

可魏子源坚决不接这活，还拼命劝她，既然公司要在B市大力发展，就必然要给人家面子，劝得时姜务必再上一次战场。

盛行渊全程凑在旁边看他们扯皮，结束后，他还挠了挠头：“啊，又要去B市出差啊，那我去准备一下？”

时姜吓得连忙摁住他：“这次没你的事，你还是老实待学校吧。”

省得又引起误会，多生事端。

于是时姜只带了公司的人前往B市。

到了之后，才后知后觉地反应过来，这场签订的合作协议当然非常重要。当前也没几个企业能拥有这种产学结合的能力。

所以，难堪归难堪，时姜还是打起了精神。

提前一天到达酒店，先行休整。

而午休小憩刚起，时姜突然接到通知，说下午行程临时安排各位企业家去参观 B 市特色乡镇新农村建设，请大家三点在会议室集合。

她没多想，提前五分钟就踩着点去了。

可谁知，五分钟过后，偌大会议室里，竟然依旧只有她一个公司代表。

而工作人员也渐次离开，添完水，合上门后，房间里只剩下她和蒋炽两个人。

时姜要是这个时候还不明白这什么意思，那她这么多年可就白活了。

她转眸冷冷向首座看去，弯起唇："蒋先生，这种玩笑，可半点都不好笑。"说完从自己席位上站起，转身就走。

而立刻间，身后静静传来声音。

"我为那日的事情，向你道歉。"

时姜迈起的脚步，终是缓慢停住。

身后的蒋炽说："对不起，我那晚喝醉了，认错了人。"

一听这话，时姜扯了嘴角，缓慢转身，直面看着他问："您把我认成谁了？"

说实话，她听见刚才那句所谓道歉的回复，是有些生气的。

这人要敢说认成未婚妻，她发誓，这辈子都不再踏入 B 市半步。

可谁知，对方的下一句，突然就让她再次不知所措了。

蒋炽："认成了十一年前的你。"

时姜："……"

隔着两排红木桌子，男人遥遥抬起眸，目光始终虚虚笼罩着她，瞳仁又沉又黑，带着他整个人惯然的清冷和自矜。

"我是在想，那晚若是那个时候的你，应该是不会躲，更不会逃的。"

时姜开始后悔转过身来了。

因为，她蓦地眼前发酸发涩。

一颗心脏像被一双无形的手紧紧攥住，又像一下子泡进海水里。

过了许久，她垂下长密睫毛，喉间发堵。

她非常勉力地笑了笑："这大概是因为，我当时突然发现，你也不是十一年前的那个男生了。"

第四章 心意

「我好像，也并没有
那么……喜欢你了。」

蒋炽望着时姜，陷入了无边沉默。

时姜有些喘不过气，她想打破这种局面，便努力让自己语气轻松起来：“还有，如果道歉的话，我也同样应该给你道歉。”

她强迫自己抬起头和蒋炽对视，半开玩笑地说：“希望我不要一巴掌把我公司在 B 市的发展给断送了。不然我的合伙人和员工们得恨死我。”

过了很久很久。

“不会。”

男人低沉嗓音响起：“一码事归一码事。”

得到保证后，时姜才稍微放下心来。

然后便见蒋炽转身走向会议室门口：“参观新农村建设，我不是骗你的，今天确实有活动安排。”

他大掌搭在门把手上，侧身回看她，询问：“时教授要不要一起前去？”

时姜最后还是去了。

主要是气势到那儿了，她如果不去，之前硬装出来的一切都会显得很虚。

她如同跟自己较劲一样，上了蒋炽的商务车。

B 市她来了好多次，但是底下辖属的县乡镇，还确实没有去过。

按道理，她自小就是在小地方长大的，在 M 国时候也去过很多 M 式乡村，但蒋炽带他来的这个新农村，着实刷新了她对村镇这一概念的认知。

第一印象是路修得非常好，宽阔平坦，干干净净。

挨家挨户的房屋已经不是寻常印象里的平房砖屋了，一座座盖得像小别墅一样。

道路一侧是大片大片的荷塘，虽然冬日季节里已枯萎，但更能清晰看见其塘面平整。

这时车子停下，蒋炽下车后率先去给时姜开门，注意到她目光，解释道：“那些是经济作物，不只是观赏性质的。”

“荷颈短，藕粗长，水深半米就能活。这是清大农学院改良的品种，已经种了好多年了，村民们普遍反映效益还不错。”

时姜俯身钻出了车，道谢后，想了想：“是你引进的吧？”

停顿两秒，蒋炽点头：“对。”

二人沿着路继续走远。

时姜和他并肩走着，身后还跟着工作人员。

这是她第一次，真正意义从蒋炽口中听到他对于自己工作和过往经历的介绍。

时姜不禁胸中感慨：“说实话，我确实很意外，你竟然会主持商会。”

“还有，狮河县那种地方你竟然还没待够吗？我推测一下，搁在你硕士那阵儿，这个村子，可能条件还不如狮河县。”

时姜说这话，并不是鄙薄自己故乡，但她的确清晰记得，当年蒋炽刚到县城时，她还觉得这人好奇怪，明明只穿一套衣服，还穷讲究，生活上各种不习惯。

陷入回忆时，她不经意轻轻弯着唇边笑：“东巷门口那早餐摊，你一开始还嫌弃人家这个灰那个脏，到后来，还不是和我一块儿吃得香……”说到这儿，却猛然停住。

她迅速而僵硬地收了笑。

正在这时，蒋炽也驻足。

他停住脚步，转目看向时姜，目中似含讶异，问她：“你当真不知道，究竟是什么让我改变了吗？”

时姜被问愣住了，眨眨眼，伸手指向自己，回他：“我应该知道吗？”

于是蒋炽似乎有些生气。

看着她理所当然的眼神，他盯了半晌，然后一字未吐，“唰”地转身就走，脚步带风。

时姜不明所以。

蒋炽步子大，她只能加快步伐，连忙跟上去。

好在走了一段路后，蒋炽没有继续跟她闹，而是微沉着声音说：“我很早就确定了自己要走这条路，所以工作选择问题上就没有过多纠结。本科一毕业，就联合了好几位同学，无缝衔接从这个村子起步，开始做援建相关工作。”

“接下来攻读硕士三年，和学校申请后，也干脆继续挂职，大部分时间都奉献给这个地方了。反而在学校的时间少了很多，只有像开题和毕业答辩这种关键节点，才跑回去一趟。”

行走间，正趁今天大日头天气好，忙着在门口晒粮食的村民们，一见到他们一行，就立刻认出了。

不少人激动地远远喊着，左邻右舍相互传唤，竟是越来越多人都聚集在路边来看了。

从村镇到 B 市，中间已经沉淀下了许多年的时光。

蒋炽边走边冲路边大伙打招呼，一个个村民的名字竟然都能叫上来。

“大家各忙各的，不用管我。我带……朋友回来看看。”

时姜注意到他在对自己称谓上的停顿，却也不知道该作何反应。

只冲欢喜迎上来的一位老者问好，而她刚笑着伸出手，对方就连忙避过：“哎哟，我刚簸完小米，这手脏，您这一身干净的，碰不得碰不得！”

时姜笑了下，还是坚定同对方握住了手：“这有什么脏的？您刚簸小米那簸箕啊，还有锄头镰刀什么的，我以前也没少拿，使得溜儿熟！”

老者十分惊诧地看着她，已经顾不得礼不礼貌了，上下打量她好几番：“你这女囡儿，不像我们这种土里刨食的人啊，这话真的假的？”

不知是不是在繁华大都市里徘徊太久，很长时间没有回乡间，时姜看着眼前这位老爷爷，竟莫名想起了她的奶奶，眼底突然有些发酸。

她连忙用笑容掩饰住：“当然是真的。要不，我现场给您老演示演示？”

说话间几人对视，最后都哈哈笑了起来。

气氛异常和谐，其乐融融。

而蒋炽站在一旁，静静侧头看着她，神色若有所思。

到了最后，时姜才知道，蒋炽这趟回来，其中一个很重要的目的就是，要和他资助的学生们定期见面。

眼下恰好放寒假，学生们刚回来。

蒋炽应该是给他们提前发过消息了，大家早早集合起来，在村上图书室排排坐好。这些受资助学生，各个年龄段都有，最大的今年上大一。

而蒋炽显然不单单是一个资金提供者，他还对孩子们的课业要求非常严格，或许称其为他们的老师，会更恰当些。

那么，想要当蒋老师的学生，可不是那么容易的。

时姜站在门口，安静看着蒋炽同孩子们交流，给他们的学习计划甚至人生道路提出建议，有孩子拿着课本作业过来，蒋炽也耐心一点一点解答。

她的思绪就渐渐飘走了。

阳光透窗洒下。

额发在男人眼前投下阴影，仿佛回到十几年前，蒋炽给她讲题的场景。

平心而论，时姜心里非常清楚，如果没有蒋炽的帮助，她根本不可能走出那座小城，也不可能考上清大，远赴 M 国深造更是此生想都不敢想的事情。

而当年的蒋炽，那个优秀的男生，告诉了她这些她人生中所有的可能性。

现在，他依旧在向更多人传播着可能性。

在孩子们心中种下小小的种子，有朝一日，就能发芽开花，长成参天大树。

时姜突然有些不敢再看。

这时她的衣角传来小股坠力，她低头，是个小女孩抱着书本抬头朝她看来。

时姜以为她看蒋炽忙不过来，要来她这里问题，牵住她的小手往书桌前走："你哪里不会呀？"

小女孩脑后扎两个小鬏鬏，眼睛又黑又亮，把怀里的书摊开，小声问："姐姐，你是蒋老师的妻子吗？"

时姜一下子愣在当场。

首先她觉得这个小姑娘非常会说话，因为她在这个早当阿姨的年纪，好久没被这个岁数的小豆芽喊姐姐了。

可再心花怒放，也不能掩饰她此刻的尴尬。

时姜干巴巴笑了笑："不是的哦。"

"这样啊。"小女孩垂垂脑袋，不好意思地朝她道歉，"对不起，姐姐，蒋老师上学期来的时候说，下次回村子，一定把他的妻子带来给我们介绍。所以，我就以为你是。”

时姜蒙了一下。

她俯下身，摸摸小女孩的小辫子，目光不禁变得柔软，正想说你们蒋老师的妻子大概是最近有事情在忙，下次就会来看你们……

“小妍。”

竟然不知道什么时候，蒋炽已经走到了她身后，突然出声道。

高大身影从她背后缓缓迈步转到前面，目光无声投下。

时姜脊背慢慢僵直。

“蒋老师。”

那个叫小妍的女生抱起书本，晃着两根小辫儿，颠颠凑到他跟前，小声喊道。

男人“嗯”了声，低头询问：“最近功课做得怎么样？”

小妍从书包里掏出自己的一摞试卷和作业本，捧上前：“都是全对呢。”

蒋炽接过，拉了把椅子坐下，开始仔细翻看。

而小妍轻轻拉扯他衣角，小心偷看时姜，趴在对方耳边说：“蒋老师，这个姐姐好漂亮。”

蒋炽看了时姜一眼，而他显然听见了她俩刚才对话，抿了抿唇角，说：“是老师的朋友。”

小妍：“女朋友吗？”

努力减少存在感的时姜：“……”

她不得不赶紧开启尬笑模式：“刚才都说不是了。还有，你这个小不点儿，怎么啥都知道，人小鬼大的。”

为避免这小姑娘一见她，说着说着又扯到他们蒋老师妻子身上什么的，时姜赶紧离开图书室，在院子外面的路边等着。

乡间的空气很清新，即便是冬天，时姜眺望着远处树林都觉得莫名亲切。

她裹了裹大衣，不自觉慢慢沿路边往前踱着。

直到听见背后蒋炽远远喊她。

一回头，才发现原来不知不觉已经走了这么远。

蒋炽将手中材料交给秘书，一路跑到她跟前，看向她前进方向，问：“你想上山转转吗？”

这话还真说到时姜心坎儿里去了。

时姜看看腕表，又望向将落的日头，有些犹豫：“可以吗？时间会不会太晚了？”

而谁知蒋炽已经擦着她肩膀，率先朝上山的路前进了。

“你想去的话，我们就走。”

时姜微愣，看了眼他的背影，赶紧跟上。

爬山途中两人随意闲聊，但多数情况下，是蒋炽在给她讲解。

蒋炽这个东道主，对 B 市底下的任何一个乡镇都很了解，对各个辖区的过往发展、现状对比，以及未来规划，可以说是如数家珍。

说不佩服其敬业精神，那是不可能的。

哪怕时姜对其再无法面对，但这属于私事。于公方面，她始终觉得，蒋炽是一个绝对值得她尊重和学习的人。

她忍不住感慨：“你公事繁忙，还能抽出时间和精力来帮助那些孩子，倒让我自己……”却话头顿住。

一提到这茬儿，时姜就想起来小妍刚才把她和蒋炽当成一对了。

她思忖几瞬，觉得还是得澄清。

“之前小妍童言无忌，还请你不要放在心上。”

闻言，蒋炽沉默了好一阵子，然后突然，另起了个话题：“那个孩子和你很像。”

时姜正注意脚下的路，要是再在蒋炽面前扭一次脚，她可以离开这个星球生活了。这时听见对方这话，微微偏头，挑起了眉。

蒋炽注意到她视线，目不斜视，评价道：“非常灵。”

他抬起手，替她头上方拨开一簇树枝：“接触孩子多了，我也慢慢发现，这么多人里面，能够做到举一反三，就已经很难得。”

“而小妍这个孩子，你如果举一隅，她能做到给你连反十几隅。”

这话形容得，时姜忍不住轻笑了声，心想以前怎么没发现，蒋炽这人还有幽默细胞。

而男人不动声色看向她，突然加了句：

“所以我说，和当年的你很像。”

“……”

时姜笑意凝固，抿了抿唇。

她向前快走，默默和他拉开些距离：“我就当你在夸我。”

他们爬山的这个临时决定，最后事实证明，还是草率了点。

因为傍晚时分山上突然下雨了。

毕竟这里不是冬季干燥的北方，他们也忘记看天气预报，大雨说来就来。

尤其时姜两个人还被架在半山腰上，前不着村后不着店，猝不及防，被淋了个正当头。

哪怕蒋炽将大衣脱了给她遮头顶，也只能挡住一部分。

匆匆忙忙跑下山，秘书把车开在山脚，正火急火燎等着。

时姜钻进后排，她身上还裹着蒋炽的外衣，车里暖和多了。

秘书立刻启动：“我们这就回去。”

蒋炽从副驾驶向后转来，拿了盒抽纸递给时姜，同时嘱咐道：“还是安全第一。”

秘书应了声，转弯朝高速入口驶去。

时姜跟秘书报了自己的酒店地址，然后缩在座位上。

刚进来时觉得暖和许多，可湿衣服贴着皮肤，竟然越坐越冷，到最后开始忍不住瑟瑟发抖。

蒋炽从后视镜看见她异常，掏出手机察看了路况，然后转头：“酒店比较远，今天下雨市区堵车，要不先去我家换套衣服？”

时姜正抱着自己胳膊，闻声抬起头，有些惊：“去你家？”

“对。”

蒋炽说得如此理所当然，然后就低头给人打电话了。

挂断后，他再转头：“我已经让商场送了衣服，我家比较近，一下高速就是。你如果回酒店的话，路上至少还得堵两个小时。”

时姜有些跟不上对方思维了。

怎么一转眼，衣服都订了。话说，他知道她穿多大尺码吗？

“等下……”

她正要阻止。

蒋炽：“你如果裹着湿衣服再裹两个小时往上，我担心你会发烧，到时候一切工作都会耽误。”

这人似乎知道她死穴在哪儿似的，一提到工作，时姜立刻就被噎住了。

“很快的，你换完我就立刻送你回去。”

很快是吗……

去他家只停留一小会儿，应该没什么问题吧。

在她踌躇的这一会儿，车子就下高速了。

秘书驶进一个隐秘性极强的小区，车在地下车库停住，蒋炽边下车边交代："时间晚了，你也快回去休息吧。"

秘书："好的，领导。"

时姜忙道："等等，你不跟我们一起上去吗？"

秘书摸摸后脑勺，笑着说："我上去也没用啊，我媳妇还在家里等我吃晚饭啊。"

时姜本来想着三个人可能会没那么尴尬，但人家话都说到这份儿上了，她哪能再强留，只好硬着头皮跟蒋炽走。

于是，等她随蒋炽进入电梯，那日场景轰然入脑，她的那种尴尬感又从脚底冒出来了。

心中直后悔失策。

还好很快到达楼层。

开锁进屋后，蒋炽取下挂在门把手上的几个大包装袋，又不知从哪儿取来一条崭新毛巾，一统递给她。

"你去次卧换，我去烧点热水。"

说着他就往厨房方向走去。

时姜直愣愣接住，对方都转身走了，才慢半拍地"嗯"了一声。

她脚后印着水渍，从门口延长着拖了几块地板。

看见后，心道糟糕，得赶紧换完衣服给人家地面收拾收拾。

一边瞅着自己脚下，一边推开一个卧室门就进去。

进去后才感觉不对。

整个房间布置得非常素，没有一件多余的家具，呈现出一种极简主义风格。干净整洁，一尘不染，床单抻得笔直平整，被子叠得跟军训比赛似的。

而唯一花里胡哨的布置，是正对门的那面墙。

上面贴满了照片。

时姜下意识看去，稍微打量两眼。

然后下一瞬，她瞳孔倏地缩起。

一时间，她的大脑几乎不能思考。

因为，如果没有眼花的话，照片上的那个人，整整一满墙照片上的每一个人，都是她吧……

这时鞋跟撞地的脚步声向她身后靠近。

时姜反应非常迅速。

她立刻带上门退后一步，微低着头看手机，装作刚要推门进去的样子。

“等一下。”

背后果然传来阻止声。

她慢半瞬地停住动作，缓缓回头。

下一刻，男人身形如风地立刻快步过来，伸臂隔在她身前，紧紧攥住了卧室门把手。

时姜略微不知所措地看他，又低了低头，眨眨眼，示意道：“你杯子里水洒了……”

蒋炽也跟着注意力转移。

然后才发现，他手中握着的一杯热水，因为疾步行走而荡出来小半杯。可将近一百摄氏度的翻滚热水，将他手背烫红了，他竟然都没有察觉到。

他连忙条件反射般退后一步：“洒到你身上了吗？”

“我没有。”时姜盯着他发红手背，神色有些犹豫和松动，“你快去用冷水冲一下吧。”

蒋炽垂下眼睫，眸中情绪被很好掩起。

他几乎执着地带上门，然后可能觉得十分刻意，解释说：“抱歉，屋子里太乱了，没有收拾，就不让你见丑了。”顿了顿，“你去隔壁那个次卧换吧。”

时姜若是这个时候都看不出来对方在刻意掩饰什么，那她也太过于迟钝了。

那一大堆包装袋还在她怀里抱着，她不敢再杵在这个房间门口，“嗯”了声，埋头就转去隔壁。

这次这个房间是正常的。

布置风格和隔壁异曲同工，但没有见不得人的东西和秘密。

时姜神思不定地从袋子里往外掏着衣物，可满脑子都是刚才看到的场景。

两分钟前，匆忙一瞥间，她只注意到了所有照片里的主人公都是她。可此刻细细回味一遍之后，才注意到许多细节。

那些照片绝大多数都是她在 M 国的背景。时间跨度之大，从她刚独身一人到达大洋彼岸，到她回国前夕，都有。

场景也有很多种。有她青涩不安的入学照，笑容洋溢的毕业照，甚至还有在图书馆的低头学习，在操场散步的侧眸一瞥……

时姜感到疑惑和震惊的同时，心中又涌出许多缕她自己都分辨不出的情绪。

她在 M 国求学和工作的十一年，是被监视了吗？蒋炽怎么会有这么多她的照片，偷窥狂吗？

可又费劲费力拍她干什么？这人到底想干什么？

他明明，他明明有未婚妻了啊……

这时，卧室敲门声骤然把她惊醒。

外面传来蒋炽沉稳的声音："你遇到什么问题了吗？"

吓得时姜连忙从思索中脱离出来，回道："没有，我尽快。"

再看手机，才发现她不知不觉间，竟然磨蹭了这么长时间，到现在连个包装袋都没拆完。

她稳了稳心神，赶紧加快速度。

然后就遇到了让她又是十分尴尬的事情。

蒋炽塞给她的这五六个大袋子里，从里到外，从上到下，买了个全套，甚至连内衣都备齐了。

时姜此刻心情异常复杂。

不是，她和蒋炽的关系，真的就熟稔到这个地步了吗？

简直无力扶额。

她更换完毕后，给自己做了相当长一段时间的心理建设，才能够面色平静地踏出这个房门。

外面蒋炽已经在餐桌前等着她了，远看桌上几个碗热腾腾冒着白气。

他招呼她："先过来吃饭吧。"

时姜心道，不是说换完衣服她就立刻回去了，怎么又吃上饭了？

但犹豫几秒，还是不好不给人家面子。

她走近一看，是两碗面和一荤一素两个炒菜。

蒋炽递给她筷子："时间匆忙，简单做了点儿，将就吃吧。"

时姜缓缓坐在他对面，说："这也不简单啊。"

低头看她跟前这碗面，金黄的荷包蛋，绿油油的葱花，面条细长，汤底清亮，暖意灯光下，让人胃口大开。

她忍不住夸赞道："你厨艺还挺不错的。"

蒋炽微垂着眼睑："一个人生活惯了，就不得不学会做饭。做多了，也就熟能生巧。”

时姜眨眨眼：“我一个人，怎么只学会了点外卖。”

蒋炽轻微弯了唇边，示意她动筷：“吃吧。”

时姜从没想过，她和蒋炽之间，在多年以后，能出现如此和谐的同桌共餐的场景。可她又确实心里有很多解不开的疙瘩和疑问。

她纠结了很久，试探着问：“你……经常去 M 国吗？”

蒋炽筷尖于半空停顿一瞬，但很快恢复正常，说：“没有。”

“我公务身份，比较特殊，会限制出境。”

时姜觉得他这个解释应该是合理的，国内是有这个规定。

如此她就更疑惑了。那墙上那么多照片到底是谁拍的，蒋炽委托其他人吗，这也太变态了吧。

她还想再问，可这次却是蒋炽先赶人了。

“你待会儿吃完，我送你回去吧。”明显是不想和她再继续说下去。

时姜放下筷子：“就不麻烦你了，我自己打个车回酒店就行。”

“太晚了。”蒋炽站起身，拿起车钥匙，“我送你吧。”

见对方态度这么坚决，时姜觉得没有必要违背人家好意，就去次卧抱起自己旧衣服，跟他去地下车库。

时姜跟在他身后一前一后地走：“你买的这些衣服多少钱啊，我转给你。”

蒋炽头也不回，前方车灯闪烁后，到跟前打开门让她先进去：“不用。”

其实时姜经常不懂对方这种总是爱给她花钱的无偿奉献精神，因为在她认知里，两个人还完全没有熟悉到金钱可以不分彼此。

见她不说话，蒋炽随口补充了句：“下次请我吃饭补回来就好。”

可这明显是句推托的客套话。

时姜认得包装袋上的那个牌子，蛮贵的，钻进后排座位，她撇嘴：“那我得请你吃多顶级的一顿饭，才能抵回来。”

蒋炽已握住方向盘，唇边在她看不见的地方弯了弯，发动了油门：“那就多请几顿。”

接下来一路无话。

时姜此次来 B 市，正事是签署那个合作协议。

仪式就在第二天。

于是很快，一张她和蒋炽在 B 市签约的握手合影，迅速登上了商界新闻头条。

等冲上社会热榜时，时姜已经回到A市投入了正常工作。

盛行渊死死盯着电脑屏幕，瞅得异常专注，鼻子都快抵上去了。

他眉头紧锁研究半天，自顾自说："我怎么觉得你们俩，关系这么不寻常呢……"

时姜没听清他在嘟囔些什么，只抬眸瞥去一眼："你怎么不直接钻进电脑里看？"

他猛地转过身，直勾勾看着她，问："你上次不让我跟去B市，结果就又是去会这个人？"

时姜："你在说什么？我这是工作需要。"

盛行渊："什么工作需要？你公司在A市还根基不稳呢，就非要去蹚B市这趟水？况且他那环经济带，是上头一个口号，还是真的能发展起来，现在都还两说呢！你急着赶上去干什么？"

时姜不太懂他这么激动是为何，抬起头，眨了下眼："这是我和魏子源他们共同订出来的发展计划，况且，这次合作是魏老师应下的，又不是我。"

盛行渊依旧不依不饶："你是创始人和最大股东，没你拍板儿，谁敢强行让你合作？"

如果能具象化的话，此刻的时姜一定头上冒出了一堆问号。

她瞅了这小伙子半天，问："你在无理取闹什么？"

于是下一瞬，盛行渊猛地一下子被点火了。

"无理取闹？"他指着自己鼻子，"这个词从来都是我形容那些女的，我还是第一次被一个女的这么形容。"

时姜单手托着腮边："那不好意思哦，我给你创造纪录了。"

"你……"盛行渊被气得火冒三丈。

而时姜直接无视，想到什么，打断他道："对了，我倒是有一件事想要咨询一下你。"

盛行渊毫不客气地讥讽："你这么厉害，还有不懂的要问我？"

时姜摆摆手："我从来不遮掩我身上的短板，也不否认你身上的长处。"

但真要说起这个事儿，时姜还真又犹豫了几下："你情史比较丰富，这方面比较有经验……"她斟酌着用词，"如果一个人，在他的卧室房间里挂满了另一个人的照片，这种，会是什么情况？"

盛行渊脸侧一红，嗷嗷叫着不承认："什么叫我情史丰富？谁给你说的？我拒绝……”

时姜为数不多次地拿出自己身为导师的威严，故意沉下脸，瞪他：“你先回答我问题。”

“哦。”

盛行渊可怜兮兮地被摁住，回想了一下，重复她问题：“挂满人家照片，这还用说，肯定喜欢他呗。”

喜欢……

时姜双目微微一怔。

指间笔杆滑落，“啪”地清脆掉到桌面上。

蒋炽现在会喜欢她？

时姜干巴巴地笑着摆手：“开什么玩笑？他先前还说讨厌我来着……”

对面盛行渊没听明白：“谁？你说谁讨厌你？”

这下时姜才反应过来自己失言。

她忙垂下眼否认道：“没有。”

盛行渊摇头啧啧：“你知不知道你现在这副样子，就是此地无银三百两的最佳写照。拒绝承认得越快，就越证明心虚。”

时姜默然紧抿着唇，没有言语。

若说喜欢，这长久以来疏离至极的陌生人模样，又是为何？

若说不喜欢，可那日电梯里的强吻……

心头“咚”地重重一跳。

睫毛簌簌眨动间垂下。

她清楚地意识到，自己心绪已经有些乱了。

“喂喂喂！不会吧！你不是真的跟B市那个蒋炽勾搭到一块儿了吧！”盛行渊凑近仔细瞅着她的神情，突然夸张叫道。

时姜本就心里乱麻一团，现在被他这么叫得更慌了：“你开什么玩笑？”

还好盛行渊自言自语地开始思考：“对哦。你俩还没认识多久，他上哪儿拿你这么多照片……”

时姜赶紧顺着他思路连连点头，低声应和道：“嗯，我是帮我一个朋友问的。”

但盛行渊似乎没听到她这谎话，刚放松下，就又意识到严重性。他“嗖”地把椅子转到她旁边，郑重道：“反正你俩不能在一起。”

“你是不知道，我告诉你啊，像他这种快三十都不结婚的男人，那什么，多少都有点儿问题。”

时姜沉默几秒钟，神色复杂道：“……这你都知道？”

盛行渊态度强硬：“那你又怎么知道他没问题？”

时姜：“人家不是有那什么，订婚对象了吗，应该马上就快结婚了吧，能有什么问题？”

“嘁，你是说北依啊。”盛行渊十分轻蔑地“嘁”了声，“他俩成不了！”

时姜瞧他这反应不对，略略挑眉：“你这话听起来，有故事啊！”

盛行渊纠结了半晌，拉着椅子更朝她凑近了些，和她几乎都肩膀靠肩膀，压低声音特别神秘。

“本来我堂堂一男子汉，是不屑于做背后嚼人舌根的事儿的。但既然你是我导师，咱俩显然关系更亲对吧，那我就告诉你，你可别告诉别人。”

时姜被小伙子的话说得略无语。

秘密都是这样在“你可别告诉别人”和“我一定不会告诉别人”的话术结尾中，一点一点被传播出去的。

她稍微往边上侧了侧，嫌弃地捏住鼻子：“你明天来，能不能别喷这么多香水？相信我，你香水味儿不这么冲，依旧能招蜂引蝶。”

盛行渊坐直，面无表情地说：“你还听不听了？”

时姜踌躇了会儿，终究是对蒋炽婚姻的好奇心压过了她的做人原则，坐回来：“……你说吧。”

于是盛行渊重新兴致勃勃地凑近。

可他的这个兴奋值还没在顶点维持几秒，又肉眼可见地泄了些：“嗐，真要说的时候，感觉也没啥。就是说，北依是个典型海王、渣女、不婚主义者，所以他俩成不了。”

时姜毫无征兆地站起来：“你说什么？”

盛行渊有些被吓了一跳。

他好像就没见过时姜失态的时候：“怎么我觉得没啥的时候，你又这么激动呢？”

时姜：“你说的是真话，不是因为私仇坏人家名声？”

盛行渊满头黑线：“人和人之间还能不能有最基本的信任了！”他探指敲了敲桌面，“喂，你没看见嘛，北依小指戴着戒指的，这我也能骗你？”

时姜回想了下：“可是她满手都戴着戒指。”

盛行渊：“……”

他要怒而拍案直起了：“反正北依这事我绝对没有骗你！你是不知道，

北依在国外圈里的名声早就臭了，你别看她柔柔弱弱一个女的，前后追着她要说法的人能组两支足球队。你稍微打听一下就能一清二楚。听说前一阵儿，刚抛弃了一个和她谈了五六年的，这次回国也不知道是不是避风头的。”

时姜蹙着眉头看向盛行渊。

盛行渊不像在骗她，可正是因为这样，才叫她现在脑子异常混乱。

她突然感觉，很多以前想不明白的事情，更加遮云迷雾了起来。

时姜：“那他们两个为什么要订婚？”

盛行渊一拍大腿：“这就是问题关键啊！所以我才一直告诫你，千万别和那个人搅和在一起。”

“那个蒋炽不在A市混，我不太了解，但大概率也是个不婚的，他俩干脆凑一块儿，各玩各的，省得家里催婚。你想想，你在M国，周围是不是挺多这种案例的？”

时姜手撑桌边地站那儿，听得眉角一抽一抽地跳。片刻，她双目恍惚地摇摇头，小声说：“他不是。”

盛行渊恨铁不成钢地“哐哐”敲着桌面：“喂，你又没跟他处过对象，你怎么能这么肯定？”

这话问得时姜顿时十分心虚，目光飘忽地落在桌面四处，更加小声了：“反正我就知道不是……”

盛行渊座椅一转，不再理会这个话题。

他高跷着腿坐那儿，抬手拍了拍自己胸脯：“所以说一千道一万啊，他这种问题男人，根本就不如我这样的年轻力壮、朝气蓬勃的小伙子。”

他趁机标榜自己，标榜得还挺得意。

时姜简直一头黑线。

她侧头看去：“你为什么拿自己和他做对照组？就算他不行，难不成我就应该跟你这种年纪的在一起？我年龄大你多少岁……”

盛行渊丝毫不在意地摇摇脑袋：“女大三，抱金砖嘛！”

时姜冷汗都快掉下来了：“我比你大六岁都不止吧。”

盛行渊伸出手指：“那就抱两块金砖。”

“你有毒啊！”

她将手中一摞教案利索地拍他脑门上。

时姜觉得自己来问盛行渊这不靠谱的，完全就是一个错误的决定。

蒋炽怎么可能还喜欢她？

就是以前这份感情是真的，但经过这么多年岁月的消磨，也早就彻底散在世俗烟火中了。

他当年能放弃她，如今就没道理还念念不忘这么久。

只是北依这事儿，倒还真的是个意外。

时姜头疼地揉了揉额角。

但意外归意外，日子还得照样过。

到年底了，各种归档总结的事情都多了起来，也忙了起来。

时姜在学校和公司前后连着奔波，几乎脚跟都不沾地。

全球知名汽车公司丰蓝也赶年底来了，从J国千里迢迢过来，要和他们赤江科技谈合作，主要瞄准自动驾驶这个蛋糕盘子，希望可以共同研发。

丰蓝是老牌汽车公司，成套的产业化造车工艺，而赤江有全球领先的算法技术，且工程落地经验非常丰富，强强联合，当然双方都利好。

对这件事，魏子源激动到亢奋："Jocelyn，自动驾驶未来绝对是一个风口！"

"我当然知道。"

时姜放下手中调研报告，略微好笑："当前各大公司但凡有点儿实力的，都在布局造车这块儿。政策走到这儿了，我们不顺势而为，也说不过去。"

"但也不能急。别起了个大早，最后却赶了个空场。"

魏子源："Jocelyn，我最喜欢你的就是这种沉稳镇定，不骄不躁。困境思因果，顺境思危机，经常能给我很多警示。"

时姜笑他："魏老师你是不是在M国待久了，举手投足都带上了这种毫无余力夸奖别人的热情。"

魏子源失笑摆手："我总归还是一个含蓄内敛的中国人。再者，我说的也都是事实。"

时姜自明亮宽阔的落地窗前站起："好，那这块就交给魏老师你去布局。如果有什么条件，比如要人或是要钱的，随时叫我。"

干事业的激情一下子被拔高了，魏子源一口应下："妥！这个事业部就由我牵头来搞。"

于是时姜就回学校了。

其实今天周六比较清闲，任务都布置分配下去了，她回学校实验室完全是考虑到再坐一个晚上就可以直接顺路去公寓休息。

晚饭时，时姜下楼，而到信息楼大门刚一转弯，只见斜前方的路边，一个高大男人站在那里，单手插兜，身形英挺笔直。

将落的夕阳隔着树杈映在他脸部轮廓，更显深邃。

只是目光凉薄，表情氤氲。

明明通体都是生人勿进的气势，但在他身上，就反向作用了一般，显得极为迷人。

大概是他气质过于引人注目，校园里来往学生都放慢脚步，行着注目礼，甚至不少骑单车的停下，干脆就在不远处拿手机拍照。

一个女生仿佛鼓起好久勇气，抱着书包，红着脸跑过去：“学长好，我是校记者团的，请问，可以采访您吗？或者，您有时间的话，请您……来给我们开讲座，或是，或是简单分享经验……”

这小姑娘大概是对着偶像，对着这位新闻里才能见着的优秀校友，过分紧张了，说话都开始语无伦次起来。

听完学生的请求，男人神情柔和下来许多：“现在可能不行，我正在等人。”

他报出一个电话号码，耐心地等对方记录：“如果学校这边需要的话，你可以联系我的秘书，时间我们随后再定。”

接着，他突然察觉到什么，倏地侧过身望来，然后目光直直和时姜相接。

猝不及防，偷看被逮了个正着。

时姜蓦地一慌乱。

但她很快镇定。偷看怎么了？这么多人都在看，那就不叫偷，叫正大光明参观。

“抱歉。”

那头蒋炽匆匆和女生说完，就大步径直朝她这边走过。

还真过来了？

时姜目光微微凝固，然后，只好硬着头皮顶着对方逐渐逼近的视线。

高大男人很快到她跟前，投下的影子斜斜笼在她身上半边。

避无可避，尤其周围一圈人都在看着，时姜赶鸭子上架般，不得不打招呼，她僵笑道：“好久不见。”

蒋炽稍微低头，幽黑发沉的瞳仁看着她：“是挺久的。”

顿了顿，他看了眼腕表，用微沉的磁性嗓音补充道：“十一天零九小时二十三分钟。”

时姜：“……”

你咋不精确到秒。

时姜心道脑容量大就是好，这种细枝末节也能记得。

但一句好久不见之后，她就不知道要说什么了，而眼瞅着对方竟然是硬站着、没半点想走的样子。她袖下的手掌蜷起，细白指尖都开始扣手心了。

她略等片刻，开启寒暄尬聊模式："那什么，你回A市还挺频繁的。"

蒋炽目光稍稍朝下，停滞几瞬，再移开眼，不置可否道："我回来找谭裕凡，他说是有材料要交。"

他转过身去，正在时姜要松口气的时刻，他忽地接了句："时教授带我去吃个饭吧，我没饭卡。给谭裕凡打电话也联系不到，他应该在开会，手机静音了。"

时姜："……"

男人又转回，抬起那双黑眸，沉静地询问："你是要去餐厅吃晚饭的吧？"

时姜还能说什么。

她想起上次穿了人家花钱买的衣服，说好要请蒋炽吃饭。这人仿佛仔细算计着，时机掐得无比精准。

"走吧。"她也抬步，又想了想，"请你吃学校餐厅太过意不去了，我们去外面找家饭店吧。"

因着大学生这个高消费群体，清大校园周围一大圈都被各种饭店包围。

时姜没想跑远，打算在其中选一家顺眼的吃顿得了。

二人便出校东南门之后，绕着学校开始走。

按道理说时姜请客，她本来想自己做主，订个餐厅。但想起来蒋炽应该比她熟，她来清大才几个月，蒋炽在这儿待了好多年。

她便干脆跟着他走。

走了一段路，看到了与清大毗邻的中学。

现在已放寒假，隔着栅栏墙望见，校园里空空荡荡的。

前头高大的男人走着步子，侧头望去："我高中之前，就是在清大附小和附中上的。"

时姜忽然想起什么，忍不住也跟着看去。

原来这里就是蒋炽以前上学的地方。

他们此刻脚下的路，是蒋炽小时候走了无数遍的路。

他又指向转角过后，一家笼罩在暮色中的咖啡店。

"我以前早上来不及吃早饭的话，就去这家店买杯咖啡，拎块面包。"

门口堆满绿葱葱的长青盆栽，文艺风布置，落地橱窗里亮着暖烘烘的光。

时姜定定地看向里头忙碌的店员，略恍惚地说："所以，你刚转到狮河县时，上学第一天，你吃不惯那里早餐，就问我有没有咖啡店。"

当时的小山城，哪里有这种小资的东西，人民需求根本达不到这个层次。

时姜就去隔壁邻居家的小卖部，翻箱倒柜的，给他刨出来几包速溶咖啡，最后还发现是过了期的。

现在回想，她也不知道自己当时怎么回事。

蒋炽随口一句话，她就费尽心思地想满足人家的这个愿望。

时姜低下头，眨眨眼，再拼命眨眨眼，想将里面的涩意去掉。

"你……为什么还没结婚？"

时姜控制不住自己地问出这句话时，感觉胸口处心脏都在怦怦地跳，"你爸在你高中时就给你物色好了结婚对象。这么多年了，你为什么，还不结婚？"

蒋炽停住脚步，侧头看向她垂下的头。

沉默一会儿，他淡淡地说："大概是，心有不甘吧。"

时姜心头倏地一动。

"北依或者盛行渊，是不是给你说了什么？"

蒋炽眺目远望："不错，我是订婚了。但我和北依，属于各取所需。她没有办法结婚，我也在等人，所以，我们互相都需要一个借口和挡箭牌。"

"不知道我这样说，你能理解吗？"

这话终于从蒋炽这里亲口说出，时姜心头像被一柄锤子狠狠砸下。

她几乎脱口一句就想问出来，你在等谁？

但这简单一句话，却像团包裹了荆棘刺的棉花一样，堵在她的嗓子里，卡得严严实实。

人行道上一辆单车飞速驶过。

蒋炽侧过身，将她带到靠里头这边来。

然后他沉默地继续往前走："先吃饭吧。天冷，去吃火锅怎么样？我和谭裕凡经常去的一家，味道不错。"

说到这里，他似想起什么，顿了一顿："我在A市有很多朋友，以后有机会，可以一一介绍给你。不少学术圈的，搞科研的，开公司的，为人有趣又有自己想法，你一定会很喜欢和他们交流。"

他这话说得如此顺畅自然。

于是，时姜胸口处那种无力的酸涩感又出来了，沿着经脉，往四肢百骸悄无声息地蔓延。

她想起高中那个时候，蒋炽给她补课。

本来她的人生中，从来没有补课这么一说。要补的话，那向来都是她给别人补。

但自从蒋炽一转学过来，本来牢牢占据着年级第一的时姜，自此步了常以翔的后尘，变成千年老二了。

刚开始她还斗志满满要追上这个新同学，可时间一长，她发现，她和蒋炽之间的距离，根本不是一朝一夕能追得上来的。

她终于理解了有个段子所说的——

她考一百分，是因为自己能力刚好在一百分那里；而蒋炽考一百分，是因为，这张试卷的分数上限只有一百分。

时姜单手拖脸，于灯光下歪脑袋看着他，小声嘟囔："蒋炽，你怎么什么都知道？"

眼看赶超无望，她简直垂头丧气。

"你以前在A市的同学，是不是都这么厉害啊？"

男生放下笔，瞧着她的模样，有些好笑。

"有厉害的，也有不厉害的。"

他把时姜的试卷拖到自己跟前，垂眸仔细看她错哪儿了："以后带你去认识他们。"

时姜鼓起腮边，拿笔头一下一下戳着："以后……又是以后。你都许了我多少个以后了？"

只见男生坐在温和暖色的灯光下，发丝微微垂落，眉眼精致，又异常清晰。

他轻声："我们有很长很长的以后……"

……

回忆入脑，时姜蓦地眼前有些发酸。

她不敢再跟着他往前走了，停在路边，低声说："你带我看这些，又说这些，到底想做什么？"

蒋炽亦驻足，静静回看她："我在遵守我们当年的约定。"

"高中时，我答应过你，等我们一起考上清大，一起来A市，我要带你看看我从小生活的地方，带你去吃我喜欢的餐馆饭店。我们要一起走许多路，去许多地方。”

看她半晌哑然无言，蒋炽嘲弄地笑了下：“这些你都忘了一干二净了吧。”

他掉转视线，远望绿化带相隔那边的车水马龙。

“你可以不守承诺，但我不能。”

时姜眉梢微动，神色有些冷了。

“……你这话什么意思？”

蒋炽深邃的眼眸盯着她，却答非所问：“你这些年在M国，过得好吗？”

时姜抬眼直视他：“当初你第一次来我办公室时，就已经问过同样的问题。”

蒋炽：“但是你当时在敷衍我，不是吗？”

时姜：“我……”却又半晌说不出话来。

蒋炽：“我当时还告诉你，我过得不好。”

“高考结束，我就被我爸强制带回A市了。我当时很害怕。但我想着，也是唯一支撑我的是，你也被清大录取了，等到开学之后，我就可以再见到你。”他的嗓音很好听，又低又醇，“可是开学后，我在清大等你很久，都没有再见到你。”

“开学军训，我一个方阵一个方阵地找你，我找了一遍又一遍，其他院系许多人都认识我了，可我仍找不到你。”

“我以为你故意躲着我，不愿意见我。我心想，这次，就算死缠烂打，我也不会放开你……”

说到这儿，蒋炽忽地垂下头，自讽一笑：“但我没想到你这么决绝。”

“常以翔告诉我，你出国了。”

“我不信。我去清大招生办，求着老师帮我查了好多次，可没有找到你，连重名重姓的人都没有。”

“但我就是不信。一起考上清大，这是我们最重要的约定，你也为它付出了那么多努力，怎么会轻易放弃呢？我趁周末去你的家乡，四处找你，我们一起到过的每一个地方我都去了，我找了无数次……”

他说这些的时候很是平静，只默默远眺看着天边即将拉下的夜幕：“最终事实告诉我，你就是放弃了。一走十一年，你甚至连见都不愿再见我一面。”

“所以时姜，你叫我怎么能不恨你？”

都市的晚高峰来临，马路一头，自动清洁车滴滴答答地驶来，其他车辆在红绿灯路口前聒噪急切地按着喇叭。

话语都穿插隐藏在扬起的噪音和灰尘中。

此处气氛，却与周遭如此格格不入。

时姜："这算是我们自高考分开后，第一次真正意义上围绕旧事展开的谈话吧。"

蒋炽掉转视线沉默地看向她。

时姜点头："好。那就叫我们好好谈一次。"

"蒋炽，你说你恨我。可我对你，又何尝不是。"

"你问我在 M 国过得怎么样，现在我对你说实话——我过得不好。非常不好。"

她静静看着路边飘散的一个包装袋："我不喜欢在一个听不到乡音的地方生活，我不喜欢到一个完全没有朋友和亲人的地方重新开始，我也不喜欢，走夜路时被醉汉骚扰、晚上独住时有人敲门，却完全没人替我伸张……最开始那段日子，我每日都靠着对你的恨而活着。我告诉自己，我要洗掉过去别人对我的羞辱，我要成长，我要变强。"

"我不能下次再遇到喜欢的男生，对方因为我的出身和家境，因为我无法对他的事业提供助力，因为他的父母害怕我拖累他，就毫不犹豫地舍弃我。"

"我们分开后，求学加工作共十一年，我一刻都不敢松懈，摆在我面前的每一个机会我都要抓住……"

即便时姜再告诉自己要平静，也忍不住轻喘了口气。

最后，她轻轻笑了笑，云淡风轻地总结道："所以，蒋炽，实话就是，我过得不好，非常不好。"

全程期间，男人如墨海的视线一直无声地笼罩着她。

时姜弯唇："你不必用这种怜悯的眼神看着我。生活就是这样，我没能力压过它，就要被它摁在地上摩擦。"

他缓缓摇头："我没有怜悯你。"顿了顿，"你也不需要任何人怜悯。"

时姜看着隔壁的中学，看着马路转角的咖啡店，感慨说："这么多年了，我终于奋斗到了你的起点。"

蒋炽神情有些犹豫："时姜……"

而时姜又紧跟着说："放心，我没有自怨自艾。我享受这个奋斗的过程，从无到有，一点一点，像闯关打怪一样。我也很珍惜、很感恩我当下所拥有的一切。”

话题似乎又要陷入僵局。

蒋炽沉声道：“时姜，你愿不愿意听我说，我在高考前向我爸妥协，是有原因的……”

“是啊。”

时姜似乎听不出他的欲言又止，利索打断道：“所以我烧了清大录取通知书，远赴出国，也是有原因的。”

她腰背挺直，倔强刚硬得像一根竹子：“你又有什么资格，责怪我不遵守承诺？”

又是静默。

过了许久。

“那现在呢？”蒋炽说。

时姜：“什么？”

男人凝视着她：“现在我们还可以，重新开始吗？”

时姜心底猛地狠狠一颤。

她立刻闭上眼，须臾，又缓缓睁开眼睫。

“重新开始……”她呵笑一声，“蒋炽，你刚才也说了，你心有不甘。你对过去存有执念。”

“我对你也存有执念。”

“但我们当真能分清，什么是执念，什么是喜欢吗？生活是很无力的，不是想要重新开始，就可以在一起的。”

她努力让自己笑起来，又郑重道：“所以，蒋炽，谢谢你陪我走过我最重要的年少时光。谢谢你曾经……喜欢我。”

“可是我们分开太久了。再浓烈的感情，也会变淡的吧。”

“今天和你谈完后，十一年的执念放下，再次回首，我发现，我好像释然了。”

“我好像，也并没有那么……喜欢你了。”

她面上淡笑着说，手下指尖却几乎要攥进肉里面，露出白骨，淌出血来。

“你说，这样的我，还怎么和你在一起？”

四周空气弥漫成一潭死水般的寂静。

两人站在匆匆忙忙的行人中，非常突兀。

不知过去多久。

蒋炽低头，扯着嘴角自嘲般笑了声：“呵。”

“好，我知道了。”

空气中轻飘飘撂下这样简单几个苍白的字眼儿，他离开了。

落木萧下，暮色四合。

时姜呆呆地看着不远处，冷风呼啸，寒鸦哗啦啦栖落枯枝。

看了很久，看到她眼眶略微酸热。

她又独自站了很久，被冷风吹得通体冰凉。

终于——

“对不起，蒋炽，我说了谎。”她垂下头，小声自言自语道，“对你的恨，让我远赴他乡。可是……”

可是，因为仍然爱着你，兜兜转转，最后还是选择回国。

因为爱你，便没有办法舍得离开你。

时姜在路边慢慢蹲下身。

在四周路人讶异目光中，慢慢将脸埋在膝里，努力缩成一团，闭上眼轻声道。

“但我现在，已经没有资格说爱你了。”

最后饭也没吃成。

时姜浑浑噩噩地原路返回，去信息楼实验室，然后远远便见楼下路灯旁，吊儿郎当倚靠着个人，正捏着手机打游戏。

时姜潜意识里感觉，盛行渊这小伙子最近出现在她眼前的频率是不是过于高了些。但没多想，走到他跟前，哑声问：“你对周围熟悉，哪里有酒吧？”

一听这话，盛行渊惊得手机连同下巴都齐齐掉地上了：“你真是我导师？我没认错人吧。”

时姜趁他蹲下捡手机，照头拍他一下：“废什么话？”

盛行渊立刻“嘿嘿”乐和起来：“没错没错！这动作架势一出，就是我时大教授！”

“……”

时姜怀疑他是不是有受虐倾向。

时姜好不容易求盛行渊一次，盛行渊自然利索开车，带她就近去了家浇愁的地儿。

但今天一是周六，二是时间刚好正赶上营业点，酒吧里热闹得很。

盛行渊抓着她的胳膊，生怕人丢了似的，挤到最里面的吧台。可哪怕已经很角落了，他二人刚坐下，旁边就有频频注视过来的男男女女。

不一会儿，一个高挑帅气的年轻男生过来，笑着朝二人举了举杯，邀请道：“要一起玩吗？”说着还状似不经意地朝时姜那边瞥视。

女人面朝吧台，一声不吭地背对着众人，周身笼着一股说不上来的忧郁劲儿。

进酒吧后外套都脱了，她里面紧身小衫穿得薄，勾勒出单薄肩背，腰肢纤细，胸脯饱满。

虽看不清正脸，但不可否认是个美人。此刻微低着头，秀发自侧边淌下，颈后一片雪白，亮得晃眼。

“往哪儿看呢？”

盛行渊单脚往吧台一踹，发出不大不小的响声，但足以让那男生惊醒，连忙收回视线。刚才光线暗没注意，现在仔细一看，才发现这护花使者竟是那位行事作风极其嚣张的盛家大少爷。

盛行渊伸手挽住时姜头发，往前一散，严严实实盖住她侧脸，然后盯着那人哼笑道：“回去要是敢拍照，手给你剁了信吗？”

对方立刻变了脸色，连忙干笑着转身就走。

于是以二人为圆心，周围顿时散开一大片。

但盛行渊还是不满意。

他将已经失魂落魄连灌了自己三杯深水炸弹的时姜安置住，嘱咐道：“我叫人去清场。你坐这儿别动，谁叫你都别跟他走，听见没？我马上回来。”

时姜迅速拉住他：“清场干什么？”

盛行渊：“自己喝不清静吗？”

时姜摇头拒绝，并且给出的理由非常朴素：“清场费贵。”

于是盛行渊又讶异了：“你一个身价十几亿美金的人，嫌这点儿钱贵？”

时姜微垂着头：“这就是你这种富二代和我这种创一代的区别了，不当家不知道钱难赚，能省点儿就省点儿，总归是好的。”

盛行渊不乐意了：“你别总拿这种跟小孩子说话的语气教训我。”

他以为时姜肯定又要给他呛回来。

可谁知，她今日似乎心情非常低落，垂头丧气地抱着杯子：“对不起啊，小盛。”

“我也是第一次当导师，很多地方都做不好，还请你多体谅。”

盛行渊仿佛再次看到太阳打西边出来了。

说实话，时姜是个自我主义非常强的人，拥有超乎常人的坚定意念。一般来讲，成功企业家普遍具备这样的性格特质。

他们这类人，绝不会轻易示弱，认错更不可能。

盛行渊深知她这一德行，于是此刻简直像见鬼了似的揉揉眼睛：“你今天咋了？这话听起来根本不像你风格啊！前男友跟人结婚了？”

时姜沉默了一会儿，接着仰头自顾自一杯接着一杯灌：“没。我公司和J国那个汽车公司达成合作了，一起造车。丰蓝你知道吗，我很喜欢的一个品牌，我人生第一辆车就是他家的……”

她喝得太急，很快上头，说话就开始颠三倒四：“明年配上自动驾驶功能的智能成车就能上市，我，我心里高兴。”说着又要再喝。

盛行渊一把夺过她的杯子：“您这庆功酒喝得跟上坟似的，丰蓝看见了得恨不得当场和你撕合同。”

然后他赶紧给调酒师使眼神，怎么能任由她使性子呢？她要什么，就给她什么？

调酒师摸着后脑勺“嘿嘿”一笑，指尖转着工具，去吧台另外一头了。

酒吧周围散去的人越来越多，盛行渊答应给顾客们付翻倍的酒水钱，让他们自己找别地儿逍遥去。

于是环境越发安静。

只有乐队抒情地唱着蓝调，忧郁婉转。

盛行渊看她眼神逐渐迷离，笑她：“你不是挺能喝的吗，今天醉这么快？”

时姜捏着好不容易抢夺回来的杯子，没有说话。

而盯了她一阵子，盛行渊这才察觉到不对，握着她肩头，想把她转正过来，严肃问道：“你晚餐没吃？”

时姜此刻已经酒精熏脑了，反应都开始慢半拍起来，回想了半天，轻声“嗯”了下。

盛行渊：“你不想要你的胃了？”

他皱紧眉，有些生气。但现在责怪一个半醉鬼也没什么用，他立刻掏出手机：“你想吃什么？你这还喝个屁的酒，我们先找东西吃去。”

“不要。”时姜抱着杯子，摇头果断拒绝道。

盛行渊查路况的手一僵。

他有些愕然地视线顿住，因为，映入他眼中的就是对方发红的脸颊，还有沾着酒水的红唇，看上去十分柔软。

几秒后，他匆忙移过眼，低声说：“那我去让他们端个小吃上来，你先垫垫。”

而这人身子一歪，像流体一样瘫倒在桌面，枕着舒展开的右胳膊：“不想吃那些油炸的拼盘……”

打死他都不会想到，这人一喝醉，竟开始任性耍无赖了。盛行渊心里忽然泛出来极其微妙的感觉，却说不清，又抓不住。

他俯身凑近看她眼睛，忍不住放软声音，像哄小孩儿一样问她：“那你想吃什么？”

时姜垂着又密又卷的睫毛，像是思考了会儿，小声回他：“想吃火锅。”想了想，缩小范围，“铜锅涮肉。”又似乎想起什么，委屈巴巴地添了句，“我本来今晚，要吃，要吃涮羊肉的，结果，没有吃到……”

盛行渊：“……”

吃吃吃！给你吃！

盛行渊转身就开始穿外套。

他记得隔壁就有家老字号，叫外卖又慢，又跟人掰扯不清，他准备亲自过去，最好能把他们店里那烧炭的铜炉子搬来。

然后他叮嘱酒吧老板，不能让她跑出去，要是耍酒疯被人拍到发网上那可就难看了。

老板明显与他相熟识，笑着满口答应下来，让他放一百个心。

而盛行渊一走，本来瘫倒的时姜立刻精神起来，她勉强坐起，伸长胳膊，隔着吧台去够人家调酒师工具和材料，开始自己胡乱兑着喝。

常见的就那几个样式，流程看了几遍，她自己早都会做了。

正边喝边玩，搞得不亦乐乎。

这时，背后有脚步声传来。

不急不躁，一下一下，仿佛恰好伴着她心跳的节奏。

混浊浓重的空气中，传来极轻极淡的味道，清新得像雪山里的松木一样。

时姜觉得有些好闻，又有些熟悉。

来人默默看着她面前：“别喝了。”

她盯着自己五彩斑斓的成品，十分坚持：“不能浪费。”

于是男人伸手阻住她。

他的手异常漂亮，骨节分明有力，像很擅长握笔的手。此刻却捏着她的杯子，将其中乱七八糟的液体一饮而尽。

时姜傻愣愣地看着对方仰起脖颈上滚动的喉结，胡乱地想，以前怎么没发现，盛行渊这毛头小子的一举一动能这么性感。

想完她感觉自己疯了，连忙埋下头趴在桌子上。

闻到食物的香味，她的确饿了，头晕得不行，眼前都有些虚化，便伸手去拖那个饭盒。

而打开盖子，刚吃了两口，却突然停住。

对方察觉到她情绪不对，靠近低声问："怎么了？"

声音磁得她耳膜发痒。

时姜眼眶通红地盯着碗里，嘴巴微微一瘪："这，这怎么是麻辣烫啊……"

男人微微一愣。

"你走之前我明明说，说吃涮肉的，可这，这为什么是，是麻辣烫……"

莫名其妙地，委屈来得汹涌澎湃。她仿佛已经在努力控制了，还是忍不住地一抽一噎。

时姜抱着碗，蒸汽熏腾间扑面，眼泪都快出来了："你，你还放了一堆麻酱……我讨厌吃麻酱的……"

对方终于忍不住，抬手揉揉她脑后头发："对不起啊，是我不好。"

说着他就要把她面前饭盒拖走。

时姜忙抱住碗，再拖回来，又含泪吃了好大一口。

对方没有再动作了，静静看着她吃。

只是，笼在她身上的视线缥缈如烟，许久，嗓音很淡，问："你为什么喝酒？"

时姜低着头，含糊道："因为心里难受。"

对方又问："为什么难受？"

时姜本来想说他管得宽，却哽住了。"难受"这两个字，让她感觉更加难受。她腮帮子无力地咀嚼两下，眼前潮湿，轻声说："因为喜欢一个人。"

停顿好一阵子，男人继续问："有多喜欢？"

时姜双目无神地盯着碗中一根香菜，忍住想将它挑出去的欲望，呢喃着说："很喜欢，很喜欢……"

她觉得自己真是伟大极了，盛行渊给她又喂麻酱又吃香菜，她竟然还愿意把自己最深处的秘密倾诉给他听。

“可是他太坏了……我这么睚眦必报的，精致利己主义者，权衡之后，决定，决定不再喜欢他……”

“我想了很多办法，想让他从我的世界里消失……但是，都没有用……”

和那根香菜较劲的结果就是，越看越把自己看得委屈极了，她鼻头泛酸，眼眶泛红：“他像是住在我的记忆里，无论我怎么赶，都赶不走。”

“这么多年过去，我始终忘不了他。”

她嗫嚅着，像一只受尽委屈的小动物。

“我在别的国家等了他很久，可是，他从来没有去找过我……”

她大大睁着眼，忽然，泪珠“啪嗒”一下就沿着面颊滚落下来了，准确掉进那碗麻辣烫里。

于是对面的男人一下子就慌了神。

而一旦情绪倾泻有了开头，接下来就如同泄洪一般，容易了许多。眼泪跟断了线的珠子一样，一颗接着一颗掉，她抽噎得快喘不上气来：“我都这样了，你竟然，竟然叫我吃麻辣烫……”

忽然间，男人上前将她搂在怀里，牢牢按在自己胸膛前。

熟悉的淡香萦绕鼻间，时姜顺势揪着他领口，鼻涕眼泪全糊到他干净的衣服上。

酒精熏脑间，时姜想起来几个小时前，蒋炽找她复合，都快气死了：“你早点儿干什么去了啊……你为什么不早点儿找我，我等你整整十一年……”

“我和别人……那个时候，你，你又在哪儿啊……”

混乱间，蒋炽许多都没听清楚。

只知道她在哭。

时姜在这人身前闷声，一把鼻涕一把泪，很没形象地号啕了个天昏地暗。

脸侧胸腔震动之意传来，头顶是低沉嗓音：“对不起，对不起……”对方一声接着一声地重复着，然后手扶住她脸侧，低下头，一点一点吻走她眼角泪痕。

“阿姜，我真的，对不起。”

时姜再次醒来，发现自己躺在一张柔软的大床上。

她条件反射般连忙去摸枕头边手机，解锁后，看见日期是周日，才长舒口气又重新躺回去，放下心来。

但还没阖目两秒钟，又猛地睁开。

因为，这个是陌生的酒店房间，不是她的家。

她连忙再次爬起，却只感觉头痛欲裂。

昨晚回忆渐次入脑，时姜简直想找个地缝钻进去。房间昏暗，是十分适宜睡觉的环境。她坐在被褥里摸了摸身上，发现还是昨天那身完整衣服，稍稍放下心来。

而这时，刚醒的慌乱，让她后知后觉现在才注意到，房间那另一头，还有一个人。

厚重窗帘边亮着一盏小地灯，依稀映出一具高大的身影。

他仿佛是在那里坐了整整一晚。

“醒了？”

房间半边灯亮了，给了她眼睛很好的缓冲适应时间。

对方站起走来，手中端着一杯冒着热气的醒酒茶，嗓音低沉而没有情绪，指令也简单明了：“喝吧。”

时姜坐在床边，盯了一盯那杯子里昏色液体，一时间心想他如何精确计算自己醒来的时间的？但想了一会儿，没想明白。

她没有接，而是站起身，穿好鞋，披上自己外套，拢了拢头发。

“蒋炽……”

时姜犹豫出声，嗓音是酒后初睡醒的微哑，似是在艰难地组织语言：“昨晚在酒吧，我喝多了，跟你说了什么，我都不记得。”

她难堪地停顿几秒钟：“估计有很多越界的话，还请你……不要放在心上。”

寂静几瞬，蒋炽转过身，极有压迫力地站在她跟前。几乎一瞬间，他眼睛里就隐隐有什么情绪开始酝酿。

许久，他盯着她说：“可是，我都听见了。也都记住了。”

时姜垂眸拉开距离，静静道：“那就请你忘了。”

“你知道，在酒精发酵之下，只是气氛放大了那种情绪，我其实，并不是那个意思。酒后很多话，不能当真的。”

于是，男人眸中的怒气已经要滔天了。

“时姜，”他几乎是咬着牙说，“让你正视自己的想法，就那么难吗？”

时姜瞳仁深处猛地一颤。

她迫使自己神色镇定："可是，很多事情，都已经变了。"

男人紧跟着上前："你喜欢我，我也喜欢你，现在男未婚女未嫁，我们为什么不能在一起？"

时姜手指倏地紧紧缩起。

"你……喜欢我？"

她一字一字地轻声重复说，仿若念着自己逝去的岁月。

蒋炽冷笑："我表现得就这么不明显？"

"我如果不喜欢你的话，我愿意亲你？我愿意让你去我家？愿意给你买衣服，给你做饭？"

"时姜，你究竟是真瞎，还是装瞎？"

时姜已经如同一座石像呆在原地了。

蒋炽："好，你现在回答我上一个问题——我们明明相互惦念，相互喜欢，我们为什么不能复合？"

"我以前是不确定你心意，不知道你是不是还喜欢我，所以我不敢打扰你。可是现在……现在我知道了。"

"那我们为什么要分开？"

时姜感觉自己应该是昨天酒还未醒，脑中已然恍惚发晕。

她捂着额角说："自然是因为我们成长环境不同，家庭不同，三观不同。"

蒋炽厉声："别给我扯什么家庭、三观。"

"你成长得这么迅速，你现在已经优秀到，让我觉得我和你在一起，都是高攀。现在是我在求你，一次一次地求着你，愿不愿意和我在一起。"

"可以吗？时姜，只要你愿意……"他拉过她，"你看着我，只要你愿意。"

时姜的讶然已经快冲破理智。

蒋炽这么骄傲的人，从小就骄傲的少年，又怎么会说出这种卑微的话？可她此刻根本不敢看对方眼睛："抱歉，我不想讨论这个话题了。"拢着衣服，埋头就要走。

他快步去抓她的胳膊："时姜……"

"蒋炽！"时姜回身猛地大力甩开，提声叫道，但很快，音调又迅速低了下来，她无力地哑声道，"你我都这么大了，该知道，成年人的世界里不是只有爱情。"

她垂落眼睑，声音微颤，轻得几乎要如烟消散，却严严实实捂着里面的情绪。

“别逼我了。算我求你了。”

房间门开了又关，冷风灌注室内，掀起窗帘薄纱。

蒋炽全身僵硬地看着那人离去的方向，手臂停在半空，很久，才缓缓垂落。

他终究，还是没有追出门去。

第五章 约定

「因为是你许的愿望，所以我拼尽全力，
哪怕一无所有，都要帮你实现。」

时姜埋着头闯出，在铺着地毯的走道里没走几步路，就迎面撞上了匆匆赶来的盛行渊，他身后还跟着好几个人高马大的保镖。

这人似乎也是一夜未睡，状态十分暴躁。

而刚到现场，就看见她衣衫不整，头发凌乱地跑出来，盛行渊脸色一下子变得极为难看。

他倏地伸手指向她背后，眼睛里的怒火燃烧到了顶峰：“你刚才是从那间出来的吗？”

说完他不等她回答，手一挥，就要指挥人过去撞门。

见他这架势，时姜顿时慌了，忙拽住他胳膊：“不是，你干什么？”

“干什么？”盛行渊扯着嘴角冷笑着，“那个人趁你一个女生喝醉，把你带到酒店开了个房，他能干什么？！”说着就要让人继续。

“停住！不是你想的那样。”

时姜急了，她根本不想把事情闹大。

还好她已经拐个弯跑出一段距离了，盛行渊刚才指的也不是蒋炽的那个房间。

她感觉自己几乎使出满力，才堪堪拉住这犟劲儿上头的小伙子：“我就自己一个人睡了一晚，什么事儿都没有！”

眼看着盛行渊还不听，她硬拽着人，就要把他往旁边电梯里塞：“你到底还听不听我说的？”

盛行渊一把阻住电梯门，横挡在那儿，转头朝她吼。

“我给你打了一百多个电话，你全给我挂了！我昨天就差报警了，你知不知道？！”

要不是他爸的秘书在监控记录里认出带走人的是蒋炽，劝住了他，否则盛行渊早就报案了。

时姜终究还是有些理亏，先赶紧把他身体拉进电梯，眼疾手快地按了一楼：“我昨天是真的手机静音了，这次没骗你，真没听见。”

她掏出手机，发现竟然没有显示未接来电，但点进通话记录是在的。很显然，大概率是蒋炽坐她床边，看见盛行渊打进来一个，他就默默地挂断一个。

而一想到这个画面，时姜就感觉头疼无比。

电梯平稳往下滑落，很快到了一层大厅。

临出电梯前，时姜偷瞧着盛行渊的脸色，小声说：“对不起啊。”

盛行渊显然还在气头上，大步往前走着：“对不起。现在知道对不起了？”走了几步，发现时姜根本跟不上，转身回去一把抓住她胳膊，“我昨晚走之前怎么跟你说的，叫你天王老子来了你都不能跟他走。”

“结果呢？你以前也这样？一喝就喝断片儿，然后随便来个人就能把你捡走？”

“当然不是。”

时姜小声反驳，她眼睛转了转，发现了不远处对方那辆标志性的跑车，挣开他的手，小跑着到跟前去，转过身等他车钥匙解锁。

“我这不想着，旁边有你跟着的嘛。”

可谁知这一句，不知是哪个点戳中，极大地愉悦了盛行渊这位大少爷。

他脸色肉眼可见好了许多。

他喉咙间低低地、调子上挑地哼了声，然后按住她头，将她塞进那辆喷漆浮夸的跑车里。

时姜很烦他这种行为。

一坐进副驾驶，赶紧整理本来就乱的头发，然后就听见旁边这人一边启动车，一边开始灵魂拷问。

“来，说吧，你和那个蒋炽到底什么关系？”

时姜心里一紧，将刘海儿撇着顺到耳后，佯装随口道：“没关系啊。”

刚出酒店停车位，恰好前头路口红灯排队堵住，车子缓慢刹车停住。

“放屁！”盛行渊将方向盘一拍，转头阴恻恻地看着她，“他说他是你男朋友。”

时姜：“……”

盛行渊冷笑：“你还想瞒我？还不跟我说实话？”

时姜除了刚才被唬那一下，接下来有些莫名其妙。她自己的私事，哪里有义务向学生告知了？

偏偏盛行渊不依不饶的那个劲儿丝毫不减：“你们才认识多久啊，这么快就背着我在一起了？你俩一个A市，一个B市，天南海北的，这都能对上眼？你……”

什么叫背着你？

时姜觉得不能再让他这么胡说八道下去了，赶紧打断：“那什么，我们认识有十几年了。”

停顿了些许，她轻声道：“他算是我……前男友。”

而这轻飘飘一句，让盛行渊顿时彻底没了声音。

他愕然万分地看来。

吓得时姜连忙去推他的脑袋：“看路！你先看路！”

大概是周末市民们都出来玩，现在不是早高峰，但内环道路依旧很堵，车流极其艰难地慢慢挪动。

车厢里空间寂静了很久。

“你们，你们以前，怎么有的交集？”盛行渊思考了足足好几分钟，才艰涩地问出口。

时姜垂着眼睑窝在座椅里，昨晚没睡好，她十分疲惫：“你如果去人物百科搜索他，会发现他的履历中高中三年，并不在A市上学。”顿了顿，“他转学转去了我的家乡，我俩一个班前后桌。”

盛行渊下巴都快合不上了。

“所以，你昨天就为这人买醉？”

时姜不想深入讨论昨晚糗事：“这不是重点，重点是我们不可能在一起了。”

盛行渊：“为什么？”

时姜是真的感觉累了：“不能复合就是不能复合，哪有那么多为什么。”

盛行渊：“等于说，你们就彻底断了呗？”

时姜：“不然呢？”

盛行渊状似无意：“那你还想找对象吗？想结婚吗？”

时姜微侧过身，背对着他，睁开眼，看向外侧摩天大楼街景，有些恍惚地随口说："找啊，为什么不找？"

于是男生脸上那表情变换得跟走马灯一样精彩。

他听时姜的话，不敢在开车期间再转过头看她，却盯着前方路面和前头那辆车屁股，盯着盯着，突然"哧"地轻轻笑了一下。

时姜察觉到异常，歪头盯着他侧脸，打量他好几段路，结果发现他一连几个拐弯都拐错了。

到最后，她首先受不了对方这心不在焉加欲言又止，再者也怕这车开着开着给她开进医院了，忍不住率先问道："你到底在想什么？"

盛行渊脊背绷得笔直，若仔细看去，会发现其耳根有些红。

"那什么……"他竟破天荒地略微结巴道，"你，还想去酒吧吃涮肉吗？"

时姜："……"

时姜当然不能和这人再涮什么肉了，因为魏子源一通电话，又把她召回了公司里。

其实也没什么大事，只是魏老师澎湃的激情需要有人分享。

而在对方兴致勃勃给她描绘赤江自动驾驶板块的宏伟蓝图时，她因昨晚酗酒，坐在人体工学转椅上，实在想打起精神来，身体上却困得快不省人事。

"事业部的同事，最近一直在和丰蓝产品部那边的人彻夜交涉。"

魏子源挥舞着白板笔，连写带画，已经密密麻麻一白板了，却兴奋不减："我打算也跟算法架构师们一起加把劲儿，直接睡丰蓝他们公司里不回来了！"

时姜听得一激灵："别，你这要是传出去，到时候又该上热搜说我们压榨员工了。"

而她这合伙人这阵儿正上头，谁也劝他不下来。

反倒对方仔细瞅着她，眨眨眼。

"Jocelyn，倒是你似乎该休息了，你的脸上几乎没有血色。"

时姜下意识地摸上自己脸颊，想了想："好吧，我去找地方眯会儿，来日我去丰蓝看望你这个总指挥。"

魏子源摆手："这种事不用你亲自去做的。"

时姜："成车上市时间紧，之后还有几百公里的试开长度，都需要预留出来。此外，还有一大堆竞争对手在屁股后面追赶。"她摇摇晃晃地站起，笑了笑，"就当鼓舞士气，我们大家都加油努把劲儿吧。"

眼下距离过年也没剩多少日子了。

商业布局争分夺秒，先入场就意味着抢占到先机，没人愿意放弃这块肥肉。

时姜思忖了很久，决定还是将去丰蓝车间工厂考察这件事提前。

而这事不知怎么回事，就让盛行渊知道了。

时姜有意避着他，他却提前蹲点，扒着她的车门死活不下，非要和她一起去。

时姜试图耐心劝他：“这次我是私下看望我的员工，又没有媒体前后跟，没半点曝光的，你去掺和个什么劲儿？”

盛行渊脸红脖子粗地抱着座椅后背耍赖：“我喜欢车！我好奇！这第一波投入运营的自动驾驶车必须过了我的眼才能上路！不行？”

公司门口已经前后堵了一小片人了，好奇地打量观望。

时姜十分艰难地收回想将他人踹出去的脚，转回身，示意助手别揪他裤腿了，随他去吧。

于是关上车门出发。

其实她之前在赤江和丰蓝达成合作之前，就参观过好几次丰蓝的车间，这次也是轻车熟路，很多技术高工都是老熟脸。

但这次来，主要是看望自己人，把关技术难点，没打算麻烦丰蓝的企业高管前来招待。

时姜直奔自家工程师那里，看了目前进度，会议讨论之后，认为大框架和大方向都没问题。

但时姜思考半晌，根据自己以往在工业界的经验，提出一个非常关键的要求：“一定注意安全问题。”

“既然是造车，我们又是最受关注的第一拨，一定要保证驾驶者的人身安全。”

工程师们都频频称是。

时姜本来还想再继续看看其他更细节的，但丰蓝突然来了个高管，非要邀请他们移步，说是准备了个欢迎接待会。碍于礼节和情面，时姜不得不参加。

进会议室之后，发现果然和她想的一样。

其实时姜不是很想听丰蓝这种纯讲 PPT 式的会议。细节化的技术根本不会讲，而宏观层面的战略布局她又都知道。

但对方明显更有另外一个重要意图——主要是讲给她旁边这位盛大少爷听的。毕竟这是个很不错的金主，财大气粗，人还傻。

时姜被牵连进去听了半个小时后，眼看还没个结束，就不想浪费自己时间了。

她放轻动作起身，笑着示意他们继续，自己去个卫生间。

而谁知刚出门，后面紧随脚后跟，一个人也钻了出来。

不是盛行渊还能有谁？

时姜对于这人前后跟着她的行径有些忍无可忍了："人家是专门讲给你听的，你跟着我跑做什么？还有，我上卫生间，难不成你也要跟着去？"

盛行渊只当没听见她前半句，然后展个懒腰伸了伸腰背，一脸理所应当："男厕和女厕不是对门吗？咱俩刚好顺路。"

两人你一句我一嘴正说着。

卫生间很近，没走几步，一拐弯就是。

而正要分开进去，时姜却突然停住脚步。

因为，此刻卫生间里面，正有议论的声音传来。

首先是个女声："今天来参观的那个清大教授时姜，就是上过热搜的那个，哇，她可真厉害。没比我大两岁，怎么人跟人的差距这么大呢？"

而紧接着，另一道声音不屑地"嘁"了一声："你说她啊，年纪轻轻不到三十，就是一独角兽企业的老总。你也是在职场混的，她还是个女的，怎么可能嘛。随便想想就知道，里头肯定有猫儿腻。"

"啊？能有什么猫儿腻？"

而这人似乎是在对着镜子涂口红，声音还有点儿含糊："还用说啊，你就看她长的那个样子，背后不知道睡过多少个男人的床，才上位的。"

第一个声音惊道："什么？可我觉得她长得挺好看的啊，不像是那种特别有心计，特别会算计的样子。"

另一人打断："唉，谁家会算计能写在脸上啊。我告诉你啊，越是这种看上去清纯的小白花，背地里就越是有手段。"

"就不说别的，你看她才回国几个月，那姓盛的大少爷，就被勾得五迷三道的，前后保姆一样跟着……"

盛行渊攥紧的拳头再也攥不住了。他鼻子里出了下气，冷笑一下，抬脚就要过去。

时姜猛地出手，紧紧拉住他胳膊。

而里头议论也到了尽头——

"你声音小点儿，万一让人家听见。"

"没事儿，他们跟老大正开会呢，一时半会儿出不来……"

正说着出不来，然后帘子一掀，议论的二人就和时姜他俩，八目相对，撞了个正对面。

"……"

"……"

气氛一时间非常尴尬。

"啊，时总好！"第一个开口的那个女员工忙慌忙半鞠躬问好。

而她旁边主要发表观点的那个同事脸都快青了，手里还捏着一支红管子，整个人又惊又慌又失措。

经同伴拽着衣角提醒，她才赶紧反应过来，连忙也附和着："时，时总好……"

时姜站在那儿，淡淡笑了笑，没有说话，故意让她们煎熬半分钟，然后，才轻轻"嗯"了声。

二人知道这是对方不多追究了的意思，连忙埋着头急匆匆走了。

盛行渊眼看着人走，一把挣开她，气得要跳脚："你又拦我做什么？这种暗地里碎嘴的人，就应该好好教训教训。"

时姜转身，打算换个卫生间，这样回去的时间还能再拖长些。

她瞅着盛行渊的模样有些好笑："她们说的是我，又不是说你，你先气这么厉害做什么？"

盛行渊睁大眼睛："你还有没有良心？"

只见她抚了抚头发，神色浅浅淡淡地笑："这话我在 M 国就听了无数遍了，早就免疫了。"

"你也在 M 国上学，应该知道，人家那里可开放得多了。我还被当街游行示威的人群举牌子骂过。和那场面一比，他们两个人今天说这几句话，算得了什么？"

盛行渊眉头一跳。

"她们不是还说我长得不错吗？我就当她们夸我了。况且，长得好看是资本，是会机会更多些，但是，也得有能接住的本事才行。"

时姜没让盛行渊再多插话，自己把这一场事翻篇。

这次走到楼层另一头的卫生间，确定里面没人了，才掀布帘进去。

时姜手撑大理石台面，打开水龙头，伴随水流声音，静静看着镜子中的那个女人，一言不发。

看了半晌，她才慢吞吞地洗了个手，和洗手液的泡沫玩了半天，充分耗足时间后，擦干，正准备离开。

而这时，手机振动了起来。

时姜低下头，看见是一个陌生号码，并没有显示归属地。

她却心里一动。不知为何，她心中涌出一种预感。

虽然有预料了，最后还是接通了电话，缓缓放到耳边："喂？"

然后，话筒那头，传来一个低沉的磁性的熟悉的声音。

"时姜。"

时姜顿时沉默了。

对方没给她反应或者挂断的时间，立刻道："时姜，我来完成最后一个约定。"

"这个周日，天气预报说有今年初雪，你来我家，一起吃顿饭，有时间吗？"

时姜微微张了张唇。

天知道她的心思在这短短一瞬间里，千回百转了多少次。

最终她轻声吐出来的却是："蒋炽，我认为，大概没有必要了。并且我最近很忙……"

"最后一件事了。"对方性格一直很沉很稳，为数不多地打断她道，"我只是记得，我邀请过你来我家看看。我不想食言。"

他的声音一直没有什么情绪波动。

"这事一过，以后就是陌生人了。"

时姜握着手机，微微愣住："陌生人……我以为，我们会是普通朋友。"

而话毕，蒋炽似是极轻地冷笑了声，里面含着不易察觉到的嘲讽："你竟然指望着，我能和你做普通朋友？"

"怎么可能？"

"时姜，这个约定一过，我们最好这辈子都不要再见面了。"

直到和盛行渊听完会议，离开丰蓝时，时姜都有些心神不定的。

车子缓缓并入机动车道，盛行渊瞅她半天，严肃道："还说没影响，谁听见自己被诋毁了，心情能好？"

时姜："没有。"

盛行渊："你不嘴硬能怎么样？你从卫生间出来之后，就一直这个德行了。"

时姜无奈辩解：“真的没有。我是在想其他事情。”顿了顿，特意强调道，“你这周末别来找我了，好歹让我清静清静。”

她感觉自己带学生，似乎带到了另外一个极端。本来盛行渊是四处给他老爹惹事，管束不住，现在可倒好，前后黏着她不走了。

盛行渊目瞪口呆，不敢置信地控诉道：“你……你嫌弃我？”

时姜微笑脸点头：“对，就是嫌弃你。”

她考虑了很久，还是决定周末去赴约。

上午出发前化了个淡妆，对着镜子瞅了半天，又把口红色号涂得更浅淡些。正想着要不要再换条项链，这时手机响了。

一眼瞥去，自然是蒋炽。

时姜定定看着手机振动了五六次，才拿起，镇定接通。

里面传来略沉的嗓音：“考虑好了吗？”

时姜盯着桌子腿，抿了抿唇：“你微信发我个定位吧，我打车过去。”

“不必。”蒋炽紧跟着说，“你如果准备好了，就出门，我现在在你楼下。”

时姜微微怔住。

通话都忘记挂断，她立刻捏着手机跑去客厅窗边，果然正下方停着一辆稳重大气的商务车。车灯双闪两下，驾驶位车窗缓缓降低，露出个人影。

因着光线问题，只能看见半张侧脸，但依稀可见其眼眸深邃，轮廓清晰。

“看见了吗？”那人薄唇微动间，嗓音却一下子被拉近到耳边。

时姜心里“咚”地一跳。

她连忙退回一步，直到躲进视野盲区，才抱着手机“嗯”了声，挂掉通话。

套上大衣就出门乘电梯。

其实她很想知道，蒋炽车都开她家楼下了才打电话问，但如果她今天拒绝了邀请，那他岂不是要白跑一趟？这大老远的图什么呢？

当然这话不好意思问出口。

等时姜到楼下时，蒋炽已经下车了。

长身静立，黑色大衣里，依旧是万年不变的衬衫，此刻他单手插兜站在车门旁，身形挺拔而英俊。

时姜走近，有些犹豫：“一定要去……你家？”

男人似乎知道她心中所想，微垂眸看来。

“是去我的家，不是我父母的家。”

而他这么直截了当地点出，时姜觉得有些尴尬。

胡乱点了点头，绕过他人，自行坐进车里。

行驶途中没什么话。

蒋炽全程目视前方，手握方向盘，车子开得很稳，和他这个人一样。

他们时间选得很好，又精准避开堵车路段，车十分顺畅地，一路开进内环一套四合院。

时姜刚一下车，便见门帘后钻出个人，哈哈笑着来迎："时教授，好久不见啊！"

见到是谭裕凡后，倒让她放松许多，便走过去问候。起码有第三个人在场，她不会那么不自在。

而这四合院面积不小，风格十分雅致。

院子一角还有一处假山，下面圈着方锦鲤池，不大不小一棵迎客松迎风伫立，其余零散摆放的盆景也极其别致。

谭裕凡注意到她视线，笑着介绍："你瞧这院子，所有都是由蒋炽他母亲，亲自操刀设计的，装修得还不错吧！"

时姜微微挑眉惊异。

谭裕凡解释道："伯母是位艺术家，最近正在欧洲办画展。"

"是不错。"

因为当年事，时姜对蒋炽的父亲没有什么好感，虽然还未见过他母亲，但此刻她也绝对没有违心，向对方的作品表示赞许。

谭裕凡腰间还围着个围裙，瞧上去有些滑稽。

时姜瞧这人两手面粉，随口问："今天吃什么？"

谭裕凡摆手："哎呀，北方人嘛，有事没事，大事小事，都吃饺子。"突然想起什么，连忙转身去找刚从车库出来的蒋炽，"哎，炽哥，你快来帮我看看这面粉和水的比例对不对？"

饺子……

时姜愣愣站在原地。

她突然间就想起来了，为什么蒋炽说这是个约定了。

以前冬至，蒋炽去她家做客，她奶奶搓汤圆来招待他。但奶奶终归年纪大了，时姜不舍得她劳累，便把她劝回去歇着，自己来准备。

蒋炽瞧着她熟练动作，很奇怪："我一直以为冬至全国统一吃饺子。"

时姜扬起手腕，试图用手背将刘海儿撩到后面，笑着说："我们这儿反而没吃过饺子，都是汤圆。"

蒋炽目光落在她面上半晌，直到看得她都明显局促起来。

他伸出手，轻轻碰了下女孩娇嫩如花瓣一样的脸颊。

她长密睫毛快速眨了几下，却又僵着不敢动弹，眼睛里光亮闪烁不定，有些惊讶，不懂对方在做什么。

男生便把手摊开给她看，修长手指沾了点白沫，模样无辜道："面粉。"

便是这样，时姜仍连忙转回头，顿时脸烫得不行，接着就听见他轻笑："约定好了，以后，我带你去我家吃饺子。"

……

往事猝不及防如浪潮般泛上来。

时姜才反应过来，原来在以前那段青涩日子里，她和那个少年，曾一起许下这么多的承诺。

再次缓过神时，蒋炽、谭裕凡二人已经去厨房了，时姜也抬脚跟去。

除了他们仨，还有一位年纪稍大的保姆阿姨在忙活。谭裕凡和面闹腾半天，最后还是保姆阿姨给收拾了场子。

谭裕凡笑得直咧嘴："哎哟，张姨您看看，这顿饭没了您还真不行！"

张姨显然是平常听贫嘴听多了，摆摆手，一句捧都不接，只把几个盆搬过来："这馅儿和片儿可摆好了啊，剩下的就靠你们折腾了。"

"行嘞，没问题！"

谭裕凡见蒋炽已经挽起袖子了，转头就去招呼时姜，"来啊，时大教授，早包完早下锅，早煮熟早进肚。"

时姜远远看着蒋炽已经动手开始包了，心里还惊了一惊。

缓慢挪过去，打量几眼，感觉这里一起包饺子，和她老家喜欢聚众一起搓汤圆是一个道理，人多了热闹。

但她拿起勺子，犹豫半晌，还是汗颜道："……我不会包。"

谭裕凡哈哈笑着，正准备说"不会包也没关系，包成啥样是啥样，只要口粘住，下锅煮了不露馅儿就行"，而这时只听对面男人说道："那就自己去隔壁坐着。"

他垂眸捏饺子的动作间，神色冷峻，眼皮都没抬一下："客厅有吃的喝的，玩手机去吧。"

闻言，时姜僵了僵，没敢多看他，最后只好洗洗手，再缓慢挪去客厅。

时姜人一走，谭裕凡立刻凑过去："哟，够宠的。"撞一下蒋炽的肩膀，压低声音打趣道，“照我看，你以后家庭地位低着呢！”

蒋炽沉默着手中动作，没有说话。

谭裕凡：“不是，我说好不容易把人引家里头了，你吊着一张脸是干什么？你长再帅有什么用，哪个姑娘喜欢看一张臭脸？”

在谭裕凡连连逼问下，蒋炽才张口：“有什么用？”低头呵笑一声，“是啊，她顾忌这个，担心那个，心里装的事情永远都比我这个人重要，根本不想和我在一起。我做再多，究竟有什么用？”

“什么？”这下轮到谭裕凡惊讶了，上下连连打量他这兄弟，“好家伙，这咋还自卑上了呢？你这天之骄子，大众情人，哪个女的会不喜欢你？”

但随后蒋炽就不再说话了。

蒋炽情绪低落地持续沉默，让谭裕凡感觉异常神奇。

见这里撬不开口，他便转去另外一边。

时姜刚一个人独处，放松些，就见谭老师神秘兮兮地过来打探了，首先指向厨房方向：“瞧，模样帅气，居家好男人，上得了厅堂，下得了厨房，关键是也没结婚，时老师不考虑考虑？”

时姜大概知道他想说什么，略微僵硬地笑了笑：“谭老师别说笑了。”

谭裕凡：“我哪里像跟你说笑了。”谭裕凡瞅着她，犹豫了好一会儿，叹道，“算了，时老师，我就跟您直说了。咱刚遇见的时候，我感觉你长得熟悉，但没想起来在哪儿见过。”

“后来见蒋炽那小子反应不对，过了好几个月，我才某一天突然灵光一现——原来我在照片里看见过你。”

时姜听得心里一动：“什么照片？”

谭裕凡：“高中时候，他不是转走了嘛，我们一起玩到大的几个哥们儿，天天望穿秋水等他寒暑假回京玩。结果倒好，这家伙乐不思蜀，不回来了。说是有喜欢的人，但我们具体再问，就死活捂着不肯说。”

“到最后把他逼急了，才勉强给我们看一张照片……”说着他贼兮兮一笑，“我去他卧室，偷来给你瞧瞧。”

时姜正想阻止，对方没听她的，迅速转身出门进院子了，然后又很快拐回来，蹑手蹑脚捂着个东西，神秘地摊开给她看。

于是时姜一眼过去，往事又猝不及防地在她心湖掀起波澜。

这张照片起源于蒋炽带来一个新相机。

当年手机普遍没有拍照功能，相机还是十分珍惜的物件。

那天体育课，和隔壁文科班要举办篮球比赛。赛前蒋炽把相机给她，说是她可以给大家拍些照片，留个纪念。

时姜其实也是想给所有人均衡一点儿拍的，但赛场上的蒋炽太迷人了，他投篮起跃时惊鸿一瞥露出的腹肌，都让全场所有女生尖叫到快破了天。

哪怕时姜隔着相机镜头，看着场中攻防守卫，三分一个接一个的少年，也微微红了脸。

眼光忍不住追逐这个人，手下快门，捕捉了他一个又一个的画面。

于是等照片全洗出来后，就尴尬了。

全班哄笑，说班长偏心，满心满意全是她后桌，连多一个眼神都不肯分给其他人的。

时姜羞得转身就走。

埋头奔到后操场的白桦林，才被蒋炽追上。

时姜脸早红了个透彻，连和他对视都不敢：“你别想太多，我是想着毕竟是你的相机嘛，当然要给你多拍些。”

声音却越说越小。

蝉鸣拉长，树叶簌簌作响。

等待了很久，男生轻轻笑着出声：“你转头，看我。”

时姜死死盯着脚下的搬家蚂蚁，埋着头不肯。

对方继续劝，语气含着无奈，保证道：“我绝对不笑你，你转头。”

僵持了好一会儿，时姜才下定决心。

这事儿她做就做了。就像她喜欢这个少年，喜欢就是喜欢了。哪里能做了却还不敢承认了呢？

她抿了抿唇角，鼓起勇气，朝着蒋炽方向，扬起了头。

只听“咔嚓”一声。

男生单手反举着相机，将自己率先装进镜头，准备了很久很久，就等着她转身。

夏日时光被瞬间定格在一张照片里。

照片边角已经有些泛旧发黄。

里面女生甩起的马尾辫儿在夕阳下荡起弧弯，明眸皓齿，目光清澈。

明明是极其简单的 T 恤长裤，那却是她最好的模样。

盯着这张她自己都从未见过的旧照片，时姜眼前突然有些湿润了。

她忙眨去眼里潮意。

谭裕凡注意到她情绪似乎有些不对，也稍微正色了起来。

半晌，接了杯水递给她，斟酌着说：“你真的感受不到，他很喜欢你吗？”

“蒋炽在 B 市工作，要是搁在以前，除非工作需要，他基本大半年都不回 A 市一趟。而自从你一回国，这才几个月，他回来频次直接呈指数上升。”

时姜用低头喝水做掩饰，听了这话，心里头还是控制不住地猛然跳动，然后垂眸笑：“没用了。”

谭裕凡瞧她片刻，叹口气：“所以……你们当年是怎么分的？”

时姜神色再次僵住，但很快，就平静地道：“家庭原因。”

谭裕凡：“这话怎么说？”

时姜低眼轻声：“谭老师，我是不是从没有告诉过你，我原生家庭非常不好。小时候没爸没妈，家里很穷，快要上不起学的那种。”

于是谭裕凡立刻愣然了，半天嘴合不上：“你现在这个成就瞧上去，可真不像是你叙述的这个开局。”

他抬手缓缓扶住自己下巴：“准确来说，就算你学生，盛行渊那种标准二代，给他放足了资源，都不一定能拼出来你这片江山。”

时姜礼貌弯着唇角：“这些暂且不说。但我在高中遇见蒋炽的时候，确实条件很差，家里还有一个生病的奶奶。”

“当年分开是因为，他爸爸不想我高攀，说是已经给他定好结婚对象了，让我不要再纠缠他儿子。”

她淡笑着摊摊手：“所以你看，这个世界上，并不是有那么多灰姑娘的故事的。”

于是谭裕凡刚扶稳合起的嘴巴又张开了。

他回想着，长吁短叹半天：“唉，不过这事我好像知道些。你们高中那阵子，伯父不是被降职了嘛，可能他整个人会比较偏激。”

“他大概就不想蒋炽步他后尘，就执着于给他以后道路上找个靠山和帮手。然后你别看北依那妮子不靠谱，她家老子挺厉害的，也是看着蒋炽长大，所以就……”

谭裕凡满脸又是纠结，又是慨叹。

时姜静静握着杯子听完：“其实他父亲的行为，我完全能理解。”

“可是，当事情发生在我头上，被人指着鼻子骂的那个人是我之后，我产生怨愤不满等一系列情绪，我认为，应该同样得到理解。”

谭裕凡思忖了半天，试探着问：“不是。当年你们俩，就没抗争一下吗？”

时姜：“你当这是演电视剧？”

她对其脑回路感到有些好笑，只说道：“蒋炽当年没有发表意见。大概就是，听从他爸意见，默认我们分开……”

听到这儿，谭裕凡立刻“唰唰”摇头：“蒋炽他不是那种人。”

时姜眼前些许恍惚：“是啊，我曾经也认为他不是那种人。”

这种话，她自己都替他向别人辩解过。

她看着杯子内晃动波面，粼粼反射窗外光线：“但在生活滚滚洪流面前，人的努力和挣扎，往往如同蜉蝣撼大树，总是无力而脆弱的。”

谭裕凡：“不不不，我说他不是这种人，一是基于我对他多年的了解，二是……”他顿时神色颇为复杂，“你可能不知道，最近这么多年，蒋炽跟他爸，闹得已经僵到快断绝父子关系的地步了。”

时姜心脏处再次倏地一跳。

须臾，她微微挑起了眉梢：“你意思是说，难道他们决裂是因为我？”

谭裕凡严肃瞅着她：“我也算多少了解他们家事情的。通过排除法，我实在不知道，把你这个因素刨除掉后，还有别的其他什么事了。”

于是，这回惊诧掉下巴的轮到时姜了。

谭裕凡拿出自己A市优秀青年教师的觉悟来，开始语重心长地说：“时老师啊，真不是我替自己兄弟辩解。主要是，蒋炽他这个人啊，从小心思就重。遇到许多事情他总不说，就喜欢压到自己心底去。”

“况且，男人嘛，天性就是死要面子。不爱解释，硬扛到底。你见哪个男的能吧啦吧啦给你倾诉一大堆的？”

“啊，不对，应该也有，不过那种可能是把你当姐妹……”

时姜嘴角略略一抽。

“呸！扯远了。”谭裕凡赶紧把话题重新拉回来，“所以，我通过个人推测觉得，你们可以好好聊聊，正好趁今天吃饭这个机会。”

“我私心当然希望你们重归于好。从高中开始的一段缘分，坚持这么多年不容易。”

而此时，时姜心绪再次彻底凌乱了。

本来她面对蒋炽就已经无所适从，现在再被谭裕凡这么一搅和，几乎快控制不住自己情绪了。

她站起身来，正要说去院子里赏盆景。

这时，房门被打开。

伴随丝丝袅袅诱人饭香，男人身穿休闲服，高健挺拔，他背后映来院落曦光，语气有些冷漠：“别聊了。”

“准备吃饭吧。”

几人穿过院子去餐厅。

中途路过一个类似于书房的展厅时，时姜瞥见什么，禁不住片刻驻足。

那是几乎满满一墙的荣誉证书，有些是蒋炽父亲的功勋奖章，还有他母亲的水晶奖座，当然也有蒋炽的，以及和许多名人的合影，无一不显示着这个家庭的底蕴深厚。

“瞧什么呢？”

谭裕凡注意到她动作，笑着过来：“来，给你介绍介绍我炽哥打下来的江山。这家伙从幼儿园开始就拿各种奖拿到手软，不是重量级的都没好意思往这儿放。”

还没等他展开，时姜就收回视线，手指掀起门帘，笑道：“先吃饭吧。”

态度十分疏离。

而一旁蒋炽倒没说什么，领着他们去餐厅。

进门就见餐桌上热气腾腾香味扑鼻，刚被捞出来的饺子已装盘盛好，一个个挺着圆滚滚的肚皮，泛着光泽，像元宝一样，十分喜人。

谭裕凡去帮着张姨把醋汁拿出来：“张姨您这手艺还是这么好！”他倒比蒋炽这个东家会招呼人，簇着时姜就拉开椅子，“快快快，入座入座！我早上没吃饭，都要饿死了。”

旁边有架百宝格放满了瓷器花瓶等许多摆件。时姜虽不懂这些古玩，但稍打眼过去一瞥，竟发现有好几个和她在 M 国拍卖会上见过的有些像，又想到谭裕凡刚才说蒋炽妈妈的艺术家职业，心中暗奇间，然后默默离那格架坐得远了些。

这玩意儿贵得很，可别给蹭着碰着了。

然而正式开始吃饭时，气氛就又尴尬了。

谭裕凡拿胳膊碰碰蒋炽：“炽哥啊，你看这家里来贵客了，你都没什么想说两句的？”然后拼命朝着时姜方向使眼色。

蒋炽沉定敛着眉，唇角抿了抿。仅仅是停顿两秒，然后站起身，转向厨房：“你们吃。我去喊张姨也过来。”

谭裕凡都惊了。

他又去问时姜。

时姜正举着筷子挑出自己蘸料里的香菜，闻言，抬起头，样貌温婉地朝返回来的蒋炽笑了笑：“谢谢款待。”

谭裕凡接着等半天：“这就没了？”

时姜眨眨眼：“那我还要说什么？”

于是谭裕凡彻底无奈了，几乎仰天长叹，怒其不争道：“你俩咋都是个闷葫芦！你们……”

旁边张姨见状赶紧打断了他，一副过来人模样急匆匆把谭裕凡拉走，说厨房还给他留了好吃的，让随自己一起去，然后把清静的独处空间留给桌上两人。

时姜埋头咬着饺子，续着谭裕凡的话，默默心想，其实并不是的。

她和蒋炽以前分明有说不完的话，早上上学、晚上放学，两个人沿着柳树河岸一起慢慢地走。零零碎碎的，鸡毛蒜皮的，哪怕只是像常主任挺着将军肚在早自习的教室门口堵了几个迟到学生这种小事，都可以说很久聊很久。

但重逢后，他们不仅没那么多话了，似乎每次还都是不欢而散。

这下没了谭裕凡暖场，餐桌上更是彻底不见话音。

僵持了一阵子。

时姜率先受不了这折磨，转头看向窗外：“不是说今天初雪吗？怎么现在还没下雪的征兆。”

蒋炽抬起眼，目光在她侧脸停留片刻，又垂下：“可能是天气预报不准确。经常这样。”

时姜暗自撇撇嘴。

亏她还对这场雪期待了好久。

其实时姜现在也吃得差不多饱了。

蒋炽陪她坐了会儿，起身出去打了个电话，然后回来，对时姜说：“你如果有事情比较忙，我可以现在送你回去。”

时姜觉得蒋炽这人也挺有意思。

叫她来家里吃饭，就真的只是在他家里吃了个饭。完全字面意思，没有任何拓展。

其实她特意腾出来今天没事，但既然他这么说了，她还是选择走人。

临走前，谭裕凡来送她上车。

那一脸表情特别惋惜，就差替蒋炽喊出来——再给兄弟一个机会！

但不知为何，事到如今，时姜心里反倒平静了。

就像是，她和蒋炽双方都清楚意识到，他们正在默默无声地，一步一步走向这段关系的终结。

在即将共同画上句号之前，反而提前释然了。

吃完午饭就走，其实时间不算晚。

结果路上一堵就堵了两个多小时。

硬是把战线拖到了再晃悠晃悠就可以直接无缝衔接晚饭的地步。

蒋炽把她载到人才公寓，又坚持送她上楼。

出了电梯，时姜犹豫道："要不就送到这儿，你回去吧……"

结果转弯刚走两步，入目就望见，她家门口放着个包装精致的大蛋糕盒子。

时姜愣了下。

她反应两秒，"嗖"地转头，微惊道："这是……你让人送来的？"

而瞧她这反应，旁边男人一直低沉无波的情绪，也终于有了些变化。

"你果然又忘了。"

他似乎有些无奈："今天是你生日。"

于是时姜整个人一下子呆滞住。

说实话，她确实向来记不住自己生日。

都说生日是母亲的苦难日，但她妈许明艳女士自己都不想这日子被铭记，她自然从小到大也就不太在意了。

尤其没有奶奶帮她惦念之后，时姜一出国，就再也没有过过生日。

可就这个她早已当作平凡一天的生日，蒋炽居然还记着。

时姜胸中突然就涌起许多说不清楚的情绪，心绪被一只无形的手拨乱了。

她忙埋下头，转过身，匆匆按密码开门。

这是蒋炽第一次到时姜家里来。

时姜此前从来没料到今天这个场景，什么都没准备。于是，刚一进门，就直接让客人看到了电视柜上的那个小摆件。

那是一男一女两个小瓷人偶，并排坐在沿上，腿由两截粗麻线组成，长长地坠下去。高中那一阵子很流行这种样式。

两个小人偶都涂着粉红脸蛋，蠢萌蠢萌的，有些可爱。

这摆件很是陈旧，人偶头顶有一小块都被磨秃噜皮儿了。

大概是被主人带着跑了大半个地球，前后辗转，明显经历了岁月的磨砺，与周围纯现代的装修风格也格格不入。

但就那样，两个小人儿依旧被放在格子架最显眼的位置，静静坐在边沿，傻乎乎地仰脑袋笑着。

时姜一进屋就开始收拾东西，等发现蒋炽那边半晌不说话时，男人已经在那里驻足了整整两分钟。

她一眼望去，顿时心跳如鼓擂，急忙快步过去，拿个纸袋子“唰”地将小人偶倒扣进去。

蒋炽明显脸色略微僵住。

时姜不自在地转换话题：“你心里可真能藏事。刚才吃饭时怎么不提？趁着谭老师在，还能一起吃了热闹热闹。”

无言沉默好一会儿，蒋炽才转身出声，配合她当作刚才一切都没看见：“你过生日，蛋糕在我家吃不合适。”

时姜正想客套没有什么不合适的。

而这时，蒋炽侧首看向窗外，说：“下雪了。”

于是时姜的注意力一下子被吸引过去。

她转过头，窗外果然开始纷纷扰扰，起雾了一样空气发白。连忙走去阳台看，打开窗，不禁有些高兴。

她很少见下雪，忍不住伸出手去接，冰冰凉凉落在她掌心，快速化掉。

雪花开始还是零星小片，没多久，就如柳絮一样大，远看纷纷扬扬似飘落鹅毛。照这个架势，明天一早睡起来或许就可以堆雪人。

时姜正开心，然后听见身后动静。

一回头，就见蒋炽切了一角蛋糕，装在盘子里朝她走来。

时姜忽而愣住。

这个场景让她感到熟悉，似乎和很多年前的那一天渐渐重合在了一起。

那是她高三那年冬季过生日，已经是寒假了。她很好奇地问蒋炽为什么还不回 A 市准备过年。对方回她说，爸妈一直无休止地吵架，不想回去。

当时他们正顺着狮河县城的街道闲逛。

时姜趴在蛋糕店的橱窗前，手指贴在玻璃上，避着反光左右找角度往里看。蛋糕模型底部是温润的奶色白坯，上头盛放着红红绿绿的花朵，小蛋卷做花底，透亮的红色糖浆，组成了花体的“生日快乐”四个字。

这蛋糕可真好看，也一定很好吃。

她馋了半天。

蒋炽见她趴那半天不走，凑过去问：“你在看什么？”

时姜立刻站直，恋恋不舍地转过身，摇摇头：“没什么。我们走吧。”

而跟着她溜达着回到她家时，蒋炽才知道她刚才在纠结何事。

原来今天是她的生日。她奶奶给她做了碗细细的面，上面卧着个荷包蛋，放在桌上，还冒着白气。

但奶奶不在家，应该是刚出去找时姜吃饭，而他们已经回来了，双方正好错过。

时姜拿来碗筷，热气腾腾地给蒋炽分出半碗：“喏，请你吃长寿面，快来给我咬灾。”

他走到她跟前，默默看了她好几眼，然后连坐下都顾不着，站她旁边飞速扒完，就匆匆忙忙地跑出去了。

出门前说让她等他一会儿。

时姜吃饭比他慢很多，不知道他神秘兮兮要她等啥。

于是待她慢悠悠吸完最后一根面条，看见提着蛋糕进屋的蒋炽时，时姜内心复杂而澎湃的情绪已经不能用言语表达了。

她奶奶和她说过，不要总接蒋炽的东西，白白承人家的情。

时姜知道这个道理，她没有总接受人家好意。

可她却不得不承认的是，在她没有能力支付一个蛋糕时，对方圆了她这样一个想了很久的愿望，确实狠狠触动了她心底最深处的感动。

她简直手足无措地看着蒋炽给她切蛋糕，半天都眨不掉眼中涩意。

而对方仿若没注意到她情绪激动般，而是用小纸盘子装好一块最大的蛋糕，插上一支蜡烛，端起送到她跟前：“生日快乐，小阿姜。”

男生总喜欢用奶奶称她的小名来唤她，说他很多遍他都不改。

他笑着说：“许愿吧。”

时姜此刻有满腔满腹想对他说的话，却缠绕酝酿半天，最后还是一句都没有憋出来，只眼眶微红，低头轻轻“嗯”了声。

她来到门外屋檐下，对着天空虔诚地合起双手：“希望奶奶这个冬天不要再咳嗽胸口痛了，我想她身体健健康康，长命百岁，陪我到很久很久。”

男生看着她闭上眼睛许愿，目光笼罩着她侧脸，眼里光芒变得柔软。

他将蛋糕递给她嘴边，轻声道：“会实现的。”

二人动作似乎已默契娴熟到亲密无间。

时姜低头咬了一小口，甜丝丝的绵密在唇间化开。她弯着眼眸笑了，眼睛里像盛满了闪烁碎光的银河。

瞧他语气那么笃定，她笑着说：“你是天上神仙吗，你怎么知道……”

而话音未落，他突然凑来，俊气面容蓦然放大，近到几乎能数清他的根根睫毛，然后微凉的修长手指，轻轻擦去她唇角粘着的奶油。

她倏地睁大眼睛，全身僵住。

风过檐下，铃铛清脆摇晃，空中猝不及防飘起了绵软冬雨。

青瓦泥墙的低矮屋檐下，雨滴成线，砸落水坑，绿苔潮软，鼻尖飘过泥土清香。

一时间四下细雾蒙蒙，雨幕如帐。

这仅仅是一个极为迅速的简单动作，蜻蜓点水，一触即分，却让两个人顿时呼吸都屏了足足十几秒，半口气都不敢出。

男生似乎也是鼓足很大勇气，偷袭完回去后，低着头，耳朵涨通红，根本不敢对视，许久才轻声回答她。

“我就是知道。”

因为是你许的愿望，所以我拼尽全力，哪怕一无所有，都要帮你实现。

……

相同的场景，跨越了十一年。

时姜一阵恍惚。

她突然不敢吃了。

她不知道这一口咬下去，会发生些什么事情。

她条件反射般猛地趔开，退后几步，掩住眼中情绪，哑声说：“蒋炽，你该走了。”

男人托着一角蛋糕站在那里，眸中似乎有浓得化不开的落寞。

窗外雪花纷飞，无声地越下越大。

他说：“你现在已经对我戒备到了这个程度。”

时姜移开眼，朝客厅走，尽可能和他拉开距离。

“时间晚了，你走吧。”

A 市的冬季天黑得早，纵然有雪地映光，但夜幕已经开始拉下。

蒋炽在她身后，无声跟着：“是不是我这一走，我们再见，关系就不一样了。”

时姜替他拉开门：“这不是我们一早约定好的吗？还是你自己提出来的，你忘了吗？”

她的态度是如此坚决。

蒋炽沉默地看了她一会儿，终于转身走去。

而他一步都迈了出去，却又想到什么，转过身来：“时姜，我还是想说，我们高三分开前，最后一次见面，你去我家找我这件事。”

也许是到了最后关头的缘故，他认真看向她眼睛，语气有些急促，“上次在清大附中路旁，我想和你解释一次，但你没听。而现在，如果这是最后一次机会，那我还是想说，当年我不得不向我爸妥协，其实是因为……”

“蒋炽，没用了。”时姜静静出声打断。

她垂着眸：“真的没用了，上次我已经说过，我是一个结果导向者，无论过程，只看结果。这么多年过去，旧事重提还有意义吗？我们已经不可能在一起了。我听你说什么，结果都已经这样了。”

“听你再解释……”她突然哽住。

好让你一句一句如刀子般地来割我的心吗？

男人站在门口，眼眸里光芒如寒冬篝火摇摆着，终于彻底熄灭彻底灰暗。

“再见了，蒋炽。”

时姜最后看了一眼这个高大英俊的男人，眼前酸涩，轻声说：“我现在觉得你说得对。还是别做什么普通朋友了，就陌生人吧。”

“以后如果不得以见了面，就像我们第一次在谭老师办公室门口那样，装作相互不认识，其实也挺好的。”

门缓缓合上。

对方面容被一点点遮住，就要完全退出她的视线。

而她也终于忍不住，一颗泪滚出眼眶，“啪”地掉了下来。

此前有无数个人问过她究竟为什么回国？她漫天胡编滥造了无数个答案。可连她自己都说不清楚一般，这些表象之后，隐隐围绕着一个真相。

而这个真相大概就是，面前她即将彻底失去的人。

——她想见他。

十一年太长了，生活中哪有人会对十一年前的旧人难以释怀。

可这漫长的时间，对时姜而言，竟短暂得如同晃眼一刹。因为她在持续努力着，为着十一年前的一个执念，不间断奋斗了这么多年。

只为了有朝一日，能再无顾忌地站到对方面前。

因此，哪怕她不想承认，自回国重逢以来，她的注意力都不可控制地跟着对方转，听到他的任何消息都会感到心头悸动。

只有当这个人出现在她视线里，她的世界才开始由灰白变为彩色，她才终于找到了这么多年无数次熬到深夜咬牙工作的意义。

然而，直到她终于站到他面前了，她才后知后觉意识到一件被忽略掉的事情。那就是，他们都变了。

成长是需要付出代价的。

哪怕蒋炽愿意，哪怕蒋炽真的愿意等她，可是，现在已然千疮百孔的她，真的还有资格和他在一起吗？

就这短短一瞬间，时姜心脏的疼痛几乎达到顶峰。

门锁正要锁住。

“不行。”

一只大手突然伸来，卡在门缝中挡住，接着反向发力，毫无预备地推开。于是，保险门本来就要关上了，却在千钧一发的最后一瞬，被蒋炽挤进里来。

时姜完全没有预料到，讶然抬眼。

“我不甘心。”蒋炽眸中燃烧地沉声说，“时姜，我等了这么多年，我不甘心……”却在忽然看见她红了的眼鼻时，他立刻止住话音，愣了。

于是时姜就更加慌张，想把他重新推出去，却根本不可能。

她下意识就要逃开，而男人眸色倏地幽深下来，抬臂拦住，反身一转就将她牢牢困在了自己胸膛和门板之间。

对方低下头去看她：“你不是不喜欢我吗？不是要放弃我，赶走我，再也不见我吗？”

他探指，漂亮的修长指节，轻轻触了触她晕红的眼角，哑着声沉沉质问：“既然这样，那你哭什么？”

宛若隐藏许久的秘密被发现，时姜顿时紧张错乱到无可复加。

她眼眶睁大，惊慌无措道：“我没有……唔……”

而他却俯下身来，侧头一低，就准确亲吻上她的唇，堵住了她的所有话语。

微凉唇瓣相贴，陌生的触感叫她身心剧震，脑子却霎时成了一盆糨糊。

她手指死死蜷起，却连下一刻该做什么都不知道。

她不合时宜地想起上次在电梯里的亲吻。

如果那次还可以用醉酒来掩盖，那这次呢？这次之后，她还要用什么借口来划清二人之间的泾渭界限。

可就在对方即将撬开她唇舌，要更加深入一步时，时姜意识突然得了一丝清明。

“蒋炽！”她试图用力推开男人，却手脚发软，颤着音道，“我们不能这样……”

而她的阻止似乎有效果。

蒋炽放开了她，但他的眼睛里仍在燃火。他目光在她身上扫视一圈，然后立刻从她兜里抽出手机，当着她的面，用她的脸进行了人脸识别，解了屏幕锁，按下 110，重新塞回她手里。

“好，那你现在大可以打电话报警，告我骚扰。”他死死盯着她，几乎咬牙切齿，“我已经替你按好了，只差拨通键，你告诉警察，我违背了你的个人意愿，强迫你。那么我之后，直到死都不会再出现在你眼前。”

时姜又不知该做出何种反应了。

这人是个疯子吗？

可是，她认识中的蒋炽，泰山崩于眼前都岿然不动、最为冷静沉着成熟的蒋炽，怎么可能做出这种行径？

他反而还在逼她决定：“你打啊！”

时姜心慌乱到了极点。

一时间没拿稳，手机从她手间滑落，“啪”地落在地毯上。

蒋炽视线顺着看去。

接着，只听他低低轻笑一声：“好，我给了你机会，你没要，那我就当你承认了。”

他凑得更近，嗓音贴在她耳边：“所以哪怕是警察过来，我们也是男欢女爱，你情我悦。”

男人眸中顿时异常火热，捏着她细白的手腕，向头顶上举高，牢牢按在门上。

紧接着，他低头又深吻了上来。

滚烫舌尖强硬探入，重重吮吸着，抵死一般唇齿交缠。

空气里潮热又暧昧。

对方过于强势的气息逐渐将她环绕包围。

这次哪怕时姜的理智再想拒绝，可她的身体却也控制不住地开始意乱情迷。

说实话，她从来抵抗不了这样的蒋炽。

这是她朝思暮想了许多年的人，陪她走过最艰难的时光，为她指引前路，拨云见雾。

哪怕被伤害，却依旧念念不忘。

许多年过去，每每午夜时刻，那种悸动，那份笨拙的青涩，却仍鲜艳如初，丝毫不曾褪色。

蒋炽的手掌已揽住了时姜的腰。

温度急速升高。

而不知什么时候，她的双臂也已经圈在蒋炽脖子上。稍微分开时，她看见对方墨黑瞳仁里映射出的自己，唇珠嫣红，眸中泛着潋滟水光。

两个人的呼吸都非常急促，鼻息交缠着，混乱喘息。

迷离对视间，气氛变得危险起来。

终于，男人似乎再也忍不住，弯腰捞住她腿弯，猛地轻松抱起，大步走向卧室。

身体腾空的那一瞬间，时姜下意识地惊呼了一下，正要挣扎。

可她的那点儿力气在对方面前根本如同小猫挠痒，蒋炽手臂扶着她的背，俯身咬住她唇，边走边继续深吻。

于是二人齐齐倒在柔软床褥里时，她再也没能多说半句话，只口中溢出零碎声音。

卧室窗帘半掩，透着窗外亮雪天光，光线昏黄暧昧。

男人在她身前半跪起身，单手扯开身前领带，扔到一边。

时姜仰面躺在床上，秀发如墨藻铺开大片，刚抬眼，入目就撞见他自衣领袒露出的大片肌肉，精瘦的成块腹肌向下延伸至裤腰。

他显然保持健身的习惯，身材极好。

视觉冲击性太大，于是单这一眼看去，她再想说的话，也齐齐堵在嗓子眼。

一时间只觉得口干舌燥，指尖酥麻。

蒋炽被时姜水波潋滟的迷离眼眸看得几乎把持不住，衣扣还未完全解开，就迫不及待俯身再次吻住她，将嘴唇慢慢移到她耳侧，颈后，虔诚地吻着她发梢。

时姜忍不住脊背轻轻发颤，意识到后，连忙抬起手遮在唇前。

“阿姜……”男人火热眼神俯下看着她，轻声唤道，嗓音极哑，然后缓缓取出她被咬出牙印的细白手指，轻轻吻过后，俯身凑来继续和她唇舌相缠。

耳边声音渐渐变得混乱。

直到修长手指挑开她的衣领，身上微凉之际，时姜有些惊了。她仿若如梦初醒，突然意识到自己在做什么，忙抬手推他：“蒋炽，不要这样……”却是声音都不像她自己了似的，发软黏腻，如同从水里捞出来的一般。

蒋炽顺势抓住她的手，抬起往自己心口上按住。

没有任何衣物阻隔，她的掌心直接贴在他肌肉上，透过滚烫皮肤，蕴着薄汗，里头心脏有力蓬勃地一下一下跳动，仿若在诉说着什么。

他对方低下头，深邃眼眸深深地看着她：“阿姜，我喜欢你。”

自重逢以来，来自蒋炽本人如此直白的告白还是第一次。

准确地说，便是在十一年前，那个少年也还没来得及亲口对她说一句喜欢。

若是十一年前的时姜听到，该是多么欢喜。

而此时此刻，这短短一句话，却是如凌迟一样，把她整个人割得鲜血淋漓。

原来年少那时一旦错过，就是永远地错过了。

对方俯身又要凑来。

时姜却在前一瞬间侧过头，他的吻偏落到了一旁，蒋炽不知她为何拒绝：“阿姜……”

只听她突然轻声打断：“蒋炽，我已经结婚了。”

蒋炽动作猛地停住。

他僵硬地牵动嘴边，问：“你说什么？”

“什么叫……你结婚了？”

哪怕时姜刚说出来时，还抱有一丝丝妄念般的期待。而此刻对方的一系列表情和反应，已足以将她的心迅速坠入深渊谷底。

脑中一瞬间至清至明。

她用力推开对方，慢慢坐起，垂下浓密眼睫，她脸颊尚熏红，喉间的哑在退去：“就是你听到的，字面意思。”

蒋炽难以置信地盯着她。

半晌倏地，他无力苍白地笑了下：“时姜，你想推开我，也不应该用这种方法……”

“证件全在床头柜里。”时姜打断道。

她挪转身体下床，俯身一件一件捡起自己散落一地的衣服，再缓慢地一件一件穿回，严实裹上领口，掩住颈侧痕迹，声音发飘：“自己看去。”

停滞两秒，背后突兀地传来翻箱倒柜的声音。

她沉默地站在床的另一头，根本没敢回头看那处。

很快，没找几下，蒋炽首先翻出一张绿卡。

上面女子青春明媚的照片旁边，她的名之后，却赫然被冠上了一个陌生的姓氏。

Garcia（歌西亚）。

此外还有其他结婚证件，但蒋炽已经没有力气去翻看和她在法律角度上登对的另一个男人是谁了。

卡片从他指间无力滑落，浓烈情愫褪散，他此刻眼底全是狂风暴雨般的阴沉怒火。

“你以前说让我等你，等你成长，等你赶上我……”他周身的气息简直冰寒可怖，“我等了，可是你呢？！”

时姜静静盯着自己足尖：“蒋炽，我们早已是成年人。我等你？我等你什么？”

她轻声说着，浑身恢复了清冽淡雅气质，却冷静得几乎残忍。

“十一年了，没有人会原地踏步。”

“没有人……没有人吗？那我算什么？”

“——我算一个笑话！”

男人眼睛血红，音量却陡然降低发沉，薄唇抖动，死死盯着她说：“时姜，你不能这么对我。你不能……”

他缓缓摇着头，低吼着，嗓音哑到了极处，眼眸深处竟有绝望之色。

他倒退走着，慢慢退到卧室门口。

他此刻看着她，竟如看到洪水猛兽般，转身冲出门外，连大衣都忘了拎。

房门关得震天响。

随后携来一股冷冽的夹杂雪花冰碴的风。

时姜光脚踩着发凉地板，呆呆地看着那人离去方向，过了很久，缓慢坐到地上。室内暖气给得足，温度本不低，可不知为何，她感到阵阵沁入骨髓的寒。

窗外冷风呼啸，一下下撞击着玻璃，发出轻微震动声。

这期盼已久的下雪天，真正来临时，其实也不是那么喜欢了。

时姜这样心想道。

不知独自坐了多长时间。

这时，门铃突然响了。

时姜猛地抬起头。她空洞的眼睛里似是燃起了星星点点的光亮。

下一秒，她几乎是连滚带爬地站起，一路踉跄着就去开门。

门把手“轰”地拉开。

“蒋……”

入目却是一张年轻洋溢的笑脸。

对方手里宝贝似的捧着团小雪人，一见到她就满眼兴奋道：“我们去玩雪吧……”

是裹着大羽绒服的盛行渊。

于是时姜剩下的话全塞在喉咙里。

而盛行渊的话也没能利索说完。

刚见时姜第一眼，他的神情就凝固住，又看一眼，所有笑容迅速敛起。再看一眼，他突然一下子就慌了神：“你，你你你怎么了？！”

“啊？”时姜直直挪动目光看向他，迷茫地问，“什么我怎么了。”

盛行渊见鬼了一样指指她的脸，瞪大眼，说：“你怎么哭了？”

“没有吧。”

时姜艰难扯动嘴角，朝他露出一个苍白的微笑，而一抬手，却猝不及防地摸到脸颊上滚落的两行冰凉。

手指霎时僵住。

究竟是什么感情，能过去足足十一年都忘不掉。

时姜不知道。

她只知道，眼下这口子一开，眼泪就如同开了闸的水龙头，再也止不住了。她哭腔一破，然后就崩溃地顺着墙边蹲在地上，埋头抱住双膝开始放声哭泣，肩背不住地颤抖。

盛行渊猛地两步上前，却又立刻顿住。

他从来没有见过这个样子的时姜。

在他心中，他这个莫名其妙碰上的导师，一向都是从容的、强大的、坚韧的。她和他过往遇见的所有女人都不同，自己分明柔弱细瘦得需要人保护，身体里却像是蕴藏了无穷无尽的能量。

她永远笑对困难，似乎这个世界上没有人可以打倒她。

而此刻，他竟然眼睁睁地看见，对方周身那个严密将自己保护起来的壳子，开始一点一点碎裂，极其难得地朝他露出脆弱无助之姿……

盛行渊手中小雪人“啪”地掉到地上，转眼四分五裂。

他清晰地听见，自己的心脏碎了一角。

足足宣泄了半个小时，时姜才感觉好受些。

她裹着毯子窝在客厅沙发里，手中抱着盛行渊给她接的热水。

而等盛行渊零零散散地听明白事情前后因果之后，他脸色的难看程度，没有比蒋炽好多少。

“你……你真的结婚了？”

时姜此刻已经顾不上他的情绪了。

她目光恍惚地落在窗外纷飞雪景，窗台不多时就落了厚厚一层雪，眺目看了会儿，却没直接回答。

“你知道我这辈子最重要的是什么吗？”

盛行渊此刻感受无比复杂，连勉强回她的能力都没有了。

他捧来小雪人砸碎在地板上剩下的残骸，已经化成了水，凄惨地反射着头顶吊灯的光。

宛如他此刻的心情。

于是时姜自顾自地说下去，开始缓缓讲述一个遥远的故事：“是我的公司，我的事业。”

“你大概不知道，我高中之前是一个挺胸无大志的人，那时想着，我能开一个小卖部，能养活住我和我奶奶两个人就够了。”大概是因着回忆入脑，她还轻轻弯着唇角笑了下，“但是，自从高考之后，我就告诉我自己，我没有人能够倚仗，能靠得住的，只有我自己。”

“所以我努力学习，努力工作，我跨越了一个又一个台阶，只想走得更远。”

时姜说着这话，情绪终于逐渐平稳下来。

“赤江就像是我的孩子一样，倾注了我几乎全部的心血，它也是我的安身立命之本，比任何人任何事物都对我更加重要。”

盛行渊静静看向地面，等待她继续。

时姜也全程没有和他对视：“还记得我们之前去丰蓝，在卫生间撞见那两个女员工吗？”顿了顿，她轻轻出声，“但她们其实，从一定程度上，也并没有说错。”

时姜：“我确实拿我的婚姻，换取了些东西。”

她的语气十分平静。

盛行渊眉头一跳。

他倏地抬起头，死死盯着她。

时姜脸色有些发白，整个人裹在绒毯里，如藻黑发拥在巴掌大的脸侧，显得她略微虚弱。

“想要在 M 国经营科技公司，干出一番事业，不是说手握过硬技术就可以的。况且，我无权无势，一个女性，还是非本地人……”她轻笑，“只能说，做到这些，谈何容易？”

“在一轮商业战争中，赤江资金流断了，即将坚持不下来，我没有办法，只能借助歌西亚的声望和力量。但交换条件是，答应和他登记结婚成为夫妻。”

时姜此刻讲述得轻描淡写，但丝毫不难想象，这在当时该是一件多么严重的事情。

而听到这个名字，同样在 M 国留学回来的盛行渊面色微微一变：“歌西亚……歌西亚……是那个歌西亚吗？”

“不错，是你想的那个人。”她沉静敛目，“我们是校友。”停顿片刻，“更准确地说，同院系的，一个实验室出去的。他是我学长。”

盛行渊坐在那儿难受地犹豫很久，他突然推断出什么：“所以，你为什么回国？”

“果然还是因为那个蒋炽？”

而时姜似乎已经陷入了飘忽纷乱的思绪。

她双目恍惚，做出总结：“这么多年来，我一直以为我生命中最重要的，是我的事业。但直到今天我才意识到，原来，我以前那么拼命，其中一个很大原因，是我想追赶上他。我想有能力和他站在一起。”

她自嘲地笑了下：“他已经那样对我了，我心底深处，竟然还留有这样的念头，长年累月地影响着我……我是不是很贱。”

“可是讽刺的是，当我拥有一切、达到目标的时候，却发现我已经没有办法和他在一起了。”

第六章 真相

「我想，我们可能
这辈子真的没有缘分。」

A 市高级会所。

盛行渊心情不好的时候，一向只会拉着宴迟出来喝酒解愁。

宴迟以前也是只单身狗时还愿意陪他，自从好不容易把女朋友追到手之后，见了盛行渊恨不得绕道走。

于是宴迟被硬喊到场后就十分暴躁了，一屁股坐进沙发里，长腿一跷：“请你务必给我一个极其充分的叫我过来的理由。”

盛行渊清楚这人是急着去陪女朋友，他那对象从深山老林里回京一趟不容易。

盛行渊站起来略沉默地给他倒酒：“你把你对象带来一起唠也不是不行。”

宴迟呵笑一声，表情非常嚣张和欠揍：“一起唠？你那草包脑子配跟我家宝贝讨论导弹的发射原理？”

盛行渊：“……”

按照惯例，宴迟以为对方要妥妥暴起。可谁知这次，他对面盛大公子竟倾着瓶身站在那儿凝固住了。

半晌，只听他颓然低声说：“我是不是真的挺差的？”

而这句一出，傻眼的就轮到宴迟了。

“满了满了！”他连忙去扶杯子，“大几千一瓶，一滴几十块呢，浪不浪费啊你？”紧接着边去找纸巾，边颇为感慨地调侃道，“几天没见，你这是遭遇什么了？谁啊这么缺德，把我们大少爷打击成这样？”

而盛行渊缓缓坐下，盯着头顶水晶灯在大理石桌面投下的光晕，神色有些迷茫：“你说，我要是喜欢上一个比我大六七岁的女的……”

旁边宴迟闻言后，拈着杯子高高挑起了眉梢。

盛行渊继续小声自言自语地补充了句：“并且她还结婚了。”

宴迟差点儿没一口酒直接喷出来。

他被呛得连连咳嗽半天，然后伸长胳膊，去勾盛行渊的肩头：“那什么，兄弟，以前怎么没发现你口味这么重？”

“滚。”盛行渊脸色突然变得不自在，毫不客气打开他手，“那是因为你没见过她本人。”

“我怎么没见过？”

宴迟懒洋洋重新坐回，单手支着侧脸，沉思片刻，开始翻手机查百科：“可是，时教授什么时候结婚了？我记得人物百科上没说啊。”

盛行渊顿时被吓得够呛：“你怎么知道是她？”

宴迟头也不抬地摆摆手：“你最近天天三句不离你导师，前后围着人家转，傻子都能看出来。况且你周围比你大好几岁的女性也没几个，难不成你爱上了你家家政阿姨？”

盛行渊神情复杂地坐在原处。

而对面宴迟查阅之后，不解地伸出手指，敲敲屏幕：“可这上面也没说啊。原来还是秘密结婚的？”

盛行渊一副神魂离体的模样：“百科又不准。你去看看你自己百科就知道了，片面得很。”

于是宴迟顿时好奇，他凑过来：“那她和谁结婚了你知道不？兄弟来帮你分析分析，看看你概率有多大。”

盛行渊猛地挣开他，睁大眼道：“我可没说我要去破坏人家婚姻！”

宴迟鄙夷道：“想什么呢？我是说看你彻底死心的概率。”

于是盛行渊不说话了。

宴迟近距离瞅着他表情，啧啧道：“所以她那个神秘老公是谁？”

盛行渊被宴迟寥寥几句搅和得心乱不堪，又大概是一腔苦闷急于宣泄，半天才缓慢出声：“她在 M 国结的婚，歌西亚，你认识不？”

这个名字一出，宴迟不禁愣了下，迟疑道：“是……我想象中的那个歌西亚吗？”

盛行渊垂头闷声：“对。”

于是宴迟立刻惊愕不已。

半天才缓过神来，他抿了口给自己压压惊：“新贵富豪，创业天才。”压完又不禁回过头感叹道，“你老爹眼光蛮毒辣，给你找的这个导师够厉害的啊！”

而盛行渊定定出神，喃喃出声：“那人不只是个天才，更是个疯子……”

疯子？

宴迟高高挑起了眉。他不在M国混，很多事情只能从媒体上了解。瞧盛行渊这反应，大概是还有别的内情。

盛行渊：“你还记得我和你说过，我在M国被绑架那次吗？”

宴迟顿时严肃起来，点头。作为盛行渊的好哥们儿，他自然清楚他这兄弟小时候受过一遭人生劫难，至今在商场看到玩具枪都会有应激反应。

缘起是盛行渊自小就和他爸关系非常差，刚升初中就叛逆得不行。他爸盛建业有次去M国探望他，父子二人却爆发一通激烈争吵，十几岁的盛行渊从他家豪宅独自跑了出来。

他一人沿着宽阔公路走。这时是傍晚，海滩边上又人员稀落。

很不幸的是，他被一伙不法分子盯上了。

当年监控并不是特别普及，或许是这伙黑人彪形大汉见他是从富人区出来的，又是个半大孩子，酒醉之际，便起了歹意。

意图绑架，好向其家人赚取赎金。

这几人装作无意地向其靠近，在盛行渊刚刚察觉不对的时候，迅速抓住了他，就要往棕榈树林里拖。

盛行渊立刻用最大的力气呼救挣扎。

可他很快被捂紧了嘴，然后像小鸡崽一样被绑架犯牢牢夹在胳膊下，反剪住手脚，快步往前跑。

在看到藏在那里的一辆肮脏小货车时，他几乎都绝望了。

歹徒正要把他往车里塞，而这时，不知从何处远远传来一声枪响。

紧接着下一刻，仅仅他面前不到一掌远，挟持自己的这个男子的胸腔处，突地迸出一朵小小的血花。

惯性让他俩齐齐向沙滩上俯冲扑倒。

突然起来的变故，把仅仅是十几岁孩子的盛行渊彻底吓傻了。歹徒胸口漫出的鲜血糊了他一脸，便是粘了满身粗粝沙子，他也没任何反应了。

他脑中发出一种白噪音的长长刺耳声响，恍惚看着眼前场景，一时间听不到任何东西，做不出任何动作。

直到有一个女生从远处跑过来，快速把他带到稍远安全的地方。

她长着一副东方面孔，穿着M大文化衫，半长披肩黑发，皮肤很白，眸光清澈。她温和地将盛行渊抱在自己怀里，用手捂着他眼睛，不让他再看到任何惨状，喃喃地在耳边低声安慰他：“It's OK，It's OK……”

原来，不远处一处海礁背后，有一伙大学生在露营，恰好在歹徒视野盲区。

有人听见盛行渊呼救，出来观察到情况，立刻报警，并且前来追赶。

本来他们离得远，是追赶不上绑架犯的。但出乎他们所有人意料的是，他们中间竟然有同伴，随身带了枪。这个州没有实行禁枪令。

很快，有人踩着不急不缓的步子而来。

来人身形高而瘦，穿着亚麻色的简单衬衫，棕栗色的鬈发下面，是一副天使般漂亮的面孔，五官精致，眼眸深邃如星辰。

他的长相具有十足的艺术家浪漫，周身气息却似令人捉摸不透的墨黑深海。

而如果盛行渊这时还清醒着，他会发现，这个年轻的男大学生明明救了人，但他的同伴、周围M大其他学生的脸上，都露出恐惧但丝毫不敢言的表情。

众人避如蛇蝎一般，尽可能离他很远。

更没人敢好奇，为何他的枪法精准度，能比得上一个十几年的老警员。

文化衫女生算是比较胆大的，勇敢地跑过来保护他这个人质。

而这个漂亮男生终于寻到了自己发射出去的子弹。

他单脚踩上歹徒的伤口，脚尖缓慢用力地碾了两下，然后居高临下俯身，饶有兴趣地观察对方在地上痛苦蜷缩的全套反应。

过了半晌，文化衫女生终于忍不住，犹豫地轻喊：“歌西亚……”

漂亮男生闻声回头，看向护着盛行渊的女生，然后，近乎天真地朝她歪了下头：“Take it easy（别紧张），Jocelyn.”

语气轻快似轻舟，似乎前一刻发生的枪杀事故，只是微不足道的一场小小闹剧。

他的笑容十分迷人，但在场无人不感到不寒而栗。

于是，那时盛行渊哪怕失去了对外界的所有感知，也明显察觉到护着他的女生，身体轻微地颤抖了一下。

……

听到这儿，宴迟神色肃然摸着下巴：“这要是在国内，冷不丁掏出把枪，给你来这么一下子，是挺吓人的。只是不知道 M 国那边国情咋样。”

盛行渊：“最后，绑架我的那个人因失血过多死了。当年，因为这个事儿，州里黑人组织还小范围地游行闹过一场，控诉他见义勇为过度，涉及谋杀。”

宴迟挑眉：“结果怎么样？”

盛行渊沉默了会儿：“歌西亚的父亲是有名的工程师，母亲是法国一位有声望的演员，最后他父母竭力摆平了这事。”

再者，盛行渊父亲为了感谢对方相救之情，自然也暗中相助过。

盛董事长那时在国内已经是成功的企业家，上过福布斯财富榜的那种。他当年拼命压下这事，不让舆情传回国内。

另外值得一提的是，他打算当面酬谢歌西亚，但神奇的是，这个尚未声名鹊起的年轻人，连见一面的机会都不给他。

最后气得盛董事长转手把这笔钱捐给了 M 大。

而如今，在世人眼中，便是刚才宴迟对歌西亚的标签是创业天才，并没有具体到哪个领域。这是因为，他无论在哪个领域，似乎都能获得成功。

互联网浪潮来临时，他的团队开发出现象级的社交软件。

移动终端设备改变世界时，他的公司制造出远销海外的硬件。

便是再往前的生物科技声称要主宰二十一世纪，他也近乎超前地研究过脑机接口。当然，这也是最让他被人诟病的一点——传闻，他公司的研究室为了仿真人脑和机器连接形态，曾残忍地虐杀动物。

公众都默认相信了这一点，毕竟，他在 M 大求学期间就有前科。

也因此，动物保护组织疯狂游行，媒体每日都在为伦理道德和技术发展的关系做长篇辩论，他的生物公司有些可惜地没有维持下去。

不然，若是脑机接口技术早十几年成熟，人类就可以无缝进入元宇宙了。

歌西亚对外风光且成功，是无数极客、学子与商人的偶像和目标。

而对内，他又是一个极其孤僻的人。大抵天才之路向来是孤独的，他求学期间几乎没有朋友，他让实验室同门普遍感到害怕，时间一久，便向来独来独往。

也就时姜见他可怜，有时候集体团建时，会喊上他一起。或者见他也一个人孤零零地在实验室工位上通宵熬夜，便零星说两句话。

而这说着说着，就说出了些问题……

而眼下盛行渊丝丝缕缕回想当年的事情。说实话，这段绑架记忆对于他来说是童年阴影，噩梦一样几乎不敢触碰。

但此刻回忆着回忆着，盛行渊突然注意到一些似乎被他忽略掉的地方。

其实当年，他是想对援救自己的 M 大学生们道谢的。

那个让人不寒而栗的疯子学长救了他，可那发子弹，却也给他留下了一生都磨灭不掉的阴影。

大概只有紧紧捂住他眼睛、柔声安慰他的学姐，让他感受到了慰藉。

可也恰恰因为视线受阻，盛行渊自始至终都不知道对方什么模样。

只记得对方身上浅淡甜橙一般的味道，又混合着薄荷的清凉。

自从盛行渊回到家、休养几个月之后，他不是没想过去寻人。但他爸坚决不容许他出门，去贵族学校学习，也变成了直接把老师们请到家中给他辅导。

这个过程持续了三年之久。

在这个仿若永无止境的、囚禁一般不见天日的生活中，十几岁的盛行渊逐渐变得更加暴戾、厌学、脾气差、顽劣不堪……总之一切朝着越发叛逆的方向奔腾而去。

他当年因紧张而不小心从那个学姐身上摘下、下意识死死捏在手心中的平安符，也没机会还回去了。

那是一个红色的锦缎绣制成的小小挂件，上面用金线绣着“永保平安”四个字，针脚工整，精巧漂亮。

非常标准的东方传统风格。

盛行渊也是后期看到这个符，才知道对方原来是同胞。

他十分珍惜这个偶然得来的留念物。

身边稍微亲近些的人都知道，此物他常年不离身，都是贴身放在衣服内兜里。

为了防止磨损破坏，盛行渊一个坚定的唯物主义者，还特意跑到国内有名的寺庙里请了个大师开过光的锦囊回来，然后将小小的平安符妥帖放进去。

可此刻掏出这道崭新如旧的平安符，盛行渊盯着它，脑中突然有了一个大胆的猜想。

他知道时姜也是 M 大毕业的，但他之前根本没往这个方面想过。

但直到昨天时姜告诉他，歌西亚是她的同门学长。

记忆逐渐回笼，盛行渊隐约似乎想起，多年前那日，歌西亚唤那个女生为 Jocelyn……而时姜的英文名正是 Jocelyn。

盛行渊猛地抬起眼。

若真的这么多巧合都能凑一起，那可真是概率极低了。

“不行，我得去找她问问。”

盛行渊说着就立刻抓起衣服，神思不定地就朝外跑，而身后骂骂咧咧疯狂输出的宴迟，他也管不了了，头也不回地直向清大冲去。

此刻时姜正在看着手中一份文件，神情凝肃，又十分复杂。

她这个状态维持了相当久的一段时间，终于下定了决心，缓缓拿起手机，正要拨打一个人的电话。

而这时，有人夺门而入。

时姜抬起头，见是盛行渊，愣了下，然后轻轻笑了笑：“巧了，我正有事要找你。”

而对方没给她率先说话的机会。男生此刻仿若遇到了天大的事，急得不行，大衣都来不及脱，扑到她桌前，双手撑住身体，急促地喘两口粗气，然后强制压住。

他小心从怀里取出一个小物件，捧到时姜面前，小心翼翼地试探问：“你先看看这个，认不认识？”

“什么？”

时姜放下文件，转身看去。

她移过去的眼神先是迷茫，然后，突然亮了一点，到最后，里面的惊喜和讶然越来越强烈。

她从来都是聪明人，几乎在最短时间，就根据盛行渊这激动的反应，然后结合着记忆，迅速想到了什么。

福至心灵般，前因后果完整逻辑链立刻“啪”地串在了一起。

当年盛建业将事情捂得紧，警察迅速到场带走盛行渊后，就再没有透露过被绑架人的信息。

故而时姜也只是知道，对方似乎是个富家小公子而已。

随后事件矛盾转移到歌西亚和他枪杀的那个黑人身上，时姜也继续忙着学业，便没再关注这件事。

而此刻，时隔许多年，当事人重新站在他面前。当年那个吓得话都说不出来的小可怜，摇身一变，竟然长成了这么大的人。

并且还成为自己的学生。

时姜探指取回那个小小的平安符，合掌握住，手指轻柔摩挲着，轻轻笑了，说：“这个平安符，是我奶奶亲手缝给我的，大二时弄丢怎么也找不到，我还一个人偷偷哭了好久。”

得知二人之间原来还有这么一层纠葛，时姜再次看向盛行渊，当真是百感交集，直叹缘分的神奇。

“原来那个被绑架的小男孩，是你啊。”

“是我，是我。”

不知为何，盛行渊现在看着眼前人，竟有种忍不住热泪盈眶的冲动。

平时吊儿郎当没个正形的他，顿时身体站得笔直，看着她，然后弯下腰，深深地鞠了一躬。

毫无征兆来这一出，说实话，时姜有些被吓到。

但紧接着就听对方哑声说：“谢谢，谢谢您当年的保护。”

一字一字，语气郑重得让她都不敢扶人起来了。

盛行渊突然意识到，为什么他历任那么多老师，没有一个人能制住他这坏脾气，都教不好他，对他的评价统统是朽木难雕。

但自从遇到时姜，他竟然神奇地平静了，每每看到她，都让他心里头褶皱仿佛被一只温柔的手慢慢抚平。

现在想来，或许是她身上那股熟悉的味道，在那个泛着潮湿咸味的血色傍晚海滩前，将他抱在怀里，让他踏实，让他心安。

“还有……”

这个健壮的大男孩弓着背，在直身起来之前，目光虚然看着地板，放轻了声音，嗓音微哑：“原来，我在那么早之前，就遇见过你。”

突兀的简单一句，里面却不知蕴藏着怎样的情思。

于是，时姜本来停在他头顶、下意识想像当年揉一下他头发的手，硬生生地停在了半空中。

一时寂静无言。

片刻之后，时姜缓缓端正坐好，叫他起来。

“好了。其实你今天过来得正好，我也有事情要给你交代。”

经过这遭相认，盛行渊更听她话了，心中暗暗立志从今往后要好好表现。

他连忙凑去看：“好。”

可令他万万没想到的是，时姜递给她的，却是一张更换导师的申请表。

盯着那纸惊愕了片刻，盛行渊猛地抬眼看她：“这……这是什么意思？”

时姜垂眸不去看他的表情，启唇说：“意思是，我认为我们目前可能不适合继续这段师生关系了，或许，你需要换一个导师继续学业。”

得到亲口答复，盛行渊立刻慌乱起来：“为什么？为什么要更换？”

“我认为目前很好，你为什么要我走？你说实话。”

时姜也不想装聋作哑糊弄了，话摊开说或许会更好。

她尝试平静和他对视：“实话就是，我察觉到，你我关系过于亲近了。这不是一个好的征兆，我需要为你的未来道路负责。”

盛行渊急道：“我根本不需要你为我的未来负什么责……”

“可是我需要。”时姜静静打断他，然后看着他，意味深长、如有所指地说，“小盛，你还有很长的路要走，很好的风景要看，完全没有必要一时驻足。”

“所以我认为，换导师对你来说，目前是更好的选择。为表达我的歉意，我和张老师、赵老师都提前沟通过了，他们也是博导，比我资历深得多，带学生十几年也更有经验。你会在他们那里得到更好的发展。”

盛行渊大概明白，或许是他们二人之间的某些越界，让时姜担忧并警惕了起来。目前说服她这一点才是关键。

“可是我不认为我们关系过于亲近。”他拼命试图挽回，“难道除开师生，我们就不能是朋友吗？朋友之间的关心，难道也有问题吗？”

但时姜向来是个一旦下定决心，就根本没人可以改变的人。

她坚硬得像个蚌，怎么也撬不开：“但显然，我们不能是朋友。也不可能是朋友。”

她诚挚地看去：“对不起。我以前如果有一些不妥当的举动和话语，给你造成误解或困扰，我真的非常非常非常抱歉。”

“所以我现在，想尽快做出一些弥补，不能一错再错，让问题越来越大。”

盛行渊站在办公桌旁边，前几分钟还满心雀跃地进来，可现在，堂堂一个男子汉，已经被逼得快要哭出来了。

时姜发现自己真是作孽。

她不去看对方表情，文件给他留下，就要站起离开办公室：“小盛……不，盛行渊，如果你不肯换导师的话，那我只能和系里沟通，让你退学了。”

盛行渊突然想到什么，冲着她背影叫道：“那我爸呢？我家的投资，你不要了吗？”

时姜脚下一顿。

她当然认真考虑斟酌过这个问题。目前，和盛家搞好关系，当然是傻子都能看出的明智选择。

可事到如今，她也不知道为什么，她这样一个极度利己主义的人，会放弃盛行渊这块大肥肉，不利用了。

明明装聋作哑，继续留在身边当学生，也不是不行。

仅仅停顿数秒，时姜继续抬步，头也不回地说："盛董事长那里，我会自己去说。如果真不行的话……"她沉默，"那大概就是赤江的命，我也认了。"

说罢她踏出办公室。

盛行渊失魂落魄地看着她离去。

他想不明白，为什么自己兴致勃勃地来找她，本来应该是一件双方都欢喜的事情，可最后，却落得这样一个结果。

他明明已经告诉自己，以后再不给她惹事了啊，以后也绝不会冲她大呼小叫。他要努力进取，成为像她一样厉害的人，向她看齐靠拢。

他最好还要逼迫自己，向盛建业稍微妥协点儿，开始学习怎么经营公司。这样的话，以后她想要什么，他就有能力将东西捧到她跟前，她就不用像男人一样四处喝酒应酬了。

她明明应该被好好呵护起来，像朵花一样捧在手心里。

"可是，这些……这些没用了啊。"

过了很久，对着空无一人的办公室，双目恍惚的大男孩低头喃喃："但是怎么办，我已经胆大包天地，喜欢上你了。"

接下来几日，盛行渊再找不到时姜。哪怕他知道她在实验室，或者在公司，但他就是见不到她的面。

他知道，时姜在有意避他。

盛行渊不想硬闯进去，引得时姜厌恶，这是下策。他本来还想打持久战，多蹲几天，总能见到的。但谁知，她连这个机会都不给他。

因为，春节假期到了，时姜给公司开了年会之后，就回老家休假了。

此前，她母亲许明艳女士还热情地邀请她一起过年，但时姜果断拒绝了。

许明艳早就有了自己家庭，和下一任丈夫生的儿子都多大了，她一个外人，在过年这种重大的团圆节日面前，去瞎掺和个什么？

于是她准备回狮河县看看。

但这回去一看，谁知道就看出了个大问题。

从此事情的发展，像脱缰的野马一样，完完全全地脱离了她的预判和掌控。

时姜回狮河县第一件事是给奶奶迁坟。

如今普遍火化，而当年还可以土葬，她奶奶的坟墓就修在北坡上一处向阳面。

目前问题就是，十一年过去，县城发展得太快了，很多以前荒郊野岭的边缘地带，如今都扩建规划要修路盖房。

时姜担心，再过些年，万一一条高速公路通向奶奶坟边怎么办，到时候就不得不迁坟。反正早晚都得迁，还不如趁早办妥。

另外，当年家里因给奶奶看病花光了积蓄，坟墓地皮选得不太好。

她准备这次好好算算风水，给老太太在新建的公墓里搞块上好宝地。

由于离过年也没两天了，她请来殡葬工人，并答应给他们三倍的酬劳。

起初这些工人还不太好意思。因为修墓迁坟这种事，大部分家庭都是平时没时间，只能趁过年回来。他们这行就是年底会忙。

但时姜摇头，说劳动法规定年假工作就是要三倍工资，她自己公司也同样做法。

大家伙儿干活便更仔细卖劲了。

寒风陡峭的山坡上，枯树簌簌抖动，入目苍茫。

风荡过平原，在山谷折弯处发出呼啸声。

时姜一袭纯黑毛毡风衣，浑身上下没有一处饰品，静静迎风立着。翻沿黑帽和口罩遮掩下，她面容被很好隐藏。

大部分人家迁坟这种大事，一大家子都得来个七八个，怎么着也得有男丁镇住场子。

因此殡葬工人干活时，都感到神奇。这家只有这一个年轻女人出面主持。虽然谈吐不俗，出手大方，但是毕竟孤零零的一个人，还是个女的。

大家神奇之余，又有些可怜她。

坟堆已经被挖开，上面搭着厚厚顶棚，说是人的阴魂不能见光，不然就会被过重阳气晒溃散了。

棺材被打开，听见声响，时姜抬步就要上前看。

一大叔连忙拦住她：“唉，这可不兴看。你一个姑娘家的，怕吓着你，到时候回去做噩梦。”

时姜愣了下，接着很快笑了：“怎么会？这里面是我最亲的人，她就算到了那边，疼我还来不及，怎么会吓我？”

说着坚持过去。

但实际上看过了，也没什么。

时姜大概提前预想过，一具血肉鲜活的人体，被深埋地下十一年，会腐烂氧化成什么样子。但没想着会干瘪成那样，早辨认不清面容，只有寿服还鲜艳些。

无言站在那儿看了会儿，便退后，示意工人们继续。

只是禁不住搓搓手。

冬日的山顶可真是太冷了，冷得沁入骨缝。

大概是资金到位了，工人们办事效率非常高。

两三天时间，奶奶就换了个新家。公墓环境非常好，时姜心想着这样就算自己万一哪天出事了，回不来，也有人定期维护和打扫。

时姜在墓碑前磕了头，祭拜完，心里头却突然茫然了。

她从这个小城出去，最终，又回到这里。

她想起很多年前，她努力学习，认真读书，都是想未来可以和奶奶一起过好日子。

再后来，她遇见蒋炽，那个优秀到让她遥不可及的男生，她便想追赶上他。

现在，她似乎达到了以前期许的目标。

但奶奶早不在了。

而她和蒋炽之间，也根本没可能了。

所谓命运弄人，大抵如此。

时姜回到她和奶奶以前居住的老房子里。作为还蜗居在县城中央地段的危房，竟然还没被拆，她自己都觉得神奇。

这几天她一直住在酒店，去北坡数次路经过这里，却都没有进来。

似近乡情怯一样，不敢进来。

青苔绿瓦，院子内杂草丛生，几乎无处落脚。

甚至有棵小树在屋里扎根，向上生长了出来，冲破顶头瓦片。

时姜凑近锈迹斑驳的门锁，推开“吱呀”摇晃的门缝看去，墙上是她几乎糊了满墙的奖状，但早已发白破旧。

阳光从碎片透风的窗口洒进来，金灿灿的。

不知为何，时姜看着看着，就觉得似乎屋里那头会出现一个满头银发的老太太，在灶台前忙忙碌碌，加水添柴，给她蒸发糕。

她眼睛突然就酸了。

这时，身后突然传来动静，有人来了。

时姜忙眨掉涩意，迅速调整状态，转过身去。

竟然是多年不见的常军常主任。

“听说你回来啦，我们的大才女！”

老常在门口喊了声，笑呵呵的，就要走进院子，但似乎碍于真的无处落脚，犹豫几下。

时姜见了，忙深一脚浅一脚，踩着杂草坑原路返回。

她自然也很激动，看着常主任这和常以翔如出一辙的将军肚，都觉得亲切。

她笑着说：“我正准备下一站就去看望您，谁知道您先到我这儿了。”顿了顿，又歉意道，“当年走得急，这么多年，也没能回来看看。”

常主任摆摆手：“说这话做什么，大家都能理解。”

二人站在门口干脆唠了起来，然后老常颇为感慨地看着她：“你看你现在发展得多好，学校建校几十年，从这里出去的学生，没一个能比你有出息的。”

“现在在 A 市扎根，有自己的公司，又能去清大教书，国家重点人才，可真是光宗耀祖！”

时姜顿时哭笑不得：“我这算什么光宗耀祖。”

“怎么不算？”老常想到什么，兴致勃勃地问，“蒋炽他家不是也在 A 市吗？怎么样，你回国后，你和他有联系吗？”

时姜心中像抽搐一般，疼了一下，然后面色努力平静地笑了：“有联系。”想了想，如实说道，“见过好几面了。”

老常点头：“既然见过面，和解了就好。”

“虽说高中不让早恋，但当年你俩在班上，那就是金童玉女一样的……”

“常老师。”时姜静静打断道，轻微笑了下，解释道，“我们现在只是普通同学，不是您想的那样。”

常主任便立刻惊愕了。

“普通朋友？”他大嗓门一下子低了一大截，“常以翔不是这么跟我说的啊。嘿，这浑小子！”

时姜转移话题：“常以翔回来了吗？他现在在哪儿？”

常主任立刻愤愤道：“有了媳妇儿不要爹娘！今年去他老丈人家里过年了，不回来了。”

说是不满和埋怨，但眼睛里也是幸福的神采。

不知怎的，竟然看得时姜有些羡慕。

她看了看时间，说：“常老师，不如我今晚请您吃个饭吧，您和师母，还有我们高中的老师、同学，总之您能叫上的，统统叫上。”

“明天就除夕了，也不好占用大家团圆时间，不如就今天吧。”

老常摇头：“恐怕不行。”

“据我听说，我们县领导知道你这个大企业家和大名人，荣归故里，我刚才路过电视台，见人已经收拾摄像机往这里赶了。待会儿大概率要采访你，你可得提早准备好。”

他偷偷掩嘴：“要不要去补个妆？”

时姜笑老常懂得还挺多。

老常得意脸：“这都是听我儿媳妇说的。听多了，就知道你们这些小年轻在意什么了。”

时姜便也跟着笑。

按照往常，时姜一般情况不会拒绝这种场合，但不知道为什么，她最近特别不想面对媒体镜头。

但她也很清楚对方为何而来。

想了想，她便从包里掏出一张银行卡，转而委托老常说：“常老师，我今天就不多待了。我给您留个账户，还有密码，可能得麻烦您待会儿帮我把这五百万捐了。”

老常登时合不拢嘴，结巴道：“五……五百万？这么多？”

时姜：“公司最近现金流不太好。等过了这阵儿，我再回来给咱们学校设立个奖学金。”

老常立刻跟烫手山芋一样，前后躲着不接：“你自己给吧。”

时姜还要再劝。

老常：“对了！我已经帮你保管一笔钱了，这第二笔我可不管了。”

“什么？”时姜没有听明白。

然后便见老常从裤兜里掏出一个存折。

在早就普遍使用银行卡的年代，存折这种时代产物显然十分陈旧。他说：“当年不是你奶奶生病，我们全县全校捐款嘛。钱款没用多少，老人家就走了，于是这钱便剩下了。”

其实是根本就没用。在家里存款刚耗尽时，奶奶不想拖累孙女，当晚便偷偷拔了氧气罩，结束了她充满苦难的一生。

“四十万整，全在这儿了。这么多年我也没动，应该生了不少利息。”

时姜十分惊讶：“当年不是说已经归还给大家了吗？”

老常：“其他的全部归还了。可蒋炽捐的这部分，嗯，由于种种原因，没能还回去。所以我想着就还是趁这个机会，交给你这个受捐赠者。”

蒋炽？

时姜看着这张红皮存折，心里突地一跳：“这和蒋炽什么关系？”

老常大概是知道她迷惑在哪儿。

沉思片刻，他说：“囡囡啊，我一时间不知道该怎么给你说这事。是这样，你当年年纪小，可能对金钱没什么概念。当年你奶奶癌症治疗估计需要三十七万，迅速募集了四十多万，是不是还挺让人觉得有希望的？”

“可其实，我们县城当时那个经济水平，一共也没多少人口，像我这样小几千工资的，都属于高水平收入了。三十七万巨款，哪是说来就来的啊。”

“所以当时说是成功募集了四十多万，但实际上，这里面，大部分都是蒋炽捐的。我们学生老师零零散散只筹集了几万块，而蒋炽他一人占了四十万大头。”

这确实是时姜根本不知道的事情。

震惊之余，她突然就慌了神：“这……怎么是这样……”

老常叹气：“唉，其实也不能怪你。一是你那时年纪小，没有概念。再者你奶奶病情凶险，你正伤心，估计也没精力细想这事儿。另外……”

时姜：“什么？”

老常犹豫了好一会儿，才说：“另外，蒋炽那孩子也特意叮嘱，不让我告诉你。如果你问起，就说是大家一起捐的，估计是怕你有心理负担。”

他仰天赞叹道：“小小年纪，可真成熟懂事！”

而时姜当场彻底愣傻了。

半天，她那继续进化了十一年的脑子，终于动了动：“可是，可是他当年也是一个学生，哪里来的这么多钱……”

而这话刚自言自语般地问完，她脑海里突然“叮”的一声，像被锤子砸了一下。

似乎许多以前想不明白的问题，顿时通了。

霎时间，懊恼，悔恨，害怕，不安，恐惧，还有许多说不清的情绪，轮番铺天盖地几乎将她整个人彻底淹没。

“蒋炽……”她失魂落魄地低喃道。

然后，顾不上常主任在她身后呼叫，转身就跑出院子。

她奔向汽车站，打了个出租车。

司机刚跑长途回来，急着回家过年，本来不想载她这个客。

然后时姜付出翻五倍的车费，对方立刻美滋滋地掉转车头，将她送往市里机场。

现在天色不早，到达A市得第二天了。

时姜回程一路上都在想，见了蒋炽之后的每一句话要如何说，只是她没想到，她再次和对方相见，竟然是在医院的急诊病房。

时姜刚在病房外见到谭裕凡，就扑上前去问道：“到底怎么回事？蒋炽他……他出什么事了？”

她自己都没意识到，自己的声音都在扭曲发颤。

此时已是大年三十的上午。

而头一天晚上，时姜还在狮河县回乡休假，预备请常主任一众曾经帮助过她的乡亲吃饭的计划，如今看来也泡了汤。

时姜一开始根本联系不到蒋炽。

她在回A市的赶路途中，在微信上给蒋炽发消息，问他在哪儿。

天知道她纠结了多长时间，鼓了多久的勇气，才憋出两个字——在吗？而谁知道，在这一条她平时最厌恶收到的消息旁边，直接蹦出了个鲜红的感叹号，提示对方现在不是你的好友。

“……”时姜蒙了。

她没想到蒋炽的做法这么决绝干脆。

但回想上次和蒋炽分开那次，他确实是再也不想看见她的模样。他那样一个从小沉稳到大的人，何曾歇斯底里地在别人面前失态过。

如此想着，时姜心里就更不是滋味。

打电话过去，手机号果然也被拉黑了，根本拨不通。

时姜实在走投无路，只好尝试着联系了谭裕凡。

所幸对方还在乎他们二人之间的同事情谊。只是电话接通后，对面明显乱糟糟的：“喂？”

时姜生怕对方挂了电话，迅速直切主题地问道：“谭老师，蒋炽和你在一起吗？我有非常非常重要的事情，想要当面问他。”

谭裕凡那边还在喊人指挥着什么，也不知道听没听见她说话，但隐约间，时姜突然听到救护车的声音。

她顿时莫名心慌了，手死死攥着手机，耳朵恨不得贴死到屏幕上，加大音量问：“谭老师发生什么了？”

而这时，谭裕凡似乎终于抽了个空，注意到还有她这茬儿。

“你找蒋炽啊……哦哦哦，好，那你过来吧，我们正把他往救护车上抬，赶着去送急诊呢！”

救护车？急诊？

时姜心脏像是被一只手突然捏紧。

通话时外面天色已经擦黑，她还坐在候机室，简直恨不得让飞机立刻起飞。

时姜胡思乱想了整整一路。

于是当她按照谭裕凡给的地址，第二天终于到达医院时，她都快急哭了。

这时她才意识到，原来这个人在她心里，远比自己想象中的都要重要得多。

但现在最紧急那阵儿已经过去了。

谭裕凡站在 VIP 病房外和她说话，拿湿巾擦着自己手：“不严重，没啥大事。”

时姜还没松口气，对方轻飘飘地说：“也就胃炎发展到胃溃疡胃穿孔，昨晚酒精中毒昏厥，然后担架抬到医院，推进去做了个手术，把胃上的洞缝起来而已。”

时姜眼眸睁大：“这还不严重？！”

谭裕凡似笑非笑看向她：“这话由你来问，可真是蛮奇怪的。我以为你压根儿都不会关心。”

时姜清晰感受到谭裕凡的意有所指。

虽然不知道对方这份针对她的怨气从何而来，但她还是低下语气：“谭老师，他怎么把自己搞成这样的，您就直说吧。”

时姜向来在谭裕凡面前，但凡谈及有关蒋炽的事情，那都像是裹了层钛合金壳子，百毒不侵。

而眼下她却一反常态，姿态放得很低，倒是让谭裕凡先诧异了。

他对着女同志又不太好意思甩脸子，哪怕是为自己兄弟出气，别扭了几下，也就很快坦白。

“还是我们去他家吃饺子那次嘛，他送你回来之后，整个人就莫名其妙变得特别消沉，问什么也不说，就只是喝酒，一杯接着一杯，完全不顾身体了一样，猛灌自己。”

“你也知道，他本来肠胃就不太好，平时工作应酬又多，尤其最近 B 市软件园招商引资啊，哪个不需要上场子和那一堆企业家走几杯啊。结果这下好了，不止酒桌上喝，回来后还继续喝，最后就把自己喝进医院了。还好现在趁着几天年假，不然多耽误事啊。”

时姜愕然听着：“太任性了，这根本不像他的行事作风……”

“是啊。”

谭裕凡打断道：“我也认为他不知是被什么迷了心窍，整个人魔怔了。蒋炽是我一块儿长大的兄弟，我最了解，他自小都是最为自律的人，情绪稳定，长这么大脾气都没发过几次。你说……”

谭裕凡转而幽幽地盯着她：“究竟是什么人什么事，能让他苦闷成这样，以酒浇愁，整日不愿清醒？”

时姜像被当头抡了一棒。

她袖下手指揪紧了衣摆，死死扣进肉中。

半晌，她恍惚道：“我……”

谭裕凡：“我本来不是故意探指你俩隐私的，但蒋炽他喝醉时候，说胡话，我大概听明白了一些。”

顿了几秒钟后，他长长叹了口气：“时老师，你可以说我就是偏袒自己兄弟。”

“但你说你，柔柔弱弱一女的，怎么做人做事，心能这么狠呢？”

谭裕凡折腾了一晚上，快饿死了，出去找饭吃去了。

时姜像三魂丢了七魄一样，站在病房外。

直到有位护士过来查岗，看见时姜，笑着问：“是家属吗？”

她一下子没反应过来，缓慢抬起头：“什么？”

而护士见她这担心模样，立刻笃定她身份肯定是家属了，便递给她一小袋棉签，又推门进去接了一纸杯矿泉水。

“病人刚做完手术，不能进食也不能喝水。他难受实在口渴的话，你就用棉签帮他润润嘴唇。”

时姜手中被塞上东西，蒙了几瞬，连给她辩解的时间都没有，护士已经交代完转身出去了。

她僵硬了好久，才从门口，缓缓朝病房里走去。

病床上高大男人还正陷入昏睡。

明明距离上次相见连一个月还不到，这人却仿佛沧桑了许多，面庞依旧英俊，只是他这么爱洁的人，下巴长出短短的胡子青茬。

腹中插着引流管，看上去一定很不舒服。

时姜看见蒋炽发干的薄唇，突然心里涌上大股大股的难受。

她放轻动作上前，用棉签，沾了水，按照医嘱轻柔地涂上去。

对方大概也没睡沉，很快有了反应。

“谭……”嗓音极哑。

而稍微睁眼，就话音倏地顿住。

两个人无声地对视了几秒钟，然后，蒋炽眼神立刻清明。

他撑臂似乎就要坐起，吓得时姜连忙去阻止他。但他胳膊伸长，还是够到了床头呼叫按钮。门口不远的护士很快就来了。

蒋炽稍微抬身，哑而冰冷地说：“麻烦把这位女士请出去。”

时姜连忙：“我有话要跟你说。”

可他冷面冷语：“我不认为，我和时教授两个陌生人之间，还有什么话题可以探讨的。”

“等下。”时姜连忙掏出那张暗红色的存折，“我来还你的钱。”

于是这下，蒋炽目光终于在那上面停留了。

很快，他自然也想起来什么，扯了嘴角：“捐出去的，哪里有再拿回来的道理？”

时姜：“不，蒋炽，我这次来是想问问你，当年……”

她努力斟酌着用词，却发现路上想好的全套说辞，统统都没了用处。

“当年，你为什么要这么做？还有，”她异常艰难地咽了口唾沫，“你是怎么拿到这笔钱的？”

蒋炽目光微顿，很久，视线别过去，轻声：“事到如今，这还重要吗？”

“当然重要！”时姜立刻接道。

她其他什么也不顾了，靠近他的病床前，垂着头，哀求般说：“求你了，我需要知道。”

“我不想自己成为一个别人帮助了我，我却反过去责怪他怨恨他的狼心狗肺的人。”

接下来又是沉默很久。

蒋炽："好，为了回报时教授告诉我，你已经结婚的真相，我确实该投桃报李，也告之你实情。"

他待人一向都很沉稳和包容，此刻却对着她讥讽道："不错，是我与我爸当年达成的条件。当年我一个高中生，没有那么多积蓄，而你奶奶病情危险用钱用得急，我没有办法短时间内拿出那么多钱。可我不想你难过，所以，不得不向我爸求助。"

脑中预想中的结果基本吻合，时姜却只觉得眼前发黑，一片恍惚。

"所以，你爸让我们分开，你就答应了，这就是他给你钱的代价？"

蒋炽垂下眸："……不错。"

于是时姜一下子几乎站都快站不稳，死死抓住病床冰冷围栏，指尖嵌入那里："为什么……你为什么不告诉我？"

蒋炽苍白地讥笑："既然是交易，他不想我们在一起，不告诉你真实情况，自然也是交易的一环。"

"况且，时姜，我是一个男人，这种屈身求人的事情，就算我爸不强制，我也根本不想让你知道。"

"可是……"

她咽了下唾沫，嗓音发哑："之前几个月，我们遇见了那么多次，你为什么不说？为什么不解释？"

"解释？"闻言男人转头看向她，冷笑，"时姜，你给过我机会解释吗？"

"你不是不听吗？"

"你这么厉害，只相信自己，只靠自己，什么事情都能自己解决。你心里既然已经有定论，还会听我半个字？"

时姜从没见过蒋炽如此咄咄逼人的样子。

虽然清楚知道回国后，她不听蒋炽解释，是极其悲观地认为，她自己的上一段婚姻一团糊涂，她已经无法和蒋炽再续前缘了。

但她也知道自己此刻理亏，眼神闪乎，小声低喃："当时我不知道是因为我奶奶的缘故。"

蒋炽："因为什么当真重要吗？左右十一年了，一切都过去了，哪里有人会原地踏步？"

"……"

时姜知道这人是在用她以前说过的话，反向砸回来。

她垂下头，声音又低了些：“我只是认为，我有必要知道真相。”

蒋炽扯着嘴角轻笑一声，嘲讽：“十一年过去了，生个孩子都能打酱油了，有必要吗？”

时姜知道这个时候不能轻易惹火他，但身为工程师的素养还是叫她忍不住纠正。

“《民法典》上规定，孩子八岁就具备限制民事行为能力了，打酱油不用等十一年。”

蒋炽：“……”

他似乎被气到了：“我又没养过孩子！”

然后他看都不再看她一眼，再次拍了呼叫按钮，喊来人。

接下来，时姜眼看着他不顾所有人反对，坚持收拾东西要离开，哪怕抬病床都要给他立刻抬走。她忍不住犹豫着问：“你要去哪儿？”

而对方头也不回，嗓音沉郁，冰冷至极：“你要是想在医院过除夕，就在这病房好好待着。”

蒋炽手术后仅仅不到一天，就近乎固执地回家了。

扬言说是术后的输液和静养，他在自己家也可以养，家里也有请私人医生，就坚决不愿意住院了。

于是，时姜杵在病房门口，眼睁睁看着载着他人的轮椅床，缓慢被推进了电梯，冰冷梯门关闭，上头映出她模糊的面容。

对方并没有等她，甚至行动间全程无视，连多一个的眼神都没施舍来。

时姜全身僵硬得像根木头。

愣了足足半分钟，她才如梦初醒般，赶紧转身就奔着楼梯间跑。

等这单栋电梯上来太慢了，所幸病房楼层比较低，她走楼梯追去或许还能快些。

医院里被病痛笼罩的人群普遍略沉闷，楼道间嗡嗡响着不大的叫号声、对话声，偶尔传来两三阵小孩子的啼哭。

一路带风小跑的时姜就像是个另类。

她边跑边微喘着气，气管内微微灼烧刺辣感传来。

刚才在病房，谭裕凡提溜着饭盒回来，就被蒋炽此番不要命的作为气得直跳脚，骂他简直不可理喻。而时姜却似乎能理解蒋炽的执着点在何处——

她记得蒋炽以前曾经说过，除夕夜一定要和最重要最珍贵的人在一起，这样未来一年都能团团圆圆。所以，他明明早已是成熟的成年人，却像个小孩子一样不愿意留医院。

时姜也向来知道，蒋炽是个十分注重家庭的人。

可他家里并不和谐，爸妈价值观不一致，经常争吵。由此他说很羡慕时姜，虽然只有时姜和奶奶两个人，却是温暖且幸福的。

时姜也认为自己好幸福。

她想了想，拍着胸脯说：“那你今年除夕来我家，你、我还有奶奶我们三个一起，我让你好好羡慕羡慕！”

她本是玩笑话，谁知，当时男生墨黑的眼底深处，倏地微微亮起来了。

他半晌都没有说话。

经时姜轻推他提醒，蒋炽才慢吞吞地说：“我在思考，我怎么才能每年除夕都去你家羡慕你。”

……

这听上去，莫名就像是要许终身的意思。

当时还懵懵懂懂的时姜，隐约察觉到他话背后含义之后，她红着脸，磕绊回了对方一句什么，她不记得了。

只是此时想着想着，却突然间破防，她忍不住“哇”地就哭出声了。捂住脸遮掩也没用，眼泪鼻涕一块儿往下淌。

周围临近的几个病人被她吓了一跳，下意识地弹开好几步。时姜手背遮着眼睛，恍惚不看路地往前走，明明擦肩而过着医院里熙熙攘攘的人流，却仿佛天地间孤寂得只剩她一人。

好心的护士小姐姐给她递纸巾，时姜嫌丢人，接后道了谢，连忙就往一楼后门赶。

刚到停车场，就远远望见男人轮椅边围了一圈紧张的护工，他架着点滴被推上车，众人忙忙遭遭一通。

车门关上，车子缓慢开走，白大褂护工们皆松口气，闲聊着散去。

时姜目光发虚地盯着那处空荡荡的地，在混着医院独有消毒水味道的寒风中站了会儿，慢慢跟着对方离去的方向走。

她不知道自己为什么要固执地追去。蒋炽对她的回避意味已经很明显了，她从来都不是喜欢死缠烂打的人。可内心说不上来的不安和惶恐，还是驱使着她整个人向蒋炽靠近。

她还有和对方未尽的话。

A 市街道两旁喜气洋洋挂了长溜儿红灯笼，漂亮的街灯亮起，临街店铺却关得差不多了。每家每户都收拾着回家过年。

走到蒋炽家时，天已经黑透了。

时姜抬头望着仿古风韵的院子大门，她都不知道，自己竟然不知不觉徒步了整整大半个区。

同时又有些庆幸，还好上次蒋炽邀请她来吃了顿饭，不然她连他住在哪儿都不知道。

她抬起手，正想拍门，却又缓缓放下。

转回身，静默了一会儿，再次转身抬手，但又顿住，仍是没能敲响那道门。

纠结犹豫了好几个来回之后，时姜泄气了。

她接连赶路一晚，又被蒋炽进急诊吓得精神紧绷，后知后觉困意泛上来，只好蹲下坐在他家门口台阶上，揉着自己发酸的脚腕。

时姜也不知道自己为什么要突兀地坐在这里。

可能是因为，在这个理应团圆的除夕夜里，她不知道自己能去哪里。无家可归大抵就是这样。

或者说，她以前是有机会拥有一个家的，但被自己亲手作没了。

本想趴门上听听院子里的热闹声，但听了半天也没听到。然后她反应过来，如果谭裕凡回家了的话，那么蒋炽很可能也是自己一个人过的。

天上突然开始降落细小事物，映着路灯光线一瞧，似有片片白絮落下。

下雪了。

时姜半仰着头，伸出手接住零星几点，立刻化在她掌心。

但下雪后就更凄凉了。她没吃饭，又冷又饿，坐在人家门口台阶上，和一左一右两个小石狮子为伴，忍不住缩着抱紧自己双臂。

等了约莫半个小时，突然身后沉重的“咯吱”一声，院大门被朝内打开。

时姜眼眸倏地睁大，她慌忙转头。

而半扇打开的门背后走出一人，却不是那张熟悉的面孔。时姜隐约记得，对方好像是蒋炽家的司机。

司机师傅明显也非常惊讶，似乎根本没想到，这大冷的天，又是除夕夜，这里竟然还蹲着个人！

“时教授您咋在这儿呢……”

而这话刚问出口，他就立刻止住，明显察觉到自己多言了。干他们这行，给领导开车的，除了行车安全之外，最要紧的一条就是嘴门拉紧，不该问的别问。

他“呵呵”干笑了下，转了转帽檐，说：“我现在回家，正好送您回去？”

时姜缓慢站起身，身上被冻得有些僵。

她勉强笑了下：“您先走吧，不用管我，我待会儿自己打车回去就好。”顿了顿，却还是忍不住询问，“……他，怎样了……睡下了吗？”

司机师傅慨叹道：“睡啥啊！我们领导那敬业标兵，回来后手上还打点滴也得抱着个电脑，靠着床头办公一直没休息。”

听这话时姜下意识脱口而出：“他刚手术完，得多注意身体，工作是做不完的……”

却话音倏地止住，一时间不知道自己现在有什么立场说这话。

对方很给面子地陪她叨了叨，迎合道：“您说得对，这话我一定转告。”

最后时姜坚持让司机师傅自己回去了。

她在原处继续等了很久，地上坐着太冷就站着，可站着依旧很冷，鞋底踏着半融的雪水，寒气也飕飕从脚底板往上冒。

她哈着热气搓着手，院子里却再没有谁人出来过，也再没传出半分动静。

直到身上关节有些疼，额头也隐隐间异样的温度也上来了，时姜估摸着再这样下去得被冻发烧，她看了眼时间，眼下春晚里正欢腾播放着《难忘今宵》。

很晚了。

于是她有些难过地意识到，院内的人今晚是真的不会再出现了。

时姜回到家，吞了片退烧药，埋头就睡。

第二天一大早，时姜又来到蒋炽家门口，既不敲门，也不和里面人联系，就这样在门外等着。

她知道蒋炽肯定清楚她在这儿，但她没有哭喊着硬闯进去闹的权利了。

她将主动权交在对方手里。

蒋炽若愿意见她，她自然欣喜若狂，若是不愿……时姜些许茫然地微微抬起头，她也不知道，自己以后该怎么办了。

就这样一蹲，她连续蹲了整整五天。

五天之内，蒋炽家来来往往的家政、司机、秘书、同事等人，叫她几乎全都见齐了，但就是没有蒋炽本人。

有一次，上门照看的医护人员瞅见她还蛮惊讶。

恰好是那日误认为她是家属、给她塞棉签的护士，刚下车一看见时姜，忙过来打招呼，大概是见她脸面煞白，奇怪地驻足问：“这大冷天的，您怎么不进屋？”

时姜不知道要如何给对方解释，只惨白地笑了笑，轻轻摇头：“不了。”停顿几秒，又小心问道，“他……恢复得怎么样？”

护士笑着说：“恢复得不错，马上就能下床了。”

时姜轻松口气，喃喃道：“那就好，那就好。”

门庭间进进出出的人员散去，她又自个儿清静了下来，继续望着快要融化了的积雪发呆出神。

直到第五天——

这天，时姜捏了团雪球，轻轻放在小石狮子宽阔讨喜的脑袋顶上，看着它慢慢滑落，接住，又放上去，重复这个来回。

她学习工作几十年，大脑向来高速运转，从来没干过这么幼稚的事。

玩了会儿，眼看再次一日到头，日薄西山，低喃着自言自语地说：“蒋炽啊，你要还不出来，我年假就要休完了……”

“我出来做什么？”大门敞开着没关，男人的声音毫无征兆地在她身后几步之处响起。

时姜吓了一大跳。

她连忙“嗖”地站起来，转过身，如同做了错事一样，看着他局促起来：“你……我……”

可你我半天，也没结巴出个什么东西。

蒋炽穿着薄毛衣就出屋，笔挺肩背撑起宽松的衣服，竟显得清瘦了许多。

“你还想怎样？我以为，我们那日在医院已经说明白了。”他深邃眼眸盯来，却比她手中雪团都冰冷刺骨，“时姜，我没有和有夫之妇纠缠的癖好。”

霎时，时姜脸色变得特别难看。

她低下头，睫毛飞速扇动两下，无措地盯着脚尖前的污雪。却不得不承认，他说的是事实，是她无法改变的事实。

她喉咙间堵得厉害。

“我，我不喜欢他……”许久，才发出这几个嘶哑的字，“我结婚，是有原因的……”

“那又怎样？”蒋炽无情地打断她，“婚姻又不是爱情。况且，”他讥笑，“你能离吗？”

这人似是早就通过她的神情把她心态看了个透彻。

时姜僵硬立在那里良久，如泄气般，颓然垂下首。

“蒋炽，我知道，我现在没有资格敢乞求别的什么事情，我一早就知道……”她小声说，颇为可怜地时断时续，“我只是，只是想见一见你……”她已经语无伦次了，“我……对不起……我真的，对……”

“是的，正如你之前说的那样，现在说什么都没用了。”蒋炽却再一次冷冷地打断道。

这是时姜在公寓时对蒋炽说过的残忍的话，现在被对方原封不动送回来，她心里像被刀剜了一般难受。

然后，男人突然加了句：“况且，我也要结婚了。”

时姜顿时惊了。

她下意识猛地抬头，她想起以前蒋炽给她解释北依误会、亲口说出来的实情，眸里又惊又诧，立刻问道：“什么时候？和谁？”

蒋炽：“年后。”

他垂眸一看，轻飘飘地说：“和谁订的婚就和谁结。”

于是时姜更加惊愕了：“你不是说，说北依是，是……”

却只见对方抬眼冷笑着说：“时姜，我目前这样，和谁结婚有区别吗？”

这句话像柄锋利匕首一样，深深扎进她心里，瞬间鲜血淋漓。

她蓦地又哭出来了。

“蒋炽……”她快崩溃了一般小声呜咽着喊他的名字，“我……对不起……”

而男人如同被针扎了般迅速转过身，似乎不愿多看她这副模样一眼，声音背对着她过分平静而沉稳地传来：“你这副样子是什么意思？我难道需要你可怜？”

“对不起……对不起……”时姜没注意到他反应，只一边哭着，一边不住重复着说，“我只是想和你道歉，也道谢。”

情绪一旦撕破开宣泄的口子，许多压抑了很久、为了所谓面子没有说出来的话，也就很容易倾诉而出了。

她泪眼模糊地望着他浸泡在夜色中的背影，努力压着哽咽，表白来得突如其来：“蒋炽，我高中时真的很喜欢、很喜欢你。”

“我特别想和你在一起。”

“只是，我以为你嫌弃我，我以为你不要我，我以为你的家庭根本不愿意接纳我……”

庭院里流淌着如墨的寂静夜色，安详宁静，除了时姜止不住的抽噎声。

然而此刻，她若不是情绪波动过大，自顾不暇，哪怕稍微仔细去看，都会发现男人脊背都在微微颤抖。

他身侧的双拳皆紧紧攥起，手背上都暴出青筋，仿佛在极度隐忍克制着什么。

“你也说了，这都是你以为。”

片刻后，前方磁性而低沉的嗓音传来，续上她方才的话。

前头传来脚步，蒋炽突然转回，径直朝她走来。

他面容比之以前有些过于瘦削了，却显得五官更为立体。他目光幽幽笼罩着她，脚步于她半米前停住，说：“时姜，我最近无数次在想，我们当年究竟是因为什么分开的？”

“其实不是因为我爸，不是因为我们的家庭，而是，你根本不信任我。”

“你不相信我，不相信我为了你愿意违背、放弃一些东西。你太独立了，独立到谁也不相信。”

他这短短几句话说得过于冷静。

却又直击痛点，入木三分。

时姜不由自主地止了眼泪，恍恍惚惚地站在那儿仰头看着他，唇瓣颤了下：“我……”却什么也说不出来。

“当然，我也有错。”不知过了多久，蒋炽补充道，“我应该为我的家长对你的无礼羞辱而道歉，我恨了他很多年……”

他男人狭长深邃的眼眸里，瞳仁忽而幽深黑暗得可怕，如同可以吞噬一切的深渊，却又泛着一种说不上来的绝望和孤寂。

时姜从来没有过他这种神情和姿态，这叫她无由来地心慌。

可紧接着，她又感到迷茫了。

在过去的这么多年里，她从一定程度上一直认为，蒋炽父亲是拆散他俩的元凶。但此刻扪心自问，就算没有他的父亲，她内心深处只怕也是不会相信蒋炽竟愿意和她站在一边的。

他们之间的差距太悬殊了，每一次的对比，都让她感到他们二人的感情是站在钢丝上的，脆不可击，摇摇欲坠。

没有他父亲，也会有其他什么别的因素。

高考后没爆发，也可能会在后续时光中积攒爆发。

但现在，若叫她重新回顾过去的路，假如她知道自己有现在这般的能力，假如她知道对方的心意，那么她还会选择和蒋炽分开吗……

而几乎同一时刻，蒋炽竟与她想到了同一处。

他出声问：“所以，如果你知道当年是场误会呢？如果你知道我根本不愿意放手，如果你知道，我们如今见面竟是这样的一番场景……你还会选择远赴国外，整整十一年都不回来吗？”

时姜睫毛重重一颤，泪眼蒙眬地艰难看向他。

她想起当年。

她不是不愿相信蒋炽，对方一直以来都是一个有担当的人，她从未怀疑过。

——她只是不相信自己。

从小的生长环境，让她敏感、自卑、脆弱，甚至冷血。

她不相信蒋炽愿意坚定地和一无所有的自己在一起。

她就像一只蜗牛，外面稍微风吹草动，她就立刻缩回自己的壳子中去，将自己严密保护起来了。

蒋炽说恨她。

……确实该恨她。

当年意气风发的骄傲少年，在父亲的逼迫下不得不答应分开，眼睁睁看着心爱女孩儿被羞辱，并被迫答应对方条件……

现在想来，那就是生生折断他傲骨，把他狠狠往泥里踩。

可他没有办法。

他知道奶奶是时姜生命中最重要的人，为了救奶奶，他什么都不能说，不能做。

唯一的期盼就是时姜能等她一会儿。

只要她再多坚持一下，多相信他一点，结果就会翻天覆地不一样。

然而，她没有。

不仅没有，重新归来回国后，她对他做的一桩桩一件件，简直就像是在往他的心上插了一把又一把的刀……

时姜的眼泪再一次开始完全止不住地往下落。

哪怕她实在不想再在对方面前掉眼泪。

她拼命压着缓了很久很久，才硬将抽泣压下去，然后说：“……我会立刻来 A 市找你。”

她看着他，小声地、坚定地说：“我会拿着清大的录取通知书，和你一起去清大上学。”

我们会报考同一个院系，同一个专业，最好还分到同一个班里去。

我们会选择同样的课程，白天一起去课堂上听讲学习，一起沿着长长的学堂路骑车，一起去图书馆自习，一起并肩在学校紫操散步。

晚上站在女生宿舍楼下台阶前，青涩而紧张地接晚安吻，再依依不舍地告别，哪怕明明第二天一大早就能相见。

我们整天黏在一起，只要见面就要一直手牵着手，仿佛要将高中时的那段只能藏在暗处的情愫统统补回来。

我们会像世界上最幸福的情侣一样，谈一段完整的从校园到社会的恋爱，一起学习，一起努力。

或许会早早地结婚，各自拥有自己愿意奋斗终身的事业的同时，组建一个家庭，再生一个孩子，两个也可以，共同将他们抚养成人。

再在时光日复一日的流逝中，看着他们长大，我们变老。

……

而不是像现在这样，足足十一年岁月逝去，却还在人间蹉跎。

于是霎时间，能溺死人的沉默与寂静，在他们两人之间无限蔓延。

男人摸向衣兜间，似乎想抽根烟。可他以前分明从没有抽烟的习惯。

他整个人浸在浓稠黑夜中，轻声道：“晚了。一切都晚了啊。”

时姜虚虚盯着前方一小片地，未干的泪痕还挂在脸颊上，似是前路都没了方向。漫天飘落的白雪中，她感受到阵阵钝痛的心伤。

“时姜……”

她条件反射地抬起头，雪花落尽，铺盛满地白茫茫一片。

却只听见对方说。

“阴错阳差。我想，我们可能这辈子真的没有缘分。”

蒋炽重新回到屋子里。

屋子里暖气熏得热而干燥，温暖如春，和外面简直是两个世界。

他慢慢地躺回床上，旁边放置着一个电脑，屏幕上是监控画面，里面一共六个镜头角度，界面最大的赫然是门口那个。

他近日每天都在看这个。

此刻，蒋炽无言盯着里头那个埋头抱膝、将自己缩成小小一团的女人身影，盯了很久，然后摸上床头一包香烟，抽出点上，往唇边送了一根。

恰好这时谭裕凡给他接了水回房间，一见这场景，血压都快上来了。

“手术完这才几天你就抽烟？不想要命啦！”谭裕凡快速几步上前，立刻夺走他指尖烟头，“之前到底是谁告诉我的，尼古丁百害而无一利，只有懦夫才靠这个缓解压力……”

但还没训完就又觉得心疼。

眼前他这个兄弟，从小优秀到大的天之骄子，而最近短短一个月不到，抽烟酗酒，啥都学会了。

若不是还有工作需要他担着，他能把自己关进房间狠狠作践自己。

空中的缭绕烟雾还未散尽。

过了许久，蒋炽将电脑合上，放到一边。

他侧过视线，望着窗外，嗓音轻得如要散了的烟：“我看见她蹲在门口哭，我竟然有一瞬间，管她结没结婚，只想把她抢过来。”

谭裕凡瞪大眼：“兄弟你可是万人表率，咱可不能知法犯法啊！”

说完他就后悔了。

因为蒋炽低下头，用手掌捂住眼睛，脊背微微弓下。他喝酒喝得胃痛发作，最难受的那阵儿，都没有像他现在这么痛苦过。

“……我知道。”

男人嗓音极低极哑。

“可正是因为知道，所以我才更难受。”

谭裕凡一时间也不知道该说什么好了，半晌，才轻拍着他背安慰，长叹一声：“兄弟，保重自己。”

之后很长一段时间，时姜再也没有见过蒋炽。

第七章 交易

「蒋炽，
你究竟还喜欢我吗？」

时姜浑浑噩噩了相当长一段时间。

当然了，一个月的虚耗，对于一个遭受重大精神打击的人来说，按道理并不算长。只是在时姜过去习惯了争分夺秒的人生概念里，被认为是相当长的时间。

向来擅长自我剖析和分析人性的时姜，甚至都不知道自己在浑噩什么。

如今这样的结局，难道不是早在预料之中的吗？她究竟在隐隐期盼些什么？

或者说，这难道不正是她想要的吗？

回国之前，她就清楚知道自己和蒋炽没可能了。

只不过，结局不变，但过程和原因出了偏差。

过去长达十一年中，她以为是蒋炽放弃了她，这叫她愤懑、怨恨、激进、冷漠……她将自己打造成了一台冷血的机器，不择一切手段叫自己强大。

可如今，命运猝不及防地向她掀起了那些尘封在漫长年月中的秘密，原来，蒋炽表面“放弃”她是另有隐情，为了抢救她唯一的亲人，他不得不那样做。

时姜感到自己过去十几年的坚持统统成了笑话。

相反，立场顷刻间掉转，她成了恩将仇报、不识好歹的那个人。

蒋炽这么多年间承受的痛苦不比她少，可二人重逢之后，她却亲手给对方带来了加倍的痛苦。

这种颠覆性的认知，让时姜愧疚难受得几乎快要将自己撕成碎片了。

当然，最令她最难过的是，她什么都做不了。

正如蒋炽所言，事到如今，一切都晚了。

她什么资格都没有了……

日子一天一天在身边无声溜走。

这日，赤江科技公司会议室，时姜坐在首席皮座椅上，侧身呆呆地看着大屏幕，一高管正在唾沫横飞地激情汇报着。

约莫过了个十来分钟，大半个会议室里的人都察觉到时姜有些不对劲儿了。准确来说，他们时总最近都不太在状态。

“时总……”终于站在旁边的年轻秘书，被一帮猴精领导挤眉弄眼地示意半天，只好俯身过去，试探地小声提醒她。

时姜立刻回过神来，抬眼在幻灯片上定了两秒，“嗯”了声：“你刚才讲到我们无人驾驶团队研发环节已经基本完成，接下来该进入到产品测试了。”

她椅子转了九十度，侧过眼，视线在会议桌前所有人身上巡回一圈。

“然后呢？这一步是遇见什么问题了吗？”

高管们：“……”

这人刚才明明就没有在听，可她为啥竟然能说得一清二楚？！

就知道！不该去轻易挑衅他们仿佛拥有两套大脑处理系统的时总。

负责人连忙站起来，继续汇报工作进度。

还确实有点儿小问题——

论说，赤江公司的动作应该算业内最快的那波了。

短暂的年假休完，无人驾驶团队骨干人员就立刻回京，迅速投入研发测试的工作中，包括魏子源。

当得知魏子源这位卷王之王，只除夕和大年初一在家里待了两天，随后就基本住在公司没日没夜赶进度后，时姜钦佩之余，不禁为自己的颓废而生出些惭愧。

大家都在为公司发展而努力工作时，自己却沉溺儿女情长，实在是太不应该了。

正好为了不让自己胡思乱想，她决定陪其一块儿卷。

年后一个月，无人驾驶底层系统终于完成搭建。

接下来，就是往其架构上添加组件模块，或者开发一些个性化的应用。

当然，正如那位负责人汇报的那样，这里面极关键的一环，就是要进行实地测试。毕竟新品牌汽车上市前，是需要出具包括最长行驶公里、新能源电池循环寿命等一系列指标的性能测试报告的。

这其实是蛮让人头疼的一个环节。

原因无他，该步骤需要大量时间铺垫。而在竞争对手云集、争分夺秒抢占市场的眼下，时间无疑是最宝贵的，谁落后一步就失了先机。

时姜问魏子源："魏老师，其他公司进度都怎么样？"

魏子源："每家都跟捂宝贝一样捂得紧，但多少还是能打听到一些风声……"他压低嗓音，"目前我们开发速度应该是领先的。"

时姜轻轻放下手中咖啡杯："开发只是第一步，随后还有测试、宣传、运营等等，无一不是变数。"

魏子源和她从 M 大起就是一个实验室的默契老搭档，当然明白她的担忧。

他缓慢点头说："质检测试确实麻烦。成车今年必须上市，一台汽车最长能开十几年，我们也根本不可能拿一批样本马不停蹄地跑够时间。"

时姜心里突地跳了一下，转眸："什么意思？"

魏子源赶紧摆手："你别这样看着我。但当前事实情况确实是，在时间如此紧迫的眼下，每家无人驾驶公司都不可能给你老老实实测试走完。"他摸摸下巴，若有所指地说，"所以啊，这里面可操作的空间就多了。"

沉吟片刻，时姜眉头丝毫没有舒展开。

半晌她才道："在尽可能抢占先机的情况下，还是之前说的那个要求，最大限度上保证安全第一。"

魏子源应了好，然后瞧着她神色，安慰道："Jocelyn，丰蓝愿意和我们合作，自然是相信我们的实力。你不用过度担心。"

可时姜不知道为什么，或许是女人的第六直觉，总莫名有些不安。

片刻，她缓缓点了点头。

此时早已散会了，时姜刚才还思路清晰地分析工作，却转眼又陷入到一种淡淡的失魂落魄当中。片刻后，她注意到魏子源还没走，勉强打起精神，笑着问他："魏老师不赶紧去吃饭吗？"

目前偌大会议室里只剩他们两个人了。

魏子源略担心地看着她，半天才犹豫地说："Jocelyn，你最近瞧上去精神非常不好，这么多年来，我还从没有见过你这个样子。是发生什么事了吗？”

时姜顷刻间怔住。

她心里有事就这么明显吗，还以为自己掩饰得很好。

她下意识说：“啊？没有。怎么会……”

说完却意识到，她否认得太快了，而这种速度本就不正常。

于是，只见魏子源朝她挤挤眼睛：“你别忘了，我当年在 M 大可是心理学辅修满绩点的人。”

接下来，无可避免地陷入到一种略微尴尬的寂静。

顿了很久，时姜终于微塌下肩头，她恍惚盯着桌面，不自觉就将心里事给招出来了。

“魏老师，你觉得……蒋炽那个人，怎么样？”

魏子源挑起眉，似是很意外。

那表情看得时姜几乎后悔说出来了，差点儿想落荒而逃。

还好魏子源立刻开始认真回答，没有叫她难堪。

“总的来说，非常有能力，办事干净利索，沉稳镇定，栋梁之才，思想也不迂腐。他能走到今天这个位置，确实称得上人中龙凤。”

魏子源也是心高气傲一路顺畅的高级人才，不会轻易夸人，却在和蒋炽打了几次交道后，对其的这番话可谓是高度评价了。

而时姜眼前飘忽地听着对方如此赞许蒋炽，心里更是涌动着说不上来的滋味。

“怎么了啊？”魏子源好奇凑来，“你问他干吗？”

时姜连忙调整状态，让自己笑了下，努力装作寻常无事：“我这不是想着，公司去 B 市已经建立分公司有一阵子了吗，想看看那边领导意向如何，今后宏观政策怎样，考虑还要不要和那边科技园签份长年限的合同。”

她还是打算不说出她和蒋炽的那些纠葛了。

终究是没结果，何必再重提。

所幸魏子源没有执着于继续追问。

这位天真的科研工作者，一听要签长约，又连忙风风火火地跑去研究合同去了。

时间很快又过去了三个月。

这段日子里，时姜忙得根本没有时间让她去胡乱思量了，整个公司上下都进入紧锣密鼓的状态。

监管领导豪迈地大手一挥，“唰唰”在检测报告上签字：“你们第一批投入试运营的嘛！是积极响应发展政策，给我们开拓未来的企业，群众都会对你们宽容些的。”

“况且，丰蓝百年老品牌，我爷爷那阵都有这牌子，民众信任度非常高……”

时姜默默心想，以前是人开，现在是完全交给机器开，还是不一样的。

但她还没蠢到能在节骨眼儿的大庭广众之下，说出这种损坏己方利益的话，只淡淡笑着，然后异常熟练地和对方攀谈。

大概样貌长得好看就是会好行事些，一时间气氛竟还相谈甚欢。

时姜带着秘书从办公室走出来时，心情有些复杂。

走了几步，她低声嘱咐助手：“通行令是拿到了，但我们的产品测试一刻也不能停，必须继续进行下去。”

“你记得转告魏老师，让他叮嘱大家，务必反复检验，在两个月后的试运营中，一丝一毫的岔子都不能出。”

旁边初入职场、样貌尚青涩的青年边认真听边拿平板电脑记着要点，连连点头。

说到这个试运营，时姜就忍不住头疼。

因为，毕竟无人驾驶是个尚在探索中的新领域，A 市是政治中心，近年也在将部分产业外迁，A 市政府不会批准这个项目。

而 B 市定位正好就是新兴科技发展带，正是要激励无人驾驶这类前沿科技产物，政府反而会大肆鼓励。

因此，成车试运营最好的场地还只能是 B 市。

可她现在，对于去那个出差过无数次的城市，竟有些怯了。

不是说她不愿看到对方，她只是……非常想见蒋炽。

却又害怕见到他。

于是时姜前一秒人还在嘱咐助手，后一秒却生生话头停住了。

直到对方都发现她神情不对，小心地提醒道：“时总？”

自从刻意躲避盛行渊之后，没人能使唤，公司人事特意给她面试了个应届生当助手。小伙子参加工作没多久，还没摸清这位上司的脾气，见时姜久久不语，以为是自己做错了事，呆举着平板电脑，略微局促地小声问道：“时总，那去 B 市的机票还给您订吗？”

时姜猛然回神。

她没太注意到对方情绪，强迫自己将工作和私情分开就已经用了她大部分精力。而眼下赶鸭子上架，既然不得不去，她笑了笑："订。"

"这事务必重视，统计团队核心人员信息，到时候我们包机过去吧。"

相比于 A 市的安全稳定为首，B 市政府鼓励科技创新，专门给自动驾驶的企业们划出若干的封闭公路段，作为试运营场地。

赤江凭借敏锐的嗅觉和极快的反应速度，迅速占领了较好路段。

说是两个月后才正式首日试运营，但赤江的无人驾驶事业群提早一个月就到达了 B 市，开始各种准备和调试。

时姜自然也整个人都扑在了这上面。

期间，当然有不得不和蒋炽打交道的地方，诸如好几次企业家论坛，或是上级领导参观视察软件园区的时候，时姜会无可避免地和蒋炽碰上。

男人依旧高瘦而挺拔，无论是西装革履，还是低调的夹克休闲装，周身散发着冷冽禁欲的气息，只是，更加显得沉默寡言。

时姜不敢坐到前排，便缩在人群后面远远望着他，然后总忍不住在想，蒋炽瞧上去这么高冷一个人，却意外地总能得到孩子和老人们的喜爱；又是分明模样这么金贵一个人，下乡时却能毫不违和地去田里插秧，说他做戏也不可能，不然也难获得群众的一致好评。

只是，她同对方再已没有了交集。

便是哪怕同在一个房间，互相听着嘉宾报幕中对方的名字，那人视线也只是淡淡扫过来，甚至连和她相交的时间都没有。

时姜心里不禁酸涩。

也不知道他胃病恢复得怎么样。

转眼间试运营前的最后一个月结束了。

此时 B 市已经步入夏季。

首日试运营经过数月紧锣密鼓的筹备，终于要正式上阵了。头一晚，赤江团队忙着给试验成车贴装饰，之前忙着搞技术搞测试，这个排面竟然没有搞起来。

大家都起哄时姜，让她这个创始人来将公司 Logo（标志）贴上去。

魏子源兴致勃勃递给她时，时姜还有些好笑，冲他低声说："我其实一向运气很差的。"

魏子源笑哈哈道："要是你运气都差的话，公司业务能这么成功？咱们要的就是借你手图个喜气！”

其他人都闹哄哄地喊赞同。

时姜只好照办。

贴完后，公司宣传部那边闪光灯噼里啪啦一顿亮，红绸在车前展开挂上，预祝明日一切顺利。

众人正在试运营公路边热闹，这时，不远处一小队人走过来了。

远远瞅着竟像是商会那边的人。

直到那个熟悉身影在几人簇拥下走近，那张英俊的面庞，自夜色里清晰显现浮出。刚一入目，就叫时姜心里轻微跳动了一下。

而对方似是只是巡查，似乎也没想到他们这么晚了还在准备。

蒋炽的秘书和时姜见过很多次，已经很熟悉了，立刻跑来小声对她说明来意：“领导重视我们明天这边的试点运营，开会结束了还惦记着，所以过来看看。”

时姜连和那边男人对视的勇气都没有，只侧过身，非常官方地笑道：“那可太荣幸了！欢迎指导。”

长长一车队，橘色路灯下静静排列着。

蒋炽长身静立，望了会儿，率先抬步就朝队尾走去。

时姜估摸着他这一时半会儿参观不完，暗中示意魏子源，先领大家回去休息，这里她带人伺候着就行。

众人渐次离开，喧嚣很快散去。

开发新区的夜风缓慢流淌而过，寂静清朗。

时姜走到前方，她亲自上阵，带着蒋炽一队人边看边讲解。

不知不觉，他们已走过一整条马路，来到车队的队尾。可时姜看对方竟然没有想结束的意思，她忖了忖，笑着问道：“您想上车看看吗？”

男人视线始终落在车上，此时闻言无声看她一眼，点头：“好。”

于是时姜便利索用指纹解了锁，车门颇有科技感地自动抬起，待二人坐进主副驾驶，门又缓缓关闭，将秘书等人隔在车外。

显示屏忽地全部亮了起来，发出幽蓝的光。

时姜全程无手动操作，语音输入了目的地，车子便缓缓自行启动出发。

自动驾驶就是全程不用操什么开车的心，方向盘也没有用了，任由机器去控制着跑。可和对方独处在这个封闭的空间，时姜反而紧张了起来。

她发出指令，车窗开了一条缝，微凉空气给她大脑降了些温。

不想尴尬，便主动起话，她半开玩笑道：“这试运营还没通过呢，您倒是相信我，敢坐我的车。”

停顿了会儿，和她不到一臂距离的男人静静目视前方，嗓音略沉：“我如果都不相信，明天如何让 B 市人民相信？”

时姜弯了弯唇，利索夸道：“领导就是领导，格局一下子拔高了。”

而她这拍马屁似乎没拍到地方，蒋炽并没有接话。

沉默再次开始蔓延。

离目的地还得个五六分钟，时姜看向窗外夜景，轻轻长吐出口气，整个人卸下情绪来，不想装了。

她抬手揉了揉自己太阳穴，再转头，试探地问道：“你……是有什么想说的吗？”

于是终于，男人也转过面来，深邃眸光默默笼罩着她。

他看了很久很久，才启唇：“我外公病重，医生说时日不多了，他心愿是想看我成家。”

他轻声喊她的名字，又似是想将她的所有反应都收归眼中：“时姜，我下周末在 B 市举办婚礼，你想来吗？”

尖锐指甲倏地嵌入手掌心的肉里。

时姜几乎是拼尽全力在维持神色照常，可心脏处还是控制不住狠狠抽搐了几下。

她不知道蒋炽特意跑来和她说这话是什么意思，难道是想让自己恭喜他吗？

而最后再压抑和伪装，却怎么可能表现得若无其事。

时姜立刻叫停车子，彻底打开车窗，转头看向外面江景。

此刻行驶至横江大桥上，风带来水面波浪潮意，她深深吸了一口气：“蒋炽，我们就一定要走到这一步吗？”

声音轻而略哑，伴有几不可察的颤意。

对方依旧静静看着她。

“时姜……”

他眼中墨黑光泽微动，仿若包含着千言万语的不可说。

异常煎熬了几分钟，这时，他二人中间突兀响起的手机来电，打断了这令人窒息的气氛。

蒋炽拿起接通，传来秘书有些焦急的声音，他紧张道：“领导，您和时教授的车咋突然停桥中间不走了呢？是出什么故障了吗？”

"没有。"男人垂下眼睑，"我们说些话。"

秘书："那就好，那就好！时间也不早了，您快回来吧。"

通话挂断，车子又缓慢掉头，原路返回。

临到达原点，前方一大堆等待的工作人员们越来越近，时姜深吸一口气："蒋炽，先祝我明天顺利吧。"

她迅速调整好状态，只是笑容依然有些苍白，车门缓缓抬起："毕竟如果出了什么岔子，都不会是你我想看到的。"说完头也没敢回地下车匆匆离开了。

还引得秘书同志探头探脑地频频朝她背影张望。

这两个人刚才在车里是聊什么了？

怎么气氛这么不对？

但看他们领导一直若有所思地沉默着，他也不敢多问。

时姜回到酒店，快速洗漱完毕，就躺上床。

她今天已经很累了，并且明天将迎来重头戏，理智告诉她应该赶紧休息补充精神，但结果是她在床上辗转反侧到凌晨两三点，都没能睡着。

黑暗中她大睁着眼，在夜晚这个多愁善感的时间段，她隐约悟到了歌词中说的那样，原来，爱与恨真的是只有一线之隔。

她寻思着，蒋炽那人一定是恨透了自己，才会专门挑这个节骨眼儿，特地来邀请她参加婚礼。

晚一天说他是会损失五百万还是怎么的？

这分明是报复吧……不，绝对就是报复，报复她上次在两个人都快上床了的当口儿，才说出自己已经结婚这件事。

蒋炽当日应该是被气到不行，于是如今，对她来了个以其人之道，还治其人之身。

按照这个思路来看，蒋炽这个人还真是小心眼儿得不行。

时姜越想越心烦意乱，又翻腾半小时后，她深觉这样不是办法。

想了想，干脆爬起来打开台灯，掏出比论文还枯燥几倍的公司财报，靠在床头从头开始翻看。

这才成功地困意泛上来，终于如愿睡了过去。

第二天一早，时姜提前到达户外现场，公司的工作人员们早已经开始准备了，众人打起精神来，一遍又一遍地临行检查。

其实时姜并不需要做太多事，她主要起个镇场子的精神领袖的作用。

她身处现场，顿时被四周热烈的气氛感染了，暂时忘却昨日的阴霾，心情也不由得激昂起来。

这是极其热闹隆重的一天。

无数家媒体到得比他们还早，正在启动仪式的偌大主题板前方架满了大块头的摄影机，不少记者沿着公路段进行预热报道，空中还有来回巡逻的无人机队。

电视台记者们已经开始他们的工作——

“赤江和丰蓝联手打造的无人驾驶商用车，今日正式投运。这是国内首例成熟的商业化无人驾驶车辆运营，意味着国内自动驾驶的场景逐步扩大，市民出行方式将产生重大改变……”

B市一向被誉为态度开放的高新科技荟萃的城市，此次活动的一个亮点就是，邀请了不少科技大V进入内场，来进行近距离的直播。

于是沿路可见很多活跃在各大平台的公知博主们，正纷纷激情洋溢地在直播间讲解和互动——

“有专家预测，到2045年，市面上生产的90%以上的汽车，都将变成全自动驾驶汽车。赤江作为一个生于M国，但拥有国内基因的高科技公司，这次和百年品牌丰蓝合作，又会有怎样的表现呢……”

热火朝天的现场，时姜在休息区等候，旁边魏子源单臂搭在椅背上，扭身坐那儿远远朝现场望了一阵子，转头问时姜：“Jocelyn，怎么样，待会儿你要上场了，紧张吗？”

时姜昨晚没睡好，其实还是有些困的，此刻正猛灌咖啡。

听见对方问她，笑了笑，说：“再过十几分钟就得检验成果，我现在紧张也没用。况且，已经反复检测无数遍了，我相信我们的团队。”

魏子源也笑了：“也是，能出什么岔子，肯定会顺利的。”

说着魏子源瞧了瞧她：“你应该穿得更正式一些来的。待会儿媒体肯定要采访你。”

时姜今日出门前还特意纠结了一番该穿什么，最终，套着赤江文化衫来了。她哭笑不得：“我司文化衫还不够正式吗？”

魏子源摸摸下巴，回忆了一番：“去年来B市开学术会议那次，你穿的那条礼服裙就不错。”

时姜微怔。

当年那裙子是盛行渊硬塞给她的，若是让她自己准备，才不会那么大费周折。

她失笑道：“我又不是明星，搞得花里胡哨，反而看起来不像好好办企业的。”

魏子源：“这可不一定。你现在是我们公司的一面活招牌，三天二头上热搜，运营总监说你一个人给我们省了一大笔广告费。所以啊，你尽管倒腾，网上除了事业粉之外，还有不少人是你的颜粉。”

“是吗？”时姜感到神奇，忍不住笑了，“那下次吧。”

想到这里，她还颇为感慨。

自年后就没见过盛行渊了，毕竟是她教师生涯中的第一个学生，虽然他俩之间没师生缘分，但多少还是有些特殊感情在的。

也不知道这小伙子最近怎样。

而谁知，她这边念头刚起，转眼就望见另一边，不远处在闪光灯的轮番轰炸下，一个身穿正装的青年，由保镖护送着，正走过红毯继而大步往休息区这边来。

仔细一瞧，可不就是许久不见的盛行渊。

还真是说曹操，曹操到。

小伙子单手插西装裤兜里往前走，那么多家媒体喊着他的名字要给个特写，而这人一家都没理，全程目不斜视连个眼神都没给过。那模样拽得很。

但他似乎是瘦了些，脸部棱角都出来了。

不过这次倒是没穿戴些乱七八糟的奇装异服，把自己往精致利落的角度收拾收拾，西装往身上一套，竟还人模狗样的。

对方应该还没看见她，但时姜仍是心里一突。

她虽刚才挂念着盛行渊，可是并没有和他打照面的打算。

他爸盛董事长此番投了不少钱，这种重大活动，他们家有人出场，也是正常情况。

但马上就要上场了，时姜怕临时生出事端，连忙转过身来，和魏子源使眼色。

魏子源自然也看到了盛行渊，明白时姜意图，侧身起身掩住她身影。

二人朝相反方向走去。

再有什么天大的要对付的事，也等她主持完此次试运营再说吧。

前段时间策划时，团队决定由她这个创始人亲自坐上首辆智能车。

时姜觉得这个方案不错。

既显诚意和对自家产品的充分自信，又在一定程度上制造了噱头，便欣然同意。

时间差不多了，她来到昨晚演习过好几遍的运营路段旁，俯身坐入主驾驶位。

为了防止突发事件发生，副驾驶也配备有一位保障员全程候着，遇到险情时会第一时间控制车辆。

车队缓缓依次启动，各个车辆分路线行走，按照将来要正式运营的公交路线，在测试公路上前行。

周围一大圈媒体追着她这辆头车跑，前后高举镜头跟随。

在试运营之前，丰蓝和赤江联合宣发时声称，产品的智能程度和安全程度，能够实现相当安全的自动避障。

人作为司机时会因疲劳、走神、酒驾、视角盲区等各种因素而发生交通事故，但机器不会，从而将事故概率大大降低。

于是有些胆大的直播博主，直接举着直播设备就横穿马路了。

在引起直播间一片热烈而疯狂的弹幕后，不少媒体纷纷开始效仿，甚至有人还专门朝车子前方冲，玩得不亦乐乎。

时姜刚开始被吓一跳，但再多来几个人后，她也就习惯了。

因为汽车的全套设计已经相当完备和强大了，这种场景下，它根本就撞不上那人，离十万八千里就停住了。

然后等对方走开后，再慢慢启动，严格遵守交规，非常安全。

首日运营流程很快结束。

所有车辆按预定顺序归位，返回到出发的位置，一切完美收官。

时姜微微放松靠在主驾驶座椅里，看见在终点朝她兴奋招手的魏子源，隔着玻璃，冲他回了个手势。

任务圆满完成，她心里也松了口气。

同安全员打了招呼，后续交给对方处理后，她便下了车。

只见马路边上还有个博主在恋恋不舍：“好可惜啊，还没玩够呢！以后正式投入运营时，还能像今天这样挑衅它吗？”

直播间密密麻麻一片开始刷屏——

“不，你会被交警叔叔带走！”

时姜笑了笑，正准备去接受媒体采访。

而这时，她突然注意到车子斜前方十几步之处，有两个人正在聊天。竟是蒋炽和刚才看见的盛行渊。

说是聊天并不准确，因为这西装革履、备受全场关注的二人，此时脸色皆黑得可怕。

蒋炽还算镇定，而盛行渊几乎快到剑拔弩张的地步了。

她知道这两人今天都会出现在现场。但是，他们俩是怎么碰到一起去的？还碰了个大黑脸？

时姜眼皮突地一跳，顿觉不妙。

这正众目睽睽着呢，举着相机的媒体可都在旁边随时待命，这两个人要是起了冲突，那场面可太难看了。

别是明天赤江的新闻还没来得及报道，他俩先冲上热搜了。

时姜下意识就加快步伐往那边走。

两个人大概是对峙得太投入了，竟皆没能第一时间注意到她。

然而，刚到跟前，还没说话，她却突然感到背后一大股势能朝此处急速靠近。

她稍一侧头，立刻瞳孔骤缩。

刚刚她下来的那辆车，竟然直冲三人方向驶来。

她万万没想到，刚才坐过的车，竟能给来这么一出！

而她连惊呆的机会都没有。

周围也没有任何能帮助的人和物。

因为事发异常突然，仅仅在极短的一两秒之间，根本没有给他们反应的时间。

就在这千钧一发，时姜猛地用力推开盛行渊。

其实，她也不知道自己为什么会做出这样的举动，明明蒋炽也在旁边。但动作快于脑子，她自身都给不出来原因，就直接那样做了。

但是，这样的话，她自己是根本避不过了。

迅速逼近的车头近在咫尺。

而下一瞬，她身体突然被人揽过。然后猛然一个侧身，眼前视野陡然转向旁边，是身后之人将她以最快速度转到了另一个方向。

眼前打晃大脑发晕，她没看到车子最终驶向了哪里，却清晰听见背后男人沉重一声闷哼。

时姜眼眸骤然睁大。

对方本来是手臂从背后揽住她腰，一副将她护在怀里的模样。

而接下来，短短几秒之后，这人却像有些撑不住似的，向前俯身，将身体大半重量都卸在了她的身上。

一时间，时姜呼吸都快停止了。

她控制不住地艰难转头，却没能立刻看到对方表情，只能声音微颤着唤他："蒋炽……"

而对方在她肩头的手掌用力收紧了下，制止的意图很明显。

时姜立刻闭了嘴。

然后，蒋炽很快与她分开了些，尝试缓缓直起身，只不过，他似是真的使不上劲儿，手掌搭在她手臂上。

"站稳。扶住我。"

他嗓音很沉却又很轻，用只有他两个人能听到的音量，甚至说得有些困难，但非常冷静，坚定得让人不由自主想去听从他。

于是，时姜在还没有明白其意图的情况下，就很神奇地立即照做了。

而走了几步，她就顿时反应过来。

是了，刚才被蒋炽的伤势冲昏头脑，整个人慌了神，但其实，越是在这种关头，越是要不动声色。绝对不能叫人看出来任何纰漏，尤其是在媒体镜头面前。

她收起自己所有的情绪，挺直腰背，配合蒋炽装作若无其事，稳稳扶着他往休息区走。

她已经在极力控制自己了，可还是心惊肉跳。

尤其蒋炽紧紧攥握住她小臂的地方，透过来的满掌心的冷汗，让她每一步行走，都几乎像是踩在锋利刀刃上。

另一边，那辆失控汽车在冲过马路一小段的地方很快停住。

副驾驶上的保障员拉死了手刹，将汽车程序彻底断开，几乎是跌跌撞撞地跑过来。他说话都结巴了："时……时总，我以为结束了，没注意，谁知道它，它突然自己启动了……"

时姜蓦地抬眼，目光如针般向他看去。

对方眼神一颤，迅速闭了嘴。

"去吧，将车开回原位。"她淡淡吩咐道。

这名员工立刻照做。

缓了一缓，媒体如潮水上岸般，朝他们这里汹涌扑来了，越来越逼近。

时姜哪怕再镇定，但压力眼看要给到眼前，她还是突然有些紧张。

蒋炽察觉到她的反应，抬眼看着急匆匆领人过来的秘书的方向，垂下眸，哑声示意：“没事，可以走快些。”

时姜心脏都是被攥紧的。

她暗中咬咬牙，加快了步伐。

变故只在一瞬间。

本来应该欢天喜地庆祝的事情，眨眼间，却天翻地覆。

后来，哪怕市政警方立刻出动，帮他们拦下了媒体围堵，时姜也清楚地知道，局势至此，回天乏术，自己已经改变不了什么了。

赤江高层召开紧急会议。

时姜坐在酒店会议室，和远在A市都得知变故后火急火燎的董事会连线。然而连上之后，整个会议室都异常压抑。

众人明显都有很多话想说，却没人敢迈出这第一步。

过了很久，时姜终究要起这个头。她靠坐椅子中，问：“这次突发事故的原因，查出来了吗？”

技术总监“砰”地站起，神情焦急，赶紧解释说：“这次不是我们程序架构的问题，而是……”他难堪道，“那辆车遭到网络攻击了。”

魏子源：“网络攻击？”

对方点头：“对。我们整个车队，都是通过局域网传递信息的，事后我们去仔细查看了车载日志，进行攻击溯源，才发现，原来竟然是有伙黑客组织入侵了网关，对车队发出突然加速的指令，因此……”

因此，那辆车就失控了。

时姜静静看向他：“在研发阶段，我们强调最多的就是安全问题。”

技术总监模样也愧疚到了极点：“时总，我们确实照您所言，请了国内最好的安全厂商，他们提供了当前市面上最完备、最前沿的安全防护方案，却没想到……”

他黯然低头：“是我们部门的问题，我难辞其咎。”一副立刻就要引咎辞职的模样。

可是，现在追责已没有用处，只有快速解决问题，制定出应对方案，最大限度挽回公司损失，才是上策。

会议室又重新陷入一片死水般的寂静。

没人敢说话。

魏子源突然问：“会不会是对家攻击的？”

时姜摇了摇头：“不会。我们一家黄了，今后政策受阻，他们自己业务板块也不会好过。除非蠢到极致，否则不会做出这种杀敌一千自损八百的事情来。”

魏子源继续若有所思了会儿，又提出自己的疑问：“Jocelyn，技术这块我是基本全程跟着的，比较清楚。讲道理，国内最好的安全防御技术也阻止不了这场攻击，对方竟然一次成功，且极为精准，可见网络攻防水平比我们高了不止一个档次。”

“这太可怕了，绝对不是一次偶然的事故，更像是……蓄谋已久。”

“而全球范围内，能拥有这种实力的……”

说到这儿，他话音突然顿住。

时姜正疲惫地揉着额侧太阳穴，几乎同一时间，动作也忽地停下，皱起眉看向对方：“你的意思是……”

而话还没说完，她的神色就蓦地沉了下来。

魏子源的分析给她了一些启发。

电光石火间，突然想到什么。

虽然还不能确定，也没有证据，但她心中涌出一股极其强烈的预感。

魏子源瞧她神情，赶紧让散会，差遣众人离开会议室，又暂停线上的董事会议程，几步走到她跟前，惊道：“难道真的是他？！”

时姜缓缓闭上眼，没有说话。

而这种预感在没两天之后就得到了证实。

远在大洋彼岸，那个传说中从来不在公众场合露面的怪异天才，竟然在自家公司的社交平台上破天荒发布了头一条动态。

却仅仅只有一个单词。

“Narrowly.（毫厘之差。）”

配图是一个摊手耸肩、颇为惋惜的表情。

当魏子源给她看这条动态时，时姜刚得知其意，就“轰”地脊柱发麻，感觉几乎浑身的汗毛和头发都倒竖了起来。

毫厘之差，只差一点儿了。

能差什么？

时姜补全了整句。只差一点儿就撞上了，就成功了。

魏子源也是满目震惊，低声喃喃道：“他太猖狂了……难道就没有人能制得住他了吗……”

他一转头，急切看向时姜：“Jocelyn，我们要寻求警方力量介入！”

而时姜由最开始的寒意过后，此时已经镇静下来许多了。

她眼睑微垂，神情有些模糊，沉默了许久，说：“……没用的。”

“我们手头没有证据。”

魏子源：“可是，你刚才不是说……”

时姜：“对，我以前通过他与其他人的对话，隐约推断出他极大可能与北美、东南亚等地的 APT（高级持续性威胁）组织有着暧昧不清的关系。但我也只是推断，不能作为证据。”

“况且，就算能指证他，但是你看，这么多地缘性黑客组织，每日攻击百万千万次，警方对他有办法吗？一旦涉及跨国跨境跨政权，事情就会变得阻碍重重。”

“所以，我们拿什么当证据？总不能是他那条没头没尾的个人动态。”

魏子源：“可是……”

时姜接过话头：“还有不少以政治动机为目的的黑客组织，比如活跃于东亚的拉撒路，就被认为有政府背景支持。照我看，歌西亚此次行为，不见得就是单纯个人行为。”

“这种情况下，只怕我们也不能随意行动，不能随便控告，以免引起国际上的重大舆论问题。毕竟一不小心，就会上升到国家博弈层面。”

时姜陈述至此，已经是神色沉重。

“这件事，我当然会报警。准确地说，事发当日，我已经让人全力配合 B 市警方开展调查了，只怕……”

只怕，作用并不大。

魏子源由原先的急切，变成此刻彻底哑口无言了。

他有些沮丧，因为他十分清楚，时姜说的都是实话。撞上这种事，大概率就只能自认倒霉，叫苦都没地方说去。

“歌西亚这个人真是太可怕了。你回国后，他那边也没有再联系，我以为，你们之间就算再纠缠不断，也该慢慢变淡了。可谁知，他原来是在这个地方等着。”

“为了今日攻击成功，他筹划了多久？该不会从你刚回国的那天起，就开始准备了吧？”

时姜静默两瞬，摇了摇头，心想按照对其了解，可能还会再早一些。

但她依旧只是直觉，没有实证。

她感到十分疲惫，忍不住捏着眉心，没有正面回答：“蛰伏许久不动，动则一击必中，这可不就是他的风格？”

无论如何，此时此刻，国内外媒体因为歌西亚这一条不明不白的社媒动态，集体陷入了狂欢。

无他，就因为这个人非常神秘，他掌握着庞大的商业帝国，网络上却很少有人讨论他个人私事的，就算有也会很快被删干净。

据说是他不喜欢被人暴露在人前，这可能和他以往资深黑客的身份有关。

于是，在他破天荒发布的那条动态中，头像中那个自拍，虽然只是在一间昏暗屋子里的一个侧脸剪影，但他天使般的面庞很具有欺骗性，眼神澄澈又无辜，顿时收割了国内外无数少女心。

甚至很快有热搜冲上榜单是万人血书求他进军好莱坞。

这个人是极客中的王者。

庞大的商业帝国之下，他还掌握着全球最大的 APT 黑客组织，拥有相当复杂的自定义攻击框架和丰富的漏洞攻击资源。

但这件事几乎没人知道，就算知道了，也没有证据。

毕竟说出去也根本没人听。谁会相信，明明已取得巨大成功，还要冒风险去鼓捣这种事情呢？

可时姜非常清楚，歌西亚的个人价值评定，向来和世俗是相悖的。

魏子源看了她会儿，犹豫地问："你和他……离婚官司进展如何？"

这个尖锐问题一被提及，时姜感到更头疼了。

她缓缓摇头："他的律师一直拒绝接收传单，并试图将问题降低到家庭关系不和睦层面。他的继父是大法官，本就好操作，加上他那一方若是不同意，我就没有办法。"

说完，此刻魏子源看向她的眼神，都可谓怜爱了。

时姜有些好笑，叫他不必这个样子："总归现在是分开了。法律上的流程，可以慢慢走，其他的事情，再慢慢处理。"

魏子源点头，站起去给她接了一杯水。

时姜道谢，又平复了一会儿心情，抬起头，勉强朝对方笑了下："抱歉啊，连累到公司了。"

她这位从 M 大一起走过来的合作伙伴，也是挚友，此刻怜惜地看着她："Jocelyn，你不必这样。我们在 M 国公司濒临被收购那阵儿，不是也挺过来了吗？"

他安慰她道："会好的，别怕。一切都会好的。"

虽这么说，可赤江科技公司市值还是断崖式地下跌。

既然有危险，政策上便不会支持。

既然政策不支持，资本便不会愿意涌入。

公众恐慌，媒体铺天盖地报道，甚至掀起一轮讨论，无人技术对社会发展究竟是利多还是弊多。赤江技术是做到了全球范围内 SOTA 水平，但就算是 99.99% 的准确率，依旧是会发生 0.01% 的事故，那么这部分责任，将由谁承担等等诸如此类，社会舆论一片混战。

赤江从风光无限的独角兽企业，一时间变成业内毒瘤，人人喊打的过街老鼠。

无数业内人士痛骂，赤江汽车在试运营将结束的最后这一冲，生生让国内无人驾驶发展进程，至少停滞十年。

时姜很快回到 A 市。

公司事务像雪花片一样袭来，一件比一件紧急，疯狂地将她吞没。

赤江会就此消失在时代浪潮之中吗？

她不知道。

整个董事会也没人能给出答案。

她只能没日没夜地处理着，公关着。

除此之外，还有一件事情，如沉甸甸的秤砣坠在她心间。

那就是蒋炽的伤势。

她很确定蒋炽受伤了，当日离开运营场地后，秘书把他接走后，他们就再也没见过。新闻上寻不到一丝消息，虽然这种事情确实捂得严密，不可能会被报道出来。

但她通过各种方式都和蒋炽联系不上。

还有，他当日和盛行渊到底在争执什么？这些都如乌云般笼罩在她心间。

足足两个星期后，她才终于和蒋炽的秘书打通电话，而好不容易接通了，对方却一直吞吞吐吐欲言又止，像在遮掩什么。

时姜心急火燎问了好多句，电话那头才叹了声："时教授，我们领导他没事儿。"

"他也托我提醒你，现在时期比较敏感，时教授先处理好你们自己的事情比较重要。他有空了会去拜访您的。"

直到电话挂断很久了，时姜还空举着手机，直愣愣地坐在原处。

对方说得对，就算告诉了她医院地址，眼下她也根本不具备条件去看望蒋炽。她脱不开身，也不宜再生事端，现在无数双眼睛正密不透风盯着她。

她知道，从理智出发她现在应该赶紧去公关，但从感情上……他说没事儿，怎么可能没事儿，而这种隐瞒和遮掩，让她整个人仿佛被浸泡在一种深深的无力感之中，烧得五脏六腑都是疼的。

她摸了摸脸，手指间竟沾上了湿乎乎的微凉水意。

时姜有些慌促了，"嗖"地站起，巨大的无措和茫然将她丝丝缕缕包裹。而可能是站起来得太猛，也或许是她已经连续很多天没有好好休息了，竟一下子头晕目眩的。

她扶着桌面缓了会儿，走去卫生间，试图用凉水让自己冷静冷静。而对着镜子一抬眼，只见里面映出的那张精致漂亮的脸，此刻每一处都写着四个字——

狼狈不堪。

时姜恍惚看着镜中人，想着此刻如一块石头坠在她心头的那个人，忽然间，眼泪无声地滑落出来，一滴一滴，越淌越多……

哭完后，洗把脸，她封闭起自己所有情绪，继续去开会。

一个月后，令时姜万万没想到和猝不及防的是，蒋炽突然有一天出现在她的面前。

这时已是大半夜，她正在办公室加班，然后助理带着蒋炽来敲响了她的门。

时姜看见他面容的一瞬间，人直接是愣的，继而又突然紧张，没过脑子一样脱口而出："你……你怎么样？"

这话说得没头没尾，听者可能都不知道她到底想问什么。

而男人站在门口光线不算明亮的绿化花架旁边，抬起眸，静静望了她几眼，迈步走来，顺手拖来把椅子，在她面前不远处坐下。

他长腿交叠，神色藏在朦胧夜色里，冷漠而疏离。

"先说说你吧。"

他对自己伤势闭口不谈。

时姜微僵，她知道自己此刻窘迫到了极点。

转动办公椅，侧过身干笑了下，避过他视线，垂眸道："我……我说什么……"

可哪怕没有对视，对方投过来的目光，也让她如芒在背。

蒋炽："根据公安那边告诉我的结果和魏子源做的笔录，这起事故，"他似乎这话说得极为别扭，"……和你的丈夫有关？"

时姜眼皮突地跳动两下。

她真的从来没有经历过这么尴尬的场景。

和上个月还对她舍命相救的初恋，大半夜的促膝长谈，却是一起谈论自己名义上的丈夫。

时姜直感到头皮发麻。

她囫囵"嗯"了声。

"已经到了恩断义绝的地步了吗？"蒋炽单指抵唇，"哧"地轻笑了下，却也说不上来是不是在幸灾乐祸的嘲讽。

接着，他抬眼问道："所以，你们究竟是怎么结婚的？"

时姜努力把自己当成一根没有感情的木头，不然，对方随便的一举一动，都会引得她心湖里翻起轩然大波。

她定定望着桌面茶杯，启唇："利益交换罢了。"

"我的公司当年面临恶意收购吞并，他帮了我，我嫁给他。就这样。"

蒋炽微挑起眉："没了？"

时姜眼神飘忽了片刻，轻抿着唇角："没了吧。"

她对这个话题总难以启齿，但也基本都是事实。

"走投无路之时，为保住公司，和他结婚是我最好的选择。你知道，为了赤江，我是什么都愿意做的。"

"为什么当年我查不到这些信息？"蒋炽又问。

时姜突然想起他卧室里那一墙宛如侦探分析案件般的照片，努力让自己语气平常："他于公众面前很神秘。他不喜欢被报道，网上若有关于他的任何一丁点儿消息，他都要通过各种途径，消除得一干二净。"

"这里面，自然包括他的婚姻状态。"

二人的对话听上去并不投机。

时姜不是很想回答，而蒋炽，事实上他也并不想问。

但似乎还得硬着头皮继续下去——

"你……现在有什么打算？"蒋炽问道。

能有什么打算？

时姜心里略无奈地想，嘴上说道："歌西亚是个不容许自己失败的人，他会做到自己想做的任何事情，和那样一个大资本对撞，赤江根本没有胜算。"

“你可能不了解，赤江在M国的市值比现在不知高多少倍，但我大伤元气地将赤江拆分了出来。回国后，赤江的财报其实很难看，很多业务目前普遍不盈利，我们把宝押在了自动驾驶上，但谁知……”

时姜其实不想和蒋炽卖惨，她舒了舒肩，试图摆出一个轻松些的表情，让自己坦然些，笑了下：“大概赤江兜兜转转还是要走上破产这条路，就当是之前从歌西亚那里拿的，再统统还回去。想开点儿，倒也没什么了。”

男人的问题看样子终于问完了。

周围的气氛渐渐和夜色融为一体。

玻璃窗外能望见商业中心的写字楼宇，不少楼层还亮着灯，今晚也不知是多少人的不眠夜。

片刻后，蒋炽突然说：“我可以帮你。”

时姜愣了下。帮她？

一时间，她脑中开始千回百转这话什么意思，而还没等她思考出个条理，就听对方说：“不要多想。”

他神情无丝毫波动，面色宛如一潭泛着冰块的冬水：“龙头企业出事，你们搞出的烂摊子牵连B市非常多的产业，我去帮你解决问题，一定程度上也是帮我自己。”

刚才表情可能过于明显了，她忙垂下眼睫，慌张遮住里面神情。

过了会儿，她脑子转动了下。突然意识到，蒋炽今天不可能无缘无故深夜来这个地方找她，必然有其他目的。

而想到这里，她胸中开始泛出一种说不上来的心情。

她说：“……条件呢？”

她十分清楚，哪怕是职责之内，但尽心与否，重视与否，可谓是天壤之别。

时姜在社会摸爬滚打，很早就知道一个道理，那就是天下没有白吃的午餐。

他突然从椅子里站起，迈来两步：“时姜，你一向都非常聪明。”尽管他话里并没有赞许的味道。

他停在跟前一尺不到的地方，阴影笼罩下，压迫力传来，让时姜有种自己是捕网中被逐渐收紧的猎物的感觉。

“条件是——”

“你和我结婚。”

什么？

这石破天惊一般的一句话一出，这下子，她哪怕是再想遮掩，也盖不住了。

时姜“唰”地抬起眼睫，又惊又讶。

与她反应相对比，男人的神情可谓平静到不正常：“看来消息还没传到你这儿。”

原来，时姜当日没去参加，并不知道蒋炽的婚礼压根儿就没举办成功。

那一天，神圣洁白的婚礼场景都布置好了，宾客皆至，热闹非凡。仪式正式开始之前，北依拖着庞大婚纱，朝沉默阴郁的新郎缓缓走去。

她玩味的眼神在男人面上停留片刻，忽地灿然笑了：“你是来参加婚礼，还是葬礼啊？”

蒋炽此刻的模样，像是整个人陷入到了一种与世隔离的死水沉寂之中。过了很久，他才如刚听到般，缓缓抬眼。

北依笑问：“后悔吗？”

蒋炽只是静静看着她，没有说话。

北依摸着下巴，感慨道：“看来，你是真的很喜欢时教授啊！人家都结婚了，你也不甘心。”她笑得十分欠揍，“你终于答应同我结婚，该不会是特意要气人家的吧。”

北依从来对蒋炽根本就没那种男女之情。这人太冷了，死板又无趣，和他待一起会急死人的。哪怕他俩从小被长辈们绑在一起订了个他们眼中门当户对的婚，但北依也清楚，蒋炽迟早就要想办法把这束缚给解绑了。

在大学那阵儿，听谭裕凡说蒋炽有了心上人，北依还高兴得不行，但谁知，是个漂洋过海异地的，那女孩儿似乎对蒋炽也有些误会和隔阂。

于是再到后来，他俩这婚约，竟然成为蒋炽拿来避桃花的手段了。北依当然乐得配合。

而此刻，听她这话，蒋炽眼神有些发冷，反而回答她上一句：“若说后悔，那你呢？你后悔吗？”

北依突然哈哈笑了起来：“蒋炽，咱俩从小认识，我还从来没见过你这种小心眼儿的样子。”她洒脱地摆摆手，“得嘞，你都这种程度了，我哪里还能棒打鸳鸯？”

北依拽掉自己的雪白手套，随意撂在地上，然后开始抬手解散发饰，边动作边说：“唉，蒋炽，见你可怜，实话告诉你吧。你不在国外许多事情不清楚，但我呢，可是刚从 M 国回来的。还记得我刚回国第一次见到时教授的时候，就感觉她好熟悉，最近才反应过来，原来我在很久之前，随我叔叔去歌西亚公司办事时，就在人家办公室见到过她。她那个时候是歌西亚一个子公司的技术总顾问。”

她凑近蒋炽，开始低声说道：“他俩确实是结婚了，可是，其实并不是那回事儿……”

然后，在这个过程中，男人本来冰冷坚固的神情，开始慢慢变得松动。

北依说完后站直，和他拉开了些距离：“既然喜欢就尽管去追吧。事情不一定是你想象中的那样。”

蒋炽仿佛第一次认识面前这个大大咧咧的发小一样，眼神十分复杂地看向她：“可你……”

北依不在意地摇头：“放心放心，你自小做惯了好孩子，从来都是众人表率。这次这个坏人，当然是由我来做。”

北依当场脱下繁重的婚纱，然后就见，她里面竟然直接穿着一套火辣的紧身热装。便是蒋炽也没有料到，北依压根儿就没打算在这婚礼上奉陪到底。

最后离开之前，她忽然想到什么，璀璨回头，冲他打了个响指，笑道：“哦，对了，不用谢我。今天这也不全是为了你，我也要去找我的宝贝了。”然后在众人讶异的目光和整场的混乱之中，潇洒地扬长而去。

数月后，蒋炽听说，北依在大洋彼岸，终于将心安定下来。这叫他不禁好奇，也不知道是何方神圣，叫北依这个向来畏惧婚姻的，竟然心甘情愿踏入她口中的婚姻坟墓。

而眼下对他来说，这个所谓婚礼，在还没开始的时候，就直接黄了。

……

但当然，其中种种细节，蒋炽不会告诉时姜。

时姜只以为是因为北依这个不婚主义者在最后关头反悔跑路了。她惊讶过后又有些蒙，磕磕绊绊道：“但是，为什么，你来找我呢……”

闻言，蒋炽瞥她一眼：“我外公他老人家不好骗，不是随便拉过去一个女人就可以糊弄过去的。我和他说过你很多次，他知道你的事情，也知道……你是我初恋。”

“所以，你是我能在短时间内找到的最合适的人选。”

时姜睫毛重重一颤。

虽然这个理由听上去有些荒谬和戏剧，但不知为何，此情此景之下“初恋”这种称呼一入耳，她一时间都不知道该感到讽刺，还是感到悲哀了。

“可，可是……”她用了很大的力气，才艰难地把话接上，“我结婚了，你知道的……”

“结了就不能离吗？”谁知对方利落说道。

此刻，时姜已经不能再用讶然形容了，她大脑变得空白，整个人像在真空中漂浮，周围一切都不似真实。

直到对方又原话再问了一次，她才断断续续地说：“在……在离婚诉讼了……”

“只不过打官司可能需要两年，三年，甚至更久……”

“那你就打着。”

男人态度冷硬地说，似乎他在谈及时姜这婚姻问题，语气一直不太好，甚至可以说臭得可以：“或者，哪里有难题的话，告诉我，我帮你。”

时姜坐在他身形笼下来的阴影中，半仰着头，呆呆地看着他。

她脑中一片恍惚。

看着看着，突然间，她其实很想问他一句——

蒋炽，你究竟还喜欢我吗？

还是只是说，年少时的那点儿执念。

但最后终究是没有说出口。

他既然能和北依结婚，明显就是，根本没打算将婚姻当回事儿了。

时姜见过很多这样的人，成功商人，政府高官，婚姻只是一种工具而已，人前恩恩爱爱，背后各玩各的都不少，有几个能存在爱情的？

“蒋炽，你，为什么要这么做呢……”她恍惚地轻声道。

而对方一下子不自在起来。或者说，他一直以来的言行和反应，都不太符合时姜印象里对他的认知。

他转身看向窗外，沉沉嗓音，情绪不明：“我以为，我刚才说得已经很明白了。自然是我需要这样一个人，而目前，你最合适罢了。”

“对目前的我来说，家庭稳定是一项很重要的因素，我需要你的影响力。当然，你也会有好处。”

“因此，我们是合作共赢的。”

时姜当然知道自己将会得到天大的好处。

蒋炽这个人，目前所拥有的能力和影响力，尤其是在 B 市这个地方，可以帮她化解很多危机。如果攀上这棵大树，赤江就有极大的可能活下去，并且以后……

时姜几乎不敢往下继续想。

可与此同时，她又从另一个方面感受到了极大的悲戚。

过了很久，时姜似乎用了自己全身的力气，才哑声说：“但是蒋炽，我们这算交易吗？”

“我刚才说了，我的婚姻，已经拿去做了一次交易，现在……你还要我做第二次吗？”

她知道自己矫情了，可她还是忍不住地想，这样的话，蒋炽和她尽力想逃离的歌西亚，从本质上看还有什么区别？

而对方神情无波无澜，看着她，薄唇轻启。

“既然那个人可以，为什么我就不行？”

对方眼眸幽黑得似乎要将她吞没。

时姜的心“轰”地慢慢下沉，仿若泡入深海里。

她浑身僵硬，脊背僵直。

半晌，才垂下又浓又密的眼睫，唇边扯出一丝苍白的笑，说：“好。”

“……我们结婚。”

时姜也没法加班了，当晚凌晨，直接被蒋炽开车送回了家。

上楼后，男人站在她家门口，简单四下环顾，似乎自从上次之后，他就根本不想再踏进这间人才公寓。

他说：“接下来几天你将屋子里东西收拾收拾，我找人来搬我那儿去。下周婚礼，你准备一下。”

“下周？！”时姜惊了，猝然抬头，“要……要这么快吗……”

说完她便情绪戛然而止，立刻熄了火。

男人面容藏在门外门里的交界处，光影让他五官更为深邃，好看的眉眼间神情却极为寡淡，随意得仿佛只是刚才顺带提了嘴天气。

时姜慌忙低下头。

她想起他们这次婚礼的最直接原因，是蒋炽外公的病情，想必老人家确实是撑不了太久。这个婚礼，也只是专门办给老人家做做样子罢了。

她盯着自己鞋尖儿，嗫嚅着低声说：“下周，那就下周。挺好的。”

蒋炽在门口静静看了她会儿，便后退一步，站在门槛之外了。

“如今大形势下，哪怕你再拼命，也没有办法力挽狂澜。这几天，你就别去公司了，不如在家歇着。”他非常不留情面地说道。

说着，只听沉重门板渐渐被合上，对方面容就要消失在夜色里。

时姜突然想起什么，连忙冲对方追问：“你，你身体怎么样……”

然而说完她又再次后悔。

其实，她一点儿都不想在蒋炽面前表现出这么关切的样子，不然总显得她很自作多情。

但刚才一路回来，她曾偷偷注意对方，男人似乎走路的步子慢了许多，虽然他一直脊背挺得笔直。而她至今对他的伤势一概不知，这人也拒绝说一个字，这种刻意隐瞒的滋味让她非常不好受……

“我没事。”

男人眼眸深处仿佛有什么情绪闪动了下，两个人中间突兀地沉默片刻，“你……好好休息吧。”

门锁“咯噔”一声清脆，门被关闭上，终究是隔开了时姜看去的视线。

时姜呆呆地对着门背后站了会儿，才缓慢转身，拖着疲惫的身体去洗漱。

对方说得对，眼下宏观局势已定，在时代澎湃浪潮下，她作为个体，就无疑是其中微乎其微的一片小舟，只能被风浪裹挟着前进。变局之中，她的一切努力都无异于蜉蝣撼树，皆是徒劳罢了。

她以前确实是不甘，不甘心落得如此局面，可现在看，她确实没有办法成为那个能够扭转浪潮的人。

而蒋炽可以。

她躺在床褥里，合上眼，感觉晚上和蒋炽的那番谈话，虚幻得不成样子。或许明天一早醒来，发现只不过是趴在办公室桌上做的一场梦。

稀里糊涂地，竟然要结婚了。

混混沌沌过了一通宵。

第二日，时姜当然还是去公司了。

事已定局是一回事，她尽没尽力是另外一回事，人生于世，她还是想求个问心无愧。

最近赤江的每位公司高层对现状都很绝望。

舆情猛于虎，最近赤江天天在热搜上挂着，骂声一片。

大家压力都空前大，连日开会商议，一个方案经常要讨论到大半夜。眼下简直就是生死战，每个人绝望之余，都不免暴躁。

从天亮讨论到天黑，眼看着天色又要再次亮起来，却依旧没有结果。

再吵下去也没有意义，时姜挥挥手，放大家散会了。

时姜疲惫地揉了揉眉心。

其实，上次告诉蒋炽的，并没有骗他。

赤江的资金链本来就潜伏着很大问题，如今无人驾驶这一环断了，之后几乎无路可走。

况且，一个公司的声誉是极其重要的因素，而赤江经过那一撞，如今在市场上，已经不值得信赖了。

魏子源陪她坐到最后。

时姜双手撑着太阳穴，在桌面前静静阖目养神片刻，才发现他人也没走。

她直起身，问："不赶紧回去休息吗？"

而他无声看了她一会儿，答非所问道："Jocelyn，我突然有种我们当年在M国时最艰难那阵儿的感觉了。"

时姜非常同意他这话。

魏子源："但我们也挺过来了，创业公司能挺过三年的，连百分之十的比例都不到，我们已经很不错了，不是吗？"

时姜失笑道："我们这是精神胜利法的苦中作乐吗？"

在几个合伙人中，她和魏子源的关系本就是最好的。

眼下气氛终于轻松了些，魏子源说："所以你看，他们慌张，我却淡定。因为我有种直觉，你总能找出解决问题的办法。"

这就叫时姜有些哭笑不得了。

她指指自己："我看起来，就这么像有办法力挽狂澜的样子？"

魏子源却认真看着她："你身上总拥有一种让人意想不到的特质。外人都说我是跟着赤江回国的，但其实不是。——我是跟着你。"

"你总能绝处逢生，创造奇迹，所以我相信你。我愿意跟着你一起拼搏事业，哪怕远赴重洋，前途未定，从零开始，我也愿意相信你。"

时姜被他突然的夸奖倒搞得有些不知所措，只是笑着笑着，声音又默了下来："魏老师，"她抬手将发丝拢到耳后，望向窗外，"其实，我根本没有你想象中的那么优秀。"

而自那晚达成共识后，她和蒋炽的通讯好友又加了回来，电话也移出黑名单了。

很快，时姜在忙碌得昏天黑地的间隙，收到了来自蒋炽的消息。对方发来了一份非常详细的婚礼策划，包含事无巨细的全套流程。

大红色调的策划页面毫无预警出现在视线内时，时姜半悬在屏幕上空的指尖顿住，心头"砰"地重重颤了下。

婚礼……

她如一盆糨糊的脑子还没来得及怎么转动时，对方下一条信息紧跟着而来——

“我正在确定婚宴嘉宾，你那边打算邀请谁参加？”

时姜眼皮又是一跳。

竟然还要邀请亲朋好友？

而蒋炽大概是思考了一会儿，她可能也没什么至亲了，滞后地问了句：“……你妈妈来吗？”

问答题时姜半天回不上来，但选择题还是可以很迅速的。

她动作快于脑子地利索发过去：“不要。”

他沉默了会儿，又继续提供思路：“你的朋友？魏子源魏总？”

她的联合创始人小伙伴确实就在几步远之处。

时姜目光微凝。

说实话，她还不知道要怎么告诉魏子源这件事。可能在她的心中，这件事背后所意味的性质，让她羞于开口。这不是什么光彩的事。

但她又不得不这样做。

“稍等。我去问问。”

她敲出这行字给蒋炽发过去，然后转动椅子站起，走向魏子源的位置。

对方自笔记本电脑面前抬起头：“信息处理完了？”他揉了揉眉心，苦笑道，“Jocelyn，拜托了，别告诉我这次又是坏消息。”

时姜：“我不知道这件事是好是坏。”她冲对方举起手机电子请柬，“我下个周末举办婚礼，你有兴趣参加吗？”

“……”

于是至此还一无所知的魏子源惊得一时间说不出话来。

“你，你……什么时候的事？”他赶紧端起水杯给自己压压惊，“还有，你不是正和歌西亚离婚诉讼着的吗？这还怎么和别人结婚呢？”

时姜低低往胸腔里吸了口气，又缓缓吐出，心道早说晚说迟早都要说，眼一闭心一横，那个名字终于自唇边吐出：“蒋炽。”

“他外公病重了，我提前陪他装装样子走个过场。至于结婚证什么的，等以后诉讼完，再去办吧。”

如果蒋炽还愿意的话。她在心中补充道。

这不是什么光彩的事情，她不愿告诉魏子源太多。

然后，魏子源“哐”地下巴都快掉下来了，惊道：“是，是 B 市那位吗？我们最近频频打交道的那个蒋炽？”

见状时姜忙补充道：“魏老师，你可能不知道，我们是高中同学，他也算是我的……前男友吧。”

谁知她这补丁打了还不如不打，对方终于成功地一口茶水喷了出来，吓得时姜连忙去给他递纸。

只见魏子源同学神情恍惚地喃喃说道：“你以前咋没早点儿告诉我，你有个这么厉害的前男友啊。”

时姜：“……”

而下一秒，他想到什么，直接猛地精神了，转脸抓住她的手说：“Jocelyn，这是好事！这是好事啊！你俩一结婚，你知道这意味着什么吗？”

时姜当然知道。但无论如何，他们的一切行动都会在法律法规之内。

魏子源此刻已经激动得无与伦比了，但很快，他又想到什么，皱起眉：“可是，你和歌西亚……”

这就是最让时姜难堪的点了，她艰涩地说道：“他说，结了可以离。大概是……可以等我办理好离婚手续的意思吧。”

魏子源顿时人都蒙了，不由得慨叹：“他这是对你多情根深种啊！”

时姜觉得虽然蒋炽不在场，但她也不能这样在背后败坏人家名声。她赶紧解释道：“不是的，他其实也是拉我去应急……”

但此刻魏子源显然已经听不进去她的话了。

他“噌”地跑到落地窗边，登时对着天空开始在胸前画起了十字架，一脸得救了的表情：“主啊，我就知道，你不会忍心眼看着我们的努力白白辜负的……”

时姜：“……”

后来，她看魏子源沉浸其中，实在不忍心打扰，就遥遥问了声：“魏老师，那我就默认你去了啊。”

然后低下头，给一直等着的蒋炽回复过去。

时间过得很快，转眼间就是蒋炽给发的策划书上婚礼的日子。

这几天他们没有碰面，蒋炽叫她当天去他家里就行了，不用提前彩排。婚礼也不去酒店或者别的景点，而是定在他家里举办。

时姜猜测大概是他外公不方便移动，又想叫他老人家看到的缘故，这一点上她没有意见，甚至觉得非常棒。

只是她头一晚因为开会开得太晚，直接睡在公司了，第二天凌晨起来收拾收拾，让司机直接送她到蒋炽家里。

她太困了，干脆在车上小眯了会儿。到达目的地后，她站在人家大门门口，双扇门紧闭，但隐约听见里面挺热闹，应该是正在准备现场的样子。

时姜想了想，还是打算给蒋炽打电话，让他出来接她好了。然而谁知道刚按亮手机屏幕，就见上头显示十几个未接来电，全是蒋炽的。

说实话时姜有些蒙。

还没等她回过去，对方就立刻迅速地又打过来一个，时姜自然连忙接起，然而刚一接通，扑耳传来的就是男人压着隐隐怒意的低吼声："时姜，你去哪儿了？你现在在哪里？！"

一上来就是劈头盖脸这一出，直接让时姜蒙上加蒙。

"不是叫你这几天在家里待着吗？你不在公司不在家，到底去哪儿了？！"

男人的气势有些吓人，时姜赶紧下意识脱口而出："我在你家门口。"

而这短短一句刚说完，电话那头所有的气势极其诡异地如同生生被斩断了，刚才还怒气冲天，下一瞬却声音凝固。

蒋炽那边儿哑了好一阵子，他才讶然反问道："……我家门口？"

时姜眨眨眼："对。司机刚送我到你家，我正准备打电话喊你开门来着。"

男人嗓音沉下去些，继续问："为什么一直不接我电话？"

时姜继续无辜："刚才我在车上睡着了，手机也静音了。"她根据刚才对方所言，推断地试探问道，"你去我家了吗？又寻去我公司了？"

蒋炽："我上次说过，当天我去接你。"

时姜脑筋猛地一跳，果断认㞞加道歉："不好意思，这两天有些忙，我给忘了。昨天睡在公司，想着路程更近，我就直接来你家了。"

于是对方又不说话了。

干等了会儿，时姜从车里刚下来，现在又是气温较低的大清早，她穿得少，感到有些冷。她轻跺了跺脚，小声提醒道："蒋炽？"

她好像感觉对方在生闷气，又是憋得慌说不出口的那种，就不敢轻易招惹他。

"我给家里阿姨打电话开门，你稍等。"男人嗓音微哑地立刻道，说完就"啪"地挂断了电话。

时姜直到结束通话、耳边只剩忙音后，她整个人都是傻的。

蒋炽这家伙到底是怎么了，这么一反常态？

对方从来都是个脾气极好，又极为沉稳的人，情绪非常稳定，她很少看到这人如此失态过。

而站在寒风中凌乱了好几秒钟，她突然间反应过来什么，脑子中“叮”的一声，产生了一个大胆的猜想——

蒋炽刚才该不会是以为她在婚礼头一天反悔，临时跑路了吧！

第八章 婚礼

「她愿意出现在这里，
只是因为，喜欢他。」

时姜可真的是冤枉死！

可偏偏，她又无处反驳。甚至照刚才蒋炽怒气冲冲的那样子，她预感自己待会儿连重提这事儿都不敢重提。

望着这座坐落内环里的幽静四合院，她还能清晰忆起，自己在这儿过了个此生难忘的除夕。但眼前的装饰和气氛，却和她印象中完全不一样了。

入目皆披红挂彩，喜气洋洋。

连门口陪了她五天的小石狮子，脑门上都被贴上了个“福”字，垂落的下帘儿将它脸面遮住。

很快，门里就响起一串由远及近的脚步声，张姨连忙来开了门，哎哟哟地拥着她往里面进：“现在时候早，怕吵着街坊邻居的，我们就关了门，谁知道把时教授您这个主角给挡外头了！您等急了吧？”

时姜忙笑道：“没有，我也是刚到。”

张姨笑着打趣：“你是不知道这几天，我们新郎官那望眼欲穿的，盼星星盼月亮，可算把你给盼来了！”

哪怕知道对方在夸张，时姜听到这话心里仍不禁跳动，面皮上也有些不好意思。

她垂着眼解释：“他去接我，但我俩刚好错开了，所以我先到，他应该待会儿就回来了。”

张姨“唉”了声，把她带到化妆更衣的地方后，就又忙去厨房拿了牛奶点心塞给她，让她先垫点儿。

热牛奶杯在掌心散发热意，时姜心里头也暖烘烘的，冲对方道了谢。

其实蒋炽将婚礼的一切都安排得很好。

时姜什么都不用管，按照他拟定的行程表走就好。她那日提前看过了，非常合理，挑不出刺来。似乎是理工科出身的人都有一种执念，无论何事都要按照出个最优解，蒋炽身上就把这种完美主义执念体现得淋漓尽致。

所以时姜才敢没有彩排，直到婚礼当天直接过来。

化妆师们在房间里早就准备好了。

时姜匆匆吃完，漱口后，坐到镜子前，点头示意可以开始：“这么早，辛苦你们了。”

主化妆师给她拢了拢头发，笑道：“不早。干我们这行的嘛，大体都是这个点儿。”

瞧着镜子中还微泛潮意的头发，时姜忽然想到什么：“我疏忽了，来之前刚洗了澡，头发会不会不好做造型？”

对方笑着表示无碍：“那就多喷点儿定型，只是结束后卸妆会难卸些。”

时姜：“那就好。”

主化妆师已经开始上底妆了，手还空闲着，便问：“新娘要不要催下伴娘团？我们尽量并行进行，节约时间。”

时姜顿了顿，回道：“没有伴娘。只准备我一个人的就行。”

顿时气氛多少有些尴尬。

毕竟大多数情况下，这么重大的日子，伴娘团都没有，朋友圈都不好发。

化妆师忙笑着打补丁：“也正常啦。现在人都越来越不爱凑热闹，好多人还婚礼都不举办呢，两人证一领就行。”

时姜心道她这证也没有啊。

接下来，哪怕她再想打起精神，让屋子里气氛活跃些，困劲儿却控制不住泛上来，便干脆坐那儿阖目养神。

而那位化妆师仿若想弥补一下刚刚，笑着打趣：“昨晚没睡好吧？我化了无数个新娘妆，好多人都是这样的，要成新娘子了，紧张得整晚失眠睡不着。”

时姜一时间不知道该不该告诉对方。

沉默了一会儿，她还是实话实说：“倒也不是。我从公司来的，昨晚在办公室和公关团队讨论个通宵，所以现在有点儿困。”

歉意笑了下，指指自己眼下：“可能得麻烦你帮我重点遮遮黑眼圈。”

化妆师：“……”

其实化妆师没看出来她有黑眼圈，觉得她的皮肤也很白皙很细腻。

可不妨碍她感慨，这到底是多么敷衍的一段婚姻啊！新娘此前没彩排，结婚当天才到场，伴娘也一个没有，头一晚还在忙其他事。

还能再不上心一点儿吗？

于是化妆师也不敢随便挑起话头了。

妆面化好后，几个造型师把婚纱拎来，雪白如云朵，梦幻中点缀着银河般的水钻。

任何一个女人看着这物件，心情都不可能平静。

时姜沉默看了会儿，忍不住伸手轻轻抚摸了上去，放轻了声音：“好美。”

造型师们都笑着说：“我们在各大秀场上都没见过这款，应该是由专门设计师给定制的。”

时姜对时装领域不太了解：“是更贵的意思吗？”

对方：“当然。高定礼服还有好几件同款呢，你这款婚纱全球仅此一件，更加稀有。”又赞叹道，“不知出自哪位大师的手笔，设计很独特呢！”

时姜被协助换好后，最后开始做造型。

而头发刚刚盘起，这时，房间外传来敲门声。发型师笑道：“看来是新郎等不及，来催啦！”

时姜望着镜子中已然盛装的自己，不禁有些紧张起来。

心脏“咚咚”跳快了两下，她微微拎起巨大裙摆，正要转身站起。

然而打开房门，却是一个年纪大些的男人走了进来，五十多岁的模样。身着正装，面容肃严，头发梳得一丝不苟。

时姜所有动作立刻顿住。

哪怕十几年未见，她却一眼就认出了，这是蒋炽爸爸。

高三以后，时姜也听到过许多关于对方的消息。

蒋炽他父子二人一脉相承，都属于那种哪怕个人情绪再重，但绝对不会影响工作的类型。

当年被降职去狮河县的基层经历，反而因祸得福，成为他的工作亮点。再者工作也做得踏实，之后时来运转，一路高升。时姜在电视新闻里看到过他好多次。

而面对这位德高望重的领导前辈，时姜却连礼貌起身，同其打个招呼的欲望都没有。

工作人员们似乎察觉到二人之间氛围不对，都静悄悄的，不说话了。

“你们先出去吧。”还是蒋父先发话。

他声音听起来都沧桑了许多，然后目光转到时姜身上：“我和我儿媳妇说些话。”

毕竟身居高位了这么多年，蒋父是自有气场的。

众人没多说半句话，一个个都安静离开了。

房间很快只剩他们二人。

“多年没见，你好像没变多少，还是当年那个小丫头。”安静了会儿，蒋父似乎把握不住和她说话的度，十分僵硬地寒暄道。

时姜静静地坐在椅子上，静静看着他，然后，并没有给他留情面地说：“是吗？您倒是变了。”

“——变老了许多。”

而对方却没在意这讥讽，反而笑了一下：“人年纪到了，怎么可能不老？”

有了这个互动的开头，下面的话也好说了些。

“我今天也是沾你的光，才能和自己儿子好不容易见一面。”

时姜冷冰冰地弯着嘴角，丝毫不怯地和他对视：“怎么，您现在竟然同意我们两个了？”

蒋父：“我不同意，又能有什么办法？”他叹道，“我唯一的儿子，快把自己逼到死胡同里了。”

时姜眼皮微微一跳。

但很快，她没有去多追寻其中意思。

“真的是蒋炽逼你不得不这样的吗？”

她平静地叙述道：“说实话，若我今天还是个一无所有的丫头片子，您还会同意吗？”

蒋父竟没有对她的无礼语气和行为做出任何反应，而是目光看着她，很快，轻轻摇了摇：“可是，你注定会有所成就的。”

时姜依旧不客气：“这可不像能从您嘴里说出来的话。”

对方大概意识到和谐对话已经很困难了，泄了口气：“说实话，这些年，我一直在关注你。你的成长让我惊讶，也大大出乎我意料。”

“我似乎应该早些明白一个道理，应该早些认识到，我儿子能喜欢你，高中起就这辈子都认准了你，除了你没其他人，也就意味着，你本就不俗。”

“所以，你刚才的问题，本就是个悖论。”

“你的智商，你的性格，你的志向，决定了你未来一定大放光彩。换而言之，你若是庸碌之辈，我儿子凭什么喜欢你？”

时姜：“……”

这些她当然都明白。

她阅历不能说浅了，国内国外摸爬滚打这么多年，早见识过各种嘴脸。人这种生物都很现实，生活又不是写小说，她也从没幻想过什么灰姑娘的故事。

尽管她不喜欢对方这种口吻，但她更不喜欢事后说事，想快速结束这场对话。

她扯了嘴角：“我就当您在夸我。”

蒋父深深看着她：“那既然你愿意接受我的夸奖，那能不能，也接受我的道歉？”

说着，他竟然挺直身体，然后面向她，弯下了腰。

他音量低了下去，诚恳道：“抱歉啊姑娘，我为我当年对你的伤害，给你说一句迟来的对不起。”

“我也不是圣人，年轻时太功利，太跋扈，做出很多糊涂事，如今老了，知道自己错了，今天在这里，希望能得到你原谅。”

说实话，时姜有些震惊到。

任谁看到一位新闻上常出现的人物，此刻竟低三下四地对她一个小年轻弯下了尊贵的腰，都会有些坐不住。

她下意识站起就要过去，却下一秒，硬生生停住了脚。

其实，时姜向来见不得比她年长的人做谦卑之态。

但对这个人，内心也挣扎了片刻，最后还是硬下心肠。

她神色复杂看着他，看着这位已可以被称为老者的男子，然后往旁边侧了一步，避开对方行礼，说：“我现在还不想原谅你。因为，我眼下仍然在承受当年你造成的苦果。”

“您直起身吧。”她顿了顿，“或许，等以后哪天，我彻底释然了，才能做到原谅。”

对方弯腰弓背，持续了很久，长叹一声，才慢慢扶着膝，直起身来。

“好，自作孽，我也认了。”他似乎又苍老了几分，“只是，既然你们证都领了，婚也要结了，我身为一位父亲，还是由衷地希望你们能好好过，希望你们今后能幸福。”

证？

时姜立刻注意到什么。

对方怎么知道他们领没领结婚证？总不能是单听蒋炽空口凭说的？

正想不明白,这时又是一阵急促脚步声,门板如同被踹了一脚似的“砰”地砸开。

这次来的是蒋炽。

但他刚一见到房间里只有时姜和他父亲,并且二人如同对峙般模样时,他脸色大变，快步冲过来直接站在时姜身前，隔在他俩中间。

时姜蒙了。

可下一秒，她愣愣微仰着头，看着眼前的男人，以及下意识将她护在身后的动作。对方已经换好了婚礼西装，肩宽腰窄，器宇轩昂。

但不知为何，这一场景，轰然间和十几年前她终生难忘的那日重叠在了一起。

那时，刚刚成年的时姜，孤立无援的时姜，脆弱无助的时姜，多么希望有这样一个人，坚定地护在她面前……

她的眼前突然有些湿润了。

她连忙低下头，眨去眼中涩意。

大概是蒋炽浑身上下的防备与警戒之意太过明显，时姜听见被隔开的蒋父异常尴尬地讪笑两声，主动提出离开。

“我就不打扰了。你们快准备吧，我……我出去转转。”

蒋父慢慢转身退出，房门开了又合，此间重归寂静。

这下屋子里剩他们两个人了。

时姜不免开始紧张。

尤其她察觉到男人身上紧绷的气势松下来后，周围空气似乎又冰冷起来。

时姜有点儿慌，抬手轻轻去拽他袖口，小声说：“对不起……我，今早，我不是故意让你找不到的……”

却猛地话头顿住。

因为她捎带碰到他掌心捏着的小玩意儿，低头看去，是个丝绒质地的小方盒。

这……这显然是戒指盒吧。

时姜指尖倏地一颤，她听见心脏加快速度了几瞬。

对方终于缓缓转身。

“以后不要说对不起……”

而他刚看到她的第一个瞬间，话音未落，却明显愣住了。

蓦然间，他似乎眼眶有些发红。

突兀地停滞半晌。

“蒋炽？”时姜小声唤他。

男人眼睫快速眨动两下，如梦初醒般，立刻低下头，又半蹲下身，将神色隐藏在发丝阴影之下。

“我来让你试试，我们在婚礼上要互换的戒指。”他缓缓牵起她的手，轻声说。

时姜默默看着他，胸中有股不知怎么形容的情绪开始澎湃。

她此刻坐在椅子上，视线能比他高些。看着他挺直的鼻梁，微抿的薄唇，晨光透过窗柩，洒在他英俊深邃的眉眼上。

这个人长得可真好看，从高中那时她就知道。

而此时对方单膝跪在她身前，将那个精致丝绒方盒拿起，打开取出里面一枚，拉过她藏着裙摆里手，小心套在她无名指上。

不大不小，正正合适。

男人垂着眸，喉结艰难地滚动了会儿：“……你今天，很漂亮。”像是把心中积压的话终于吐了出来。

嗓音却明显哑了。

时姜身体里似乎有什么热流淌过。

她眼前恍惚看着自己指间的银环，似乎从来没想过，蒋炽会这样半跪在她身前，执起她的手，为她试戒指。

就像是根本没来得及的求婚一样。

她眼前蓦地再次湿润了，忙低下头。

她赶紧转移注意力，努力让自己笑着说：“谢谢。”

还好蒋炽似乎也正情绪不对，没有注意到她异常。他没接话，只是过了会儿，突然问道：“你喜欢钻戒吗？”

时姜视线凝住，有些不明其意。

蒋炽：“时间匆忙，挑不到合适的，以后再给你补上。”

时姜其实对钻石没有执念，便轻轻摇摇头。

只是眼前仔细看着指间这枚，突然看出些不寻常来。指环材质有些粗糙，竟像是一下一下手工敲出来的，却又边缘圆润，如同被捏在掌心摩挲了无数遍一样。

她突然惊讶：“这是你自己亲手做的？”

蒋炽却没有立刻回答。

他缓缓站起，依旧不和她对视，垂着眼睑说：“我想你大概不会喜欢。”

指间的银环又被褪下，蒋炽拿一只稍大些的和她交换，放在她掌心，沉默了会儿：“高中那时候就开始做了，我妈那阵儿迷上了珠宝设计，假期回A市被她拉着当模特，耳濡目染间，我自己动手设计了一款。”

他重新站起，和她拉开距离，生硬地别过头说：“毕竟当年花了不少心血，白扔了也不好。”

时姜恍惚看着眼前人，眸底有万种情绪滑过。

怎么会不喜欢？

所以，她现在手上的成果，是对方从高中那时就开始启动了。

她一时间简直不知道该说什么了，只觉得眼里心里热流涌动。她略微急促地抬手捏住对方衣角，小声唤他：“蒋炽……”

而不太赶巧，下一秒蒋炽手机就响了起来，他看了眼，说：“我妈到家了，我去门口接她。”

蒋炽的妈妈？

时姜微微愣住。

看着她神情，男人有些犹豫，迟疑地问：“你想见见她吗？”

“我妈比较好相处，并且，”他又补充道，“……她很喜欢你。”

这短短一天之内，进展未免太紧凑了，婚戒、婚礼、见家长一条龙了。

时姜虽有些怯，但没理由拒绝。

于是不一会儿，她就见到了蒋炽的母亲。对方是一名温婉优雅的知性女性，身着枣红旗袍，乌发在脑后盘起。不同于蒋父过往时候的盛气凌人，蒋母确实很好相处，亲切地拉着她说了一大堆蒋炽小时候的糗事。

听得一向镇定的蒋炽都有些坐不住了。

在这种气氛感染下，时姜放松不少，低头弯唇悄悄地笑。

却没注意，一旁男人余光望见她表情，将要阻止蒋母继续说的动作也默默止住了。

然后时姜惊奇地得知了，原来她身上这件婚纱竟然是蒋炽妈妈设计的。

“我们家的传统，都是母亲给出嫁的女儿绣嫁衣。上个月，小炽联系到我，要我帮忙。那时我恰巧在国外，身边有很多优秀的设计师和手艺大师，便加急赶制出来。”

上个月？

上个月时姜正忙于公司风波，蒋炽说婚礼一切由他筹办，她不用管。时姜本以为这婚纱只是随便买的，倒不知，这里面竟还有如此渊源。

蒋母牵住她的手，柔声说：“所以闺女，你别担心。我是小炽的妈妈，以后当然也是你的妈妈。”

时姜愣怔看着对方。

受宠若惊之际，不知为何，心里又有些酸胀发涩。

到现在，她哪里还会不知道，蒋炽骗了他爸妈，骗了所有人。对方若是以后得知自己原来被蒙在鼓里，该是什么心情。

正想着，便见蒋母笑着看向蒋炽，状似无意地捎带来句：“小炽，给我看看你们结婚证。”她掏出手机已经准备好了，笑眯眯的，“我得赶紧发个朋友圈。”

时姜心里“咚”地一跳，脊背瞬间僵硬。

她下意识地看向旁边蒋炽。

而他没有和她对视，只说：“证搁新家了，不在这儿。”

他唇边轻浅弯了下，“妈，我们还能骗您不成？”

蒋母故意脸沉下，责怪道：“你和北依那丫头两个都不想结婚的人凑到一起，天衣无缝配合这么多年，不就是合伙骗我们的吗？你们……”

“妈。”

“伯母。”

两道声音几乎同时响起来，皆是阻拦的意思。

时姜同旁边男人匆匆对视了下，尴尬极了。

蒋母自然顿时意识到时姜还在旁边，忙掩住嘴，“呸呸”了两声，又看向她：“丫头你别介意，我不是那个意思，他俩也不是那回事儿，倒是小炽从高中就喜欢你倒是真的……”

时姜不敢再听她展开下去了，硬着头皮率先低声说：“伯母，这件误会蒋炽和我讲过的，您放心，我不介意。”

况且事到如今，她又有什么资格介意。

蒋炽抿唇不语。

蒋母忙来打圆场：“唉，乖乖，这就好这就好。”她从自己手腕上褪下一个镯子，质地温润，“不过，你也该改口叫我妈了吧？”说着就要给她戴上，“这是我妈妈在我出嫁那天时，给我的戴上的，已经传了好几代人。丫头，它今天就传到你手里，算是第一次见面我给你的见面礼，也祝你和小炽永远幸福。”

于是时姜立刻受到了惊吓。

这么重的寓意，她哪里敢收：“这太贵重了，我……”

蒋母却十分坚持：“你喊我一声妈，能抵不过这一只玉镯子？”

时姜有些急了，但不知道要如何解释：“这不是一回事……”

这时，蒋炽从旁边缓缓按住她的手，“黝黑的眼睛看来：“收下吧。”

时姜全身僵住，又脸侧通红。

于是在她儿子的挟持下，蒋母趁机行动，时姜就只能忐忑地眼看着自己手腕上多了一只璞润镯子。

套到她这里，竟然大小很合适。

蕾丝花边的白手套戴上，恰好遮住，也不会风格不搭。

“妈……”

既然拿了人家东西，自然不好意思，她的脸红透了，声如蚊蚋般喊了句。

蒋母肉眼可见很开心的样子，连声“唉”着应道。

一时间气氛异常的和谐。

院子里婚礼场景已经差不多完毕，奏乐洋溢起来，时姜隔着窗户听见，心情都被烘托得紧张了许多。

蒋母离开后，房间又只剩她和蒋炽两个人。

便又陷入无言和沉默。

时姜已经装扮化妆完毕了，双手叠放在裙摆上，有些局促。这种场景下，她也不好再靠玩手机来转移注意力。

而她偷瞄着窗边沙发上的男人，神思又开始飘忽。

她想起蒋母离开之前和她凑一起说的悄悄话：“丫头，说实话，我们虽然没见过面，但小炽经常在我跟前提起你，提到过很多次。”

对方大概是以为她仍没放下心防，笑得很温和：“小炽这个孩子，天生性格稳重，话不多。可他和我谈及你时，能接连不断聊整整一个晚上。”

“我的孩子我最了解。那个时候我就知道，他心里有喜欢的女孩子了。”

时姜睫毛倏地扇动了一下，她已经不敢和对方对视了。

而对方又说到了最让她难受的地方：“所以，高考结束，你出国后，他整个人变得十分消沉。本来就话少，从那以后更加沉默寡言。有一次，我想把他喊来开导开导，而谁知道，他站在那儿，突然就哭了。”

蒋母陷入回忆：“不管你信不信，他自明事理后，从来没有哭过。而一个上了大学的大男孩，竟然在我面前哭了。”

“我给他办好签证买了机票，让他出国找你，他又不敢。说你肯定恨他，讨厌他，不愿意见他……”

……

时姜不敢再想了，她怕自己又突然失态。

其实，正如十一年前的时姜不敢确定蒋炽喜不喜欢她，十一年后的她依旧分不清，蒋炽如今对她到底是什么感情。

时姜脑子里越来越乱。

她突然想起，在蒋炽家里见了好一拨人，却没看到他外公，就去问。

闻言，蒋炽有一瞬间的不自在，偏过头去，说：“他病床挪动不方便，还在医院，婚礼就不参加了。”

时姜继续问：“那我们今天晚上去看望他吗？”

她因着自己奶奶的心结，对于即将离世的老人总会多关注些。

可谁知，蒋炽似乎并不是很想和她交流这件事，避开她眼神转过身，已经准备出门了：“这事你不用管，我自己去看就行了。”

时姜有些不明所以，她赶忙站起，跟在男人背后，冲他说：“还有你妈妈送我的镯子。”她小心摸着自己腕间，小声保证道，“我……我回去还你……”

毕竟是交易来的婚礼，她自然不好收人家这么贵重且有十足纪念意义的东西。

他脚步突地停住了。

他人站在门口，叫时姜差点儿没刹住车撞他背上。

“怎么了？”时姜摸摸鼻子。

而男人轻侧过头，眼睑垂落斜她一眼，没有说话。

不知为什么，时姜感觉到身边气温突降，冷飕飕的。

蒋炽好像是生气了。

因为对方瞪完她后抬脚就走，似乎多一句话都不想和她说的样子，叫时姜十分摸不着头脑。

接下来就是正式婚礼，蒋炽提前和时姜说过流程。

不出去酒店包席，就在这座四合院里举办，邀请的都是最亲近的亲朋好友，没有铺天盖地的宣传和张扬，却最符合时姜心意。

只是，在新人双方首次见面时，是要由女方父亲牵着新娘过去的。时姜没有父亲，斟酌后，决定让许明艳女士担任这个角色，毕竟也是她血亲。

于是，哪怕时姜并不想在这种场合看到对方，也得大老远把她接过来。

院子的另一头，音乐奏响，热场已经有一阵子了。

隔着簇簇摇曳洁白白纱的百合花楹，时姜拎起宽大裙撑站在入场等候区，身后有两个可爱的小花童趴在地毯上玩她的裙摆。

她远远看见几个熟悉面孔，谭裕凡、魏子源等人已经整整齐齐坐到了观礼席位里。

而她的母亲大人站在她身边，此刻四下打量着这古雅院落，激动得捂住嘴，压低声音凑近："囡囡啊，上次问你有没有男朋友你还说没，谁知道你动作这么迅速，不出手就算了，一出手就勾搭上一个这么厉害的！"

时姜始终目视前方，面无表情。

许明艳顺着她的视线，看见婚礼台前首排席位那黄梨花木阔椅上坐着的蒋炽父亲。看了几眼，辨认出那是谁后，许明艳眼看着就要掐人中昏过去了。许明艳抓着她的胳膊，语无伦次道："那，那人，是不是新闻上那个谁……"

时姜有些无法忍受下去。

她在场中寻找蒋炽身影，希望可以早些开始。

许明艳还在喋喋不休："你能和他儿子结婚，可真是攀上高枝了啊！"

"我早就跟你说过，你赚那么多钱有什么用。你一个女人家，赚多少都不如嫁得好。幸好不算晚，你都快三十了，真是上天开眼，让你脑子终于清醒过来……"

时姜深吸一口气，猛地转头盯向许明艳。

许明艳话头戛然而止，不知为何，她被这眼神盯得有些心里发毛。

时姜静静看了她很久，忽地，轻笑了声："你知道吗，我小时候怨恨了你无数次，怨恨你为什么不带我一起离开。"

"可是现在，我竟无比庆幸。"她眼中的寒意，渐渐融化成平静和释然。

而接下来的话，却让许明艳脸色有些难看。

只见笼罩神圣洁白婚纱的女子站在阳光下，身形高挑腰肢纤细，整个人散发着冷艳而耀眼的光芒。她勾了下唇：“庆幸你还好把我忘在了狮河县。相比被你带在身边，我宁愿和我奶奶在老家待一辈子。”

最后，是时姜自己拎着裙摆踏上红毯，一步一步走到蒋炽身边的。

就仿佛暗示着她的前半段人生，谁也靠不上。

她自我嘲讽地想。

可等她伴着音乐，朝红毯尽头的那个人越发靠近时，她的全部注意力就都被眼前的男人夺去，脑中再没了别的想法。

但这也不能怪她。他今天太过于英俊迷人了。

尤其被用那般专注的眼神注视着，瞳仁漆黑深沉，仿佛里面全然映着她独独一人，任谁都会怦然心动。

时姜微侧过头，睫毛扑扇两下，竟觉得脸畔有些发烫。

接下来，几乎是机械式地宣誓，交换一早准备好的戒指。

可他们却在新郎亲吻新娘这个环节尴尬了起来。

接吻？

他们还从没有在大庭广众下接过吻。

虽说这是婚礼中的合理环节，但只有时姜知道，这里面埋着多大的炸弹。她一时间，竟无法给自己找到合适的立场。

时姜背后有些僵。

而与此同时，她也似乎能感受到蒋炽的迟疑。

顿时不知什么心情。

但主婚人还在等着，台下好多双眼睛都在看着。

给他们的反应时间只有短短几秒。

最后，在客人们察觉到异常之前，蒋炽首先迈步上前，他抬起手，手掌扶住她发后。

时姜僵硬站着，心跳得快要蹦了出来。

对方靠近时，她下意识闭上眼。

而接下来，却是她额头上感受到一点濡湿。

原来是对方的亲吻落到了她的眉心。

那是一个轻轻的，微微发凉的吻。

带着隐忍克制。

可台下还是寂静了几秒。

大概是谁也没有想到，发生的场景，似乎和预料中的不太一样。

到底有哪对新人，竟是会怯于并避过婚礼现场接吻的？

这不只是宾客们诧不诧异的问题，蒋炽的做法，对于时姜这个新娘来说，可能面子上也过不去。

至此，她终于也能感受到了，蒋炽拉她来婚礼真的只是走个过场。

很快这个环节就要结束，男人稍稍退后，就将要分开。

可就在这短短几秒钟，时姜脑中百转千回纷繁出无数道思绪，却有一条越发清晰。

她答应蒋炽的要求，一方面确实是为了绝对不忍心放弃的公司，但另一方面，可能她自己心里都不容易察觉，那就是——

其实她想说，她愿意参加这个婚礼，还有一个很单纯的理由，她喜欢他。

没有人和事强迫，她愿意出现在这里，只是因为，喜欢他。

时姜的心脏开始控制不住地怦怦狂跳。

她几乎没想几下，就手比脑子快地拉住了他的西服衣角。

蒋炽立刻驻足，然后侧首，墨黑如海的眼眸看向她，里面透出些疑惑的神色。

而下一秒时姜就鼓起勇气，倾身靠近。手攀住他肩头拉下，踮起脚，在他微凉的薄唇上，轻轻贴了上去。

一触即离。

时姜𡲢得很，根本不敢亲太久。

她红着脸垂着眼，就要低头匆匆离开，更不敢看蒋炽表情。

但突然间，对方反而凑来，发烫手掌贴着她的后腰，往自己身前重重一揽。

二人身体再次靠近，猝不及防，时姜不禁慌乱。

而对方没给她反应机会，低下头，在她大脑一片空白之时，唇舌贴得更近，加深了那个蜻蜓点水的吻。

时间仿若被无限延长。

暖阳和煦，花木繁茂。

周围轰然洋溢起祝福的欢呼声。

婚礼流程并不烦琐，当天结束后，蒋炽发给她一串门锁密码和一把应急钥匙。

时姜一直神思飘忽，他的手都伸到她跟前了，她才如刚清醒过来一般，问："什么？"

蒋炽外表依旧看不出情绪，无波无澜，仿佛之前和她当众拥吻的是另外一个人，此刻只淡漠而平静地说：“上次让你搬家，收拾好了吗？”

时姜不在状态地低低“嗯”了声：“收拾好了……”

卡壳了两秒，然后，她突然明白过来蒋炽话背后的意思，讶然抬眼：“你是说，我，我搬过来和你一起住？”

她下意识地拒绝：“可是这里离学校和公司都太远了，我可能不……”

“知道你不方便，所以，不是让你搬这里。”蒋炽冷冷打断道，“我在清大隔壁小区买了套平层。”

清大隔壁？

因为高校云集，坐拥顶级学区，那片的房价放在整个A市范围都是天价。

时姜倒不是顾忌价格，她自己也可以买得起，只是……她完全没有准备好。

“可，可是……”

“放心，我基本不回去。”

蒋炽嗓音听上去莫名散发凉意，接下来不再看她，转身看向窗外：“你尽管可以仍自己住。”

时姜尴尬又错愕地张了张口：“其实我不是这个意思……”

蒋炽：“那今天我们一起回去，带你认路。”

时姜：“……”

时姜感觉自己都没说几句话，就被对方以一种不容抗拒的态度，直截了当地把她给安排得明明白白。

她带领公司团队统筹全局这么多年，向来只有她安排别人的份儿，第一次被人安排，感觉还蛮微妙的。

卸下繁复的婚纱首饰，张姨将他二人的婚服收在老房子中，然后时姜跟着蒋炽去车库，准备前往他口中的那个新家。

时姜坐上副驾驶，莫名有些紧张。

似乎，她每次单独和蒋炽坐一辆车，都会发生些令她始料未及的事情。

而正想着，一股存在感极强的气息将她笼罩。

驾驶位上的男人突然倾身过来，俊朗面容也越发靠近，放大。这人离她非常近，可以说差一点儿就是单臂将她环抱的姿势了。

他想做什么……

时姜眼眸睁大，后背紧贴在座椅上，一动也动不了。

却只听“咯嘣”一声，她头侧保险带被拉扯出伸长，绕过她身前，在另一侧清脆扣住。

反应过来是自己想歪了之后，时姜脸腾地红了。

她控制不住地结巴道：“你……我自己，可以系。”

蒋炽回坐端正后，已经将车子启动了，他脸色依旧很冷漠：“我提醒过你了，可你没听见。”

他微微偏头，视线虚虚投来，问：“你刚才在想什么？”

他轻飘飘问得随意，时姜却仿佛被那句话扎了下似的，已经窘迫得说不出来话了。

经过一个多小时车程后，车开进了清大门口的一个新小区。在这块寸土寸金的地段，开发商做的是高档商品房，每户都是二百平方米往上的大平层。

小区绿化做得不错，入住率还没上来，人迹不多。

时姜一路像只鹌鹑一样跟着蒋炽下了车，又跟他进了屋。

说实话，进门前时姜猜想过会是什么装修风格，她以为大概率还是B市蒋炽住处的那种单调素净的黑白灰极简风。

可谁知，屋子较之上次温馨了许多，甚至还出现了毛茸茸的抱枕等这种明显女孩子才会喜欢的元素。

时姜不禁心里有些哭笑不得。蒋炽为什么认为她会喜欢这些粉粉嫩嫩的东西？

客厅格架上一个崭新的摆件吸引了她。

走近看，是陶制的一个小男孩和一个小女孩，二人都穿着印有爱心的衣服，肩并着肩，手牵着手，傻乎乎地仰头坐着，笑颊上涂着有些滑稽的红脸蛋儿。

和她家里那对旧的有着异曲同工之妙。

时姜看着良久，眼睛里神色都柔软了，手指忍不住摸了摸小人儿的脑袋瓜。

好吧……她是挺喜欢的。

这时背后传来靠近的脚步声。

时姜立刻如被火燎了般“嗖”地收回手，连看都不敢看他一眼，转身埋头走向卫生间，低声说：“我先去洗漱了。”

直到把自己独自关进封闭空间里，她才长长松口气。

对着一尘不染的镜面，她撩起冷水拍了拍脸，尝试着让自己不再胡思乱想，尽量封闭起今晚过于敏感的情绪。

等时姜磨磨蹭蹭地洗漱完毕，从卫生间出来后，却发现蒋炽人不见了。

并且他是衣服全穿好，不像是临时出去的样子。

房子里没有放置属于蒋炽的私人物品，眼下他人一走，就更是空空荡荡得完全没有了属于他的丝毫痕迹。

时姜猜测，这套房子自从装修好后，蒋炽可能也从没有来过，搞不好和她一样，今天也是第一次来。

眼前此情此景，就仿佛只是单纯置办了个空壳，专门用来将她放进来。

心里说不上来什么感觉。

于是她很自觉地去了次卧，东西收拾好，然后躺进被子里。

这里的一切都是新的，却也是陌生的。

今天婚礼忙活了一整天，按道理她该很累了，但窝在床褥里昏昏沉沉了一阵子，硬是睡不着。

说实话，哪怕到了现在这个地步，她对今天发生的一切，都有种不真实感。

时姜伸长胳膊在床头柜上摸到手机，解锁屏幕，在消息框中划出秘书给她发的文件，躺在床上点开查看。

现在时间已经不早了，这事也不是很紧急，时姜下午看见时，本来准备明天去处理。

但想了想，左右睡不着，干脆现在去公司看看得了。

大晚上的，她一骨碌爬起来，重新穿戴好去公司了。

于是蒋炽带着大箱小箱回来后，面对的就是这样一幅家里空无一人的场景。

如若不是卫生间还未散尽的水汽，就仿佛这里从没人来过。

他独自在客厅落地窗前站了会儿，就接到谭裕凡打来的电话。

蒋炽盯着屏幕，片刻后才调整情绪，平稳地接起：“有事？”

“你还问我有没有事？当然有事！”谭裕凡在那头笑得猖狂，“你以为你小子跑得快就能避开了啊？今天是啥日子你不想想，千载难逢，我得去闹洞房！等着啊，我马上就到你新家楼下了！”

蒋炽背靠崭新的沙发皮垫，目光望向窗外夜幕星辰，眼前如蒙了一层蒙蒙凉雾，氤氲看不清神色。

他语气依旧平静：“你不用来了。”微微停顿，“时姜不在。”

“什么？”

谭裕凡笑声逐渐低了下来，然后倏地停止。他像反应慢半拍似的问：“啥叫她不在？”

蒋炽翻看着手机里时姜留给他的消息：“她去公司忙事情了。”

他垂眸掩住情绪，淡淡说：“缺个人你也闹不起来。所以别折腾了，回去休息吧。”

谭裕凡简直不可置信，脱口而出叫道：“你们好歹这也算新婚夜，她就这样，让你独守空房？！”

“……”蒋炽没有立刻说话。

谭裕凡顿时懊恼，是他太口无遮拦了。

首先“独守空房”这个形容就比较尴尬，然后更加尴尬的寂静开始在他俩中间蔓延。

很久后，听筒里夹杂着马路上汽车鸣笛声，谭裕凡那头单手拍上方向盘，长长叹口气。

“兄弟，照我看，你可真是在时教授这个美人坑里，彻底栽进去啰！”

时姜在公司忙活完，已经是凌晨一点多了，她披星戴月往回赶。

可输了密码开门，却发现，客厅里竟然亮着灯。

橘红灯盏散发着柔和的光，沁着凉意的深夜似乎也没有那么冷了。

时姜有些蒙。

刚要进屋，突然听见茶水间那边传来动静。

她下意识一回头，紧接着便撞上穿着浴袍走来的蒋炽。

他应该是刚洗完澡，去厨房接水喝了，发丝还湿润缠绕着水汽。

他浴袍没拉好，胸前露出隐约掩映的健硕肌肉，条理清晰，但不夸张，有力地覆在躯干上。

哪怕隔着大半个客厅，扑面而来浓郁强烈的男性气息。

时姜想到去年那场和对方莫名其妙在床上滚到一起的荒唐事。

上一次见到蒋炽这样，应该就是那次……

她脸侧耳后霎时开始发烫。

而蒋炽看到她，似乎也有些意外。

但他不动声色地扬起狭长眼睑，瞥来的墨色瞳仁幽深如古井，淡声道：“回来了。”

喉结混动间，嗓音又沉又磁。

时姜心口处“咚”地重重一跳。

她忙避过眼去，脸颊却缓缓发烫。

正想诚挚建议蒋炽以后能不能把衣服穿好，猛然间来这种暴击，挺经受不住的。然后她就发现了家里添出来的许多东西，仅仅几个小时而已，仿佛换了个样子。但那些物件瞅上去又十分眼熟……

她猛然间反应过来，那可不就是她公寓里的东西吗？

结果时姜再次蒙了。

她赶紧抬头，讶道：“你去我家搬东西了？”

蒋炽手里还拿着水杯，瞥她一眼，没说话。

时姜顿时心虚起来：“我，我以为，以为你走了……”

蒋炽冷漠打断：“我在床头柜给你留字条了。”

时姜都不知道怎么解释了：“我没看到……”因为她压根儿就没往主卧里走半步。

所以这时，她放在次卧里的东西就显得万分扎眼。

她站在原地僵硬了片刻，一时间都不知道该不该把蒋炽帮她搬回来的收纳箱拖过来拆箱规整了。

直到蒋炽静静看她一会儿，转头走向主卧，门“砰”地关起。

时姜才如蒙大赦般，长舒口气。

夜晚重归静谧。

时姜一个人在客厅站了会儿，揉了揉额角，有些苦恼。

她和蒋炽两个人之间，似乎总是很容易发生这样的误会，总是在错过。

她换了家居服，放轻动作音量，开始默默收整。

又忙活了会儿，才回到次卧躺上床，用智能设备关闭了所有的灯。

她在黑暗中睁着眼，鼻尖是被子松软的味道，像阳光一样，却有清冽的淡香味。她不知道该怎样形容，现在的感觉，和她几个小时离开前，有些不一样了。

房间的所有布置都让她感到很舒服。

尤其一想到蒋炽就在隔壁，不知道为什么，她紧绷了数月的神经，都稍微放松下来了。

她隐约感觉到，这一切的源头，可能就是单纯因为，蒋炽在隔壁。

抱着被子侧翻了个身。

困意如潮水般席卷而来，她很快陷入了沉睡。

时姜好久没拥有过如此高质量的睡眠。

安稳得一夜无梦。

第二日上午，时姜醒来后，蒋炽坐在餐桌前了，桌上是热腾腾的早餐。

时姜有些许愣怔。她还没来得及细细品味，但事实告诉她，她已经踏进命运的另一个岔路口了。

对方眼神淡淡望来，她抓紧时间洗漱完，过去老老实实坐下。

大概是她吃得有些急了，蒋炽端直着脊背，又看向她，时姜咽下口中的小米粥，略犹豫地解释说："我饭后去趟公司。"

赤江如果市值再照这样跌下去，虽说破产不是数月半载的事儿，但也离凄惨退市不远了。

她都做好蒋炽问她怎么还去瞎忙活的准备了，但对方没有说什么。

时姜手中勺子一下一下搅动着，小声问："那你呢？"

蒋炽说："我休假。"他侧身把纸巾盒拿来，放到她手边，"休婚假。"

时姜被这几个字眼儿搞得又不自在起来。

她吃完了，擦擦嘴角，蒋炽也在这时站起身："我送你吧。"

时姜忙受宠若惊地摆手说不用："我自己去就好，不浪费你时间。"她心中蒋炽日理万机的那个形象还根深蒂固着。然后想到什么，略难堪地垂下眼睫，音量又低了些，"况且，我们现在这种关系，是不是，也不太适合让别人看到啊……"

而蒋炽这时车钥匙都拿到手里了，闻言正站在她椅子背后，似乎"噌"地气温就降低到冰点了。

时姜坐在桌前，听见对方停顿两秒，在她头顶很不客气地冷笑一声，然后大步越过她身边，直接朝门外走。

见状，时姜只好赶紧跟上。

其实她不知道他为什么生气，她为了他的名声考虑，他自己反倒还生气。

但她最终一个字都不敢说，一声不吭上了他的副驾驶座。

好在车子直接开去了公司的地下车库，蒋炽没下车，时姜也直接坐专用电梯上楼了，一路上也没碰见别的什么人。

刚到公司时，魏子源还诧异她这新婚第二天，急着往公司跑做什么。

时姜尴尬地笑了笑，没多解释。

中午茶歇的时候，魏子源挑了个空当，跑来试探地问她：“Jocelyn，有没有跟你家那位打探打探，现在情况怎么样？”

时姜心里一跳，装傻含糊笑道：“什么怎么样？”

魏子源手指指上边，略急道：“就是，未来的政策指引啊，无人驾驶这块到底还能不能做了？探探口风。”

时姜沉默几瞬，不在状态地勉强对付道：“他最近好像心情不好。过两天吧……”

她说的倒也是事实。蒋炽本来是一个情绪很稳定的人，但不知道怎么回事，短短两天里总被她气得频频冒火。

可只有时姜心里知道她自己的真实想法。

她自认为自己之前就算称不上精致的利己主义者，也秉持的是自私寡情、利益为先的原则，然而这一切，如今对上蒋炽，竟叫她有些拿不出手来了。

她竟然还如同一个涉世未深的少女一般，像电视剧里演的那样，不容她的爱情被利益这种肮脏的东西所玷污。

她仅仅是想象了一下场景，看着蒋炽，就什么都说不出来了。

最近几天蒋炽一直来接时姜下班。

他的状态瞧上去确实是在休婚假，一直不回 B 市主持工作也可以。

他通常将车开到地下车库等着，时姜走专用电梯下楼，直接进车。两个人似乎达成了这样一种默契。

然后一起回家，一起做饭。

当然，大部分是蒋炽做。因为在时姜第一次试图做饭，结果对着出来的成品，连她自己都觉得是对食材的亵渎之后，她就放弃挣扎了。

除此之外，他俩的模式就像是生活在同一个屋檐下的陌生人，没有再多的交流。

这天下午，时姜需要去学校取文件，她提前给蒋炽发消息，以防他去公司接人却扑了个空。

然后离开办公室时在门口偶遇了谭裕凡，时姜同他如往常般打了招呼。

她本没准备和谭裕凡多说来着。以前他俩充其量就是同事关系，现在她和蒋炽明面上在一起了，对上蒋炽这位好兄弟，她总有种蛮尴尬的感觉。

埋着头即将擦肩走过的时候，时姜突然想起件事，还是驻足加了句：“谭老师，你知道蒋炽的外公最近情况还好吗？”

她总归是挂念着老人家这件事，虽说蒋炽叫她别管，可时姜想不通的就是这点，如果她不出面见见老人，那他俩结婚的意义岂不是失去一大半了。

可谁知，谭裕凡有些摸不着头脑："外公？"他一时间没明白时姜问这个干什么，"他外公啊，他外公不是早就……"

"谭裕凡。"这时背后有人忽然出声，打断二人对话。

时姜下意识转身，只见走廊那头逆光走来一身形挺拔的男人。

她心头一跳。

蒋炽很快走到跟前，没有看她，只是将目光淡淡地投向谭裕凡，冲他举举手机："晚上我和时姜有点儿事，就不请你去家里吃饭了。"

谭裕凡是刚才和蒋炽聊天，听说他过来清大，就要去他家蹭饭来着。只不过，方才看他言语间有所掩饰，也不知道这两个人在搞什么你猜我猜的情趣小游戏。

他挠挠后脑勺，感觉更蒙了。

但总归他没必要掺和，顺着话应下来："那好吧，你忙，我们改天再约。"

然后蒋炽牵着她转头就走了。

有种唯恐避谭裕凡而不及的感觉，直到他俩上了车才安妥。

时姜自觉给自己扣上安全带，心里隐约感觉到蒋炽外公这件事上有点儿问题，但又说不上哪里有问题，还不好去直接问蒋炽。

回家的路上，又开启了蒋炽开他的车、时姜看她的风景模式。

而到小区地下车库，下车时没注意，他们和一个匆匆边走边打电话的男子面对面撞了个正着。

时姜稍一打眼，就暗道不好，碰上认识的人了。

这位老总的公司同赤江一样，总部设在 A 市，在 B 市也有分公司，业内就这么大个圈，大家基本相熟。

而对方一看见他俩都惊了，尤其是两个人晚上这个点儿从同一辆车里下来，很难不叫人多想。

干举着的电话都顾不得打了，压低声音打了个招呼，迅速挂掉。

时姜心里暗自吐槽尴尬，但脸上仍笑着，和蒋炽一同走过去，率先冲对方问候道："张总也住这个小区？"

这位张总毕竟也是人精，见时姜一上来就转移话题，明显没打算主动提的意思，因此哪怕他的好奇心和八卦欲再旺盛，也硬生生压制住了。

眼神在他俩身上快速梭巡一来回，他就立刻收住，面上只乐呵呵地笑：“对啊，时总，看来咱以后就是邻居了。”

然后张总看到蒋炽，想到什么，忙从公文夹中取出一张名片，笑着双手递去：“不知道您最近在A市，我们明晚同盛总他们在滨湖这里吃个饭，不知道您有没有时间来，让我们好好招待招待？”

时姜每次面对这种应酬都感到头疼，但又是避不过的事情。

还好，蒋炽淡笑着，接过卡片，客气又疏离地说了个模糊的囫囵话：“最近回来比较忙，有空了一定去。”

又客套了会儿，二人终于和张总分开。

时姜立刻朝电梯方向而去，她走得飞快，生怕再被人看见，见蒋炽步履平稳落在后面，还忍不住拐回头拉他一把。

蒋炽目光下移，落在她拽住他袖口的手，看了几眼，没说什么。

直到进了家里，时姜这才放下心来。

蒋炽站在门口脱下外衣，用衣架挂起，然后收拾出刚才张总给的那张卡片，转眸看向已然窝进沙发里的时姜，问：“你想去吗？”

时姜抱着抱枕，瞧着他手里事物，“唰唰”摇头：“不去。”

她哂笑了下：“再一个，人家是邀请你又不是邀请我，你没见，张总他们都把我隔离出局了？赤江一不行，都没人带我玩了，我去自找没趣做什么？”

蒋炽：“你是跟我去的，他们又不会说什么。”他将卡片按在门口最显眼的台架上，“张泽那种做到董事长的人，如果真不想你去，可能会当着你的面说这事儿吗？”

时姜微微挑起眉，觉得他这个分析倒是有道理，但下一刻又心里打怯场：“算了吧……”

蒋炽默默看着她，打了最后一剂强心针：“你难道不想了解了解，现在资本市场对你们公司业务的态度吗？”

时姜：“……”

最后她承认，她被他说动心了。

第二天，时姜在公司开完会后，收到蒋炽给她发的信息，说七点有司机去公司接她，记得提前准备。

时姜盯着屏幕思忖片刻，安排完散会后，特意去休息室化了个妆，换上一条适合赴宴的裙装。

司机把她带到了一个高档酒店。

这个地方她轻车熟路，以前应酬时没少来。

侍者接待她上楼，而刚走出电梯，时姜就在走廊尾端看到熟悉人影。

蒋炽今天也是西服，整条安静走廊只他一人，肩宽腿长，像一个油画中的模特，浑身散发生人勿近气息。

他自然注意到她，侧身远远望来。

时姜向来很容易被他这种泛着凉意的眼神看得心中怦然。

压着胸口跳动，她忙埋头过去，说："我们进去吧。"

正要推门，而这时，她手被一把握住了。

时姜看着自己手，稍许怔住。

而还没等她反应过来，蒋炽已牵着她进去了。

"抱歉各位，久等了。"男人率先出声，冲座中众人微微颔首。

房间里已经基本坐满人了，座椅挪动声间，众人都忙着起身："哪里哪里，您来得刚刚好。"

时姜目光扫视间，迅速认出，眼前一桌子的，基本是国内市场的资本大鳄、金融巨头。甚至自从赤江出事后就再也没见过的盛行渊他爸盛董事长也在席中。

而这些人，自然也认出了时姜。

有人还很意外地说："这，这不是赤江的时总……"

话还没说完，蒋炽就看似不经意地将二人相牵的双手往更显眼处放了些，笑着打断："这是我爱人。"

这个消息可谓出乎意料又重磅。

对方下一秒立刻愕然住口。

而蒋炽介绍着，似乎真挺高兴的样子，面上虽然清冷照常，但眸中光泽温润了很多，如有暖意融化。

他似乎从刚一踏进门来，就全身上下登时变了个人，手掌握得更紧了些，转头朝她笑了笑。

"我和我爱人是初恋，前不久刚结的婚。目前还没告诉太多人。"

这最后一句强调，众人立刻明白过来什么意思了。

他们不知道是正常，但如果从这里传出去，可就能精确到人了。

但赤江负面新闻压顶，今天蒋炽将赤江的总裁以夫人身份带过来，又意味着什么呢？

寂静两瞬，众人应变很快，都开始热闹着恭喜。

“哎哟，没想到二位原来还有这段良缘，天作之合，感情真好，可太让人羡慕了！”

时姜微笑着镇静应对，还能游刃有余说“谢谢”。

这种场景她见得不能再多。

天知道这帮人精中的人精，一个个各怀什么心思，肚子里都打着什么算盘。

寒暄过后，落座后，有人试探地问：“赤江如今……”

而蒋炽出声，立刻将话题将时姜身上转开，反而询问道：“听说徐总最近全撤了智能汽车版块？”

这位徐总一愣，没想到蒋炽将他旁边人的话头挡得这么严实，但很快笑着回答：“顺应局势嘛。我也是为公司打工，为广大投资者打工，许多事情，身不由己啊……”

然后略微犹豫地停住了。

时姜十分清楚他在顾忌什么。

自己这个赤江创始人在旁边坐着，对方很多话不好说出口。

她垂了垂眼睑，正要说什么。

却只听蒋炽：“大家不必多想。我今日来只是做个小调研，了解市场风向，没有别的意思。”他笑着站起来举了举杯，“大家照旧随意便好。”

接下来的宴会，蒋炽全程不谈赤江科技公司一个字，就算有人主动把话题往赤江上面引，试图探探口风，也会被蒋炽立刻截住。

而神奇的是，之后不久，赤江科技公司市值连续下跌的形势，竟然出现了回转。

魏子源惊奇至极：“这些人是嗅见了什么风声了吗？”他说着就忙去翻手机，自顾自低喃，“我每天都关注新闻，不应该啊……”

时姜坐在办公桌前，视线落在桌面上市场部交上来的厚厚方案集，窗外艳阳在她余光里反射出一小片耀亮。

她愣愣地有些出神。

自从魏子源激动奔来她办公室后，又有几位高管也赶到场了。

几人乌泱泱讨论了一会儿，突然有人敏锐地察觉到不对劲儿了。Sergio（塞尔希奥）在M大的博士生导师是诺奖经济学得主，他摩挲着下巴，沉吟片刻：“像是有集团在人为操控股价。”

然而这个观点并没有得到重视。

“现在市场不明朗，谁能保证我们赤江之后就能翻身？”

“况且我们的合作伙伴里谁有这么大的能耐？”

“……”

可现在说再多，皆是猜测。

魏子源认为当前要紧的不在此处，便插了句嘴：“大概是市场总归对我们有期望，相信我们一时半会儿退不了市，见赤江接连几个月跌得差不多，如今就一个一个都来抄底了。”

他颇为天真地表述着。

而时姜眼前略微恍惚，一直沉默着没说话。

魏子源见她不在状态，试图和稀泥作总结：“算了不管了，总归是好事！”他笑着看向她，“Jocelyn，你不该感到高兴吗？”

闻言，时姜抬起脸，努力朝众人笑了下，只是笑容有些苍白。

“高兴。”她说。

时姜跟着蒋炽跑了几次饭局之后，就不想再去了。首先，该认的人脸都已认齐，消息都已释放出去，再多没有必要。

再者，时姜知道蒋炽此举意欲何为之后，在跟他去赴宴，就会感到越发折磨。

当然，没有别人折磨她。

她是利益既得者。

——她这是自我折磨。

时姜混混沌沌地跟着蒋炽走，却自认为头脑清晰。

她以为自己一切以赤江的利益为上，以为自己可以做到冷酷无情，可是胸中的那股不安却在发酵，不断扩大。

可仔细想想，蒋炽又确实没有做什么。他一直在例行公事，无一字逾矩，就算是有人现场录音传出去，也听不出有哪里不对的。

但目前形势发展至此……在她答应和他举办婚礼时，就应该想到，她无可避免地会从对方身上沾染些利益，不是吗？

只是魏子源问她，背后的事情，她实在没有力气说出来。

待人稍散去些，时姜问留下的魏子源：“魏老师，你认为应该因为一场意外事故，而停止发展整个自动驾驶领域吗？”

魏子源放下手机，叹口气：“Jocelyn，我知道你想说什么。”他头痛地按了按额角，“我们所站的立场不同，这个问题由我们来回答的话，是无意义的。”

时姜便笑道：“是我糊涂了。”

魏子源眼眸温和地看着她，摇头：“不，你只是太累了。你该让自己放松放松。”

时姜听他的，放松地看向他身后窗外：“你说得对，我心里一根弦一直在绷着。”

夕阳映照下的林立高楼，瑰丽灿烂，她佯作无奈地摊手：“人类因害怕机器人控制地球，而明令禁止任何机器人研究，科幻电影里不经常这么演的嘛！”

魏子源很给面子地被她逗乐了：“或许我们只需要担心眼下十年，嗯，十年都不到。”

他在工学椅上靠后仰坐，舒展自己的双臂双腿，喟叹一声：“如果一定要回答你刚才的那个问题，那么，我的答案是——”

“我愿意为我的科技梦想而奋斗一生。但无论最终政策怎样，我都能理解。”

时姜静静思考了会儿，点头说：“不同国家里，不同政党带领下，不同经济阶段中，都会是不同的结果。”

“只是，我最近感慨，我们都是时代的产物。年轻时心比天高，以为人定胜天，如今看来，我的生母许明艳女士说得对——”

她缓慢站起身，今天是周六，蒋炽中午给她发消息说回 A 市了，她决定早些回家：“我们终究是渺小飘浮的尘埃。”

告别魏子源后，从公司离开的路上，时姜后知后觉反刍自己刚才的念头。原来，在忽然之间，她竟然已经拥有了一个家。

一个陌生、却又能轻易触动到她的概念。

可她又从来摸不透蒋炽的想法。

她以为蒋炽该是恨极了她。

讲道理，哪怕至今，他们二人关系也称不上好，用“相敬如宾”形容都算客气的。

蒋炽仿佛只会在类似饭局的必要场合，和她两手相牵，相视而笑，在外人面前饰演一出伉俪情深。平时在家里，都是各过各的。除了吃饭时不得不聚首，其他时间他俩都是各自在自己房间里忙工作。

说是结了婚，但时姜相信她和蒋炽心里都清楚，这段婚礼是怎么来的。

更何况，连最基础的法律保障都没有，充其量只能算是同居。

还是带有相互利用性质的同居。

她知道自己有够纠结。

可有时，她感到蒋炽的情绪比她还要矛盾。

像拉锯一样，拉扯之间，却将自己遍体鳞伤。

时姜在司机正要驶入小区时，想到什么，让他停下。

这个时候已经是晚饭时间，街道上烟火气已经升起。

她忽然想起，近来周末如果不出去吃的话，全都是蒋炽在做饭，人家从B市过来两头跑，累的同时还得伺候她。时姜终于良心发现，突发念头，不如今天她来试试。

于是她在小区门口的连锁生鲜超市里逛了一圈。

感觉没买多少，然而一大兜食材拎回去差点儿把她累死。

而谁知，回去一推门，迎接她的是，蒋炽正要出门的场景。

他的婚假早就休完了，上个月就回归正常工作了，可意外的是，他依旧常常回来，并不是他之前口中说过的基本从不回来，她完全可以当成自己家住那样。

时姜感到神奇，但一直没敢问。

今日，蒋炽没给她大展身手的机会，B市有突发工作需要他主持，他必须立刻回去。

中午刚回来，没待几个小时就又要走。

时姜僵硬站在门口，掩不住失望的同时，却更觉得他辛苦。

近来蒋炽如果没有重要工作，每个周末都要飞回A市一趟。

时姜不想他太折腾，休息日过得比工作日还累。

本想叫他，其实没啥事儿的话，也不用这么频繁回A市，结果出口却成了："你……下周早点儿回来。"

对方正在换鞋的动作瞬间停住，停顿两秒，静静挑起眼，转头回看她，神情似是有些出乎意料。

时姜心里"咚"地一跳，似有什么心思被看透，她连忙指着厨房她拎回来的购物袋："东西买多了，吃不完会浪费。"

蒋炽瞥去一眼，平静地说："可以冷藏起来，冰箱够大。"

时姜只觉得满头的尴尬快没边儿了。

她满脑子搜寻借口，病急乱投医地脱口而出："你上次吃饭时是不是说过，厨房碗盘颜色不搭，计划我们一起去挑厨具……是你说的对吧。”

她慌乱的声音越来越小，自己都心虚得不行。

其实时姜并不太确定蒋炽说没说过这话，但她已给自己找好了退路，对方如果说不是，那她大可以说自己记错了。

而蒋炽静静看了她会儿，然后点头，说：“对。”

听得他主动承认，时姜微垂着头，几不可察地呼出一口气。

可紧接着却听对方说：“虽然你不当我们这是常规意义的婚姻，”他突然大步走过来，皮鞋声音在地板上落下，“但你是不是，也要履行一下义务。”

时姜眼眸睁大间，什么反应都来不及做，好闻的男士淡香将她周身萦绕，男人迅速俯下身来，在她柔软的唇瓣上浅浅亲了一下。

一个浅尝辄止的离别吻后，骤然分离。

他匆匆走了，身影消失在门外昏黄处，只有余音似还回荡在她耳边：

“我会早些回来。”

第九章 同居

「这么糟糕的我，将一切都
搞砸了的我，你还愿意喜欢吗？」

时姜开始有些盼望着周末到来。

这给她在公司陷入低谷的灰暗日子中，带来了一丝慰藉。

一个公司或许不会那么快就死，但也不会那么快就活。诚然，就算自动驾驶仍被允许发展，但这个打头的公司，未必就是有过劣迹的赤江。

这段日子里，她经常在想她以后会怎么样。

她或许会成为一个笑话。

清大教授的光环给她托了底儿，却如双刃剑一样，给她引来更多人的议论和目光。到那时，舆论会像当下批判赤江一样，毫不留情地嘲笑昔日风光的她。

除去这些，其实她并不介意回归学术界。她原来的志向也并不大，只想和奶奶过好日子。是蒋炽激发了她人生中的无限可能。

但仔细想过后，不甘心吗？

当然不甘。

登顶过看过高峰处的景色，又怎么会愿意归于平凡。

她在M大求学时见过许多创业狂热分子，公司因各种原因经营失败，后来忍受不了从而选择自杀的，不在少数……

时姜拎着锅铲，一边第六遍煎着培根蘑菇卷，一边漫无边际地想着。

这道菜她已经练习将近一周了。

还好上天保佑，这一次先不管尝起来怎样，至少终于卖相好看了些。

正自我欣赏着，这时门口有动静。

时姜心中一跳。蒋炽在一个小时前说已经到机场了，按照时间，正该到家。

她关了火就去开门。

结果推门后，映入眼帘的人竟是盛行渊。

时姜有些始料未及，上次和他分开还是赤江汽车试运营出事那次。

而数月未见的盛行渊，却明显消瘦憔悴了许多。此刻，他面上还带着一点强装出来的轻松，但二人寂静对视间，时姜仍看到他眼底深处掩饰不住的惶惶。

终是盛行渊先打破气氛。

“老师。”他努力朝她弯了弯唇，轻声唤道。

“……”时姜不免难堪。

她站在门口，不进不退的位置。

“老师搬新家，不请我进去坐坐吗？”盛行渊苍白地笑了笑。

时姜以前何时见他一口一个老师，如此听话过。

不知他这段时间都经历了什么，这个叛逆肆意的大男孩，身上的张扬仿佛被统统挫尽。

“你……”

可询问的念头刚起，下一瞬，时姜就提醒自己得硬起心肠。

她垂眸避过盛行渊的视线：“我已经不是你老师。”

这方空气似乎都要凝固。

停滞了很长一段时间，盛行渊低下头说：“这几个月，我无数次想去找你，但是我爸都把我拦下了。我的房间门口有保镖看着，我出不去。直到后来……”

他似是说得十分艰难：“后来，我爸说你和蒋炽在一起了，我不信，他才放我出来，还让秘书给了我你的新地址……”他最后极为涩然，嗓音哑得可怜，不愿相信地轻声说，“你，你这就和他，搬到一起住了吗……”

时姜隐约想起，盛行渊说他小时候在 M 国受袭那次之后，他爸也是用强制手段限制了他的自由。虽然她不太懂盛董事长为什么要这样对待自己唯一的儿子，可终究是心软了些。

她犹豫着侧身：“进来吧。”

面对盛行渊的质问，她不知道该解释什么。她尽量让自己表现得像个招待客人的主人。

她去厨房把菜端到餐桌，直接转移话题："你吃饭了吗？要一起不？"

而对方突然冲过来，手撑在餐桌旁，问她："你为什么要和他举办婚礼？"

时姜把盘子往桌面中央挪了挪，和另一盘有些凉了的白灼虾仁并排放置，然后抬头同他对视："小盛，这或许，不是你该关心的问题了。"

盛行渊似是有些情绪崩溃："为什么……你为什么不等等我……"

时姜："我等你什么？"

盛行渊睁大眼睛，认真看着她："等我变成能够追上你的样子。"

时姜眼前一阵恍惚。

她看着眼前的盛行渊，和十几年前的自己，何其相似。或许人这一辈子大概率都要经历这样一遭劫难，拼尽全力却终将面临未果的结局。

"你不知道，你说你不喜欢歌西亚，我当时心里有多么窃喜……我可以等你离婚，可你为什么……"

"你不是说，你和那个蒋炽没有可能了吗？但你为什么和他在一起了？"

时姜垂下眸："小盛，这不是一码事。"

盛行渊急道："可是……"

时姜当即打断，轻声说："盛行渊，你是真的不懂，我为什么不能再做你导师了吗？"

盛行渊一愣，大概是察觉到时姜为了让他意识到严肃性，连叫他"小盛"都不愿意了。

时姜向来不喜欢因为此类事情和人纠缠，她有些疲惫："无论我和蒋炽怎样，但你和我之间，最大限度也只能是师生。"

"我这么说，你明白吗？"

盛行渊怔怔看着她。

他惶然不安，似乎意识到，今日此时此刻，是他最后的机会了。

他突然说："老师，我是不是从来没有和你说过，我喜欢你……"

"好了。"

时姜立刻站起，她不想再进行这个话题下去。

她承认，她不是一个好老师，她对于感情的处理方式，也几乎停留在十几年前的水平。她无法能够理智地给对方排解，就只能无能地逃避。

"你和我根本不可能的。"

或许让盛行渊进门就是一个错误。

蒋炽就要回来了，她不想让他看到家里混乱一片。正要离开餐桌，然后被盛行渊拉住了。

盛行渊几乎绝望地看着她："那你为什么要救我呢？"

"那日，我和他之间，你选择了我，不是吗？"

时姜微愣。

她知道，盛行渊说的是，赤江汽车试运营那日，汽车失控冲来时，她首先推开了盛行渊，却没顾得蒋炽。

盛行渊紧紧攥着她的手腕，让她根本挣不开。

盛行渊："老师，你救我两次了。第一次你让我没有堕落，第二次你给了我希望。我从没想过，我在世上会和一个人的羁绊如此之深。"

"他能给你的，我也可以……只要你，再等等我，等我一段时间……"

时姜沉思着一直没说话，而这时，突然出声："你不是问我，为什么第一反应推开你，却没有管蒋炽吗？"

她抿了抿唇："说实话，我也想过这个问题。当时给我的反应时间太短，我也不知道为什么会那样做，而后来，我用了一段时间，对当时行为进行自我剖析，试图赋予它一定的可解释性。"

盛行渊迷茫看来。

时姜："你一定知道那个母亲和妻子落水救谁的问题。这个场景过于极端，但一定程度显示了，在这个苛刻条件下，对伴侣的忠贞与对家人的亲情，不能两全。"

盛行渊不明白她说这些做什么。

而时姜垂眸，静静看着大理石桌面上的纹理："盛行渊，你是我门下的第一个学生，虽然我们师生关系结束了，但我永远会帮助你。你在我眼里，甚至是需要我在羽翼下庇护的孩子，我此生愿意尽我所能去助你成长。"

"所以那天，失控车辆驶来的时候，就算是一个陌生人，我也会毫不犹豫救他。更何况是你。"

"至于蒋炽……"

时姜目光虚然，长久地沉默了会儿，才略艰涩地说："虽然这样形容可能有些自作多情，可我潜意识里觉得，我和他更亲近些吧。你二人，在我心里，就是不能两全的天平双端。"

"我喜欢他，喜欢了很多年。可当时，前一天晚上，他告诉我，他就要和别人结婚了。"

她淡淡弯了弯唇，轻飘飘地说：“所以，大概我当时下意识的反应觉得，这辈子，我俩是不能在一起了。如果能和他死在一起，也不是不行。”

盛行渊呆呆地看着她，大概是被震惊到，也好像是异常难过，愣怔半天说不出话。

“但事实是，我和他确实没可能了。”

时姜状似轻松地冲他笑了下，缓缓撒手，想让对方松开自己：“有时，你看到的，并不一定是真实情况……”说着，却立刻顿住一切动作。

因为她忽然察觉到，背后不远处的门口，一个高大人影静静伫立在那里。

对方气息她再熟悉不过了。

是蒋炽。

时姜心脏猛地一跳。

刚才盛行渊进来时，门没关。

时姜不知道蒋炽是什么时候回来的，也不知道他听到了多少。

她莫名有些怕蒋炽误会。

虽然他们之间误会早已深得如同马里亚纳海沟。

一时间气氛有些紧张。

一周不见，蒋炽头发似乎剪短了些，身穿浅色衬衫，外套搭在左手臂弯，整个人挺拔清俊。

他向来镇定淡漠，而此时看着闯入的盛行渊，视线下移，落到他抓着时姜的手腕上时，目光霎时冰寒刺骨。

他同盛大少爷并没有半分客气，冷冷扯动嘴角：“上次和你说的，你没听明白吗？”

时姜并不知道他们上次谈话内容，但绝不是什么和平话题。

于是盛行渊立刻反驳：“我为什么要听你的？况且，你有什么立场让我远离她。”

这两个人明显异常不对付，虽然时姜都不知道他们何时私下有过交集。蒋炽看着盛行渊，深邃眼眸里如万里冰封：“立场？立场就是，你现在闯入的是我们的家。”

“你们？”

盛行渊挑高眉头，不怕死一样地说：“你以为我不知道你和老师为什么能在一起，分明是你拿条件要挟的她！”

仿若被戳中最为隐蔽最见不得光的心思，下一瞬，蒋炽登时浑身的气势都变了。

他将衣服撂在沙发上，极有压迫力地一步步走来，冷笑：“我们之间的事情，轮得到你一个外人插手？”

盛行渊：“你！”

时姜全程看得心惊胆战。

上次他俩在试运营现场剑拔弩张的样子，时姜还记得一清二楚，公共地盘都敢这样，如今在私下场合，她实在是害怕二人直接动起手来。

“别说了。”

她转头，请求般地看向蒋炽，希望他不要再和盛行渊对线了，然后就去挣盛行渊：“放手。”

“老师……”盛行渊慌张道。

哪怕时姜用力对抗，他也紧紧地近乎固执地抓着她，似乎只要一放手，她就会彻底消失一般。

场面陷入僵局，蒋炽脸色阴沉地过来，时姜见状，连忙就要隔在两人中间，而纠缠间，却蹭到桌上东西。

只听“砰”的一声，那盘蘑菇卷，转眼砸碎在地。

闻声时姜怔怔看去。

她本来就不会做饭，在国外那么多年也向来都是吃厨师做的，这个菜是她试验了好多次，才勉强卖相能够看。

而盛行渊也愣了。

“对，对不起。”他嗫嚅着，“我不是故意的……”

时姜虽然心里可惜，却也没到和对方计较这个的地步。

不过这事给了她可以顺利离开的契机。她一时半会儿无法把盛行渊撵出去，只好将蒋炽先行拉走。

而盛行渊大概是自知理亏，没有再阻拦。

被人逼得反而离开自己家，还真是够魔幻。

时姜生怕盛行渊继续追出来，拉着蒋炽直接出门进了电梯，赶紧狂按关门键，等电梯顺利关闭后，才舒了一口气。

二人又处于一个安静的密闭空间。

时姜余光看见旁边蒋炽似乎脸色不太好，顿了顿，小声说：“他就是一孩子，你，不要和他一般见识。”

蒋炽垂下眸，静静看着她拉住自己手腕的手，启唇说："你是在帮他解释吗？"

时姜连忙"嗖"地收回手，有些不敢看他眼睛。

她埋着头，轻轻摇了摇，又坚定地摇了摇："我是怕你生气……"

而这话一出，她明显感觉到，对方很神奇地，气势缓和了不少。

连周围空气的温度都没那么让人难受了。

"你……"男人朝她缓缓伸手，"那道菜是你做的？"

时姜微讪道："不重要了。"

她怕他继续这个话题，这时看到什么，忙匆匆说："你的衣服脏了。"

蒋炽的衣角上沾染了一处油渍，应该是刚才推搡之间盘子跌落时被蹭到，在他的浅色衬衣上极为显眼。

时姜不免歉意："旁边就是商场，我们去买一件吧。"想了想，"顺带吃个饭。"

家里是吃不成了，连盘带菜都被摔了。希望他们转一大圈回来后，盛行渊那个没眼力价的家伙能顺利离开。

小区位置不错，旁边就是一个全 A 市排得上号的高档商场。

于是，今日活动直接升级了尴尬指数，变成了二人一起逛街。可偏偏蒋炽摆出一副并不甚积极的模样，跟在她身后，仿佛在等着时姜给参谋。

可她哪里会给男人挑衣服啊。

场面便演变成两个人沉默地在商场里游离乱逛。

时姜有些饿了，她简直想说直接去吃饭吧，可之前说过的话不能不算数，再者也不能让人家穿着脏衣服去餐厅。

渐渐地，甚至路过行人朝他俩投来的目光都开始增多。

时姜觉得不能这样下去了。

而也在这时，她突然想起来，之前在这个商场里面一家店里，确实中意过一套衣服。

那是时姜刚搬来和蒋炽一起住没多久，逛街时偶然觅得。男士衣服在她眼中向来都没什么区别，但也不知道为什么，她一眼就看到了橱窗里那件。

光线清冷打落在模特身上，她莫名觉得穿在蒋炽身上应该很合适。

原来挂念一个人是这种感觉。

时姜原地转头，朝那家品牌店面走去。

蒋炽侧头看向她。

时姜一时不知道如何解释。以前逛街时看到有适合人家的就暗自记下了这种话，她说不出口。只模棱两可道：“跟我走吧。”

他们一进门，就有店员热情迎来：“时总您来了。”

时姜是这家店的常客，和店员们都快混眼熟了，她做事向来追求效率，进来就单刀直入地指向最显眼位置衣架上那套：“麻烦拿这件给他试一试。”

店员看向她身后男人，眼中难掩惊讶，可很快，又察觉到自己可能冒犯，连忙笑着去取衣服：“您还是第一次给男士挑选呢。这位是您……”

不远处又有人往这处探头探脑。

时姜担心这周围这么多人，总有几个关心时政新闻，能认出他俩的。

她打断问道：“VIP 试衣间还有吗？我们去那边。”

于是对方立刻明白她想要一个相对隐私的空间，便领着他们过去。

与其说是更衣室，不如说是不小的休息间，环形沙发中央案几上还置有精致茶歇。

时姜确实有些口渴了。

而她拿杯子喝水的工夫，另一头更衣镜面前，蒋炽竟已经开始更换外套了。

于是时姜一下有些被局促住。

所以现在她是走还是不走？

她正要出门，而对方侧头，无言轻飘飘地看了她一眼。

于是时姜这一脚就愣是没能迈出去。

“帮我拿条领带，好吗？”蒋炽说。

时姜僵了僵，拐回去捡起了沙发上的领带，过去递给蒋炽，他却没接。

又僵了僵，僵持未果，时姜只好走得更近些，抬起手，帮他系。

头顶灯光打得好，男人面容轮廓棱角分明，柔光又让他散发出一股迷人的气息。

时姜没出息地又听见自己心脏开始加速。

可是，她为什么要帮他系领带啊？

但说实话，刚才蒋炽并没有说要她系来着，人家只看她一眼，她就自动默认这样做了。这下子骑虎难下还没办法逃开，只得硬着头皮干下去。

她没干过这差事，只依稀照着脑海中的印象，照葫芦画瓢。可毕竟没有实操过，搞了半天都是歪的。

而同时温度开始逐渐升高，离得太近，二人间气氛不可避免走向暧昧。

时姜略不自在，小声说："这……这也是我应尽的义务吗？"

全程蒋炽一直默默看着她，听了她这话，突然抬起手，将她一直低头而垂落的发丝，轻柔拨回耳后。

他哑声说："当然。"

对方这个姿势，她仿佛被揽在他怀里。对方身上熟悉的气味又将她笼罩。

这过于亲昵的话语和动作，时姜几乎有种无所适从之感。

他们明明看上去这么近，却实际上又那么远。

时姜突然感到迷茫。

她自认为清晰的道路，却又似完全想不通了，未来仿若开始泛起大雾。

"我们这到底在做什么呢……"她鼓了很久的勇气，还是说了出来，"蒋炽，我不喜欢这种感觉。"

头顶灯光寥寥飘落。

不大的房间里寂静异常，他们站在暗黑而温柔的光晕里，细尘在身旁跳跃飞舞。

"我也不喜欢。"

沉默了好久，男人说道。

可是眼前分明是一个死结。

时姜苦笑："那，我们要分开吗？我可以搬出去。"

结束了也好，她不想和蒋炽交换了，一切重归轨道后，她就当这是一个荒唐的梦。

"我瞒了你一件事情。"可蒋炽却没有回答她的话。

二人间距离已经很小了，时姜感受着他身上的温度，又仿若能清晰听到他心跳，一下一下沉稳地跳动。

她不自觉有些低落，垂着眼睑："什么？"

蒋炽低下头，静静看着她："上周，我将我们的同居证明，连同你的离婚诉讼，请 M 国的律师一起寄去了那个人的公司。"

时姜不记得他们是怎么就开始接吻了。

好像是她首先踮起脚尖，快速触了触碰蒋炽的唇角，但将要撤退时，就被紧紧揽住了腰。

只是现在蒋炽身上崭新的衣服被她弄皱了。她被抵在一尘不染的穿衣镜前，快擦枪走火之时，两人才微喘着气清醒。

最后好不容易离开换衣间，时姜去请店员帮忙再熨烫一遍，她几乎都不知道怎样该给人家说，浑身每一个细胞都泛着尴尬。

偏偏对方还贴心地递来一个精致套盒，笑着问她："您需要补妆吗？"

时姜几乎想找个地缝钻进去了。

她也不知道为什么，每次碰上蒋炽，她的冷静和理智，就统统丢到脑后十万八千里。

离开商场，一路都快走回小区了，时姜都不太敢正眼看蒋炽。

而刚进电梯，蒋炽的手机又响了，时姜依稀听见一些话，好像是又有事要叫他回去。

她心里一紧，袖下手指尖蜷进了掌心，说不上什么感觉。

蒋炽挂完电话，歉意看向她，说："有突发情况，我得立刻返程了。抱歉，最近比较忙。"

连着两个星期都是这样。

时姜看着他忙碌回复消息的侧脸，犹豫半天，还是说出了口："其实……你不用这么频繁回来。"

蒋炽打字的动作倏地停住。

然后她连忙嘴比脑子快地补充上："我，我去 B 市找你。"

停滞两秒钟，蒋炽缓缓侧身看向她，神情微讶。

"……"时姜有些发慌，她顶不住对方这种眼神，正想改口。

而很快，男人似乎极其浅淡地弯了下唇，瞳色都柔和不少。

他靠近过来，俯下身，时姜又嗅到了他身上好闻的淡香味儿。

正愣怔之际，对方抬手揉了下她脑后柔软发丝，然后，她手中袋子被拿走。

"好。"

她听见男人低磁嗓音："我等你。"

于是时姜又把自己赶鸭子上架，不得不过段时间去趟 B 市。

赤江无人驾驶汽车事件已经发酵了近三个月，在 A 市已进入萧条深秋的同时，B 市还是一片郁郁葱葱，生机繁茂。

这种对比反差在时姜刚下飞机时尤为明显，不禁感叹祖国的疆域辽阔地大物博。

时姜这次来 B 市没有和蒋炽提前打招呼。

她也说不清楚自己究竟怀着怎样一种心态，她不认为这会给蒋炽一个惊喜什么的，当然也可能是惊吓。又或者是想为自己的行为找一个合理化解释，毕竟她也是要来办正事，而不是特地专门过来的。

然而当天晚上她应酬时，就好巧不巧地碰上了蒋炽。

那时她被敬酒得敬得有些头晕，离席出来透透气，然而拐去洗手间的路上，就看见一帮人簇拥客套着往她身后会议室走，为首那人赫然就是多日不见的蒋炽。

时姜脚下僵硬了几秒，但由于正巧相对走来，她避无可避地不得不和对方擦肩而过。

耳边还能听见有人冲蒋炽连声奉迎吹嘘，马屁拍得十分熟练，时姜保持目不斜视地直线均速前进，但余光还是看到衣衫革履的男人淡淡笑着。

她顿时颇为后悔。

早该想到这家酒店在 B 市非常有名，B 市企业许多重要聚会都喜欢在这里召开。

所以她在这儿碰上蒋炽的概率本身就很大。

她本想酒席结束后就给蒋炽联系的，这下好了，被人撞了个正着，到时候解释起来都有些麻烦。

水龙头哗哗流淌着，时姜对镜补了妆后，手指冲过冷水，冰了冰发热的耳垂和颈后。待头脑没那么晕之后，状态恢复差不多了，她才走出女洗手间。

而刚出门，却突然有个高大人影迎面过来，抓住她手腕，往自己跟前微微用力一拉。

时姜只觉得有些天旋地转，她转眼就被对方压在冰凉的瓷砖墙面上，这人另一手捧住她脸，低下头，阴影投落，准确吻住她双唇。

时姜呼吸窒住，全身僵硬，而辨认出对方是谁后，她刚清醒的脑袋又开始克制不住地发晕。

蒋炽似乎有些急切，气息滚烫，炙热手掌紧贴在她腰腹侧，用力握住，深深地和她接吻。

轻而易举撬开唇舌后，酒精味儿浅淡萦绕，蒋炽皱了皱眉：“你喝酒了。”

时姜挣扎着想避过，却感到手脚发软，小声说：“工作需要。”

好一个官方的理由，但蒋炽没打算放过她，他又低下头，在她唇上用力厮磨咬了下：“刚才装作不认识我？”

时姜觉得眼下状态有些危险。虽然这里是过道中凹陷进去的一处盲区，卫生间两侧听起来也没人，但终归是公共场合，她时刻害怕被路过的人发现。

尤其此刻有一触即燃的架势。

她喘息着侧过头，抬手想去推他的肩，说：“我们，不方便，叫别人看见……”

仿若他们的关系根本不能见光，只能存活在阴暗里一样。

而这句话如冷水般，让蒋炽稍稍清醒了。

蒋炽直起身，和她分开了些。

“怎么来B市了？”他听起来有些气闷。

时姜心脏剧烈跳动，脑中飞速编撰着各种理由。她努力强迫自己抬起头，和他对视，睫毛扑簌着，张口：“我，我来开会……”

可事实是，她声音小得如同蚊子嗡嗡，一紧张，还结巴了，连句完整的话都表述不出来。

憋了许久，她终于认命般地叹了口气，垂下脑袋，破罐破摔地决定打一竿子直球。

“我……我想你了。”

空气中有一瞬间的寂静。

像是时间都停止了既有流逝，光影中尘埃拉低了速度地缓慢漂浮。

而时姜也并没有感到终于解脱了的如释重负。

她听蒋炽半天不出声，等了一会儿，抬起头，才看到他眼睛里面似乎有复杂暗色在流淌在涌动，是想要将她包裹占有的浓重澎湃。

她下意识地有些心慌。

“家里大门密码记得吗？”蒋炽突然低声问她，修长手指轻柔抚上她脸侧，仿佛有什么压抑的情绪在酝酿。

时姜想了想反应过来，他指的是B市那套她去过一次的房子。她垂眸小声“嗯”了下：“上次你发给我了。”

男人深邃眼睛看着她：“好，我这里可能会晚些。”

哑声说，“你回家等我。”

时姜又回洗手间调整了半天，直到助手打来电话担心地问是不是遇见什么事了，她才重回酒席。

刚一进门，有人就看见她了，举着杯子过来迎："时总，您猜我刚才出去碰见谁了？真没想到今天这么有缘分，B 市那位就在隔壁开……"突然顿住，叫道，"哎哟，时总您这嘴边怎么了？"

他这声一出，饭桌上几乎所有人都"唰"地往这里瞅。

时姜窘迫到了极点。

她刚才已经在洗手间很努力地补妆了，但还是没遮住刚才痕迹。她几乎怀疑蒋炽那家伙是不是故意的，一向有分寸的人，这次下嘴这么重。

她简直是拿出自己这辈子最厚的脸皮，保持官方微笑："我好像是突然过敏了，也有可能是吃那道菜上火。"随手指了指一道川菜，然后在全员注目礼下回到座位，笑道，"不要紧，大家吃好喝好。"

而神奇的是，这次回来后，再没人敢劝她酒了。

时姜还算愉快地结束了下半场应酬。

结束后，时姜叫司机送他到高速路口没多远的那处住宅区。大概是上次被雨淋湿在这里换过衣服的原因，时姜对其地理位置印象颇深。

蒋炽预测得不错，确实是她先一步回来。

输入和 A 市家里一模一样的密码，打开门进去。这套房子一直是蒋炽一个人在住，入目便是明显简约了许多的装修风格。

时姜收拾完后，独自在客厅沙发上等了会儿，还是压抑不住自己的熊熊好奇心，放轻脚步，朝蒋炽的主卧走去。

上次惊鸿一瞥的满墙照片让她暗暗惊诧，而这次再看在眼里，心境却已然变化了许多。

照片中的女生青春靓丽，乌发明眸，笑起来眼下有弯弯的月牙。

有许多场景是她自己都不太记得曾经到过那里。

时姜探指轻抚着照片，从别人的角度回顾着自己流逝过去的岁月，心里突然感受到一点哀婉的伤痛。

这是她最好的年华，却和蒋炽相隔千万里之遥。

原来他们之间真的错过了这么多，这些时光，当真却能补回来，再续前缘吗？

她忽然间不确定了。

时姜坐在床边，侧头呆呆地看着窗外拉下的夜幕，思绪开始飘远。

她想起蒋炽。

又高又帅，事业有成，他这个年纪正值黄金期的男人，从人性本源上分析，应该是喜欢娇滴滴的小姑娘吧。

要年轻一些，二十出头没几岁，最好是喜欢抱着人的胳膊撒娇，能提供情绪价值，把人哄得高高兴兴的那种。

她在商界见过许多这样的男人，钱赚够了，社会地位有了之后，哪怕家里有妻有子，也要在外面养一朵年轻娇艳的解语花。

她见多了，也就没感觉了。不得不承认并接受，人性本如此。

而她从来不会拒绝相信人性。

所以，对于蒋炽而言，她有什么。

她早过了不谙世事的年纪，眼睛里也没了无忧无虑的天真烂漫，她也不需要谁人去呵护去照顾，因为她自己就可以撑起一片天。

时姜这辈子第一次在感情一事上生出些恐慌来。

不愧先知曾说过，智者不入爱河。

她没了情爱束缚时，浑身都是所向披靡的坚硬盔甲，而如今面对喜欢的人，还是不落俗套地陷入了近乎卑微的患得患失之中。

于是蒋炽回来后看到的就是，坐在自己卧室的地板上，靠着床边已然蜷缩成一团睡着了的时姜。

他脚步蓦地止住。

看着地上那人，他简直又好气又好笑。

这么多年，她就是这样照顾自己的？

他走过去，扯过绒毯将人卷住，小心翼翼地从地上抱起来，顺势放到床上。

安顿好后，他大概是注意到什么，转头看到那整墙照片。

想了几秒，蒋炽放轻声音，将墙上照片一张一张地取下来，合成一摞，仔细拿档案袋装好后，放进抽屉最底部。

然后他坐在床边，静静地看着她。

时姜似乎察觉到注视的目光，惺忪地就要睁开眼。

于是蒋炽突然慌乱。他察觉到不妥，立刻站起身，就要退出房间外。

“蒋炽……”却听到她迷迷糊糊地小声叫他。

他下意识回头，又见对方迷迷糊糊地朝他伸手，似乎像在索要一个拥抱。

男人微怔，又立刻反应过来地迅速俯下身去。

对方又睡着了，维持着双臂虚虚挂在他颈前的环抱姿势。

大概是在地上坐久了的原因，她柔软的脸颊凉凉的，身上也有些冰，抱着他这个温暖源晕晕沉沉地打了个战。

“冷……”她嗫嚅着说。

蒋炽只好拉过枕头就势躺下，再单手将被子展开，暖烘烘地盖到二人身上。

做完这一切，他才发现他今天有多出格。

二人还从来没有同床共枕过。哪怕此时此刻他们关系发展至今，他似乎依旧没有资格，可以像无数次期盼的那样，互相温暖着相拥入眠。

他几乎不敢想明天时姜如果醒来后会是什么反应。

可他又半分不想松开。

怀中人呼吸清浅，身上软软的，泛着甜丝丝的味道。她平时锋利而冷漠，大概只有这时，才会可贵地朝他展示出柔软的一面。

温度慢慢回升，蒋炽心里长久以来缺失的一块，似乎渐渐地被填上了。

满满当当，带着泛漾酸意的踏实和安宁。

夜幕低垂，万籁俱静。

他看了很久，喉结艰难滚动下，低下头，在她头顶发丝上郑重地落下一个持续很久很久的吻，轻声说：“睡吧。”

数日后，B 市的商业论坛突然发了一篇汽车行业权威企业的联合声明，公开表示看好汽车无人驾驶领域的未来前景。

说是突然，其实也不妥当。

毕竟赤江汽车事故也发酵了三个多月，汽车产业链未来的发展方向还需要明确的分析和指引，业界也是时候给表个态了。

于是众人都惊掉下巴。

赤江这个公司可真是走了狗屎运，眼瞅着要凉了凉了，这都能逆风翻盘？！

彼时时姜正在 A 市出席一个非常重要的科技峰会，其上除了产学界科研大牛之外，还来了不少金融投资领域重量级人物。

她手中电话快被打爆了。

可她坐在摄像头时不时扫过的前排，不好去接，只好调了静音。

信息也正在被轰炸。抽空瞄几眼屏幕，时姜简直都能想象到，魏子源欣喜若狂的样子，和整个公司上下楼齐齐沸腾的场景了。

消息传播得极为迅速。

到后来，峰会中场休息时，都有好几位公司总裁高管笑着走来恭喜她，甚至有的还想趁机谈合作。

时姜一一微笑应对，优雅得体。

她面上笑容洋溢，可不知为何，心里却涌上极大的不安，并且随着慢慢酝酿，变得越来越浓重。

她突然间，特别迫切地想要见到蒋炽。

时姜立刻去找助理，打算让他以最快的速度给自己订张去 B 市的机票，最好是峰会一结束，她就可以直奔机场无缝衔接起飞的那种。

而谁知，在休息区通向主会场的中途，一处人少的僻静之地，时姜见到了一个意想不到的人。

对方悠闲坐在那处沙发里，姿态雍容，气场强大。身穿低调的暗纹西装，将近四十的年纪，但保养得非常好。

时姜立刻就认出了他。

聂绪洲，聂氏商业帝国的现任掌门人，此次峰会开幕式的特邀发言嘉宾，可以说是非常厉害的前辈了。

说起来，时姜和对方也算有些渊源。

她在 M 大的华裔导师，和对方师出同门，且交情颇深，所以聂绪洲严格意义上来说是她的师叔。

虽然他们也没见过几面。

出于基本尊重，时姜快走几步，主动上前笑着打招呼：“聂总，好久不见。”

然后她察觉到什么，环顾四周，不确定地问：“您……是在等我吗？”

闻言，对方慢慢抬起眼。

而他眸中的神情，看得时姜心里倏地一跳，顿时升腾起大片不好的预感。

……

最后时姜还是没有飞去 B 市。

因为蒋炽说他回来。

眼下这个当口儿，他按道理是很忙的，需要应对许多舆论，一周后还要出席记者问答会，解答群众关心的问题。

但今年气候比较奇怪，眼下刚入冬，天气预报就说今晚 A 市要迎来本年第一场雪。

于是蒋炽还是安排好工作，坚持回来了。

他拐去小区门口的商区，拎了个小蛋糕回来。蛋糕胚面是红丝绒一样的质感，上面点缀亮晶晶的草莓和奶油，看上去十分可口。

他想当然觉得女孩子应该喜欢这种，就买了。

刚进小区，远远就望见，自己家楼层的灯光是亮的。

家里有人在等他，不禁心里微暖。

正要上楼，却在楼下碰到一个像是寒风中等候很久的人。

是谭裕凡。

蒋炽没想到，但也没太诧异，走过去拍他的肩："怎么不上去？"

谭裕凡敞着大衣，双手插兜，一副心事重重的模样，竟都没能立刻发现身后有来人。他转过身，说："我有话要和你说。"

蒋炽："有什么不能去家里说的？"他没太在意地就要绕过谭裕凡，"时姜不是外人。"

"还就真不能当着她面说。"

谭裕凡眼眶微红，明显激动。他迅速拦下人，侧身堵住他路，低声道："蒋炽，我不能眼看着你这样消耗自己！"

蒋炽脚步微微顿住。

上午自动驾驶的风向刚发生改变，当晚谭裕凡就一改往日地上门找来，还要避着时姜。他是聪明人，迅速就想明白了对方的用意。

蒋炽缓缓转头看向他："你认为，我不应该帮无人驾驶回转资金？"

谭裕凡没想到他直接挑明，微怔后，下意识地顺着他回答："一场小概率事故，哪能断了整个领域的路？不然这和因噎废食有什么区别。"

蒋炽静静地说："所以，这和时姜有什么关系？你应该能明白，无论我和不和她在一起，赤江这个公司在无人驾驶领域，最终都注定会活下来。"

此时天色已晚，蒋炽静默站在空枝的梧桐树下，路灯投下嶙峋倒影，斑驳在他大衣上。

他徐徐说着："赤江公司也算规模不小的上市公司，解决了许多人口就业问题，也是纳税大户。市政府好不容易将其引进 B 市发展，相信我，凡是一个眼光长远的人都希望这类公司可以好好生存维持下去。"

最后，蒋炽蓦一抬眼：“所以，我做错了吗？”

一听这话，谭裕凡睁大眼：“行，我了解你，我当然知道你高瞻远瞩，铁面无私。可是，这话你去跟其他人说去啊！”

“是，你没做错。你在你的工作范畴内，任何事都没有做错……”他一向嘻嘻哈哈的性子，这时却突然厉声，“可你为什么，要和她结婚啊！”

“蒋炽，你这么聪明的人，你难道看不明白吗？你错就错在，偏偏要和她结婚！”

霎时寂静。

寒风徐徐卷起，是要变天的征兆，头顶枯枝簌簌摇晃。

蒋炽脸色有些难看。

谭裕凡：“之前你俩举办婚礼在一起，我以为你另有打算，可没想到……”

谭裕凡再也忍受不了，疾步上前，抓住他肩膀，似乎企图把他摇醒：“赤江眼下位于舆情的旋涡中心，谁黏上都是大麻烦，你可以消耗你积攒这么多年的好口碑。但你最好避嫌，你要离赤江的任何高管、任何人，越远越好。”

“避嫌你懂吗？！”

被连连逼问，蒋炽却始终没说话。

说到这儿，谭裕凡不禁苦笑：“不，你这样聪明的人，你怎么会不懂……”

安静了很久很久。

而最后终于，站在他对面的男人，脸上所有强撑起来的表情，在下一瞬间彻底崩坏破碎，像一件传世精美的名窑瓷器，蓦地摔碎在坚硬地面上。

“我懂。”

他冷玉般的手指，慢慢捂上自己的眼睛。

云淡风轻沉稳镇定的背后，他其实也很累很累了。

他背负得太多了。

他突然轻声：“可是，除了这件事，我实在不知道，我还能怎样，让她嫁给我了。”

谭裕凡大震。

蒋炽：“你说我卑鄙也好，说我懦弱也罢。”

“但除此之外，我想不到还有什么机会，能让她嫁给我。”

谭裕凡眼都瞪大了。

男人自嘲低笑："可能是不自信吧。"

"她法律上的丈夫，是如此优秀，商界天才，全球财富榜前几，又陪伴她走过高中毕业后的十几年，有能力在她最困难的时候帮她公司起死回生。"

"而我有什么？我同她的婚姻甚至连最基本的法律庇护都得不到。我不知道我还能有什么筹码，能从那人手中夺过她。"

他这些话说得十分艰难，又万分脆弱。

谭裕凡最了解他，他不是被逼到了极点，又怎么会摆出如此姿态。

谭裕凡胸口发闷，难受得不行，上前搂住他的肩头："你别这样。"

谭裕凡从来没看到过如此卑微不自信的蒋炽，劝解道："你们只是选择了不同的领域。"

蒋炽眉目垂落，继续沉默。

见他不说话，于是谭裕凡一下子怒了。他眼看着自己兄弟自内到外被折磨成这样，一时间简直恨不得咬死他那个冤种。

"蒋炽你看着我，你看着我！"

"你比他更好！"

蒋炽这样一个骄傲的人，从小恣意超群，光环加身，却偏偏有一个人，让他患得患失到把自己踩到泥土里践踏。

谭裕凡心脏像被死死拉扯住了。他盯着对方，企图用吼出来的音量，让对方感受到里面的坚定："蒋炽，你听我的，你能做得比他更好！你比他强！"

"你绝对比他强！"

……

许多年后，谭裕凡给时姜讲述这段事情时，他一个理工男，不善用风花雪月的文字来煽情和表述，可时姜仍哭得稀里哗啦。

那日是A市又一年的冬日初雪。她仿佛看到，蒋炽站在小区楼下的路灯下，昏黄光晕笼罩他半边身影，在地上扯出的倒影透出令人伤感的凄凉。

雪花片片飞舞，落在他挺立的鼻梁，长密的睫毛。

时姜想，如果她到时在现场，她一定忍不住去亲吻他。

蒋炽向来是一个强大的存在，他拥有最聪明的头脑，最显赫的家世，对世间最纯粹的赤诚。他从没做过坏事，他一直在为世界变好而努力。

可他的一切胆怯，一切脆弱，一切糊涂，都发生在一个叫时姜的人身上。诸多禁忌，统统犯了个遍。

时姜哭得喘不过气来。

她对自己说，时姜，都是因为你，蒋炽变成这样，都是因为你……

她整个躯体都感到沉重孤寂的浓重悲伤，如整座高原雪山压在胸口，或许终尽一生也难以消磨退去。

可此时此刻，楼上的时姜并不知道。

她抱膝独自坐在客厅沙发里，静静等着蒋炽回家，她提前将屋子里灯光点亮得暖烘烘的，紫砂茶具烧上热水，偏头看向窗外逐渐加大的鹅毛大雪。

乌黑秀发流淌在她颈侧，细亮项链搭在精致锁骨上。

淡淡熏香于身畔萦绕，她记得这种味道，是蒋炽身上的，很好闻。

万物静长，时间飞快。

辗转又是一年。

时姜在楼上等候有段时间了。半小时前蒋炽发消息说已经进小区了，但怎么这么久，人还不上来。

她心中的不安越加放大。

再也等不下去了，她当即披着外套下楼找人。

还好，在楼下不远处隔了半条道的小花坛旁边，见到了路灯光晕下静立的蒋炽。

他今日穿了件厚呢大衣，身形挺拔，雪花纷纷扬扬地飘落，就像在拍雪景的英伦模特一样。

他长得可真好看啊。

时姜忍不住失神了片刻，才慢慢走过去。

“蒋炽。”她在他背后几步远处略犹豫地小声喊。

闻声，蒋炽缓缓转过身。

而紧接着，时姜注意到不远处匆匆离开的一个人影，望了两眼，问：“那是谭老师吗？”

蒋炽面色平静如常，看着她，点头：“对。”

时姜说：“不请他上楼坐会儿吗？”

蒋炽：“不用了。”接着朝她走来，靠近，替她拢住敞开的外套，仔细把拉链拉起，“怎么穿这么少。”

这么亲昵的举动，蒋炽却做得无比自然。时姜有些紧张，而她一紧张，就容易说话不经脑子：“我，我等不到你，就来找你……”

还没说就觉得脸臊得慌。

男人手中动作顿住，两瞬后，再继续最后将她一头长发包进领子里，垂着眸，轻声说：“抱歉。”

时姜本意也不是让他道歉，不禁急道：“我……”

接着一个蛋糕出现在她面前，她微怔。蒋炽俯下身，靠得更近了些，说：“拿这个给你赔礼。”

这小蛋糕长得可可爱爱的，浑身亮晶晶布满了草莓。时姜顿时哭笑不得：“你拿我当小孩儿哄呢。”

而蒋炽站直，率先朝家里楼下走了，嗓音从他身前传来：“你可不就是小孩儿。”

时姜怀里抱着蛋糕，在他身后彻底愣住了。

“……”

莫名其妙地，她眼眶略微发热，又有些酸涩。

她想起今天科技峰会中场休息时，遇到的那位聂氏集团掌门人，聂绪洲。

对方同她一样，也是隐婚，妻子是娱乐圈一位当红小花旦。

可准确地说，人家是有合法结婚证的。而她和蒋炽之间，她至今都不知道该如何定义这段关系，她自已究竟是何身份。

利益交换的合作伙伴吗？

“我的夫人很喜欢你，再加上和你导师的交情，所以，我也不愿看你把一手牌彻底打烂。”

聂大佬说话很直接。

但对方身份到了今天这个位置，很多情况下，做事已经可以完全只看心情。

“我很需要蒋炽的支持，他是个聪明且能干的年轻人，和他合作十分愉快。万一他高楼倒了，再换成一个顽固或者蠢货……”

他坐在沙发里撣撣烟灰，漠然地说：“在商会里重新找到利益的平衡，也是很费精力的。”

时姜已无暇顾及对方言语中的傲慢了。

她宛如当头被抡了一锤，怔怔呆立于原地。

……

可今晚事情发展至此，时姜有些想明白了，全然清晰了。

她突然间也不想问蒋炽关于工作的事情了。

因为蒋炽大概率也不会说。

他似乎一直都是这样，默默将一切都担在自己身上。

雪花在地上铺上浅浅一层，踩上去轻微“咯吱咯吱”响。

而此时，时姜看着前方几步远处的男人。他无声走着，像有心事，看似把她落在背后，却一直和她保持着固定距离，无论她速度加快还是故意放慢。

时姜突然心里特别难受。

她也突然不想一直和对方有这么远的距离，她想和他靠近些，他们原本，根本就不用隔这么远啊……

于是，她便这样做了。

蒋炽沉默地走，在快到楼下的时候，身后那道脚步声却毫无征兆地加急。

紧接着腰间一紧，他浑身蓦地僵住，一时间连动都不敢动。

因为，他被人从背后紧紧抱住了。

“蒋炽，”时姜脸埋在他背上，小声喊他，声音有些闷，“你究竟是因为什么，才愿意和我结婚的……”

当真是如他当初所说，仅仅为了满足外公的心愿，所以才找到她这个知根知底不麻烦的吗？可是她至今连他外公的面都没见着。

他们当真是利益交换吗？

她觉得自己仿佛成了天地间最卑劣的人。

正如聂绪洲所言，蒋炽是正在钢丝线上行走，来完成她的心愿。

这般想着，她眼泪就悄然滚落了下来。

“怎么了？”对方缓缓转身。

他的语气不由得带着融入夜色的温柔，又似乎在叹息。

他稍微弯下腰来，手掌抚向她脸侧，似是想去看她表情。

“好好地散步，怎么成了这个样子？”

时姜埋着头，根本不敢让他看见。

她开始庆幸此时夜色昏暗，庆幸自己背着光线。

“为什么？”她小声问。

蒋炽大概是知道她在问什么，温暖的手掌抚着她发丝。

他像是一棵庞大的树，用郁郁葱葱的枝蔓，温柔而强大地将她护在怀里，挡下所有严寒风霜。

“因为是你想要的，所以我拼尽全力，哪怕一无所有，都要帮你实现……”

时姜听到这话，觉得耳熟。

很快想起，高三那年生日，她许愿希望奶奶可以健康时，蒋炽说了这样的话。

随后，他确实也按照这般做了。

哪怕代价是他们十一年不能再相见。

是误会一层又一层地加重。

是他们重逢也如同陌路。

岁月蹉跎至今。

如今，十一年过去，相同情景重现。

上次是为了她奶奶，为了她世上最亲的人。这次是为了赤江，为了她付出全部心血的事业。

很多时候，她都不敢想，自己已经糟糕到一塌糊涂的地步，还会有人愿意拉住她不放手，甚至共沉沦也在所不惜。

只有蒋炽吧。

全天下，也只有一个蒋炽愿意这样了吧……

时姜再也忍不住心中情绪澎湃，扑进他怀里，眼前迅速模糊。

茫然、委屈、无措，种种情绪疯狂将她侵袭。

“蒋炽……”她小声喊他，手揪住了他衣服下摆，呵气将她眼前熏红，模样又快要哭了。

她决定破除身上坚硬防备，尝试朝外走了一步。

她哽咽着断断续续地说：“蒋炽，你，你还喜欢我吗？”

这么糟糕的我，将一切都搞砸了的我，你还愿意喜欢吗？

而对方抬手摩挲着脸侧，静静看着她。

然后他俯下身，像他们第一次接吻那样，躲在一片见不得光的角落，带着风雪满天的凄凉，指尖痉挛般的疼痛，轻轻吻上了她的唇瓣。

时姜最后没有上楼，而是当晚就去找魏子源，商量赤江撤掉无人驾驶事业群的可能性。

刚听到这个想法，魏子源下巴都快惊掉地上了，手掌在她眼前使劲挥挥，一度以为她是不是忙糊涂了：“我们好不容易熬到政策明朗，现在正是发展无人驾驶的好时候。”

他去端给她一杯冰水：“Jocelyn，我不明白，我们为什么要在这个关头放弃这一赛道？为什么要拱手把肥肉让给别人？我想听听你的理由。”

时姜一时半会儿不知道怎么给对方解释。

如今公司和蒋炽从某种程度上说是绑定在一起的，虽然还没有到火烧眉毛的关头，也或许事情并没有她想象中那么严重，远没有到触及原则的层面……但时姜不敢拿蒋炽冒一星半点的险。

可这样听起来，像是为了一己私利而博上整个公司股东的利益。

魏子源默默看着她苦恼的样子，突然说：“是为了 B 市那个蒋炽吗？你要帮他在商会重建威信？”

时姜心里突地一跳。

魏子源朝她笑了笑，摊手道：“Jocelyn，我虽然是个科研工作者，但我也不是一无所知的。”

“不过，依我所见，只撤掉无人驾驶板块可能不够。”

“你的意思是……”她话头猛然顿住。

是了，魏子源说得对，既然决定要让蒋炽在商会中摆脱谋私的话柄，只撤一个板块怎么可能清洗干净嫌疑。

魏子源：“要么他抽身，要么你抽身。”

“但我看来，你们暂时是不想分开的。”

时姜思考了很久，蓦地抬眼：“魏老师，你说……我如果把我的股份全部放弃了呢？”

无论做什么改变，现在最要紧的，是资金链根本周转不开。

之前在汽车领域就已经投入了大量资金，如今还没进入收割回本的阶段，又要将这一块放下，去发展别的业务，实在力不从心。

银行贷款也不妥，如今局势稍明朗，危机未解除，银行未必愿意贷给他们。

时姜思来想去，万不得已，还是找到了盛建业盛董事长。

对方后仰躺在他办公室后的真皮沙发上，深深吸了口烟，又徐徐吐出：“时教授，我只是不太懂，你到底在折腾什么？”

时姜拿出早已准备好的腹稿："概括来说，是危则求变。国内国情终归和M国不太一样，国内吃人口红利，模式创新远比科技创新来得顺利，在这种情况下我们死磕技术，会被他们耗死的。赤江目前这套，水土不服。"顿了顿，"我身为赤江创始人兼最大股东，自然希望赤江能够发展越来越好。从另一角度讲，若是没能让您前期投资最大利益化，我自己也惭愧。"

盛建业摆摆手："我既然搞风投，自然有风投的觉悟，我历来投的公司十个里面能有一个盈利就不错了，你给我扯这些沉没成本，也没啥用。"

时姜暗自诽谤这老狐狸。

对方抖落烟灰，呵笑一声："不过，你们这些搞科研出身的，不是最讲究什么科技理想吗？现在弃科技而去搞什么模式，你甘心吗？"

面对对方玩笑，时姜一直很冷静，浅浅笑道："盛总，我是俗人，我不会和钱过不去。"

"这话说得我倒是爱听。"

盛董事长挺直腰杆坐起，说："时教授，大家最近都很忙，我也不和你兜圈子了。"

"其实，在我这里，是已经把你们公司放弃了的。"

"说难听一点儿就是，没错，无人驾驶汽车可以继续发展，但那个对象，不一定是劣迹斑斑的赤江。你能懂吗？"

时姜面色保持平静，站起来："那就请您再相信我一次。"

这话她自己说出来，都觉得心虚。

但她没有别的办法了，她必须要试。

对方惋惜摇头。

豪华装潢的办公室内烟雾缭绕，占地上百平方米，都能产生这种烟雾效果，可见这位董事长平时烦心事也不少。

沉默片刻后，盛建业长叹："时教授，我很欣赏你。尤其你作为一名女性，一路走过来有多不容易，我也知道。商界瞬息万变，你只是没赶上时机。"

"非常可惜，但是，时机就是不对。"

说完他起身离开了。

时姜被独自留在原处。

既然对方不介意她在这里休息一会儿，她就干脆坐在这儿，趁热整理思路，顺便思考下一步怎么走。

但很快，她听到门外隐约多了一个年轻些的男生声音。稍一辨认，是盛行渊。

在盛氏集团总部大楼里遇到他们盛大公子，也不是稀罕事。

只是，从传来响声听起来，他好像又在和自己的父亲吵架，吵得热火朝天。

但时姜已经无暇顾及了。

环境不利于思考了，她坐了会儿，正要离去。

而这时，有人推门而入。

竟是去而复返的盛建业盛董事长。

只是这次，他的脸色有些严肃，走到跟前说："时教授，帮我个忙吧，你今天来的目的，我全部答应……"

时姜心间一动。

盛行渊默默走进门，安静坐在她对面沙发。

宁静的午后，盛董事长应该是把这层楼的人全撵出去了，空间只留给他们两个。

保洁人员贴心地将门关上。

时姜目光看着桌上茶杯腾起的白气，胡乱想着，她其实赚了。因为哪怕盛董事长不特地说这茬儿事，她也根本不可能和盛行渊在一起。

至于说绝情的话，让他彻底死心……她自认为她过去说得已经够绝情了。

但眼下这件事，对盛行渊来说，确实过于残忍。

想到刚才盛董事长交代她的目的，时姜突然于心不忍。

但如果真的是最后一面，最后一次正常交流，她也想留给双方一些好的记忆。想了会儿，她劝道："小盛，我说的你可能不爱听，但以后，可不可以，少和你爸爸吵架。"

其实她能明显感觉出来，盛董事长还是很重视他唯一的儿子的，并且，以后盛氏集团偌大家业，不给盛行渊也没别人了啊。

"毕竟，世上有自己亲人，是一件值得珍惜的事情……"

而果然，对方轻声呵笑一声打断。

"老师，也就是你，我才会在别人说这种话的时候，没有直接掀桌翻脸。"

时姜有些僵，一时听不出来这话是好是坏。

盛行渊：“我是不是没有告诉过你，我为什么这么恨他。”说着他低头笑了下，“确实没有告诉过你，因为我谁也没说过。”

他半环顾着看了看这间办公室，然后指向墙边一个衣柜：“老师你看，那个地方挺适合小孩儿捉迷藏的，对吧。”

时姜不明所以地顺着看去。

盛行渊笑着说：“我小时候，就在那个地方藏过……”然后透过柜缝，亲眼看见了他的父亲在办公室里和别的女人幽会。

小少年惊恐地把自己嘴死死捂住，不让自己发出半点儿声音。

他也不知道为什么不让他们发现自己。

但他最后腿都蹲麻了，踉跄跌出衣柜外，慌张想跑回家告诉自己的妈妈时，却发现，妈妈已经从家里消失不见了。

或许是隐藏身份去到别的省份，或许是一张机票毅然出了国，但盛行渊从此之后，再也没有见过自己的母亲。

他长大后才慢慢意识到，既然对方都敢猖狂到公然来办公室找他父亲，那么他母亲应该是早有察觉，无法接受，才选择离开的。

只是，她离开了，却把他独自留在了这里。

小盛行渊似乎从小就没得到过谁的爱。

最亲的人也不例外。

自此开始，盛行渊变得暴戾叛逆，几乎任何事都和他父亲对着干。

盛建业忍受不了，把儿子丢去 M 国读书，眼不见心不烦。

后来，一场绑匪造成的意外，让盛行渊在最恐慌的时刻，在海滩边上遇到了身穿 M 大文化衫的学姐，学姐身上有好闻的淡淡甜柑橘味儿。

再后来，他阴错阳差成了时姜的学生……

这确实是时姜所不知道的，更不知道他都经历过这些。不知道在这种情况下，自己的出现，可能确实对他具有某种特殊的意义。

她听得有些难受：“你……”

而盛行渊笑着接话：“我说这些，不是让你可怜我。”

时姜看着他，叹口气：“我没有可怜你。”

盛行渊突然说：“我爸刚才给你说了什么？他在威胁你，是吗？”

时姜抿唇不语。

“没有这笔钱，你的公司就会运营不下去，对吧？”他轻声问。

其实他还是都听见了。

时姜模棱两可地说：“从某种程度上，是的。”

盛行渊：“老师，我这么没用，你遇到困难，我什么都帮不到你。”

“……但这件事情，我会帮你。”

他这话说得十分艰难。

“可是老师，我想知道，我在你那里，就真的一丝一毫可能都没有吗？哪怕这个条件是，你以后永远不见到我，你也无所谓？心里不会有一丁点儿的波动吗？”

时姜平时不愿意这么打击人的。

可她今日，就仿佛拿着刀的刽子手，沉默很久很久，还是不得已，砍下了刀刃。

她说：“小盛，我们只能是师生。”

男生眼睛的光芒彻底熄灭。

他垂下头，低低笑了一声。

时姜不禁想到当年。

当年的蒋炽与她和此刻的她与盛行渊，面临的境况是如此相似。她知道那种痛苦。

“过去我所经历过的，让你再经历一遍，我很抱歉……”

“不，老师，这不一样。”男生凄然笑道，“起码那个人，同时也喜欢你，你们是彼此相爱的，不是吗？”

“而老师你，有喜欢过我吗？”

时姜一时哑然。

她知道对方想听什么，可她也知道，就算她想骗他，眼下在他父亲的条件交换下，她也没有办法了。

过了很久，她才低声道：“对不起。”

午后窗外透来的干燥日光似乎都变得阴霾了。

盛行渊：“你不用说对不起。”

“放心吧，我也终于彻底看明白了。”他苦笑着，缓缓朝门外退去，说，“老师，我宁愿我这辈子从来没有遇到你。”

时姜呆呆地望着门外，看着对方很快消失在转弯处。

盛行渊第二日就去国外了。

以后几十年，听说他从此不再游手好闲，也没有和他父亲再针锋相对过，甚至还帮着管理盛氏集团的海外市场，在业内做得风生水起。

听说他交了很多女朋友，很快结婚，但又很快离婚，流荡多年，终究孤身一人。

这是后话。

但事实确实是，除去公共场合和新闻时政，时姜私下再也没有见过盛行渊。

第十章 了结

「是少年时代的爱恋，是此生难忘的爱人，
是我离经叛道，哪怕背弃全世界，也想要向你奔赴的人。」

有了盛董事长救援的资金链，时姜迅速开始忙碌起来。她高薪聘请业内资深工程师，紧急组建了一个工作组，不分昼夜工作，吃住全在公司。

连着三个星期，别说见面了，蒋炽甚至都不太能联系到她。

这周末，蒋炽辗转通过魏子源，才好不容易和时姜接通语音。

“你最近在忙什么？”男人声音沉稳，平静询问道。

那头还依稀能听见油锅刺啦作响，他说：“晚餐回来吃吗？”

时姜抬手叫旁边和产品经理简直快打起架来的架构师声音低些，要吵待会儿再吵。她捂住手机出去，压低声音说：“不了，我这里很忙。”

她想着这件事最好不让蒋炽知道，他参与得越少越好。

就果断拒绝了他。

你最近到底在忙什么？

这句话在蒋炽嘴里转了转，还是没有问出口。

“好。”他默默挂了电话。

时姜耳听着会议室里争吵声再次喧嚣起来，赶紧往回走。

目前工作重，时间紧，大家都异常暴躁。

她得赶紧去劝架。

挂了电话后，谭裕凡坐在饭桌前坐享其成，拎着筷子说：“炽哥，眼下要紧的是，你不能再这样下去了。她一点儿都不关心你，说句阴暗点儿的，她万一在转移财产怎么办？”

蒋炽转过身，说：“她不是这种人。”

谭裕凡：“你这是基于什么得到的结论？基于对她十几年前的了解吗？人也是会变的。”

谭裕凡终归是对时姜这种政策刚发布完就彻底没踪影的行为极其不满：“还有，你顶着压力做了这么多，她说过什么吗？”然后自顾自答，“没有吧。也是，人都是自私的，她公司能盘活，她自然不会说什么……”

“可是蒋炽，我是你兄弟，我当然和你更亲。你是瞎了还是猪油蒙心了，你看不清，还是你不愿意看清……”

“好了。”蒋炽站起来说。

他能理解对方出于关心的担忧，但他不想和谭裕凡继续讨论下去了。

“吃饭吧。”

饭后，蒋炽去收拾好行李箱，然后来客厅找谭裕凡，说：“京城从小玩到大这么多人，来来往往，最后我也只剩你这一个兄弟。”

他静静站那儿，用很少见的语气郑重道：“我爸妈以后还得麻烦你照顾。”

谭裕凡摆摆手：“伯父伯母我都是当亲爹亲娘来孝敬的，这还用你说。这么多年了，你还不信任我？”说着却顿住，“你不就是出一个月的差吗，干吗搞得跟生离死别一样？”

蒋炽淡淡笑了笑，没说话。

他转去自己房间，抽出一个信封，塞进大衣口袋里，到小区对面的快递点邮寄，然后便直接去机场了。

蒋炽接下来需要去西部一个市封闭学习，周期较长，得持续一个月。

他飞到目的地后，就去报到了。

时光匆匆而过。

一个月时间很短，在持续的忙碌中眨眼逝去，一个月又很长，足以发生许多事情。

蒋炽在此期间手机等一切电子设备都上交，和外界没有任何联系，于是，他刚离开培训基地，就收到秘书焦急又喜悦的电话。

蒋炽听秘书都有些语无伦次，叫他先冷静点儿。思忖片刻，他率先反问对方：“是我叫你交上去的那封信的事情吗？”

秘书愣了下，然而连忙否认：“不不不领导，事情没你想象中这么严重。不是这件事。”

“领导你最近收不到消息，不知道这段时间热点新闻。”秘书又开始控制不住激动道，“赤江科技董事会进行巨大调整，最大股东易主了。”

蒋炽在耳边握手机的手指蓦地一动。

当然，说易主了也不全对。毕竟任何一家企业董事会进行巨大调整，对企业都是伤筋动骨的影响，调整好了还好说，但大多数情况则会极易引发投资者乃至员工们的慌乱和不信任，搞不好会让大众以为公司要倒闭，股东高层开始跑路了。

而赤江科技公司是时姜多年心血，她当然不忍心将公司毁灭。

所以时姜作为最大股东和创始人的身份没变，但实际上，她将自己78%股份的实际受益者做了变更——一半分给慈善机构，另一半则给了赤江公司业务的消费者和产品的使用者。

时姜行事一向低调，这次特意亲自接受众多媒体采访，发言说：由于上次赤江汽车在试营期的失控事故，愧对大家信任，经过赤江高层慎重考虑后，决定退出无人驾驶领域。

这种壮士断腕的决绝让圈内圈外无数人震惊。

她说：“当然，赤江绝不会一蹶不振，我们将在其他领域进行新的尝试，致力于用科技改善大众生活，以更加积极姿态拥抱未来……”

这就是赤江做出的第二个重大改变了。

她宣称说，要把股份分给慈善机构和消费者，这件事就足够引爆舆论了。

因为这意味着，她直接净身脱离赤江股东方，非但如此，她还得白白给公司和消费者打工，谁会做这出力不讨好的事情呢？

资本家都精明得不行，哪里会做这蠢事？

于是就有许多人怀疑她这是不是镘头，单纯为了炒作而已，目的是让赤江重新取得民众公信力，好重新回归头部科技公司行列。

时姜作为创始人，对此向媒体的解释是：“因为赤江汽车事故引发的严重后果，发展至此，我十分愧疚，也一直努力希望能做出些改变。所以，目前我愿意把企业业务当作一项公益事业去经营，毕竟这也是我多年的心血……”

当然，这背后的真正原因只有她自己知道。

而这里面还有一个关键问题——股份划分出去，受益者变更，可是这不是她说变更就变更了，她说获益就获益的。慈善机构继承股份还能够理解，但消费者要如何赚钱？直接打到大家银行账户上吗？

时姜领着记着参观服务器区：“这就是我们团队最近在全力做的工作了。”她对着镜头笑了笑，“当然不会是直接打钱的形式，而是，通过一种电子身份信息下的个人账户。”

“举例来说，消费者在线使用我们的产品，无论是登录，还是观看、消费等，都会根据使用行为和使用时长，来产生相对金额的收益，存入用户的账户里。比如，使用时间越长，消费金额多大，获得的电子收益就会越多。”

记者迫不及待地问道：“就像赚取游戏币那样吗？我获得了，但只能在游戏厅使用。”

时姜：“还不太一样。既然是公益事业，那么我们要实现和改变的是，当下互联网环境参与主体权限范围的扩大与更替。具体来说，现在赤江的股东是我，而等我们将底层基建和垂直应用结合的赤江生态建设完毕之后，凡是参与进来的任何一个人，都可以是赤江的股东——你们是在为自己创造收益。”

记者：“这些听起来很美好，可是公司将如何运营？如何保证信息透明，不会暗中操纵篡改数据？”

时姜浅笑着说：“至于钱打多打少、公司运营方会不会暗自扣下的问题，我的答案是——不会。因为我们采用区块链技术，结合人工智能技术对链上和云端数据进行处理，区块链想必大家都有所耳闻，它的特点就是不可伪造篡改，全程留痕，公开透明……”

这个听起来十分美妙的方案，显然已经是一个成熟的闭环了。

可有人开始怀疑：“赤江前一阵还为无人驾驶汽车而焦头烂额，能这么快搭建好一个区块链架构系统？”

而很快，这个观点就被反驳下去。

有百万科技博主开着大号下场：“兄弟，年轻了吧！这项技术十几年前被 M 大团队首次提出来时，你知道那个团队里有谁不？赤江总裁是创始团队唯一的华人！人家这是祖师爷亲自下场来了！”

……

太多让蒋炽意想不到的信息短时间内密集朝将他涌来。

秘书笑着说：“时教授简直恨不得拿个大喇叭宣告天下，他们公司不赚钱。”

蒋炽面上没有情绪泄露，但实际上，他几乎不知道自己现在什么心情。倒也没有特别轻松。他甚至第一反应是，时姜竟然背着自己，做了这么多事情。

但眼下，明显还有问题没有解决。

蒋炽回到B市后，没有回家，而是率先去了单位。

在他叫秘书上交的那封信里，他将自己的婚姻状况如实上报。而蒋父向来消息灵通，当然早就知道了，他怎么可能有性子再等，转眼就飞去B市。

于是直到时姜也从谭裕凡那里得知情况，匆匆往B市赶来后，就在家里小区楼下见到了蒋父蒋母。时姜被自己名义上公婆望来的眼神看得心里“咯噔”一下，慢慢缓下脚步。

蒋父却一反往日脾气，仿佛彻底认命了般，看了眼时姜后就没说话，只站在旁边叹息，半句也没怨她。

而蒋母也犹豫了好一阵子，才走过来拉着她的手问：“闺女，你真的在国外已经结过婚了？”

“……”时姜喉咙里像哽住了东西，说不出话来。

蒋炽一直没回来，也联系不到，时姜做主把蒋父蒋母安置到酒店，她独自在家睡了一晚，但终归是心里压着事，翻来覆去一晚上都没睡踏实。

第二日，朦朦胧胧睁开眼，是堪堪天亮的状态。房间洁白墙壁被淡淡天光霞光沾染，像是一幅还涂着大片黑暗、寥寥几笔清淡的油彩画。

而她刚转了转视线，就看到身边有一个人影，沉默坐在床边。光影下，他的五官轮廓格外漂亮。

她下意识想坐起，然后立刻发现，自己的手一直被对方紧紧牵着。

所以，她刚一动作，这人就发现了。

“醒了？”蒋炽低头说。

“你，你怎么来了……”时姜就要胳膊撑着起身。

对方按住她：“你困的话，可以再睡会儿。”他嗓音有些哑，像是坐了很久的样子。

时姜静静看着蒋炽，其实想问对方都发生了些什么，出口却变成了：“……你，你，是不是昨晚一夜没睡？”她小声问道，而说完却觉得这话也尴尬。

蒋炽知道她想问什么，低下头说："没有问题，工作一切照旧。"

时姜眼睛睁得略略浑圆："真的？"

对方温和地低声回应："嗯。"

那日，谭裕凡率先听见消息，火速飞去接蒋炽，然后逮着时姜连声夸："你知道你不在的这段时间，你老婆是怎么办事的？"慨叹道，"所有钱都不要了，不只是现在钱不要了，以后的钱也全都不要了，退得不能再退。"

历来都是深陷泥潭、退无可退的居多，像她这么有魄力又全身而退的几乎很少见。人为财死，鸟为食亡，不知多少人死在了财权这条路上。

但从结果上看的话，也没毛病，因为确实没有任何利益输送的问题。

谭裕凡晃着头连连赞叹："嫂子这个人，不简单啊！"

他之前还连连对时姜表示不满，现在直接连称呼都换了。

而蒋炽哪怕向来都是自始至终的平静和淡定，此刻也眉眼间浮起笑意，说："我当然知道她不简单。"

……

此刻时姜半卧在床上，偷偷观察蒋炽神情，终于确定他是真的没事之后，才放下心来。

不知道是不是太久没见到对方的原因，还是她一件事独自在心里扛了太久了，她竟然有些想哭。

赤江出现转机时，她都没有这么激动。

她有千言万语想和蒋炽说，可想了半天，干巴巴憋出一句："我把公司里我自己的股份全捐了。"

她看着对方略僵硬地说，宛如汇报一般。

准确地说，她仍是最大股东，仍管理经营，但利益所得者已经变更成慈善基金组织。

"嗯，我知道。"

而男人一直低头温柔地看着她，眸中藏有如暖阳般的情绪。

"蒋炽……"时姜怀疑他是不是没有意识到问题的严重性。

她尝试着将语气软下来，却莫名有些像撒娇。

她难堪半晌，还是磨蹭着，坐高了些，凑到他跟前，解释道："以后在赤江我就是义务劳动，别的股东还照常，但我狠话放出去了，赤江在我的这部分，就形同虚设了。”

“以后我不赚钱了，怎么办？”

而男人眸光长久地笼罩着她，眼角微弯。

“那我养你。”

时姜看着他的瞳仁，清晰地听见自己心脏处重重一跳。

她刚才所说是事实，却也没那么夸张。她还担有清大教授一职，倒不会没了蒋炽就真的要饿死。可对方理所当然的几个字，还是让她全身控制不住地悸动。

她有些烦躁地避过视线。

“你是怎么能想到那么多的？”蒋炽问。

时姜心间怦然，压抑着吸进一口气，又缓缓呼出。她转而看向他侧脸，看了很久很久，才缓声说：“蒋炽，你拥有光明的前途。”她悄悄去牵他的手，将自己手指塞到他掌心，“我不能害你……”她声音越来越轻，“还好，我最后，没有连累你……”

她最后音量有点儿小，男人没太听清，低下头凑近问：“什么？”

可时姜已然闭上眼睛了。大概是见他在这里，精神彻底放松下来，她后知后觉泛出困意，就忍不住想睡觉。

她稠密睫毛密密垂落，投下小片阴影，换了个语气：“蒋炽，我好困，让我睡会儿。”

显然这些日子里她被累坏了。

男人长长久久看着她，抬起手，将散落额前发丝，轻柔拢到耳后。再扶着她脑袋，靠到自己肩上。

她就这么小小一团，带着信任，依偎在他身边，身边淡淡漾着甜丝丝的花香。

蒋炽看着看着，眼中浮出暖意。

他转头望向窗外。

晚霞洒在他二人身上，仿若枕在一池斑斓潋滟之中。

此时景色正好，静谧平静，时间这样走一辈子也无所谓。

此事毕了，时姜给自己放了一个长长的假期。如今赤江那边稳定下来，各业务进行平稳增长模式，需要特别操心的事倒也不多了。

对此，蒋炽还挺满意，他大概是对之前时姜开启满格工作模式有些阴影。

吃饭时说：“过两年我可能会回 A 市工作，到时候，就不用这么折腾两头跑了。”

时姜眨眨眼：“你工作第一，不用管我。要是在外锻炼对你职业成长有利，当然不急着回来。”

她这倒也不算口是心非。她感性上当然想和蒋炽多待一块儿，但从理性上讲，这也确实是她的真心话。

然而回来后逃不过的，还是蒋炽父母上门慰问。

时姜在商界沉浮明白的一大道理就是，做人留一线，永远不要把脸面上弄得太难看。再加上她是小辈，当然端茶送水，伺候到位了。

“你们到底还有多少事情瞒着我们？”蒋母坐在沙发上愁得直揉太阳穴。

时姜一时间压力巨大。

蒋炽率先站出来，说：“没别的了。其实也不是特别严重的事，她在 M 国结婚就是个误会，等我们把那边处理完，再去领证，就妥了。”

两位老人家大概是被骗怕了，依旧满面狐疑。

时姜见状忙帮声：“之前是我的错……这次真没了。”

蒋炽看她一眼，沉声更正道：“是我自作主张。”

时姜又要说什么，蒋母无奈打断：“你俩现在倒是一条心，同仇敌忾了。”

时姜：“过段时间我就去 M 国解决这事，真的。”她心里压了块大石头，但她面上仍笑着，试图劝解。

最后是二老懒得看他俩黏糊，饭也不吃就利索地走了。

而另一边，令时姜万万想不到的是，赤江竟然起死回生了。

说起死回生也不准确，经过那一遭，赤江确实还能经营下来，但是很难达到以前的高度，尤其是弃了全力布局的无人驾驶之后。

但神奇的是，她本来是无心插柳搞出来的将公司股权转化，谁知道，竟然以惊人的速度，迅速发酵成热点。

越来越多的人开始入场。

或许是时姜在公众面前描绘的互联网新应用环境生态太过美好，网民们想要尝试自己为自己经营，开始主动成为赤江的用户。

赤江最早就有很多业务和应用，只是因为在国内入场晚，布局晚，都是不瘟不火的状态。然后眼下，哪怕赤江的新生态系统目前仍不成熟，甚至他们连分布式数据存储服务器、以太坊智能合约管理机制等都还没有完全布置好，但依旧有大量的消费者拥入。一个月不到，用户多到竟然搞得服务器崩了不少次，吓得赤江的程序员们赶紧连夜去维护。

用户们以一种惊人的速度注册新的数字账户，并在网络上热情分享自己如何利用数字资产产生收益，收进自己的数字钱包里，特别是这一过程不必担心个人数据遭到泄露。于是越来越多的人发声，希望见证数据资源重新分配的新局面。

由此带来的额外结果是，赤江科技公司改变了商业模式，引领互联网市场被重新打开，重塑去中心化的新模式，从此成为里程碑的公司。

时姜一时间成了风云人物。

被各大媒体评价为带领互联网行业走入 3.0 阶段的人。

庆功宴上。

魏子源激动得拍桌子："这叫啥？这叫否极泰来！"

时姜含泪饮下一杯又一杯高管们敬的酒，心想着股价涨得再高，她也不赚一分钱啊，还得陪着这些持股同事一块儿开心。

她越想越心酸得不行。

结果是一个伤心之下，就喝多了，最后很没面子地被魏子源送回家。

时姜刚开始是扒拉着门框不走，后来见了来开门的蒋炽是扒拉着蒋炽不放手，对方带她去洗漱，她嘴里连声叫着"蒋炽"，就要跑路，又哭又笑又委屈。

蒋炽要被气笑了："是我。"

时姜艰难转头，看了好几眼，发现真的是他。毫无征兆地又"哇"的一声扑他怀里表白："蒋炽，蒋炽，我喜欢你，我真的好喜欢你……"

蒋炽似乎很受触动。

他将情绪压了几压，按住将人洗涮干净了，把她抱进卧室里，低声说："你喝醉了。"

时姜双眸氤氲，却不依不饶地问："你不相信？"

蒋炽抿着唇："相信。"

时姜："那我们结婚好不好？"

蒋炽眸中一动，低头看向她："我们已经结婚了。"

时姜摇头："要那种有结婚证的结婚。"

于是蒋炽呼吸突然加重。他不知道这人到底是清醒着还是真醉了，做着出格的事情，思路倒是清晰。

而时姜此刻看着他，也突然间心潮澎湃，抱着他脖子缠上去。

“我想要你，好不好……嗯……”

而最后一个“好”字，已经被淹没在亲吻中。

意乱情迷的时候，她听见对方唤她：“阿姜，我是谁？”

时姜呆呆地睁着眼，看着对方英俊面容，拿指尖描绘：“……你是蒋炽。”

是少年时代的爱恋。

是此生难忘的爱人。

是我离经叛道，哪怕背弃全世界，也想要向你奔赴的人。

进入她身体的时候，她疼得酒醒了一大半。

“阿姜，阿姜……”

对方隐忍地唤着她，耐心地亲吻着她。

时姜疼得本能地想蜷缩起身体，而对方将她攥紧的手指舒展开，和自己的十指相扣。

接着带着浓烈爱意的亲吻从额头轻柔地落下来。

郑重得如同宣誓。

“我此生永远爱你。”

第二天时姜迷迷糊糊醒来，全身都是酸的。

她下意识手摸了摸旁边，却空荡荡的，没人。她顿时清醒了许多。拿起手机看了看时间，竟然都中午了。

她向来自律，谁知道一次放纵，就放纵了这么大的。

时姜坐在床上，头疼地揉了揉眉心，懊恼不已。

可是卧室外也没人。

观察家里痕迹，她隐隐发觉，对方竟是匆匆离开的。蒋炽习惯很好，家里向来都是整理得一尘不染，这次竟然连门口拖鞋都没来得及收起来。

只留个便条，说是有急事要去处理。

语焉不详的信息。

她想了想，和蒋炽拨通电话，可谁知提示对方手机直接关机。

时姜略略挑起眉。

这完全不像是蒋炽的作风了。

事情得急到什么程度……

正想着，手机振动一声，收到了新邮件。

时姜顺手打开邮箱，而显示发件人那个陌生的邮箱后缀，让她突然生出一种微妙的预感。

她指尖顿了顿，还是点开。

入目是一张照片，内容是一页文书，仔细一瞅，竟然是英文版的离婚协议书。上面已经有了一个人的花体签名落款，另一处空着。

时姜直接蒙掉了。

赶紧往下划着屏幕，可没别的内容了。

慢慢地，她清晰地听见自己心口越发剧烈的跳动。

发件人不是歌西亚还能有谁？

应该不是假的。没人会给她这种玩笑……

而这时，一通电话直接打了进来。

看着屏幕上一长串格式奇怪的来电显示，时姜突然意识到，大概就在她点开那封邮件的时候，对方就已经破解了什么。

她感到一丝被窥探的不悦。

但手机还在手里振动着，那封邮件的诱惑太大了，她又不能不接。

僵硬片刻，在铃声即将结束的前一刻，时姜点下接通。

她把手机放在耳旁听着，没有说话。

“Jocelyn……”

熟悉的声音平静传来，嗓音气息飘浮，仿若泛着苍白。

时姜迅速切换了自己语言系统，用英文问：“你邮件里……是认真的吗？”

对方停顿两秒，似乎轻轻笑了下：“当然是真的，Jocelyn。只不过，我有一个条件。”

就知道。

歌西亚再怎么说也是商人，而商人不做赔本的买卖。

时姜抿紧唇角，问：“什么条件？”

对方声音很轻：“你回来，我想见你一面……”

“不可能。”他话都没说完，时姜就直接打断道。

她态度太坚决了，似乎没有一丝回转余地。

青年那头沉默了会儿，就在时姜都以为他是不是已经放下手机了，突然出声。

“Jocelyn，我快死了。”

什么？

时姜眼睛微微睁大。

她下意识问：“什么叫你快死了……”

歌西亚笑声极浅传来：“我身上一种罕见的遗传病发作了，现在全身瘫痪。”

他应该是真的说话很是费劲，中途还喘了口气：“所以，我想在最后的时间，见见你……或许明天，我连和你说话的能力，都没有了……”

时姜呆呆地站在原地，头脑乱如麻，连什么时候电话被挂断的都不知道。

她一个人混乱了相当长一段时间。

对话的结尾，歌西亚大概是快坚持不住，匆匆和她说：“离婚协议我同意了，另一方只差你，只要你来，你就可以拿到你想要的。”

“A市今晚有一班飞机，是我的航空公司，已经给你订好了位置。”

“Jocelyn，我只想在生命的最后，再见你一面……”

……

时姜此刻心情可谓复杂到了极致。

要不要去？

说实话，这次歌西亚主动做出退让，这让她十分出乎意料。

她和对方离婚申请已经太久了，或许她可以等第二次被法院驳回后，再进行第三次上诉，就有一定概率可以得到强行结束婚姻的批准。但这个战线太长了。

况且，等她明白过来在那个资本控制运转的社会里，自己不占什么优势之后，她就直接回国了。

歌西亚是个控制欲极其强烈的人，但他从不说谎。因为他没必要说谎。

显然，目前主动权不在她手里。

大概是对方全身瘫痪又命不久矣这件事，让时姜多少起了恻隐之心，她最终还是去了机场。

上飞机前，她一直通过各种途径试图和蒋炽取得联系。

这种大事，是绝对应该告之蒋炽的，起码怎么着都得和他商量。她很明白。

可她依旧联系不到蒋炽，问谭裕凡，谭裕凡也不太清楚。蒋炽走得急，显然没通知到他这里。

万般无奈下，她只好和蒋炽父母打电话。

此时飞机已经快要起飞。

时姜一路上只注意打电话了，她按照信息去头等舱，捎带发现歌西亚这架飞机可真先进，连空乘人员用的都是机器人，几乎实现了全自动化。

电话里头蒋母了解到她说的情况，又匆匆和蒋父商量，足足折腾了一大圈人，蒋父才带来回复——依旧没消息。

但据这位老领导的直觉，这种程度都打听不到消息，那大概率应该蒋炽被叫去从事保密活动了，手机早没收了，连家人都不能告诉。

二老安慰她说没事儿，这人过个十天半个月，脱完敏后就回来了。

既然老人家都这么说，时姜只好迫使自己放下心来。

小机器人嘀嘀嘀地端盘子跑来，问她需要喝点儿什么。

时姜觉得好玩，要了杯果汁，转头发现头等舱竟然没有其他乘客，跟只她一人乘坐的专机似的。

逗了会儿小机器人，头顶传来公告要起飞了，时姜只能放过它，并意犹未尽地琢磨着以后要给家里也买一个。

飞机起飞。

时姜昨天没睡好，便放平椅子，给自己盖上毯子。

去 M 国得十几个小时，她打算眯一会儿，养足精神。

……

而时姜没想到，之后的事情叫她始料未及。

时姜顺利达到 M 国，她是包机，被司机直接带到了歌西亚的庄园。

熟悉的建筑渐次入目。歌西亚的母亲是法国人，因此他骨子里有浪漫基因，庄园里草坪整齐，花墙伫立，随处可见喷泉和雕塑，美轮美奂。

可时姜胸中却隐隐涌出些不安来。

尤其是在她迟迟见不到歌西亚的情况下，她后知后觉地意识到，贸然出国，是不是太草率了。

此处设立有歌西亚的实验室，信号经常被屏蔽，时姜捏着手机却发不出消息。

随着时间的推移，她越发感到焦躁。

她猛地站起来，对一直跟随候着的用人说：“他在哪儿？我要见他。”

用人人高马大，身上制服一丝不苟，鼻梁上架着一副半透明的硅架眼镜，科技感十足，时姜判断他应该是通过此物和别人联系。

他微微躬身，说：“主人正在接受治疗，现在无法见您。”

自始至终，用人都保持着近乎夸张的平静，时姜甚至怀疑，对方是不是一个披着皮的机器人，并且这种怀疑非常有可能。

可时姜这一等，竟等了好几个礼拜。

她不只是陷入了漫长的等待，她还无法离开这个地方。问就是用人以歌西亚还没有下达命令为由，不能放她走，但他的主人，又连在哪儿治疗都不告诉她。

她可以去偌大庄园的任何一个角落，但她时刻受到跟踪和监视，她仿佛又回到了以前那段时间，令人窒息的掌控。

时姜的耐心逐渐被一点点消磨殆尽，她变得脾气差、暴躁，并且经常伴有生理性的头晕目眩。

她去找看管她的用人，质问道：“你们是趁我睡觉给我注射了什么东西吗，还是食物饮水里有药物？”

用人依旧礼貌：“没有。”并建议道，“或许您需要散散心。您可以去花园散步游玩，我们不会拦你。”

治标不治本，再散什么心也没用。

时姜明显注意到自己状态不对，就算等待别人营救，她也得撑到那个时候。

于是她选择绝食。

无论对方怎么劝，她拒绝再吃一口对方提供的食物。

没过两天，时姜开始剧烈地干呕，用人观察到情况不对，喊来医生，结果一检查发现，她怀孕了。

她的小腹里，目前孕育着一个八周左右的宝宝。

时姜又惊又喜，想想大概也是时候。只是，在这个节骨眼儿上，她生出浓重的不安。

于是很快，几天后，歌西亚终于出现了。

他是被轮椅推着出来的，这时候的他已经丧失了语言功能。关于他的病情，倒是没有说谎。

“Jocelyn，你背叛了我……”他头上戴着某种设备，声音从轮椅上的音响诡异地传来，依旧满是疲惫的倦意。

时姜惊诧于他的脑机接口已经可以做到这种精准程度。

可他们此刻正在对峙。

时姜冷笑：“当年和你达成那种协议的我，你能指望我的道德底线有多高？”

“况且，从你当年破开汽车安全防御，跨境设计了那场事故之后……我们的最后交情，怕是也撞得一干二净了。”

对方转动眼珠，用一种扭曲的角度看着她：“Jocelyn，我从来都没想过你死。”

时姜心脏倏地一紧。

她忽然反应过来，原来当时的目标，根本就不是她，而是蒋炽。失控汽车首次冲向的地方，也不是刚下车时的她。

歌西亚：“我不喜欢你那样对那个男人。”

而时姜只感到背后发寒：“所以，你不喜欢谁，就要毁灭他吗？”

对方不再说话。

时姜突然间感到很疲惫，她看着对方病恹恹时日无多的模样，发火也有了一种无力感：“接下来，你究竟想怎样呢？”

歌西亚静滞了几分钟，毫无征兆地转身往外走，他身边几个用人连忙紧随护送。在半道，他问了她一个问题：“Jocelyn，你相信有上帝吗？”

时姜见他走了，不得不跟上去，说：“我是唯物主义者。”

对方在前头窝着，扬声器传出语言：“我指的不是宗教意义的上帝，而是操控我们的一只手，是凌驾于我们人类之上的存在。”

时姜现在烦躁得完全没有心情陪他讨论哲学问题。

他们几人乘坐电梯，来到地下室，而谁知，入目竟是一方庞大的地下空间。时姜从来没有想象到，这里竟是一处占地广阔且级别很高的实验室。

她惊诧之余，随口附和：“……有的吧。”

然后，只听音响里传来一声似乎努力愉悦却难免僵硬的机器笑声。

“Jocelyn，你是这个世界上为数不多能理解我、能懂我的人。如果让我选择一个伴侣的话，我愿意和你终身相伴。”

时姜：“……”

她有些后悔信口胡诌了。

道路两边是许多混沌的玻璃容器，在暗紫光线下，里面漂浮的动物尸体闪烁着诡异的光芒。社会舆论说歌西亚近年对于动物残害变少了，其实不然，他只是转移了阵地而已。

歌西亚身下轮椅缓缓转动，越过障碍爬台阶也没有问题："我越是深入对这个世界的研究，就越发现其中的精妙。小到我们的人体细胞，大到星球运转，无一不是精彩绝伦，鬼斧神工。"

"但这些，绝不可能自然形成。类比来讲，自然演化碰撞可以生成一座山，一道河，但是，它能碰撞出一台超级计算机吗？"

"而我们的细胞，复杂程度堪比无数台超算。"

他如多年前身体健康时在 M 大演讲那般，声音平缓，沉浸专注："我认为，在苍穹万里之外，有个造物主，像我们观察培养皿里的菌落一样，在偷偷观察我们，看着我们的兴衰变化，或许还会饶有兴趣地做笔记。"

时姜忽然依稀记起，在 M 大刚认识对方那会儿，他俩似乎就讨论过这个问题，当时相谈甚欢。

但时姜此刻，那种惺惺相惜的感觉对她已经越发遥远了。

她沉默地跟着，问："所以呢？"

歌西亚身下轮椅突然停住前进，朝她徐徐转了半圈，眸色笼罩着她："所以，我要对抗，对抗那个造物主，对抗那个神。"

时姜大概能猜到他要说什么了。

"星辰大海固然重要，但是……"她顿了顿，"我的母国文化倡导用理性逻辑思考这个世界，但老祖宗还留下一句话，叫顺其自然，用来解决非理性的事物。"

她摇摇头："歌西亚，我终究是个俗人。"

对方长久看着她，又笑了。

他继续前进，这次没多长时间，他们终于到达目的地，是若干个偌大像太空舱一样的装备。

"有兴趣看看我的成果吗？"歌西亚问。

太空舱缓缓打开，淡蓝光线闪烁，一支机械臂折叠着伸到她面前，递给她一个头盔。

时姜看着这个 VR 设备，心想对方最近在研究虚拟现实吗？近来确实元宇宙概念挺火的，相关公司股价都涨飞了天。有专家断言，如现在人们难以离开手机一样，未来的人类，大部分都会活在虚拟世界中。

时姜约莫了下时间，顺手接下。

歌西亚公司的技术水准远超国内，她去看看也无妨。

歌西亚已经被抱离轮椅，坐进太空舱中，他让用人来提醒她："您如果准备好了，就可以用您的脑电波，启动开始按键了。”

轻微电流走通，时姜头盔内电极片已经连接到她的脑神经。

这叫她微微惊诧。

因为，这已经不仅仅是简单的连接视觉的设备了，她能感觉自己的脑神经仿若骤然伸出无数根触角，控制范围“轰”地扩大。她在即将展现于面前的大片虚空中，更广阔的能力在复苏。

而目前，这片新世界之前蒙着一层毛玻璃，上面写着：“是否进入？”

就像游戏启动前的登录页面一样。

时姜没太犹豫，按照用人指引，选择了“Yes”。

紧接着轰然一下，她的意识猛地被拉进一方新天地。

待她差不多适应稳定下来，环顾四周，竟然是 M 大实验楼下。那排棕榈树太富有标志性，她想不认识都不行。

她惊叹不已，因为歌西亚在这里构建的世界，建模之仔细，拍照拿出去以假乱真都不为过。这得砸进去多少人力物力，才能做到这种程度。

这时，前方一人朝时姜走来。

时姜收回视线，这是歌西亚，但竟是能够独立行走的歌西亚。在这里，他是一个四肢健全、再无束缚的青年，他的容貌被建模得非常漂亮，虽然依旧比不上他当年风采。

他左右看看自己的手脚，似乎很开心这种健全的变化，然后抬起他那张迷人的面庞，朝她笑了笑：“Jocelyn，还记得这里吗？我们第一次见面，就是在这个地方。”

而听了这话的时姜，却如同吃了苍蝇一般。

她控制着自己这个角色往旁边走了几步：“你要是能换一个世界，重新获得健康躯体，对你来说，倒也是好事。”

歌西亚思考几瞬，说：“Jocelyn，你是因为我的病，因为我无法正常行走，又面容丑陋，这才选择了其他人吗？”

过去时姜和他辩论过无数次了，但没有一次能让他理解，他们之间的障碍，根本就不是别的，而是她根本不爱他。

但现在她已经没有力气再去重复。

“我离开时，你那时并没有遗传病发作，也没有全身瘫痪。”

而歌西亚摇头：“如果不是我被病痛折磨，你以为，你是怎么能从我身边逃开的？”

时姜皱眉，然后回溯记忆。

似乎，她侥幸离开那次，确实是整个庄园都陷入了一片兵荒马乱，她这才能找到机会，趁乱联系外界离开。

原来那次是歌西亚在发病被抢救。

“这些已经不重要了。”

时姜不想多言：“你还没回答我之前的问题，接下来，你打算怎么办？你打算对我怎么办？”

而这时，歌西亚突然神色凝滞住。

“有人来了。”他说。

他显然能够和外界联系，转眼看来：“是你引来的？还有那群大使馆来施压的家伙。”

时姜顶着他的视线，说：“歌西亚，我承认我非常想顺利拿到那纸离婚协议，但是，我还没有蠢到不给自己留后手的地步。”

“还记得你用来监控我的芯片吗？”她静静看着他，“我改装后，又在自己身上植入了回去。所以，无论我在哪儿，我的丈夫都能够找到我，因为他顺着网关标记，知道我的移动路径，就算我剩了一具尸体，他也会把我带回去。”

歌西亚看着她，许久，笑了。

“Jocelyn，我早就说过，你是一个天才。你在我给你提供的土壤里的话，你会成长得更加迅速。”

时姜抿着唇角不语。

不知为什么，看着对方气定神闲的模样，她的心还未落下。

歌西亚：“Jocelyn，记得在我们的母校研究室那会儿，我给你讲解安全相关知识吗？”

时姜抬眼。

对方笑着说：“第一条我就告诉你，不要轻易给别人自己的权限。”

时姜愣了两秒钟。

而然后，她突然意识到什么，像忽然发现看似平和的芳草园，实际上全是重重埋伏的野兽。她心中“轰”地升腾起一种莫大的恐慌。

“你……”

她想起进入这个虚拟世界时，系统问她是否确定进入，那个大大的红标按钮，她用自己的大脑意识点击了确定。

而自这一刻起，系统获得了攫取她大脑数据的钥匙。

“没错。”

漂亮青年笑着回看她，当年迷倒万千少女的笑容，在时姜眼里，却宛如地狱中最恐怖的恶魔。

他张开手臂，做出个欢迎的优雅姿势：“Jocelyn，欢迎来到我为你和我建造的世界。所以，现在你愿意随我去转转吗？”

时姜此刻脑子几乎彻底乱掉了。

他想做什么？歌西亚到底要做什么？

可她不敢流露自己的情绪，只能强迫自己镇定下来。眼下人为刀俎，我为鱼肉，主动权并不在她自己手里。

她冷冷抬眼：“我能说不愿意吗？”

对方笑了笑，不置可否，只转身自顾自往前走。

时姜在原地站了会儿，不得不硬着头皮跟上去。

而越参观，她就越对其感到惊叹。

心想这如果放到国内市场，绝对是一匹黑马，其实，这在世界范围内，都是前无古人的设计。

歌西亚作为全球数一数二的富豪，他自己又身为一个狂热极客，这么多年来，在科技方面的投入全球几乎都没有人能超越他。

他在生物信息方面取得了世人难以想象的卓越成就。但他出于某些原因，并没有公之于众。比如，单单他所乘坐的自动化极高的轮椅，他家用人的智能眼镜，以及他的这个庞大的虚拟世界。

一是他向来追求个人价值满足，懒得图那些虚名。二来，确实历来各大著名实验室机构有个不明说的潜规则，核心研究成果是不可能公开发表的，在论文上能查找到的，都是不太重要的二流科研产物。

歌西亚团队的建模和社群做得相当精彩。

在这里，用户可以做任何事，吃饭、睡觉、运动、娱乐，甚至还可以交易买卖。这完全就是一个无限畅想的新天地。

而眼下，她随着面前的漂亮青年走，走着走着，繁华声喧起，他们到了一处舞池。音乐四起，里面有许多学生在狂欢着。

到达目的地，歌西亚转身看向她。

眼前身体健全、四肢修长的漂亮青年，仿若最灿烂的明珠，谁能想到，他实际上已是一个身躯残破、时日不多的病人。

歌西亚苍白地笑了笑，弯下腰，做了一个优雅的邀请手势。

“这位女士，我有荣幸能和你一起跳支舞吗？”

“只是这个？”时姜脱口而出道。

可下一秒，她就察觉到，面前的场景似曾相识。

她眼前一震，忽然想起来什么。

那是时姜刚入学那阵儿，学院开办新生舞会。那时她刚到M国，人生地不熟，哪怕许明艳给了她相当丰厚的资助，但是从来过惯了苦日子的时姜，也不敢花钱大手大脚。

更何况，那是许明艳的钱，以后要还上的，她不想欠许明艳太多。

实际上，能来M大读书的学生家庭至少都是中产往上，甚至有不少达官显贵名流的子女。

新生舞会上，女孩儿们穿着漂亮的礼服，化了艳丽的浓妆，她们的舞步熟练得就像进行过上百遍的练习，每个人都自信张扬，夺目耀眼。

而套着简单白T、素面朝天的时姜，感觉自己在舞池里完完全全就是一个另类。

可她从来不是什么孤僻自怨自艾的性格，发现融入不进去便扭头就走不是她的处事方式。

大概是从小被奶奶教育，哪怕贫穷，却也不能失了劲气。于是就像是，小时候哪怕真的不擅长文艺演出什么的，但她也会大大方方地上台表演。就算出丑，一起笑笑就过去了，下次做好便是，大家远比想象中的要宽容。

因此，时姜决定尝试一下。

她目光在四周一睃，很快，就让她捕捉到一个人影。男生独自窝在最角落的座位区，正低头看着什么，他手里捧着的电子设备发出盈盈暗光，照亮他身前那一小片空间。

对方看上去也没有舞伴的样子。

更重要的是，他身上亚麻色的简单衬衫，袖口整齐挽到小臂间，和她一样，没有穿礼服。这叫她如找到同类般，压力锐减。

时姜深吸了口气，鼓起些勇气走过去。

“同学，你好。”她用她那还带有口音的英文磕磕绊绊地问，“请问……你现在想去跳支舞吗？”

闻言，对方查看资料的动作顿了下。

他缓缓抬起头。

说实话，见得对方全脸的一瞬间，时姜有被足足地惊艳到。

她下意识地屏住呼吸。

因为，对方长得太漂亮了。不只是一般西方人五官立体的美，而是，他容貌轮廓的每一笔，都雕刻得恰到好处，如造物主最得意的作品。

尤其那双如碧波琉璃般的蓝眼睛望来，荡人心魂般，又显得有些无辜。

他静静看了她两眼，忽地轻轻笑了："你是在邀请我吗？"

他的声音也好听。

时姜记得出国前做过攻略，说是各个州之间也有鄙视链，这个口音腔调的人是最傲气的，眼高于顶，因为他们地区富人最多，普遍社会地位高。

时姜还有些蒙，她愣愣点了下头，又点了点："对。"又连忙补了句，"只不过，我以前从来没跳过，你……介意吗？"

对方弯了弯唇，他放下平板，缓缓站起来，说："那我来教你第一条规则好了。"

这人一下子变得比她高。

时姜微仰着头，有些无措道："什么？"

于是对方俯身过来，毫无防备地牵住她的手，然后在众人极度诧异、宛若集体见了鬼般的目光中，和她一前一后，沿着过道往舞池走。

他没有回头，轻笑声从前方传来——

"邀请这种事，都是由男生来做的。"

……

而眼下，仿若又回到那一天。

那时，他们之间还没有太多芥蒂，大约是若有若无的浅交试探才最美，一旦熟知之后，双方都宛如撕下血淋淋的面具。

时姜搭着对方的肩头和手臂，缓慢摇曳着步入舞池中央。

不同于那日周围所有人的惊讶和恐惧，这里的 NPC 都是欢闹的、热情的，也不会有人在舞会后跑来和她这个一无所知小羊羔般的新生警告说，以后最好不要和歌西亚有交集了，不然你会后悔的。

后悔了吗？

时姜默默地问自己。

可无论怎样，她只知道，她不爱他。这才是问题的关键。

"我该回去了。"

这支舞没有进行太久，二人分开后，她突然说。

歌西亚静静地站在那儿，看着她："这是我们最后一次见面了。"

得知这句话背后的意思，时姜终究有些于心不忍。

她问："你的病情……真的没有办法治疗？"

歌西亚有钱有势，按道理，他掌握着全球最先进的医疗资源才对。可哪怕这般程度，竟也于事无补吗？

可对方却不甚在意地笑了笑："你难道不该感到庆幸吗？"

"Jocelyn，你要知道，若我身体健康，我绝不会让你离开我。"

时姜心里不舒服了一下。

她垂着头，抿了抿唇："我很抱歉。我十分感激你此前对我的一切帮助，可我之后无数次在想，我这辈子做的最大错事，大概就是贸然和你拿婚姻做了赌注。"

"你是一个很优秀的人，是生不逢时的天才，可是……我们之间，或许真的没有缘分……"

又过了一会儿。

"学长，"她抬起面，用了这个很久不说的称呼，"你还有什么愿望？在我力所能及范围之内，我可以帮你实现。"

而对方半晌无言，只默默地看着她。

从他越来越迟钝的操纵中，时姜仿佛感受到他生命的急速流逝。

"我希望……"他眼睛缓缓合了一下，终于说话，"我希望你，不要怕我。"

时姜睫毛一颤。

舞池边上的夜风缓缓吹来，棕榈树噼啪作响，卷走许多情绪。

"学长，"她说，"我陪你看看海吧。"

最后的最后，青年用代码数字给自己编造了虚拟的形象，假装他仍是身体健康骄傲灿烂的时候，向在他短暂生命中曾对他无所偏见、真诚以待的女孩儿，微笑着说——

"Jocelyn，这是我送给你的礼物。"

数月后，赤江科技公司上线这款元宇宙产品，大获成功，时姜也成为商界创造历史的神话般的人物，无数人追捧的对象。

而产品署名权上，她留着歌西亚的名讳，她也从不避讳，在无数公众场合里将这一功绩归在歌西亚头上。但没有办法，逝者已矣，舆论热度终将只能给到生者。

时姜参观完那一世界的当天晚上，歌西亚被病毒侵袭多年的残破躯体就停止了心跳，他的父母前来收拾他的遗物，向外宣布了他的死讯。

消息震惊全球。

歌西亚留下的巨额财富，时姜确实是第一顺位继承人，还有那个充满无限可能的虚拟世界。

后来，产品正式上线时，时姜在世界中最显眼、最标志性的地标建筑旁，设立了一位风度翩翩的 NPC，是歌西亚的形象。

他天才而乖僻，执拗却浪漫，成果卓著，却又极富争议，荣辱参半，这样一位传奇人物，给每一个进入新世界的用户以指引。设计方用这种方式，既是纪念，也给予他仅仅三十出头寿命以绵延不绝的精神延续。

待时姜重新摘下头上的脑端连接设备，她在太空舱里独自坐了好一会儿，才缓过劲儿来。然而，她出来后，却发现歌西亚已经不在隔壁舱里了。

她去问门外候着的用人，用人礼貌弯腰，做指引状："主人在外面等您，请跟我来。"

时姜随他出去，穿过后花园一路朝前走，鼻息间空气逐渐潮湿，拍岸海浪声依稀传来，没多久，时姜眼前是一片一望无垠的海滩。

干净松软的沙滩上，远远望见歌西亚的轮椅。对方背对着她，面朝大海，他身形干瘦到几乎被椅背全部掩盖。

是了，时姜记起刚才，她答应了歌西亚最后的愿望，要和他一起看海。

她是山里的孩子，首次离开县城，就去了 M 国这么远的地方。

她终生难忘第一次看见海滩时的兴奋心情。

小丫头没见过世面，夺食的海鸟飞来，都能把她吓得抱头躲藏。

那时只感到自己的渺小，仿若大涛大浪中的一朵小小的不起眼的泛白浪花。而如今，岁月的磨砺让她淡然而平静地成为观潮人，甚至能够反转天与地。

她总感觉，她和歌西亚没有什么交集，但命运却叫他们最终成为紧紧绑在一起的两个人。

新生舞会过后，登上校园热闻榜首的不是昨日活动里选出来的最美新生，也不是哪对可以津津有味嗑一整年的郎才女貌，而是一个漂亮亚裔女孩儿和歌西亚共舞的照片。

稍微在学校里待久一些的学生都觉得时姜莫不是不要命了。

事后，有一好心的学姐偷偷跑来告诉她说，歌西亚这个人比较特殊，最好离他远点儿。

他入学那年心理测试没有通过。其实有小部分人没通过也属正常，但老师们一般放个水，让他们再测试一遍，通常学生们知道哪里有问题，都按照正常思维去改了。

而歌西亚不是。

他不仅固执到我行我素，哪怕再重做一百遍他也是原版答案，拒绝更改。更关键的是，他的心理试卷测出来有非常大的问题。

这是涉及隐私的保密事件，学生们不知道具体情况，但根据当年学校心理老师和他父亲脸红脖子粗据理力争的场景，以及不知从哪儿传来的小道消息，说是歌西亚有较强烈的反社会人格，缺乏同理心。

这样的学生，本就不该正常入学的。

但他父亲凭借自己权势，硬是把歌西亚留在了学校。

时姜长这么大都还没做过心理测试，落后的狮河县哪有这高级玩意儿？

于是她一时半会儿都没太能理解，一张卷子而已，当真……有这么可怕吗？

她眨眨眼："可是，昨晚他看上去还好啊……"

然后对面学姐表情突然变得惊恐起来。

时姜观其不对，愣愣转身。只见实验室走廊转角处，一个青年斜斜倚靠在那儿，露出半边身子，要不是风反向吹着，带动出了他的衬衫衣角，他还不知道要在那儿听多久。

学姐匆忙又尴尬地告别离开了，留下无措又愕然的时姜。

她初来乍到两个月不到，顿时跟只孤立无援的小羊羔似的，学姐敢直接走人，她可不敢。

她踌躇着挪过去，遇事不决先道歉："对不起，昨晚我不知道你是学长。我以为，你是和我一样的新生……"

青年不再倚墙，他看着她，慢慢站直，神色很轻巧："这没什么。"说完擦肩越过了她，渐渐走远了。

仿若真的只是路过一般。

时姜怔怔看着他的背影，偷偷地心想，他也没传闻中的那么可怕嘛。

后来，那位学姐摔断了腿。

时姜是很久之后才得知这个消息的。

她一开始只当这是一件不幸的意外，为报答对方愿意和她交流说话的好意，时姜还准备买束鲜花去看望对方。

但学姐果断拒绝了她，没有理由，似乎唯恐离她不够远。

这让时姜想不明白，也有些伤心。

但事情早已在她尚未发觉的过程中开始不可逆转地前进了。

这一件事，叫她刚入学就在 M 大基本上失去了女生缘。

M 大是理工院校，女生本来就少，不知道有什么消息在她看不见的地方无声扩散开来，从此之后，再没有女孩子敢和她深交。

但此刻的时姜也顾不上交友娱乐了。

她只是应付学业，就将自己搞得筋疲力尽。托蒋炽的福，她高中时期英语学得不错，口语水平也得到突飞猛进，但那个时候她和蒋炽课下练习的，大多都是生活词汇。

眼下一旦上了专业课，时姜就有些力不从心了。

因此语言关她适应了相当长一段时间。

接下来，她惊奇地发现她和歌西亚竟然是一个院系的，他们经常能在系里各个实验室碰面。但每一次，对方都是独来独往。

这大概是一个孤僻的人。时姜心里暗自说道。

但她也没多想。每个人都有自己的生活方式，她没权干预。

可她学习上遇到的第二个难题是计算机。

她在大学之前连摸都没有摸过电脑，哪怕蒋炽和她普及过相关知识，但终究隔雾看花，不落实处。而她的同学们绝大多数都是和蒋炽一样，中学还没毕业，就拿了一堆编程比赛的荣誉。

于是时姜刚升学那一阵儿，过得相当痛苦。

所以，她的入门启蒙老师，应该是这个在她偷偷躲实验室抹眼泪啃手指时，却也赖着不走的奇怪学长了。

但歌西亚不会教人，他能做的充其量就是把他的作品拷贝给她抄。

可时姜看都看不懂，连怎么运行都不知道，于是压力更大地又哭了一通。

最后，她终于找到组织，学会了去和魏子源他们抱团取暖。

魏子源是个脑袋灵活的，他搜罗来了上一届绩点前几大佬的代码作业。在整合资源阶段，拿到时姜搜集来的代码看时，魏子源惊了。

他问这人绩点排第几啊。

时姜想了想，歌西亚以出了名的难以合作著称，并且经常性以作业太幼稚为由而无视上交任务，老师们气得要死却也无可奈何。

“排名倒数吧。怎么了？”

魏子源一脸你莫不是骗我的表情，不可置信道：“这人写得也太强了吧！无论是宏观架构还是时间空间复杂度上来说，都比我手上搜集来的不知道强出多少个层次，你告诉我说是倒数？”

时姜眨了下眼，心想老师没给他挂科，就已经算很仁慈了。

她似乎已经接受了他的乖张行为。

毕竟天才与疯子只有一线之隔。她理解不了，选择接受就好。

但她不太能接受的事情来得也很快。

毕竟抄了人家作业，时姜终究有些不好意思，便有时趁对方不注意，在他桌上放瓶冰镇可乐什么的。而那可乐，确实会在一段时间之后消失，证明歌西亚还是拿走了它的。

这日，她看见歌西亚在实验台前做硬件装置。不同于他以往调试机器人那样大块头的，今天他手里的这个，看起来很轻巧，像古代现代风结合的小型武器。

时姜路过时余光瞥了好几眼，终究忍不住好奇，放轻脚步走过去问。

“学长，这是什么？”

对方抬起眼：“你想调试吗？”

时姜犹豫说：“我能胜任吗？”这时她已经是有经验的学生，编程能力不弱，但她对上歌西亚的水平，总是下意识地不自信。

青年起身交给了她：“可以。”

于是时姜便按照他的指令和要求去完成函数了。

这些封装好的部分，她只知道部分功能，歌西亚并没有告诉她整个装置的架构，所以，她也不知道整体是用来做什么的。

但过几天，她在实验楼旁边的茂密树丛下面，看到了这个装置。

它竟是一个猎鸟器。

当时地上已经有许多只被击落的鸟雀了，它们身上插着箭 样的短棒，血淋了一地。许多学生都惊叫着围观，还有动物爱好者怒气冲冲地要寻找肇事者。

时姜也惊呆了。她根本不可能认错，那正是她亲手调试出的器件。

她没有顾得上和这些同学解释什么，连忙冲上前拿走那个凶器，在她靠近取物时，短箭还发出一支，她手臂被误伤出一道血痕。

但时姜也不管了，她立刻上楼去找歌西亚。

“你为什么要做这个？”时姜问道。

若其他学生看见，估计得惊讶半天，很少人能这么气势汹汹和歌西亚对话的。不，应该说，首先很少人敢和歌西亚对话，这个态度的就更少了。

青年工作被打扰，淡淡抬眼，见是时姜后，终是又淡淡地回答：“叫声太吵，打扰到我了。”

时姜霎时间睁大眼睛：“只是这个原因？”

对方看着她：“不然呢。”

他制作装置，猎杀鸟雀，只是因为那些小动物吵到他了。可更关键的是，他说出来，却仿佛是一件无比顺理成章的事情。

时姜半晌说不出话来。

歌西亚：“你认为我做错了吗？”

时姜基本不否定人，她下意识地说：“我没有说你做得不对，我只是，只是……”却根本不知道要解释什么。

对方轻轻笑了：“Jocelyn，你还是不认同。”

时姜终得沉默。

她承认，她确实不太能接受。

她有意识地开始和对方疏远。

如此过了几年。

她都毕业了，进入社会了，在硅谷找了份工作，努力赚钱，后来又想赚更多的钱，开辟更多的事业。于是她联合魏子源几人成立了公司。

直到她的公司出现了问题，她才和歌西亚再次相见。

这时，前情心结已化解不少。

此时的歌西亚，是一名极其成功的商界传奇人物。

时姜明明来找他求助，问出口的却是：“他们说，你理解不了其他人，你的世界中，只有目标，你若想实现什么，是不会考虑其他人感受的，所有人和事物都会成为你的踏脚石。”

她知道这样很冒犯。

但她还是问了。

“那我呢？我在你眼里，是不是也是一块注定会被安放在哪里的石头？”

对方用他那双迷人的蓝眼睛静静看着她，明明这个人从骨子里都是冷血，可眼神却看上去如蒙着雨幕和细纱，莫名多情。

他说：“Jocelyn，你说得也没有错——我第一次看见你的时候，就注定把你安放在我妻子这个位置。”

最后两个人还是去结婚了。

事实上，时姜也走投无路了，她为了自己的公司，她没有办法。那时的歌西亚，手里握着大把资源，她觉得明显是自己占便宜了才对。

可登记完的当天，时姜去找魏子源，破天荒地喝了很多酒，混混沌沌说了很多话。

她说，她本是为了证明自己而来的，她想让那个人看看，她究竟值不值得被放弃。

确实过去这么多年了，她都二十好几了，见过了更多的事，遇见了更好的人，但不知道为什么，午夜梦回时，梦境总萦绕不去那个人的影子。

她最烦下着小雨的天气，雨针敲打屋檐角之时，总想起来和对方一起分享着她平生第一块奶油生日蛋糕。

可是如今，她离她的目标，似乎越来越远了……

第二天，时姜郑重地去找歌西亚，她说她后悔了。婚姻这件事，不应该这么草率，也更不能是交换利益的工具。

诚然，很多人都这样做，功利场里何曾少过比这个还肮脏的交易。

但她做不到。

青年看着她，说：“你要去哪儿？”

时姜垂眸：“回国。回到我的祖国去，我有未了的心结在那里，我想去处理一些事情。”

歌西亚：“那你还会回来吗？”

时姜仔细想了想，试图想出个答案，可是，她迷茫了。

可后来呢？

后来，时姜发现，哪怕不只针对婚姻这件事，她依旧不能和歌西亚达成精神上的一致。歌西亚不愿意和她离婚，甚至固执地用上了强硬的手段。

商议未果，时姜只好去找她向来信任的魏子源，二人从长计议后，决定带领团队回国发展。

歌西亚是个多方领域的天才，他做了许多极其富有争议性的实验，性格激进大胆，却不承想，这样无往不胜的一个人，却败在基因遗传病上。

病情汹涌发作后，他的各个器官很快面临衰竭，最终是他的心脏。

现在想来，怕是那个时候歌西亚就知道自己命不久矣。

时姜如今再坐回这片海滩，想起她第一次被歌西亚引着来这里，是迷茫的失败的创业者身份。

“我唯一的家人不支持我，我的亲生母亲，在电话里对我无休止地指责，说叫我快点儿回国嫁人好了，为什么要读博士瞎折腾。”

她抱着膝，苍白笑了笑：“她却不知道，我创业相当大一个原因，就是要在最短时间内挣最多的钱，好把她这些年资助我的学费生活费连本带利地还上，我不想欠她。”

“这很容易实现，Jocelyn。”青年垂眸无比自然地说道。

时姜笑了。

她和对方几年没见，觉得对方依旧和新闻里批判的一模一样，指望这个资本家能换位思考，那真是海水倒灌，太阳打西边出来了。

“那对你来说容易，钱生钱，利滚利。但对我来说，太难了。”

“不，你也容易。”青年顺着她的视线望去，毫无波动地说，随意得如同请她吃一顿下午茶，“你想和我结婚吗，我可以给你们提供运转资金。”

时姜极其愕然地转头。

对方大概是极其稀缺地看出来了她再明显不过的诧异，缓缓瞥来视线，继续说：“你看不出来吗，我在追求你。”

时姜下巴都快掉了。

于是歌西亚低下头，拿出他的平板电脑滑动着屏幕给她看，电子文档上是条理清晰的攻略步骤，也不知道是哪个冤种编的。

他平静地问：“难道不对吗？”

时姜完全始料未及，大半天都是蒙的。

她伸出手，默默按了关闭键：“可能对，但你大概率看反了——求婚是最后一条才会做的事……”

……

时隔数年重新回来到同一片海滩。

时姜望着碧蓝的天，长长叹了口气：“好吧，歌西亚，我答应不怕你了……”

然而此刻，周遭毫无人声，没有一个人回答她。除了拍岸波涛，海鸟翔鸣，天地间仿佛弥漫着寂灭般的安静。

她旁边孤零零地摆放着一把轮椅，和上面载着的已然没有动静的枯瘦的人。

时姜似有察觉般，转过头，再次轻声喊：“歌西亚……”

“学长？”

但无论她唤他什么，轮椅里的青年都再没有反应了。

时姜迷茫了几瞬。

她坐在地上，缓缓抱起双膝，望向远方海际。

在死亡面前，她突然感受到一股莫大的悲戚。

最终，蒋炽是在海滩边找到时姜的。

这是一片私人海域，软白无垠的细沙，孤单又突兀地摆放着一把轮椅。这是件科技含量非常高的先进产品，随时监控显示轮椅使用者的身体特征。

只是，此刻轮椅上的光亮已全部灰暗下来，显示没有人去操控它了。

它的主人，那个饱经病痛折磨的漂亮青年，此刻窝在轮椅里静静闭着双眼，早已停止了心跳。

旁边有一女子安静地席地坐着，潮气缠绕着她的秀发，氤氲着她的双眸，睫毛如被打湿了的蝶。海水一浪接着一浪地拍打而来，浸湿她的足尖和裙摆，也毫无察觉。

时姜手中捏着一张离婚协议，以及巨额的能让她瞬间跻身全球富豪榜的股权转让书，呆呆地茫然地望着远方海天一线。

她不知自己什么心情。

直到身后传来动静，她“唰”地回头。

视野里高大男人正焦急地向她大步跑来，身后还跟着一小队警察。

她立刻站起，她脚上没有穿鞋，简直是踉踉跄跄着朝蒋炽全力奔去。

到了男人跟前，时姜低下头，率先愧疚地说：

“对不起，我……”

她知道自己这次贸然跑出来，给蒋炽带来了多大的麻烦。

可对方却打断了她。蒋炽迅速蹲下身，拿大手试图裹住她冰凉的脚。

“他们说，你怀孕了……”他低声问道。

哪怕声音极度压抑住了，可还是明显激动得有些发颤。

看着对方担心的样子，于是时姜顿时更加不好意思起来。

她尝试着缓缓抽出自己的足尖，对着他小声说：“对，你要当爸爸了。”

对方猛地仰起头，看着她弯起的眼睛，然后忽然间站起身，一把将她拥入怀中，死死搂进身体里，仿若拥抱着失而复得的珍宝。

时姜微仰着脸，紧靠在他剧烈跳动的胸膛前，不知为何，眼眶有些湿润了，多日不安的心终于降落在他的港湾里。

“蒋炽，我们以后会永远在一起，对吧。我们再也不分开。”她缓缓闭上眼，也双手环住他的腰，更紧密地向他贴近，“你带我和宝宝回家吧，今天就走。”

腥咸海风吹拂而过，天高海阔。

男人亲吻着她头顶柔软发丝，磁磁嗓音发哑，却含着无限温柔。

“好，我们回家。”

回国后，他们很快去领了结婚证。

在亲朋好友的见证中，补全了这段婚姻的全部流程。

八个月后，他们拥有了一个孩子，举家欢庆。

他们用可爱的字眼儿给小公主取名为——梨笙。愿她如梨花般娇嫩美丽，生命中充满不朽笙歌。

这一次，是一个没有分离的美满的幸福的故事。

番外一

梦境

「哪怕那个人变得再年轻，
她也一眼就可以断定，那就是蒋炽！」

时姜再次睁开眼睛时，发现自己正站在一条嘈杂繁忙的马路边上。

明明现在是秋季，明明前几日街道两旁还飘落着金黄的银杏叶，怎么一晃眼就到了盛夏，还是在陌生的地方。

身边车水马龙，人来人往，头顶红绿灯在圈圈光晕下明灭闪烁。

顷刻间，莫大恐惧涌上她的心头。

时姜被蒋炽安全带回国后，最近几日睡眠不好。

准确来说，是她有些不敢睡觉。

经过那日对歌西亚公司元宇宙产品的考察和体验之后，时姜脑中逐渐浮现出一个大胆的推断——脑机接口越发成熟之后，如果技术有能力阻断人类意识回归现实，那么，这个人岂不是会一直留在虚拟世界？

或者说，这算不算是实现了人类意识形态的永生？

然而，这个认知和猜测，让她非常后怕。她才反应过来，对上行为乖张且不按常理的歌西亚，自己那日贸然同意接入的行为有多草率。

因此，自她回国后，她就陷到一种隐隐不安当中，哪怕蒋炽再抱着她安慰她、再拿当前最先进的技术向她保证，都无法彻底打消她心底的顾虑。

而如今，她的担心竟然成真了。

像是大脑中所有理智轰然统统粉碎，她几乎是下意识地喊道：“蒋炽……蒋炽……”

她神色惊惶，边走边环顾。

这是很危险的动作。

马路上，汽车差点儿撞上她，司机朝她滴滴狂按喇叭，暴躁地开窗问候家人，可她也顾不上了。

她像是毫无防备被丢进卷着风暴的大海，正在拼命寻找那个救命的浮板。

而这时，一句嬉笑声突然传入她耳中——

“班长，她在喊你的名字欸！”

时姜定住脚步，猛然转身，下意识立刻朝声源看去。

下一秒，她全部声音被堵在嗓子眼里。

人行道郁郁葱葱的梧桐树下，蝉鸣声拉满，站着几个身穿蓝白校服的男孩子。一个个身形挺立，活力朝气，长得跟小白杨似的。此刻热汗淋漓，朝这边看来，手中可乐瓶上沁满清亮的水珠。

从其身上松垮套着的篮球服来看，他们应该是刚进行完一场激战，走在放学的路上。

一人嘬了口冰棍，朝为首的男生捅了捅胳膊肘子，嘻嘻哈哈道：“炽哥，她一直在找你，是你姐姐吗？”

被问的那个男生应该是这里面把衣服穿得最规整的了，他额头也泛着薄汗，眸前刘海儿略微被打湿。

此刻闻言，静静转眸瞥来。

他五官轮廓端正分明，眉眼深邃，明明是不算凌厉的长相，但莫名总让人觉得跟朵雪山顶上的高岭之花似的，高不可攀。

于是这一下子，几步之外的时姜被看得彻底动不了了。

她瞳孔微缩起。

哪怕那个人变得再年轻，她也一眼就可以断定，那就是蒋炽！

更何况，据他的同伴所言，姓名也对上了。

可是蒋炽他……他为什么会变成这个样子？

慢，刚才那个男生称她什么？

姐姐？

时姜连忙借着旁边商店橱窗的反光玻璃照了照。她没问题，她还是她自己，甚至连衣服都是昨日出门逛街时的那件薄针织裙。

可是现在是什么情况？

她遇见了十几年前的蒋炽？！

看校牌他们是清大附中的初三学生。

她这才反应过来，这里确实是清大附中校园附近。

就连脚下这条人行道，她在当年回国后，还和蒋炽一起走过。

只不过……是十几年前的场景。

所以，现在学生个子都这么能冲的吗，才初中就蹿到一米八了。时姜目瞪口呆地仰视着他，脑中无比混乱地想着。

“不是。”男生说。

她愣这一会儿，那群学生已经准备离开了。蒋炽淡漠地挪开视线，在路边招手打车。

“可能同名同姓。”他轻描淡写道。

似乎只当她是他放学的回家路上，一个不起眼的小插曲。

时姜傻愣愣僵在原地。

直到男孩子们相互告别后，蒋炽都坐上出租车扬长而去，她这才反应过来，连忙也打了个车，麻烦司机赶紧跟上。

方向是向内环开去的。果然，前头车子最后停在离蒋炽家那座四合院最近的马路边上。

时姜全程视线追着男生，就要下车追上去，然而，却在付钱上犯了难。她拿着她的全屏智能手机，问司机师傅要了半天付款二维码，对方却觉得她疯了。

可时姜身上哪里有现金。她急着追人，提议司机给她留个手机号，待会儿她找到现金了再给他送去。

司机之前就觉得她疯了，现在见她行为举止怪异，直接把她和骗子坏人画上等号了，哪里会让她走。

两人牵扯间对方就要报警了，这时，旁边伸来一只骨节分明、非常修长漂亮的手和一张红色钞票。

时姜愣了下，猛然转头，只见是明明已进巷子走老远的男生。

他此刻去而复返，也没看她，只微微低头从车窗里和司机对话：“这个够吗？”

时姜其实想说，从清大那边大老远打车过来，一百块肯定是不够的。尤其现在还是下班高峰，中途堵车堵了好一阵子。

可她没想到，十几年前物价低，这个钱竟然也够了。

司机立刻笑着接下，顿时笑容洋溢冲他点头：“够了够了！”本地司机满城跑，大概是对哪片区域住什么人了解得十分清楚，现在对男生的态度和她相比直接来了个一百八十度大转弯，看得时姜叹为观止。

“误会，都是误会。”司机笑呵呵地说。

既然有了蒋炽解围，时姜重点也不在这件事上面了，她的注意力完全被旁边人吸走了。

车辆扬长而去，路边只剩他们二人，空气闷热得透不过汗，云层里似乎正在酝酿一场说下就下的夏季暴雨。

而男生一直目视前方，始终都没有看她。

到最后，才转眸瞥过来一眼。

时姜心里突地一跳。

她飞速间，给自己编好了借口：“其实，我是你妈妈的朋友，我……”她总不能对着这张青葱年轻的脸说，你好，我是你十几年后的妻子。估计那样蒋炽会和刚才出租车司机师傅相同反应，认为她疯了。

“我，我去你家做客可以吗？”她抬起眼睑，犹豫地问道。

为提高自己身份的真实性，她还立刻补充着把蒋炽爸妈的信息都说了一遍，表示看吧，我是真的认识你家家长，绝对不是坏人。

而男生全程默默注视着她。

他个子高，再加上时姜此刻心虚，从气势上就把她稳稳压了一头。等待人家回答间，跟等候宣判结果似的，叫她唏嘘不已。

到底谁才是那个年长者啊！

到了最后，这人既没说好，也没说不，直接转身就朝巷子里走了。

时姜看着他背影，眨眨眼，再眨眨眼。然后反应过来，默认，那肯定就是答应的意思，立刻欢欢喜喜地跟上去了。

到了蒋炽这个她总共来过没几次的家中，时姜还颇为感慨，院子看起来新多了，银杏树的叶子也还是绿的。

男生去屋里卸书包，时姜忙跟着他，边走边左右张望，问道：“你家里没人？”

对方动作顿住，回头：“我爸妈都出差去了，你……不知道？”

这话问得时姜后背一僵。是啊，如果她是他妈妈的朋友，怎么可能不提前问问他妈妈在不在家，就贸然过来。

吓得她连忙给自己打圆场，干笑：“我是说，你家阿姨也不在吗？咋一点儿动静都没有，怪冷清的。”

男生将空调打开，接了杯水递给她，就要去厨房：“阿姨家里孩子结婚，请假回去了。”

那还真是凑到一块儿去了。

时姜见他洗完手竟然是一副要去做饭的架势，惊奇后，连忙就过去主动揽下任务：“我来吧。”

对方一开始还不让她：“你不是我妈的朋友吗？你是客人……”

“那你还是小孩儿呢。”时姜抢声道，“学校没留功课吗，快去写作业吧。”

时姜俨然一副老母亲照顾孩子的模样，态度强硬。

男生默默瞅着她这个不速之客，或许是瞧她一个大人，怎么着做饭也不是难事。犹豫了一会儿，还是撒手，离开厨房。

他去自己卧室，然后打开主机，坐在笨重的台式电脑前，往界面在时姜看来可谓老旧的搜索引擎里敲了半天。

“遇到一个无家可归的奇怪女人是否应该送到警察局……”

那个人根本就不可能是他妈妈的朋友。

他妈妈如果有朋友来，从来都会提前告诉他。更何况，那个女人一开始在马路边上失控地大喊大叫，找的人分明是他来着。

从其反应看，这个人一定认识他。

但他却不认识对方。可不知道为什么，他对她，有一种莫名的熟悉感，分明他们之前从来没见过面，这个感觉却又说不上来……

这时，厨房里传来乒乒乓乓的声响。

蒋炽回过神，立刻起身关上电脑屏幕，大步走出去查看情况。

厨房里乌烟瘴气，呛得根本不能进人。原来竟然是，这人把锅给点着了。她放了太多油，烧到冒烟了也没管，于是油达到燃点后直接蹿起冒火了。

还好她多少有些常识，知道不能用水泼，得用锅盖或抹布隔绝氧气。于是两个人瞧着那被烧通红的锅盖，干看了十几分钟才等它熄灭，最终得到满屋子的黑烟和一口坏掉的炒锅。

时姜满头满腔的尴尬浓重得都快实体化了。

她接过手才想起来，她确实不会做饭，尤其不会使用煤气灶。就标准属于没那个金刚钻，却偏偏揽下了瓷器活。

结果就是把自己搞得狼狈极了，最终还得蒋炽还收拾烂摊子。

男生看她脸上深一道浅一道的黑印，吩咐她道：“你出去吧。”

而时姜哪里敢走，她站在旁边，安静得跟只缩脖子鹌鹑。

男生注意到，叹口气，语气无奈地说：“真没事。你去外面等会儿，我就不招待你了。”

想到一点，他又问她：“你晚饭想吃什么？”

时姜看着脚尖前的一小片地板，小小声：“要不，来碗面吧。”

面条应该做起来比较简单省事。

人家还得写作业呢，她体贴地想。

“好。”对方答应下来，又说，“你去把你脸洗洗。”

时姜愣了下，下意识摸上自己的脸，然后局促得头都没敢抬，连忙就跑了出去。

时姜收拾好后，还是听话在饭桌前等他。

蒋炽动作非常迅速，不一会儿就端来碗，熟练得就像是他做过很多遍一样。

对方递给她筷子，顺带看了看窗外天气，说：“待会儿你吃完，趁着雨还没下，就快回去吧。”

而饭菜刚摆到她面前，时姜脑中却像被什么“叮”地砸了下。

细长的面，橙黄的蛋，翠色的葱花，清亮的汤底，就连胡萝卜削的花形都没变。

她恍惚得几乎不敢置信。

因为，这和她在 B 市淋雨第一次去蒋炽的住所那次，蒋炽给她做的面条，一模一样。

隔着腾腾氤氲热气，她呆呆地看着面前的碗。然后，毫无征兆地，眼眶一红，泪珠牵绊顺着纤长睫毛，一颗一颗就开始往下掉。

她这反应把对面男生吓了一大跳。

于是到最后蒋炽就没敢把她送出去。

刚口头上说让她回去，这人就开始哭。要是真撵她离开了，那不得哭得抱着门柱子不撒手啊。

时姜要是知道他此刻所想，得冤枉死。

但结果是好的，她今晚被成功收留了。

晚上她躺在他隔壁客房的床上，回顾自己今日行为，觉得这要是换个对象，她拿出自己毕生最厚的脸皮也干不出这事啊。

可最后，她还是和他尽可能最接近了，哪怕那是个小屁孩儿版的蒋炽，也无所谓。她心里踏实多了。

第二天，蒋炽自然要去上学。

时姜不知道干啥，在家里晃荡了一上午，这儿摸摸那儿看看，又站在银杏树下观赏了会儿，俨然已经把他家当成了自己家。

后来实在无聊，她犹豫了会儿，还是溜达去了蒋炽学校。仿佛不见到人，他就会人间蒸发平白消失似的。

清大附中这几天举办运动会，对访客管理得比较严，不让进。昨天比赛没比完，今日继续，时姜只好隔着栏杆看蒋炽打篮球。

喧声朝天，年轻朝气的男孩子们，在篮球场激烈挥洒汗水与青春，多么美好的画卷。时姜托着腮想。

尤其场中央那个男生好帅啊，又帅又性感，好多个三分都是他投的，全场 MVP（最佳球员）。

从没想着，对着一个还是小屁孩儿、完全可以算得上是她弟弟的蒋炽，她竟然都能看出“性感”这样一个形容词来。

她正美滋滋地花痴着，这时就望见，有几个女生你推我搡、含羞带怯地跑去给蒋炽送水。

时姜有些生气了。

做什么？离他远点儿好吗，人家是有妇之夫！

不过，还好，他没收，非常有“男德”。

她这才开心些。

而这时，全场焦点的男生忽地转头，状似无意地往她这方向远远瞥来一眼，稍作搜寻就定格住，狭长眼眸深邃地牢牢望着她。

纵然中间还隔着铁栅栏和绿化带，时姜脸腾地红了。

糟糕，偷看被发现了。

这搞得跟她是个偷窥狂似的。

她连忙缩回脑袋。

她没敢再观看下去，无聊之际，去附近商区又游荡了会儿。等她磨磨叽叽重新回到他家四合院时，按照时间，蒋炽早都放学了。

时姜拖着酸软步子，走到他家门口，仰头望了望，大门紧闭，顶上还没装摄像头。然后，她在被阳光照射一整天还有些温热的台阶上坐下。

她无家可归了。

像那年除夕一样，她很想很想见到蒋炽，却又不敢，没有理由。

时姜蹲在那儿摸狮子头，小石狮子不知用什么材料雕的，夏天里也冰冰凉，十分舒服。

思绪飘远。

时姜想到她第一次来他这个家里吃饺子，想到他们在这里举办婚礼，又想到除夕那日她等了很久，大过年的，等了整整五天，都没等到他人，没人来开门……

而这时，身后大门“咯吱”一声开了。

时姜禁不住一愣，胸中忽然泛上一种很微妙的情绪。

她慌忙转身，只见男生站在门槛里面，应该是刚洗过澡，发丝清清爽爽，身上换了件干净的白 T 恤。

然后，他面无表情地向后侧了半步，对她说：“进来吧。”

时姜控制不住地再次愣了一下，下一秒，顿时欣喜若狂。

她连忙亦步亦趋地随着蒋炽进了屋，坐在沙发上。对方似是第一次想郑重了解一下她的情况，问道：“你是什么职业的？不需要工作吗？”

时姜端正坐在那儿，老老实实地如实回答：“我是大学老师，也是一名企业家。早财富自由了，现在不想工作。”

对方动作一顿，抬起狭长墨黑的眼睑，万分愕然地看着她。

时姜眨眨眼，有些不明。

很久之后，她才反应过来，那应该是看神经病的眼神。她这言行，和财富自由的成功人士究竟有半毛钱关系吗？

但当时她脑子里想的却是，一定是对方嫌弃她整天不务正业。

想想也是，蒋炽这样优秀自律的人，怎么可能喜欢无所事事毫无进取心的人。

于是行动力极强的时姜，第二天就去他的学校应聘了。

那个年头计算机并不普遍，拥有编程能力并能给别人讲出来的，都是稀缺人才。

于是时姜比较轻松地混了进去，成为一名编外人员。

她课没多少，主要讲竞赛班。而对着这群初三小朋友，她连课都不用备，轻松得很。

只是这里面，有位小朋友不像其他人那么好糊弄。

这人自然就是蒋炽。

蒋炽在最开始见到堂而皇之进入他的教室、由班主任热情介绍的时姜时，还讶异地惊了两秒钟，但自那以后就淡定得很，飞速接受了她是他老师的这样一个身份。

后来，听了她几次竞赛编程课后，蒋炽看她的眼神都变了。似乎意识到，这个总喜欢赖着住他家的奇怪女人，其实也并不是一个一无是处的草包。

再后来，甚至还会在课后，主动留在机房请教时姜一些问题。

时姜自然很高兴为他解答。

而每次在这个过程中，她都要不断地感叹，蒋炽真的是一个非常聪明的人。他能比同龄人想到很多他们想不到的点，反应速度极快，推演能力极强，难怪从小被称为神童。

时姜连连慨叹。

没教他几周后，就建议他可以去试着参加一个世界级的编程大赛。

蒋炽愣了愣，下意识说：“那个不是大学生参加的吗？”

时姜摇摇手指，纠正他：“只是参加的人绝大多数是本科生往上，但组委会并没有规定，只能本科及以上才能参加。所以，你当然可以。”

男生诧异了会儿，可迅速，他似乎自身有什么固有思维被打破，自我意识飞快建立起来。

他眸中有情绪细微闪烁：“你……相信我？”

时姜回答得十分利索：“我当然相信你。”

男生还在踟蹰：“听说，需要组队。可我只是初中生……”

时姜立刻说：“初中生又怎么了？你这方面能力强得远超许多研究生。”她总能把话说得十分理所当然，“交给我，这个队我帮你组。”

“而你需要做的，就是——不要给自己设限。”

男生面上的惊讶已经不是想掩饰就能够了。

而除了惊讶，还有一些别的复杂的情绪。他也没想到，不设限这句话，能在他之后的人生中影响他甚广甚久。

于是这次放学后，蒋炽竟然主动第一次问她：“你，家住在哪儿？”他狐疑看着她，“……不对，你有家吗？”

时姜见他这种微表情，觉得特别好玩，甚至有些可爱。她压抑着自己上前去捏捏他脸的冲动，说：“当然。”还是你的房子，你给买的。

“只不过……”

蒋炽：“什么？”

时姜瞅着他，后头话没说完。

只不过，那个家里没你，所以并不想去。

然后，时姜领蒋炽去自己清大附近的那个小区。

时姜已经不知道自己究竟身处怎样一个世界了。时代混杂感。这个年头，明明她家这栋楼还没盖起来，而这块地皮上却伫立着自己的新小区。

刚进门时，蒋炽就是一愣，他口中不由自主地喃喃说：“怎么，这么熟悉……”

时姜在他身后心想，废话，这装修是你自己亲手设计的，能不熟悉嘛。

好不容易把人家拐回了家，时姜开始坏心思地想，要不，她不整天赖在他家四合院也可以，就让他在这里住下好了。

正要行动，这时，蒋炽书包里的板砖手机响了起来。

在这个年代，他一个学生能拥有一部手机，可见蒋炽家里条件是真的优越。

他看了来电显示，倒也没瞒她：“我一个同学，大概率是喊我出去玩。”

时姜讪讪收回魔爪，略违心地笑着说：“那快去呗。小孩子嘛，就是要出去一起玩一起疯。”

男生看着她神情，迟疑了会儿，但还是重新背上刚卸下的书包，离开了。

而刚下楼，谭裕凡夺命连环催的电话就又打来一通，这次催完还附加着问了一句：“最近一直和你一块儿的那个学姐是谁啊？是你家亲戚吗？”

蒋炽听这话愣了：“学姐？”

谭裕凡：“对啊，就长头发大眼睛，长得特好看的那个。她应该刚上大学吧。”

“是这样，我有个表哥嘛，那天去学校接我时看见她了，这几天跟丢了魂似的，缠着我帮要人家联系方式。”谭裕凡说得兴致勃勃八卦四起，“你要不要给介绍介绍？搞不好咱俩能坑我哥一个游戏机！”

而蒋炽却没谭裕凡那样激动。

相反，听着那边，不知为何，蒋炽脸色有些不太好看。

他步子逐渐慢下来，站在小区门口，将要迈出去的脚也收回来。

“不去了。”他借口自己要学习，拒绝了对方此次邀请。

气得谭裕凡嗷嗷叫，他还从没见过蒋炽变脸比翻书还快的这种情况。

挂电话后，蒋炽就原路返回。

他确实是要学习，也不算说谎，这学期末就要比赛了，他去找时姜多辅导会儿，也理所应当。

可谁知，他重新敲开门后，却看见一脸愕然的时姜，和她身后桌子上的那桶泡面。

男生惊讶后，突然间，有些生气。

但他没说什么。

而是转身直接去了厨房，刨一刨冰箱里有什么能做饭的。

时姜被他的突击打得猝不及防，莫名心虚。

她倚在厨房门口，看他在烟火中忙忙碌碌，不可避免地，就想到长大后的蒋炽。

她吸吸鼻子，又有些想哭了。

男生站在炉灶前，他身体侧面那种少年人独有的削薄感，瘦但不弱，肌肉底下蕴藏的都是蓬勃力量。

她偷偷看蒋炽，殊不知，对方也在偷偷打量她。

蒋炽转身间装作不经意瞥去。

其实，也不怪谭裕凡和他哥猜错，这个女人确实长得年轻。黑发如藻，皮肤净白，脸仿佛巴掌大一般，眼眸澄澈明亮。

若再换身衣服，乍一看，确实就是一清纯大学生。

但总归，是远能当他姐姐的年纪。

可不知为什么，一想到他要介绍着当搭线人，让别人来追她，他心里就隐隐升腾起一股不舒服的感觉。

他决定接下来几个月都不要看见谭裕凡了。

吃过饭，时姜给他辅导编程算法，指导他赛前准备。

一不小心，天色太晚，时姜催促他该回家了。

蒋炽犹豫了会儿，听她话照做了。

但第二天一大早，他就出现在时姜家小区楼下，两个人一起去学校。

然后接下来数月，蒋炽借着比赛的由头，几乎天天往时姜家的小区跑。他借学习的名义，堂而皇之，而他爸妈从来都很相信他。并且，这里距离清大附中明显更近，上学时间大大缩短。

再到后来，蒋炽自认为他们已经相当熟悉了。

他知道她的许多生活习惯，知道她喜欢吃什么零食，喜欢喝多少度的水，喜欢在不做饭时拿什么速食来应付自己……

在此期间，时姜一直尽心尽力地教他编程，传授他打比赛的技巧。

蒋炽此刻早已是真心实意地觉得她好厉害，什么都知道。

但与此同时，他产生出一种自卑。

“姐姐……”男生为数不多地面上浮现一股不自在之色，音量非常低地说，“我什么时候才能赶上你？”

时姜拿笔杆儿敲他脑袋："叫什么姐姐，叫老师。"

而忽地微愣。

这个场景，让她顿时想到盛行渊。

以前盛行渊这样大逆不道时，她总烦对方不守规矩。可眼前蒋炽这样偷偷摸摸地改称呼，她心里却只觉得喜欢得不行。

不禁唾弃自己可真是个"双标狗"。

而被她敲了的蒋炽侧身避过脑袋。

时姜觉得好笑，这次没忍住，探指捏捏他脸："你赶上我做什么？"

男生脸侧一红，躲过她的魔爪，垂着眼睑，没有说话。

她不会知道，这种急于证明自己的能力又不想对方一直把自己当作小孩儿的心情。

不久后，蒋炽在那场编程赛事中大放异彩。

他和他的团队配合得天衣无缝，最终夺得世界冠军。

纵然是少年英才辈出、天才根本不缺的清大附中，也把他的佳绩做成大大的宣传板，摆在门口宣传栏上。

A 市无数媒体前来采访，前途不可限量。

他如今这成绩，高一高二稍微花点儿心思再把自己包装一下，就可以不参加高考直接保送了。此后无论选择哪条人生之路，都是一路繁花相送。

于是，初三结束，当他说他可能要跟爸爸离开 A 市，转去狮河县，那个听说发展落后的地方时，同学震惊，老师暴怒，校长几乎要找到他家里，没有一个人能理解。

时姜可能是蒋炽身边唯一一个知道他要去那个鬼地方还欣喜若狂的人了。

她一听这个，立马支棱起来，连连催促道。

"去吧，快去吧！"

时姜想的是，蒋炽这就要升高中了，而他去了狮河县一高，就能和高中时候的自己遇见了！当然要去，赶紧去！

而她却不知道，男生看着她面上笑意融融，嘴角都快咧到腮帮子的样子，心却一点一点沉了下去，彻底沉到了谷底。

蒋炽最近心情不好，很明显的不高兴。

虽然时姜完全不懂他为什么在生闷气。

持续了有两三个星期了，时姜实在受不了，就主动去逗他。

“你怎么了？”

她窝在沙发里看电视，起身说道。

但蒋炽没有理她。

他最近是真的变了。以前还愿意坐到她旁边陪她看一些消磨时光的脱口秀，现在顶多远远坐那儿低头看书，和她隔了整整一张茶几。

“小小年纪愁什么？”她笑着凑去，伸手想去扒拉他脸，“来，给姐姐笑一下。”

蒋炽站起转身就走。

时姜趿拉着拖鞋连忙去追。

对方去自己卧室，而时姜一路小跑到一半，过玄关台阶时，她不知怎么脑子一抽，故意脚没抬起，“啪”地就摔倒在地上。

她没经验，这下摔得太实在了，趴在地板上，疼得她眼泪汪汪。

一方面又觉得丢人。

她一大把年纪，对着人家小孩儿，竟然想出这种损招。

而对方连忙回来，半跪在地上，查看她情况。

她膝盖都被磕肿了，乌青一大片，还蹭破了皮儿，有细小血珠冒出。

蒋炽立刻跑去拿来备用药箱，给她清理伤口。

男生神态异常认真，小心扶着她膝，发丝荡在他眼前，轻微晃啊晃啊。

时姜瞧着他万分紧张的样子，一时间，愣愣坐在地面上，竟有些看呆了。

她的心像融化成了一摊奶油，柔软得不行，还甜丝丝的。

她抿了抿唇，突然很自私地，有些不想让他走了。

“你什么时候和你爸爸出发？”时姜突然开口问道。

男生动作一停，然后，继续沉默地给她缠纱布。

“明天。”他又补充道，“明天一早。”

周围空气都寂静了。

时姜怔了半天，才缓缓“嗯”了声。包扎完毕，两个人对着她的伤口无言以对，她慢慢收回自己腿。

不知什么心情。

时姜木木地点头：“好。我到时候去送你。”

第二天，时姜一大早就徘徊在他家巷子门口那条必经之路上了，却没敢去他家里。

她不知道自己在害怕些什么。

很快，巷子里传来些不舍的分别声、吵闹声，一辆越野车缓缓驶了出来，渐行渐远。

时姜人傻了。

她的犹豫，叫她连最后一面都没能和对方见到。

她呆愣愣地望着对方离去，脑子里突然“叮”的一声，像被什么敲碎了。

她下意识朝那边快走几步。

然后是跑，她跑了起来。

盛夏树荫斑斓地在车身上投落闪过，越来越快，她似乎依稀看见男生在后车玻璃侧着转过身后，朝她望来的神色难辨的脸。

时姜顿时清醒了，她突然想明白了，蒋炽去狮河县遇见高中时候的时姜，可是这些关她屁事啊！

对她自己而言，事实是，此后她就再也见不到这个人了啊！

于是，再次的惊慌将她笼罩。

她昨天刚摔了一跤，膝盖上还缠着绷带，跑步间隐隐作痛，于是没几步，她就腿一歪，向前冲倒在马路上。

这次真不是故意的。时姜难堪地心想。

她这个位置太危险了，如她刚到这个世界那阵儿，身边车辆来往经过，但凡有一辆车没注意到她这个视野盲区，那她就极有可能被撞上。

手掌按在粗糙砺沙的地上，她艰难抬眼，细白掌心仿佛磨出了血。

夏日晃眼的光晕打在她眼皮上，整个世界都仿佛蒙上了一层带着血色的红纱。

她看到前面车上急匆匆跑下一个男生，正逆着车流，惊慌无比地朝她冲来。

她突然好想哭。

她就知道，蒋炽不会丢下她。

然而就在这时，对方身后十几米处的路口，侧着驶来一辆减速未及的大货车。

时姜远远望着那处，心脏“轰”地提起被揪作一团。

她虽没在那处，可铺天盖地的疼痛紧紧裹缠住她，叫她几乎快要无法呼吸。

眼前出现如蛛网般斑驳散开的裂纹。

整个世界轰然间倒塌碎裂……

……

时姜是被生生摇醒的。

然后，她听见她自己口中不自主地不停在喊，脆弱而惊恐。

“蒋炽，蒋炽……”

面前男人紧紧握着她肩头，一声声应着，努力让她看自己。

“是我，我在这里。是我，阿姜，是我……”

她口中不住喃喃，双目恍惚看向他，过了好一会儿，才能堪堪聚焦起来。

男人的面容逐渐清晰。

是一张棱角清晰的脸，英俊而成熟，眼眸里此刻全是焦急和担忧。

又过了好半天，时姜似是才终于反应过来。

她“哇”一下就哭出声，向前扑到他身前。

“蒋炽，”时姜惊吓之余，哭腔再压抑都止不住，“你抱一抱我，抱抱我好不好？”

“好。”

于是蒋炽便伸臂揽住她的腰和背，用力扣紧了她。

“你再亲亲我……”

对方也毫不犹豫马上照做了。

直到贴近地触摸到他，感受到他体温，时姜才终于意识到，这里真的是他们的家，对面也真的是她的丈夫。是温热鲜活、有温度的一个人，而不是虚拟的形象。

而她刚才，也只是做了一个长长的神奇的梦。

“别怕。我在这儿。”

男人的声音和动作就像温暖的海浪，一点一点将她不安的心浸润抚平。

时姜被抚着背，渐渐平静下来。

她感觉好受多了。

蒋炽见她又心事重重，问：“你想到什么了？”

时姜在被褥里蜷着，闻言，挪动着缩回到他跟前，闷声说：“蒋炽，我在想，这十一年间，就算你不喜欢我了，你和别人结婚了，不要我了，我也不会怪你的。”

男人给她搭被子的动作一停滞：“你在胡说什么？”

时姜委屈地埋在他肩头：“我没有胡说，我……”

对方却立刻强势地扶着她下巴，偏头过来，牢牢堵住了她的唇。不容忽视的气息将她整个人笼罩包围。

又进行了一个长长的亲吻。

喘息着分开后，男人低头抚上她唇角，沉沉哑声："阿姜，你还想我怎么证明？"

"……"

这下，时姜不敢说话了。

她敏感地感受到对方一些变化，自然不敢再擦枪走火招惹他了。

"别胡思乱想。"

蒋炽平静却坚定地告诉她，向她一遍遍灌输这个观念："你现在在我身边。我会永远守着你，保护你。不要害怕。"

"你要做的，就只是相信我。"

一个星期后，谭裕凡跑来他们家玩，还跟她顺带提起说，蒋炽厉害得很，简直不是人，他初中时候在编程大赛上，都曾拿到过世界冠军。

"当年和他对战的有国内外无数高校大学生，只有他一个是中学生。但那个含金量极高的冠军，就他拿到手了，当年好多大学去招他。你想想，他就是个天才。"

"你怀疑什么都可以，但你绝不能怀疑他的能力……"

而时姜关注点却根本不在他所说内容重点上。

她这是第一次听到蒋炽的这些事迹。她很确定。

于是这就更叫她有些呆滞地坐那儿坐半天，突然出声，问了句："他还真初三拿了编程比赛世界冠军？"

谭裕凡："……"

……

但眼下，时姜逐渐冷静后，才觉得好像也没什么可怕的。

原来在那个世界有蒋炽，她并不会感到害怕。

她害怕的只有分别。

情绪平复下来。

"我梦见了十几岁时候的你。"她趴在蒋炽胸膛前，往他怀里更深处缩了缩，鼻尖轻微耸动着，像小动物一样嗅了嗅他身上的味道，小声说。

"真的吗？"

蒋炽拿厚厚的被子拥围着她，深秋寂静的深夜里，给她最充足的安全感。

于是时姜被包得脖子都看不见了，艰难点点头："嗯。那个时候你正在上初三，还是个学生，却长那么高，比我还高好多。”

她若不是手脚被裹着，肯定要伸出来比画比画。

她含糊着说：“在梦里，我很喜欢他。”

“但我不知道，他喜不喜欢我。我越活越回去了，特别丢人，在那里，我还需要他一个小孩儿照顾……”

“肯定喜欢。”男人沉沉嗓音在她头顶出声。

时姜怔怔地仰脸看他。

昏沉暗夜中，蒋炽黑眸里浮着温柔笑意，顺势低头，像轻柔压着蝶翼般，亲了亲她睫毛扑扇的眼睛。

“无论哪个年龄阶段的我，一定都最喜欢你。”

番外二 元宵

「多年之后，她终于又尝出了汤圆的美味。」

十二年前，M 大。

傍晚时分，漫天霞色给这座世界高等学府笼上了一层绚丽外衣。计算机学院的学生们或背着书包或拍着球，在欢声笑语中自学院实验楼涌向校园各处。

时姜收拾完自己工位上的东西，正要背包离开实验室时，被人叫住了——

“今天走这么早？”

她微怔，停下脚步，愣愣转身，然后拿手指反指向自己，不确定地说：“学长你……是在问我吗？”

趴在实验台前的漂亮青年微侧着头，茶色发丝下露出他那双极漂亮的蓝眼睛。他眼角弯了弯，瞳色可谓温润。

“当然。”

时姜心里有些怯。

说实话，她不认为自己和对方有多熟悉。

青年拥有一副非常漂亮的皮囊，极其具有迷惑性，他完全可以凭借自己天使般的容貌荣登 M 大风云榜。但事实是，因着他种种怪异行为，他被牢牢推选为极客怪人之首。

时姜和他接触不深，也不喜欢在背后打听别人坏话，所以对众人赋予他的怪诞头衔，并没有具象化的理解与体会。

但是，几乎她认识的每一个前辈都告诉她——最好离歌西亚远一点儿。

频率一多，时姜反倒出现点儿逆反心理了。尤其对上他那张人畜无害的脸，时姜甚至还觉得，对方多少有些可怜。

终究是同一个实验室的学长，时姜还是礼貌回话："今天过节，所以回去早些。"

"过节？"青年静静看着她，问道。

时姜点头："对，是我祖国的元宵节，团圆的节日。学长可能不了解。大概，有些像我们这里的圣诞？或者感恩节？"

"节日……"

歌西亚轻声咀嚼这个单词，忽地勾唇笑了下："我不过节。"

其实他笑起来挺好看的，但不知为何，总让人感觉背后凉飕飕的。

青年说完后，重新自顾自趴回实验台前，继续调试他的硬件："节日对我来说，与日历上其他普通日子相比，并没有任何区别。"

时姜见他继续工作，知道他们这段对话也该结束了。

其实她现在已经有点儿尴尬。此前在实验室这么久，她还从未见过这位怪才学长，有主动和其他谁人交流过。因此刚才对方喊住她问话，她都感到神奇。

可算迎来结尾。

时姜轻轻呼出口气，道别后，小心倒退着一步一步走出实验室。

刚转过走廊角，她就抓着背包肩带原地跳了跳，抖散开身上有些紧绷的神经。

重新收拾好状态，她掏出手机，兴致勃勃地给魏子源打电话。

毕竟元宵节嘛，异国他乡的，她也没亲人，通常都是他们几个同在M大读书的华人老乡，大家抱团取暖聚一聚。

正好她昨晚特意准备了制作汤圆的材料，他们可以一起包汤圆。汤圆是她为数不多能拿得出手的食物了，以前奶奶都经常夸她汤圆搓得好。

能在同伴面前露一手，想想那个场景，时姜开始有些期待。

可谁知，魏子源说他爸妈专程飞来了，他们一家正准备吃晚饭。末了还热情地邀请她过来一起。

时姜愣了下。

她没想到这么凑巧。

而对方的客套她哪能当真啊，连忙笑着说他们一家人团聚吧，她就不去瞎掺和了。

举着手机在实验楼下茫然无措地站了一会儿，时姜开始默默往住所走。

冬季 M 大气候还是蛮冷的，她唇边带出白雾的哈气，望着天空斜边自云朵中露出一角的圆月，用力裹了裹大衣。

回家煮汤圆。

蓝色社交软件突然提示有人给她发消息：“元宵节快乐。”

时姜正在等锅里水烧开，查看完后，蔫蔫儿回了他个：“不快乐。”顿了顿又加了句，“一个人过元宵节，惨死了，快乐不起来。”

这个人是她在社交平台上偶尔认识的一个网友。

她不喜欢在有太多认识熟人的圈子里发东西，于是自己搞了个小号，偶尔发发动态，三两句话，拍个无聊风景照游客照什么的，也没几个人关注，有的几个她还怀疑是系统给的僵尸号。

而发着发着，这个人就开始在她动态下面留言。

在茫茫都是英文的界面里，突然出现一行汉字，时姜看着就由衷地感觉亲切。点开他的主页看定位，原来是也在 M 国留学的学生，只不过不和她在一个州。

由于这是唯一愿意和她无聊内容互动的，一来二去，两个人就多少熟悉了些。她偶尔也会给他分享自己的趣事。

眼下发完那些话，对方不在动态下面评论了，直接转到私信，问她：“Yuan 呢？”

这是时姜给魏子源起的代号。

时姜手中长汤勺在锅里有一搭没一搭地搅着，继续蔫儿道：“他爸妈飞来陪他过了。”

对方：“Sergio 呢？”

时姜更加垂头丧气：“陪女朋友去了……”

然后，对方那边似乎停顿了一会儿，间隔有点儿长，感觉斟酌了很久的样子，才重新说话：“你，没找个男朋友？”

时姜拿指尖敲敲屏幕，点过去一个要揍人的表情：“这位朋友，你这样说话真的让我没法接欸。”

对方发来一个笑的动图。

“不想这些不开心的事情了。我在放孔明灯，给你看看。”

接着聊天框里传来一张图片，郊外黑夜里，灯盏散发着橘红色的光，薄薄脆纸覆在上面，里头映出暖烘烘的火簇。

时姜看着这张特地给她拍的照片，才多少感受到些过节的气氛来。

而瞧着图中之物，却叫她不禁眼前恍惚。

她突然间记起，她高三那年，也曾和蒋炽一起放过孔明灯。

那天，本该在A市和他家人一起闹元宵的少年，毫无征兆地出现在她家院子里。时姜正帮她奶奶包汤圆，她吓了一大跳，连忙起来招呼客人。

然后她看到对方手里拿的孔明灯。

除了竹骨架子之后，灯身叠起来仅有薄薄一层，时姜十分怀疑电视中演的那么大的灯盏是怎么撑起来的。

可等点上里面小蜡烛盘后，热气在灯纸里往上鼓，薄纸慢慢张开了。

时姜第一次放这玩意儿，略手足无措地捏着最下方的竹架，都不敢太用力，生怕一不小心把纸戳破。

四四方方一灯盏，两人对称着各拎住灯底一边。

时姜从家里箱底刨出她爷爷留下的细细毛笔，和蒋炽相对着，两人各自在灯面上写下了自己的愿望。

写完后，时姜举着笔头，探出脑袋问蒋炽："你写的什么？"

男生丝毫没介意愿望不能告诉别人或说出来就不灵验了啊等种种忌讳，而是看了看她，很诚实地平稳念了出来："民族伟大复兴，国家繁荣昌盛，人民安居乐业，天下万世太平。"

时姜："……啥？"

"我不信。"

她扭着头凑去看，谁知仔细一瞧，嘿，这个小正经儿写的还真是这个！

接下来只听蒋炽问她："那你呢？"

于是，时姜脸腾地红了。

对方正要礼尚往来地转到对面来看她的，吓得时姜连忙松了手，灯盏失去拽力，立刻开始腾空。

"……"

蒋炽见她要赖皮，凭借自己个子高，就要伸手去把灯捞回来。

见状时姜立刻抱住他胳膊，缠着他就把他身子往另一边带，坚决不让他得逞。

灯盏就这样在二人欢声笑语中，晃晃悠悠地向上升入了暗色浩大的夜空，无声俯瞰着他们，伴随微风，越飘越远。

……

此刻，时姜愣愣盯着图片。

图中露出对方拈着灯骨架的半只手。这手长得非常漂亮，修长骨节，如浸润柔光的暖玉。

时姜瞧着有些熟悉，但又说不上来。

“我上次也是唯一一次放孔明灯，还是和一个很喜欢的男生一起。”她突然说。

其实，她觉得跟对方讲这个，多少有些过于越界了。

可也不知道为什么，大概是今天节日，情绪上来了。也或许是，许多话，和身边的人说不出来，反而对着陌生人却能吐露了个干净。

“很喜欢的男生？”

对方今天似乎发消息格外犹豫和谨慎，又是等半天。

“那现在呢……你现在，还喜欢他呢？”

时姜苦笑。

哪怕时隔这么久，她心脏里还是翻涌上浓烈的、不容忽视的痛意。

她指尖打字：“不喜欢。早就不喜欢了。”

“讨厌死他了。”

“这辈子都不想见到这个人。”

仿佛她说得越斩钉截铁，就能越表示自己的坚定。

她本以为自己可以轻描淡写，可胸口处还是如重锤在上头一下一下抡着，砸得鲜血淋漓。

指尖攥紧又放开，放开又攥紧。

而对方再次开始陷入沉默。

时姜顿时颇为后悔。

她刚才有些激动了，毕竟，不是每个人都愿意听她这些负能量和悲惨往事的。

正要道歉，对方突然继续发来一句：“我打算写个愿望在上面，但不知道写什么。要不你帮我出出主意？”

时姜：“不准的。”

她开始摆烂了，终归是陌生人，什么话都可以说：“我上次在灯上写想吃玫瑰馅儿的汤圆，结果这都几年了，也没实现。”

她说的是实话。

高三那年和蒋炽一起放灯，她确实写的是想吃玫瑰馅儿汤圆，因为她黑芝麻的、花生的吃腻了，就突发奇想，想尝尝鲜。

谁知道结果，她的愿望还停留在口腹之欲，蒋炽直接整了一大堆家国天下上去。对比之下，她哪里好意思让对方看见她的内容。

而对方愣了很久，半天缓缓发来一句。

“就这个？”

时姜立马不服气了：“什么叫就这个。你吃过玫瑰馅儿的汤圆吗？”

“……”

于是对方果断闭麦，妥妥让着她。

过了足足几分钟，就在时姜都以为他是不是突发有事下线了，才没头没尾地说了句。

“我知道了。”

时姜有些莫名其妙。

他知道？

他知道什么？

“元宵节快乐。”

对方又说。

以此句开头，再以此句结尾。

同一时间，时姜也将圆滚滚的白汤圆盛到碗中，准备开吃了。

“你也是。元宵节快乐。”她在心里谢谢陌生人给她带来的短暂慰藉，真心诚意地祝福道。

聊天结束，她放下手机。

窗外月光清冽，屋子内冷冷清清重新将她包围。

时姜坐在餐桌前，对着面前蒸腾热气，往自己口中塞了一个汤圆后，忽然就迷茫了。她不知道自己坚持这么久的原因是什么。

她不懂恨比爱长久，还是反之才对。

她怀着恨意漂洋过海而来，和周围魏子源等人怀揣着家人厚寄的希望和爱意而进修截然不同，她是单凭着那股劲儿在为自己而战。

曾经以为自己会永远坚强，可她此刻，有些坚持不住了。

时姜这是第一次发觉，自己最喜欢的汤圆。竟然能吃得如此没滋没味。

她放下汤勺，将碗里的汤圆丢进垃圾桶。

然而，锅里煮多了，不能浪费。她想了想，把剩下的满满当当打包给歌西亚。

“学长，你说得对。”

时姜重新回到实验室，拿出保温桶放在漂亮青年桌前。

“什么节日啊，纪念日啊，都只是日历上平凡的一天，和其他并无区别。”

歌西亚自工作台前抬起头，略微讶异地看着她。

而时姜没注意。

她径直走到自己工位坐下，打开电脑，迅速投入了工作。

接下来在M国的若干年里，她再也没有吃过汤圆……

……

一阵手机铃声突然响了起来，是蒋炽的专属来电铃声。

时姜连忙回过神，她正在厨房包汤圆，洗掉满手糯米粉，赶忙就去客厅接电话。

“梨笙送到了吗？”她率先问道。

今天元宵佳节，她爷爷奶奶自然也想念孙女儿，商量着晚饭把小梨笙送到他们家吃，正好也给他们小两口腾出时间自己过节玩去。

午饭过后，时姜在家里包汤圆，蒋炽这便开车去送孩子了。

“送到了。”听筒里传来男人沉稳的声音，“只不过……”

他单掌还放在方向盘上，目光顺着望了望前后基本彻底堵死了的马路，说：“阿姜，我这边堵车严重，我们可能得重新安排计划了。”

此刻副驾驶静静放着一礼盒，是一盒精美的定制手工汤圆，蒋炽看了几眼，收回目光。

其实，蒋炽送完小梨笙直接回来的话，并不会堵成这个样子。但他去定制店里拿了个礼盒，绕远了一个区，结果直接导致和晚高峰撞上了。

时姜表示理解，想了想，提议道：“不如我们直接去游园会集合好了。”

他们原计划是一起去游园会看花灯展，现在蒋炽回不来，那她就直接过去，问题不大。

蒋炽答应下来，下个路口准备掉转方向。

时间不算早了，时姜这边收拾收拾，换身衣服，也立刻出发。

可好巧不巧，她出了门才发现，手机没电了。而游园会人山人海，共享充电宝的集柜早就成了空荡荡。

时姜以手扶额。她平时也不是那么丢三落四的人啊，但今天，就莫名流年不利。她连给蒋炽发最后消息的机会都没有，屏幕就自动变黑关了机。

公园入口很多，蒋炽按道理已经到了，但她根本不知道对方在哪个地方等她。

时姜将手机揣进兜里，仰天长叹。

他俩遇见可能得靠心电感应了。

但她当然不能坐以待毙，她得想办法。环顾四周，然后，瞄到了刚要入场的游园花车车队。

于是，等游园活动正式开始时，时姜直接站到了首个花车的最前端，搭车一起巡游。

刚才她发现这项活动的赞助商，竟然是赤江绝对控股之后，便跑去找相关人员了。她没有找人家借充电宝什么的，她突然想到了一个浪漫的方式。

她要坐在花车上，在人群中寻找蒋炽。

待会儿对方在展览车上看到她时的表情，一定很精彩。

此刻天色已黑，四周火树银花，热闹非凡。

各种猜灯谜，兑奖品的小游戏，还有垂涎欲滴的小吃，张灯结彩，一夜鱼龙舞。

但当花车巡游一开始的时候，基本所有游客都被吸引到这里来了。

时姜现在怎么也算有知名度的公众人物，她怕被认出来，就戴了个面具。而蒋炽有和她一样的困扰，她手中还不忘帮对方也拎了一个。

花车在众人热闹欢呼中缓缓移动，她一路张望，仔细搜查。

然后巡过半圈后，还真让她在人群中看到一个高大挺拔、气质脱俗的男人。巧之又巧，他面上也戴着面具，手里也帮她拎了一个情侣款的。

两人还真想一块儿去了。

时姜顿时激动起来。

她不好喊，便拼命朝他那里挥手。对方也几乎同一时间找到了她。

目的达成，时姜转身就从花车下去，和对方集合。而下花车台阶时，一方面是她走得急，另一方面，她没想到扶手的那个栏杆，它原来是个纸糊的装饰品啊。结果就是，最后两步的时候，她直接一脚踏空了。

猛一趔趄，就要从上方跌下来。

眼瞅着就要趴地上的前一瞬，她看到前方男人挤过人群，迅速朝她跑来，千钧一发之际接住了她。

于是，她成功再次将蒋炽当成了人肉垫子。

周围人群顿时传来小片惊呼。

为防止发生踩踏事件，工作人员见状连忙就过来组织疏散，查看她的伤势。

时姜觉得自己今天真是丢脸丢大了，幸好有面具护体，给她减轻了些尴尬。连忙就从地上爬起，率先问被她压着的蒋炽：“怎么样？”

蒋炽手臂还护着她，单膝跪起来，说：“我没事。你呢？”

时姜静默了两秒钟，然后，指着她正仿佛火辣辣燃烧一般的脚腕给他看，十分难堪道：“……好像，又扭到了。”

高中爬山一次，B 市开学术会议一次，这是第三次。

每次都是她命途多舛的右脚腕子。

蒋炽立刻问了工作人员最近的医务救急点设在哪儿，对方指明后，他背上时姜就往那里去。

时姜趴在他背上，简直欲哭无泪。

“第三次了啊……每次都是和你见面是受伤的，还都在同一个地方。蒋炽，你说，你是不是和我的脚脖子犯冲啊？”

蒋炽：“在 B 市开学术会议那次，你不是说，是另一只脚吗？”

时姜脸红了一红，音量都低下来了：“骗你的。”

而说完，见到对方毫无诧异反应，她挑起眉反问道：“原来你一早就知道我是在骗你的？”

对方十分无奈地叹了口气：“阿姜，我不会连你哪只脚受伤都不记得。”

时姜愣愣地看着他。

然后，她清晰地听见自己心口处，“咚咚”加快跳动了两下。

这时他们拐到一片僻静路段上，这里没有景点，游客都去别处热闹了。因此灯光也暗下来许多。

路不好走，可蒋炽将她背得非常平稳。

时姜默默看着男人的侧脸，看着他线条清晰利落的下颌，然后突然，抬手仔细掀开他面具半边，凑过去，轻轻亲了他脸颊一下，再快速把面具合上。

于是忽然间，蒋炽的步子明显缓下来，似是猝不及防，又毫无预料。但迟疑过后，很快，他又恢复原来前进速度。

他背着人，始终目不斜视，只是看着前方路，胸腔内共振着笑了下，问：“你做什么？”

时姜厚起脸皮，勾着他脖子，义正词严地说：“你害我受伤，我当然也要占你便宜啊。”

听了这话，男人低低沉沉地笑了：“你亲我，就是占我便宜？”

时姜贴在他耳边，故意问：“不然呢？”

“那你……再占一次？”

时姜便又听话凑去亲了。

“再来？”

“……”

“喂，你该适可而止了好吧……”

时姜在此之前，从没想过自己元宵节竟然还会跑医院走一遭。

所幸并不严重，上了药后，就被蒋炽背回来了。

蒋父蒋母带着小孙女儿闻讯过来，老人家关怀了好一阵子，时候不早了，才被劝回去。

桌上摆着的是时姜下午亲自包好的汤圆，蒋炽拿去厨房下了锅，一家人团圆，总归要有个仪式感。

时姜功力退化了，汤圆个头做得偏大。

小梨笙趴在餐桌前舀起一个，咬了一小口，抬起头笑了：“妈妈做的元宵真好吃。”

“真的呀，让我也尝尝。”时姜也笑着凑去，就着小梨笙的勺子咬了口。黑芝麻馅儿浓郁的甜香味溢在唇齿间，除了个头大点儿，不算失败。

她故意问：“你在爷爷奶奶家吃的特供汤圆不比这个好？”

小脑袋果断“唰唰”摇了两下，脑后小辫子晃啊晃：“才不，妈妈做的最好吃。”

而另一侧，蒋炽也俯身凑去，将勺子里剩余那最后一口咬完了，笑着说：“果然好吃。”

竟然三人分吃完了一个汤圆。

眼瞅着父女俩联手哄她一个人，时姜有些哭笑不得，只不过，心里暖意多得都快要溢出来了。

已经快晚上十一点了，小梨笙哈欠连天要去睡觉，时姜哄她睡下之后，又放轻脚步重回客厅，结果看到蒋炽在厨房倒腾。

她走过去：“你怎么还在煮汤圆，没吃饱吗？”

蒋炽已经捞到盘子里了，给她端到餐桌旁，说：“你尝尝这个。”

时姜听话坐下来，但仍不明：“我们不是已经吃过了吗？”

但对方仍坚持。

时姜只好狐疑地再次拿起勺子。其实汤圆外形和刚才没什么区别，但她刚一咬开皮，发现里面流淌出来的，是鲜红花汁一般的糖浆和花瓣。

她愣了。

这汤圆……是玫瑰馅儿的。

旁边男人仔细看着她表情，问：“怎么样，喜不喜欢？”

他甚至还隐隐期盼着她的肯定。

而此刻，时姜脑子彻底混乱了。有许多以前的尘封在深处的记忆开始复苏，她迟钝地嚼了两下，木木地转向对方。

“你……你是不是不知道，玫瑰馅儿汤圆这件事，除了我自己，这个世界上，我只和一个人说过。”

蒋炽：“……”

观其反应，时姜霎时间睁大眼睛：“那个人……那个人是你？！”

她惊了，彻底惊呆了。

所以，一直关注她无聊且零碎的动态，装作同为留学生来和她聊了好几年天的那个网友，竟然是蒋炽！

男人似乎从来都不擅长说谎，尤其是在时姜面前。

他垂下眼睑，没有回答，但显然已是默认。

“不如，你忘了吧，我们都忘记这件事，日子隔得太久了。”

时姜呼吸都急促了，她抓住他的手：“可是，说出去的话，哪能就那么轻易忘了，每一句话我都记得……”

“那就不要再提了……”

时姜执拗道：“不行。”

她想到什么，突然有些难受：“蒋炽，是不是我那个时候说，我讨厌你，我再也不想见到你，叫你受伤了。我伤了你的心，所以你不敢去找我，不敢见我，只能装作陌生人一样，去和我零散说几句话。”

“……”

男人没立刻接话，可他的眼神头一次闪躲。

他狼狈站起身，几乎想落荒而逃了。

时姜立刻想要抓住他，她脚踝还是疼的，还未起身就“嘶”的一声喊疼，对方不敢再躲，连忙回身扶住她。于是时姜忙抓住机会说：“我那都是骗你的。”

“忘不了你，才嘴上说着违心话。你隔着屏幕，不知道我打出这些话的时候有多难受。我那时是因为，我以为你根本不愿意和我在一起，所以我也要下定决心，决定忘了你。”

她扶着对方的脸侧，忍着身体疼痛也要挂在他身上，和他对视：“那些都是违心的。”

可蒋炽一直垂眸不语，她怕对方不信，急得都快哭了：“蒋炽，我一直都喜欢你，很喜欢很喜欢你，我……”

而男人低下头，毫无征兆地吻住她的唇。

时姜愣了，她眼中水意还在打转。但很快，她感受到对方情绪的激动，便慢慢合上眼，并报之以同样的热情。

“我也是。从来都是。”

长长一吻毕了，二人相视间，蒋炽看着她眼睛，嗓音沉而微哑，无比认真地郑重说道。

多年误会解释清楚，时姜此刻胸口都是怦怦直跳的。

她微微哽咽了下，吸了吸鼻子，情难自禁地埋头扑进蒋炽怀里，而对方手臂紧紧环住她的腰，稳稳回抱住她。

二人维持着拥抱的姿势，似是永远都不愿分开。

鸣炮声响。

窗外夜幕中绽开盛大的华丽烟花。

最后，哪怕已经很饱了，时姜又加上甜米酒，美滋滋地吃了一大碗。

蒋炽怕她不消化劝她也不听。

因为，多年之后，她终于又尝出了汤圆的美味。

番外三 清明

「再后来，真有一个从山那边
过来的少年对她说，外面是无限的可能性。」

这天，时姜正在公司顶层办公室专心办公时，被秘书领进来的不速之客吓了一跳。

竟然是蒋炽。

这人还从来没有直接来公司找过她。

时姜瞅向蒋炽背后刚才搭乘上来的客梯，诧异地问："你刚才竟然没有被人围半道？"

对方脱下西服外套，跟当自己家似的放衣架上，说："本来在楼下快被围上了，但突然来了个明星，一大堆人围追堵截跟着跑，我趁着机会避过，这才顺利上来。"

时姜趴在窗户边往下面广场看了看，啊了声，指着说："是一个娱乐明星，叫康萝。最近挺火的。我们公司请她来拍代言广告，最近她要参加个综艺，也在我们公司设有会场，她团队应该是来提前踩点了。"她笑了笑，"那小姑娘挺逗的，我蛮喜欢她，性格好，梗多，男女通吃。"

蒋炽摇摇头："不太了解娱乐圈。"

时姜去给他端了杯茶水，递给他："你不认识她这个人，那你肯定知道她丈夫——聂绪洲，聂董。"

她想了想："聂董是位值得人尊敬的前辈，话说他还对我有提点之恩，应该什么时候抽个时间去谢谢人家。"

闻言蒋炽眉梢微微挑了起来："他们是夫妻？"

时姜笑："隐婚嘛，和我们一样。"

而刚说完，蒋炽就迎面过来抱住了她，声音有些闷："我们才不和他们一样。"他缓缓弯下身，脸搭在她颈窝里，"我后悔了，早知道在楼下多待会儿，专门等着他们来采访，我得让全天下都知道，我们是夫妻。"

时姜看他竟跟小孩子一样耍赖，惊奇到不行，同时又被他呼吸瘙得发痒，笑着就要躲。

蒋炽刚从 B 市回来，这人以前还老老实实在家等她回去，但自从他们领了结婚证后，这人越来越放纵了，这次直接找到公司来。

"阿姜，我两周没见你了。"

时姜也没想到，两个人都在一起这么长时间，还跟热恋中的情人一样，随时都在渴求着对方。

"我也想你……"她说。

于是自然而然水到渠成地就靠在办公桌旁亲在一起。

唇舌痴缠了会儿，蒋炽握着她的腰，将她举起放坐在桌面上。

时姜骤然腾空，吓了一跳，手下意识抓住他肩。然后意识到他要做什么后，又十分顺从地微微阖眼，和倾身而来的男人接吻。

情乱意迷忘情之际，时姜突然听到办公室外有动静，吓得她赶紧清醒几分，抬手推着和对方分开。

但实际上只是有人路过而已，时姜微松口气，赶紧试图扯开点儿别的话题："你今早说要问我的事，是什么？"

蒋炽动作微微顿住，嗓音哑着道："我看你叫助手送回家的东西，是要去祭拜谁吗？"他想了想，"你奶奶？"

时姜看着他墨黑的眼睛，眉骨高挺，轮廓流畅，心想这人怎么能长得这么好看。她想着想着，就忍不住拿手指去触碰他睫毛。

她点点头道："对，清明快到了，我打算回去看看。我看你工作那么忙，就想着不打扰你。"

却被对方反手一把握住手指。

男人面上浮起不赞成的神色。

他将她手慢慢放在他自己脸庞，亲密相贴，融融温度传递着。然后他看着她，嗓音醇而低："你这算回娘家，当然要带着我一起回去。"

时姜被他这种认真神态搞得心里像掬了捧温泉，笑看着他："好，带你。"

于是清明假期，他们二人提前将小梨笙送到她爷爷奶奶家，启程向狮河县出发。

旅途非常之曲折，先坐飞机，再上高速，然后又搭乘汽车绕着盘山公路绕了好几个圈，才终于到达这座坐落在连绵大山中的小县城。

清明时节，草木复苏，漫坡遍野的山桃花开得烂漫。

转乘汽车之后，时姜就趴在车窗上将一路景色看了好久，心里感慨万千。

好不容易终于到了城区，时姜下车后，没有立刻去休息，相反，她也不知出于一种怎样的想法，而是拉着蒋炽在街道边散步闲逛起来。

一草一木，一砖一瓦，早已改头换面，她幼时的记忆逐渐模糊。

反倒是，此刻走到通向狮河一高必经之路的护城河，嫩绿朦胧的烟柳岸边，一个男生的身影轮廓越发清晰，带着少年人特有的抽条感。

映着曦光，转头朝她浅淡地笑。

那人影和面前男人的身形猛然间重合。

时姜眼前忍不住恍神。

“想什么呢？”蒋炽笑着问。

时姜立刻清醒过来，抬头也冲他笑了笑，拉住他手：“……没什么。”

兜兜转转一大圈，最后幸而是你。

回来后不久，就有县里电视台记者找上门，说是希望可以做一期采访。

不过这次时姜压力倒是没那么大，当天，她利索地把蒋炽推出去：“有你在，就没我事儿了。”这人比她有报道价值多了。

而蒋炽看她几眼，不知想到什么，走回来，强硬拉住她的手。

时姜蒙了下，她没打算入镜来着。

对方压低声音安慰：“没事儿，他们不会胡乱报道的。”

回狮河县有件较紧急的事是，她家老房子需要处理。土坯房太破太旧了，屋里长的小树已成冲破屋顶的大树，几乎要把房子顶塌。

并且城区重修计划已开启，需要把他们这片老房子全部拆掉，再盖上现代化高楼。

而这事先得征得她同意。

时姜没有理由不同意，哪怕她再怀念，但人也得顺应时代发展。

这日她拉着蒋炽去看最后一眼：“你这次和我一起回来也好，老房子就要拆了，最后看看。上次我连门都没能进去。”

“上次？”蒋炽回头问她。

时姜有些难堪，试探着说：“上次在这里，常主任告诉我，当年我奶奶生病时你募捐的真相。”

于是男人肉眼可见地眼睫一颤。

时姜举头望着头顶一方天空，方井一般的空间，她看了很多年。

她轻轻笑了笑：“现在想想，也觉得神奇，每次在我觉得要和你彻底断掉了的时候，命运都会把你送回到我面前。”

清风卷着草木的清香味道，轻缓扩散。

“不是命运，阿姜。”蒋炽缓步到她跟前，抬手摘掉她发间半片落叶，“是人为。”

“都是蓄谋已久的人为罢了。”

房子拆迁的赔款，时姜转手就打给了常主任那边。不，常主任已经早升成副校长了，虽然他也濒临退休。

时姜上次预备请大家吃饭，这次也正好弥补上，还有答应的要给狮河一高建立奖学金。

宴席上老常乐和得嘴都合不上。

而常以翔得知她要回来，也提前从省城拖家带口回老家了。刚一见面，还没冲他俩表达一下同学情谊，就左右探头先找她女儿。

时姜忙解释说：“她还太小，回来一趟舟车劳顿，怕她生病，干脆留给她爷爷奶奶照顾。”

于是常以翔失望到不行：“我还要看看你俩这超强基因生出来的是什么样的小神童呢！见面礼都备好了，结果你连个机会都不给我！”

时姜笑着赔罪：“下次，下次一定。”

而宴会上，时姜还遇到了一位不速之客。

她的生母许明艳。

并且这位女士还领着自己的儿子过来。她二婚后高龄生出了个孩子，但哪怕是这个比她小十几岁的同母异父的弟弟，也快成年了。

许明艳一生精明，她儿子却看上去天真得不行，跟在他母亲后面，小心翼翼地朝她这里打量。

直到许明艳硬牵他出来认人，这人才“社恐”发作一般，磨蹭到她面前，蚊子哼哼地小声说：“姐姐好。”

他腼腆极了，话还没说出来，耳朵先涨得通红：“姐姐，我经常在新闻上看到你……和你的公司，我很敬佩你……妈妈也说，让我多向你学习学习，你是我们家的骄傲……”

时姜挑起眉，看向许明艳。

许明艳大概是因着上次婚礼上不欢而散的事儿还心虚，只干笑着，眼神有些闪躲。

若不是这男孩儿实在不像是会说奉承假话的样子，她根本想象不到，许明艳会在背后说以她为傲。

但如今，不知为何，经历了这么多事，她再看见对方，竟有些释然了。

或者说，她早已不在乎了。

最后当然是去奶奶墓前祭拜。

这次只时姜和蒋炽两个人来，没叫其他人打扰。

清冷高远的山头上，公墓环境还算不错，新栽的松柏都渐渐繁茂郁葱起来。

时姜把纸钱散开，准备点火了，“我奶奶当年就特别喜欢你，每次你来我家，她先高兴得不行，前后琢磨着拿什么招待你。她要是知道最后我真把你拐回家了，那她得把她自己一口假牙笑掉。”

蒋炽眸中闪烁：“真的？”

时姜：“当然是真的。”

她一边拿木棍翻挑着一边说，火光映亮她半边脸，泛着柔和暖意。

男人静静看着她，眸光不自觉软了下来。

时姜看着越燃越烈的火光，笑着对墓碑说话：“奶奶，我把蒋炽带回来了，给你看看。”

“你外重孙女儿这次没能来看你，下次再带她来。”

而另一边蒋炽也跟着喊了“奶奶”，然后接过翻火的棍子，接替她的工作，说：“我会照顾好她们的，您放心吧。”

火光“轰”地燃高半尺，发出噼里作响。

仿佛携带着音信，已遥遥成功传入另一个国度。

纸灰片片飘散，碾落成细粉。

掠岗的风徐徐刮过，时姜转身站起，于山腰上眺望远方层峦叠嶂，突然间心潮澎湃，思绪翻滚万千。

她小时候，问过很多人，山的那边是什么？

多数人都告诉她，山的那边还是山。

她奶奶说，山的那边是广阔的天地。

再后来,真有一个从山那边过来的少年,对她说,外面是无限的可能性。

时姜恍惚着喃喃道："蒋炽，如果我当年没有遇见你，我现在会是什么样呢？"

如果没有蒋炽，她应该是县城里一个普通的小女孩，或许会因着奶奶逐渐恶化的病情，选择在高中辍学。

她的亲生母亲不会为了这样一个孩子而选择回来。

然后她只能为了生计打工，再为了生计，和隔壁孙爷爷家的孙子结婚，如愿成为小卖部的老板娘，再在无数个彩霞铺满天际的傍晚，坐在门口板凳上，仰头托腮对着天边一遍一遍地思考，山的那边，究竟是什么？

凉风迎面吹送，将她额前刘海儿拂得凌乱。

这时一只温暖的手掌探来，紧紧牵住了她，十指相扣，汩汩传递着热源和能量。

时姜心里一跳，转过头，一下子望进男人墨黑深邃的眼眸。

都说年少时不能遇见太惊艳的人。

而当年她趴在高一走廊上,朝楼下葱葱梧桐树冠间无意望去的那一眼,从此哪怕斗转星移，岁月流转，却再也从心里割舍不掉了。

新增番外
初逢

「蒋炽，你别笑，一年不行，我还有三年的时间。
你不是要考清大吗，我也一定会考上清大的。」

狮河县一高。

正值金秋，天高云淡，桂子飘香。

高大梧桐树飒飒摇晃着落叶，在教室一派琅琅读书声中透过玻璃窗向外看，远山黛色浅淡，风吹徐徐绿浪。

蒋炽近日感到前桌那个女生对他似乎有些敌意。

其实也不能称作“敌意”，但最近的整整一个星期里，对方确实见了他就绕道儿走，明明前后桌却非必要不和他说一句话，甚至好几次她本来很开心地和别人聊着天，却一见他来就“唰”地收起笑容，迅速埋头回到自己座位坐着了。

蒋炽十分不明白。

按道理，他刚转来新班级时，那个叫时姜的女生对他还挺热情来着，整天介绍这介绍那的，总不至于没几天性子就变腼腆了。

可他也不知道自己究竟哪里得罪她了。

他的小胖子同桌在课间趁时姜不在时，摇头晃脑地告诉他：“在你来之前，时姜一直都是年级第一，从小学一年级起就霸占这个宝座到现在。然后呢，上周期中考试你‘啪’地考了第一，把她挤了下去。”

他嘿道：“时姜这个女霸王这么多年都没有被人超越，当然心理不平衡啦！”

蒋炽看着对方一脸幸灾乐祸、大仇得报的表情，然后，他不明白的事情又增加了一件。

后来，还是班里最淘的郑强强在打篮球时顺嘴给他八卦的。

原来，他的小胖子同桌常以翔是千年老二，多年来被时姜牢牢压了一头。如今，蒋炽能帮他“报仇”，常以翔自然喜闻乐见。

据说成绩出来那天，常以翔看见时姜吃瘪，一口压了十几年的浊气好不容易喷出，爽快得恨不得买挂鞭炮奔去操场上庆祝庆祝。

得知了内情背后的二层内情的蒋炽：“……”

他初来乍到，却好像无辜卷入了“班斗”之中。

在蒋炽转来之前，常以翔的同桌是郑强强。

他们一班实行帮扶制度，郑强强成绩倒数第二，自然就被分配给顺数第二的常以翔来帮他。

但规矩是死的，人是活的，况且，也不是那么多学生都需要帮扶。

蒋炽刚转来那天，其实，班主任是想让蒋炽和时姜坐同桌的。

毕竟蒋炽是校长亲自来嘱托的一根好苗子，他哪敢随随便便把新同学安排去帮扶哪个学生啊。万一有个不小心，把人家原本金光闪闪的成绩给反向帮扶下去了，那他可真是罪该万死。

于是，全班这一圈看下来，时姜是个非常不错的选择。

她作为全校的希望，成绩多年发挥稳定，从未败北过，眼下拉出来和新同学坐同桌，也算强强联合了，校长那里也能交代得放心些。

正巧，时姜同桌的位置是空着的。

蒋炽转来那日，晚自习前，郑强强从篮球场疯完回来，擦着脑门儿上热凛凛的汗，趁班主任进门前，好奇地问：“时大班长，你同桌呢？”

他口中的“时大班长”，正是时姜。

她是个身形偏瘦的女孩子，身上运动风外套略显陈旧，但非常整洁。脑后半长的马尾编成麻花辫，伴着额边翘起的几根刘海儿，颠着一晃一晃的。

女生闻声，背往后靠了些，单边翘着椅子前面两条腿，拿书本掩口，冲郑强强回道：“他割阑尾，做手术，这个月都请假来不了。”

侧过头来才发现，她皮肤很白，眼皮很薄，尤其一双瞳仁澄澈干净，里头满是掩不住的灵气。

郑强强不解地问：“你同桌初三那年不就割过阑尾吗？他到底有几个阑尾？”

时姜摊摊手：“这谁知道呢。”

常以翔眉头紧紧纠结成一团，咬着笔头想了会儿，突然一副恍然大悟的模样，愤而拍案：“我知道了！我看他就是变着花样找借口偷懒不想上学！”

郑强强犹豫了两秒钟，还是忍不住说出口：“不是，这种明摆的事，你怎么搞出了一种好不容易做出数学压轴题的效果？”

常以翔：“……”

眼看着两人又要撸袖开战。

还好班主任带着蒋炽这位新同学进入教室，才成功将他俩这一通鸡飞狗跳扼杀在摇篮里。

班主任特意和教导主任常主任商量，打算把蒋炽和时姜安排在一起。

时姜没半点儿提前准备，一听见这消息，被吓了一大跳。

要知道，她临上课前看的一大摞花花绿绿的杂志小说还放在她同桌桌兜里呢，这要是换座位肯定被掏出来。虽然把这种不务正业的行为栽赃到她同桌头上，也不是不行，但关键是里面好几本她还没看完呢。

于是赶紧找个借口拒绝。

可她还没想好要怎么拒绝，正如坐针毡地想借口。而巧得很，另一头常以翔见她竟然还在犹豫不决，连忙“嗖”地举手激情截和。

他趁常主任还在现场，挤眉弄眼地冲自己老爹拼命明示：“我！我啊！”

而常主任显然是个不惯孩子的，非常嫌弃地看他一眼：“你自己有同桌，捣什么乱！”然后大手一挥，指着时姜旁边的位置道，“既然阑尾一直割不完，就把书桌先腾出来吧……”

于是这一句，直接叫时姜常以翔两个人都惊恐了。

他俩各怀鬼胎地还要继续说服老常，而后头郑强强一瞅这大好机会，“噌”地站起：“别急别急，我成全你们！”

他行动力极强，立马搬起桌子就往后排跑：“常以翔他上课老放屁，我早受不了了，他同桌谁爱坐谁坐，反正我要去后面呼吸新鲜空气！”

登时全班哄堂大笑。

小胖子一张脸“唰”地涨成了猴屁股，恨不得咬死他已然叛变的前同桌。

而局势发展到这个分儿上，班主任和常主任都不知道怎么收拾了，头疼不已，只好看向新同学本人。

蒋炽微微颔首：“大家开玩笑而已。”

非常巧妙地化解了局面。

于是，格局经过调整之后，一张新桌子搬了过来。

蒋炽坐到了时姜的后方位置。

接下来的几周，时姜对蒋炽的态度一直都挺好的。

她作为班长，自然要对新同学多加照顾，尤其她发现蒋炽竟然和她住同一条巷子后，还会主动每天在巷口等他一起去吃早点。

蒋炽吃不惯当地食物，时姜注意到，便总偷偷给他带煮鸡蛋。

只不过，蒋炽渐渐发现时姜对他似乎有一个错误认知。他在新班级熟悉的人不多，只好去问常以翔，他十分疑惑，自己为什么会给时姜留下成绩差这个印象？

常以翔摆摆手：“嗐！她就是觉得，你长得这么帅，肯定得处五六七八个对象——她之前待的那个职高就这样。然后对象一多，一天天只顾着谈朋友了，哪里还有时间学习？”

蒋炽停顿两秒钟：“可是，外貌好就得谈恋爱这个逻辑，她又是从哪儿得来的？”

常以翔托着肉乎乎的脸，也思考了两秒钟，最终把目光落在前排桌兜里那一厚摞乱七八糟的杂志小说上面，沉痛道：“这个锅，得她那个割阑尾至今未归的同桌来背。”

然后蒋炽就看出来了，时姜是真的很爱看这些读物。

有时候早自习，时姜背完英语单词或者文言文古诗词之后，离下课时间还早，她就开始挪到她同桌靠墙的座位上，抽出本杂志开始看。

她进入状态很快，侧身靠在墙上，目不转睛，模样瞧上去十分沉浸。

而一般这个时候，常以翔就会很生气。

常以翔正在咬着指甲苦苦给英文字母排序，谁知道一抬头，时姜就已经背完开始不务正业了。

他登时宛如被挑衅。

课本脊梁“啪”地扔在桌上，常以翔脊背坐直，面无表情看着她，说：“你能不能尊重我一下。”

时姜眼珠都没朝他转一下，熟练伸手把英语课本拖过来，包在杂志外面，继续看。

课本封面还是个倒的。

常以翔："……"

伤害性不大，但侮辱性极强。

于是小胖子狰狞着去找前头女生麻烦，叫嚣着非要替英语老师检查她的单词背记成果，蒋炽就围观他俩磨牙斗嘴。

二楼窗外树冠郁郁葱葱，其间鸟鸣啁啾，灿烂阳光下，传来很清新的草木香。

蒋炽有些好笑地想，来这个远贫穷，落后于大都市的小县城里生活，似乎，也没有想象中那么不堪。

相处再久些，蒋炽就发现，他前桌坐着的那位处于全校师生关注旋涡中心的时姜，其实是个很有意思的女生。

她脑子好使，成绩优异，常年霸占年级第一。但除此之外，她又不单纯只是个学霸。

大山里的寒门学子，对其固有印象可能是死读书、小镇做题家，或是，有不少人把自己学进了死胡同里，除了学习之外其他所有社交活动都杜绝了。

而时姜不是。

她除了成绩好、国旗下讲话常驻代表、狮河一高不折不扣的大名人这些标签之外，私底下，她并不清高。相反，她是一个非常讨人喜欢的人，在人际交往方面混得如鱼得水。老师们喜欢好学生无可厚非，而在狮河一高的广大学生群体当中，她的人缘和声望也相当不错。

她趁课间去别的年级别的班级溜达一圈，都能被投喂一大兜零食，然后红光满面地满载而归，把常以翔他们羡慕得要死。

而令蒋炽觉得惊叹的，他在清大附中就没遇见过几个人，敢指着企业家杂志封面，斩钉截铁自信满满地说自己以后要创业、要创立跨国大公司。

但时姜就敢。

她像是一个巨大澎湃的能量体，敢想敢做，拥有着无限的灵气和活力。

由此，蒋炽很多次看着她，时不时心里总会冒出一种"金鳞岂是池中物，一遇风云便化龙"的慨叹。

所以，眼下时姜直接不理他了，叫蒋炽不免心里也有些焦急。

虽然他当时还没弄明白这究竟是一种怎样的情愫，但就算作为同学和朋友，他也不想和时姜搞成僵局。

他思考了好几天，然后拜托他的母亲从 A 市寄来一个他很喜欢的牌子的巧克力，然后挑了个教室只有他们二人的契机，来到时姜座位前，将礼盒轻轻放到她桌上，犹豫了一下，说："如果最近我有冒犯到你的地方，我可以先行道歉吗？"

时姜正趴那儿算数学题，见到这场景，直接受了一惊："道……道歉？"她狐疑盯着那个精美的巧克力礼盒，上面是她不认识的法文，然后抬起眼，不解地说，"你向我道什么歉。"

蒋炽："常以翔说，成绩方面……所以你生气了……"他不太好直接说，自己超了她变成第一，怕再一次伤害对方的自尊心，只能含糊其辞。

而下一瞬，女生则睁大眼睛："常以翔？你听那家伙的？他专业坑我一百年好吧！"

蒋炽也愣了。

两人一对视间，下一秒，就"扑哧"地齐齐笑了。

这笑声恰到好处，两个人之间的气氛有效缓解，似乎前几日闹的别扭也烟消云散了。

时姜挠挠头，有些不好意思，她决定主动踏出一步解释："唉，我没生气，我生你的气做什么？我就是为自己做的糗事儿感到尴尬……嗯，尴尬你懂吗？太丢人了！"

她似乎是真的苦恼了，刘海儿都被抓乱了："你转学过来，从老常非要把你安排给我坐同桌开始，我就先入为主地以为你需要帮扶。后来，我见你整天挂个耳机……"

蒋炽解释道："我是在听托福听力。"

时姜："……"

时姜："那你上课连课本都不翻，笔记都不记……"

蒋炽："高中知识我在初中已经学完了。"

时姜："……"

时姜试图做最后的无力挣扎："还有，你长这样，我真的认为……"

而蒋炽也终于忍不住笑了。

大概是女生垂着脑袋、有些沮丧的模样，让他莫名感受到一种叫作可爱的情绪。他上前一步，鬼使神差地抬起胳膊，拿手指轻轻碰了碰女生额前翘起的刘海儿，嗓音明显含着笑意，接过她的话说："我长这样，可也不妨碍我没谈过恋爱。"

而刚一说完，两个人再次齐齐愣住了。

这话，听上去莫名像是在给他自己澄清一般，可分明，他们的关系根本远没到这个地步。

视线蓦地相撞，蒋炽“嗖”地收回手，又慌乱地赶紧将目光撇开。

他一向镇定，很久没有这么失态过。

而刚才触碰到对方发丝的指尖，似乎还在隐隐发烫，他忍不住用力捏了捏。

之后多年会发生什么，两个少年人根本无从知晓。

而此刻夕阳西下，紫红色的晚霞铺满天边，波澜壮丽。

狮河一高校区旁边是一片居民住宅区。庞大松软的云朵下面炊烟袅袅，有线电台信号线于黄昏中耸立，鸡鸣犬吠，时不时夹杂着小孩子追逐嬉闹声。

时姜和蒋炽高中三年基本没有发生过不愉快，除了二人开头的相遇和结尾的分离。

这便是闹出一番乌龙的开头。

而与乌龙一道的，还有男孩儿女孩儿稚嫩的宛若誓言般的约定——

不知过了多久，还是时姜先出声化解，她低下头笑了下，随即不服输地小声说道：“蒋炽，下次考试你等着吧，我肯定会超过你的。”

于是蒋炽便也让自己自然起来，展颜笑了：“好，我等你来超。”

许是他应战的态度过于轻巧了，女生收起笑容，转而有些羞恼地跺了下脚，低低叫道：“蒋炽，你别笑，一年不行，我还有三年的时间。你不是要考清大吗，我也一定会考上清大的。”

“好了，我不笑。”

男生转头望向窗外，平静却笃定的嗓音，飘散在檐下晚风里：“我相信你，你一定会的。”

全书完